대 산 세 계 문 학 총 서 **0 2 1**

서유기 제1권

西遊記

吳承恩

서유기 제1권

오승은 지음
임홍빈 옮김

문학과지성사
2003

지은이 오승은(吳承恩, 1500?~1582?)
중국 명나라 효종-세종 때 문학가로서, 자는 여충(汝忠), 호는 사양산인(射陽山人), 지금의 장쑤성(江蘇省) 화이안(淮安) 지역에 해당하는 산양현(山陽縣) 출신이다.
1550년 성시(省試)에 급제, 공생(貢生)이 되고, 1566년 절강(浙江)의 장흥현승(長興縣丞)으로 재임하였으며, 만년에는 형왕부(荊王府) 기선(紀善) 직을 맡았으나, 평생을 청빈한 선비로 지냈다. 전통적인 유학 교육을 받았고, 고전 양식의 시와 산문에 뛰어났다. 평생 동안 구전된 기록과 민간설화 등의 괴담에 각별한 흥미를 가졌는데, 이것들은 『서유기』의 바탕이 되었다. 『서유기』는 그가 죽은 지 10년 뒤인 1592년에 처음 발표되었다. 저술에는 『서유기』이외에, 장편 서사시 『이랑수산도가(二郎搜山圖歌)』와 지괴 소설(志怪小說) 『우정지서(禹鼎志序)』가 있다.

옮긴이 임홍빈(任弘彬)
1940년 인천 출신으로, 한국외국어대학교 중국어과를 졸업하고 민족문화추진회 국역연구부 전문위원을 거쳐 국방부 전사편찬위원회 민족군사실 책임편찬위원과 국방 군사연구소 지역연구부 선임연구원을 역임하고, 1992년부터 현재까지 개인 연구실 '함영서재(含英書齋)'에서 중국 군사사 연구와 중국 고전 및 현대문학을 번역하고 있다. 역저서로는 『중국역대명화가선』(I·II) 『수호별전』(전6권) 『백록원(白鹿原)』(전5권, 공역) 등 여러 종과 『현대중국어교본』(상·하), 그리고 한국 군사문헌으로 『문종진법·병장설』 『무경칠서』 『역대병요』 『백전기법(百戰奇法)』 『조선시대군사관계법』(경국대전·대명률직해) 등, 10여 종의 국역본이 있다.

대산세계문학총서 021
서유기 제1권

지은이 오승은
옮긴이 임홍빈
펴낸이 이광호
펴낸곳 ㈜문학과지성사
등록번호 제1993-000098호
주소 04034 서울 마포구 잔다리로7길 18(서교동 377-20)
전화 02) 338-7224
팩스 02) 323-4180(편집) 02) 338-7221(영업)
전자우편 moonji@moonji.com
홈페이지 www.moonji.com

제1판 1쇄 2003년 4월 12일
제1판 12쇄 2024년 9월 27일

ISBN 89-320-1404-3
ISBN 89-320-1246-6(세트)

한국어판 ⓒ 임홍빈, 2003
이 책의 판권은 옮긴이와 ㈜문학과지성사에 있습니다.
양측의 서면 동의 없는 무단 전재 및 복제를 금합니다.

이 책은 대산문화재단의 외국문학 번역지원사업을 통해 발간되었습니다.
대산문화재단은 大山 愼鏞虎 선생의 뜻에 따라 교보생명의 출연으로 창립되어 우리 문학의 창달과 세계화를 위해 다양한 공익문화사업을 펼치고 있습니다.

서유기 제1권
| 차례

옮긴이 머리말 · 15

제1회 신령한 돌 뿌리를 잉태하니 수렴동 근원이 드러나고, 돌 원숭이는 심령을 닦아 큰 도를 깨치다 · 31

제2회 스승의 참된 묘리를 철저히 깨치고 근본에 돌아가, 마도(魔道)를 끊고 마침내 원신(元神)을 이룩하다 · 63

제3회 사해 바다 용왕들과 산천이 두 손 모아 굴복하고, 저승의 생사부에서 원숭이 족속의 이름을 모조리 지우다 · 94

제4회 필마온의 벼슬이 어찌 그 욕심에 흡족하랴, 이름은 제천대성에 올랐어도 마음은 편치 못하다 · 125

제5회 제천대성이 반도대회를 어지럽히고 금단을 훔쳐 먹으니, 제신(諸神)들이 천궁을 뒤엎어놓은 요괴를 사로잡다 · 155

제6회 반도연에 오신 관음보살 난장판이 벌어진 연유를 묻고, 소성(小聖) 이랑진군, 위세 떨쳐 손대성을 굴복시키다 · 185

제7회 제천대성은 팔괘로 속에서 도망쳐 나오고, 여래는 오행산 밑에 심원(心猿)을 가두다 · 215

제8회 부처님은 경전을 지어 극락 세계에 전하고, 관음보살 법지를 받들어 장안성 가는 길에 오르다 · 243

제9회 진광예(陳光蕊)는 부임 도중에 횡액을 당하고, 그 아들 강류승(江流僧)은 아비의 원수를 갚고 근본을 되찾다 · 276

제10회 어리석은 경하 용왕 치졸한 계략으로 천조(天曹)를 어기고, 승상 위징은 서찰을 보내어 저승의 관리에게 청탁을 하다 · 308

서유기 — 총 목차 · 351
기획의 말 · 359

삼장 법사

손오공

저팔계

사오정

제1회 신령한 돌 뿌리를 잉태하니 수렴동 근원이 드러나고,
돌 원숭이는 심령을 닦아 큰 도를 깨치다

제3회 사해 바다 용왕들과 산천이 두 손 모아 굴복하고,
저승의 생사부에서 원숭이 족속의 이름을 모조리 지우다

제6회 반도연에 오신 관음보살 난장판이 벌어진 연유를 묻고,
소성(小聖) 이랑진군 위세 떨쳐 손대성을 굴복시키다

제7회 제천대성은 팔괘로 속에서 도망쳐 나오고,
여래는 오행산 밑에 심원(心猿)을 가두다

제10회 어리석은 경하 용왕 치졸한 계략으로 천조(天曹)를 어기고,
승상 위징은 서찰을 보내어 저승의 관리에게 청탁을 하다

일러두기

1. 이 책의 번역 대본은 중국 베이징 인민출판사(北京人民出版社)가 펴낸 『서유기』이다. 이 판본은 명나라 만력(萬曆) 20년(1592)에 간행된 금릉 세덕당(金陵世德堂) 『신각출상 관판대자 서유기(新刻出像官板大字西遊記)』의 촬영 필름과 청나라 때에 간행된 여섯 종류의 판각본을 참고하여 수정 정리한 것으로 1955년 초판을 발행한 이래 교정을 거듭하였으며, 특히 1977년 제4판부터는 1970년대에 발견된 명나라 숭정(崇禎) 때(1628~1644)의 『이탁오(李卓吾) 평본 서유기』를 대조 검토하여 이전 판을 크게 보완하였다.

2. 대조 보완 작업을 위해 그밖에 수집, 참고한 대본은 다음과 같다.
(1) 명나라 판본: 『서유기』 단권, 악록서사(岳麓書肆), 1997. 1, 제23판.
　　　　　　『이탁오 평본 서유기』, 상하이 고적출판사(上海古籍出版社), 1997. 4, 제2판.
(2) 청나라 판본: 장서신(張書紳) 편 『신설 서유기 도상(新說西遊記圖像)』, 건륭(乾隆) 14년(1749), 영인본.
　　　　　　황주성(黃周星) 주해본 『서유증도서(西遊證道書)』, 강희(康熙) 3년(1664).
　　　　　　『진장본 서유기(珍藏本西遊記)』, 지린문사출판사(吉林文史出版社), 1995.
　　　　　　『서유기(西遊記)』, 상무인서관(商務印書館)(H.K.), 1997, 전6권.

3. 『금릉 세덕당 본』이 비록 여러 면에서 장점을 많이 지녔다고는 해도 그 역시 결함이 없지 않아, 나머지 다른 판본의 우수한 점을 채택하여 고쳐 썼는데, 특히 현장 법사의 출신 내력을 다룬 대목은 주정신(朱鼎臣) 판본의 내용을 추가하는 과정에서 궁

색하게 '부록(附錄)'이란 형식을 썼으므로, 이를 청나라 때 장서신의 영인본 『신설 서유기 도상』의 편차(編次)에 따라 다음과 같이 재구성하고 번역하였다.

『세덕당 본』의 편차

부　록　　진광예는 부임 도중에 횡액을 당하고,　　　　　附　錄　陳光蕊赴任逢灾
　　　　　강류승은 아비의 원수를 갚고 근본을 되찾다　　　　　　　江流僧復仇報本

제9회　　원수성의 신묘한 점술에 사사로이 굽힘이 없고,　　第九回　袁守誠妙算無私曲
　　　　　어리석은 용왕은 치졸한 계략으로 천조를 어기다　　　　　老龍王拙計犯天條

제10회　두 장군은 궁궐 문에서 귀신을 진압하고,　　　　　第十回　二將軍宮門鎭鬼
　　　　　당 태종의 혼백은 저승에서 돌아오다　　　　　　　　　　唐太宗地府還魂

제11회　목숨을 돌려받은 당나라 임금이 선과를 지키고,　第十一回　還受生唐王遵善果
　　　　　외로운 넋 건져주려 소우가 부처의 교리를 바로 세우다　度孤魂蕭瑀正空門

제12회　현장 법사가 정성으로 수륙 대회를 베푸니,　　　第十二回　玄奘秉誠建大會
　　　　　관음보살이 현성하여 금선장로를 깨우치다　　　　　　　觀音顯聖化金蟬

재구성한 편차

제9회　　진광예는 부임 도중에 횡액을 당하고,　　　　　　第九回　陳光蕊赴任逢灾
　　　　　강류승은 아비의 원수를 갚고 근본을 되찾다　　　　　　　江流僧復仇報本

제10회 어리석은 용왕 치졸한 계략으로 천조를 어기고,　　第十回　老龍王拙計犯天條
　　　　승상 위징은 서찰을 보내어 저승의 관리에게 청탁하다　　　　魏丞相遺書託冥吏

제11회 저승을 두루 유람하던 태종의 혼백이 돌아오고,　　第十一回　遊地府太宗還魂
　　　　호박을 바치러 죽어간 유전은 새로운 배필을 얻다　　　　　進瓜果劉全續配

제12회 당 태종이 정성으로 수륙 대회를 베푸니,　　第十二回　唐王秉誠建大會
　　　　관음보살이 현성하여 금선 장로를 깨우치다　　　　　　　觀音顯聖化金蟬

4. 번역에 있어서, 광범위한 독자를 대상으로 원문의 뜻을 충분히 살려 의역(意譯)하고, 될 수 있는 대로 한자(漢字) 용어를 배제하고 우리말로 쉽게 풀어 썼으며, 당시의 제도상 관용어는 그대로 사용하였다.

5. 역주는 중국의 역사적 인물, 사회 제도상 우리나라와 다른 관습, 종교적 용어, 내용과 관계가 깊은 배경 사실, 그리고 관용어와 인용문에 대한 설명을 주로 하였으며, 특히 본문 가운데 우리에게 생소한 중국 속담이나 사투리, 뜻 깊은 경구(警句)는 번역문 다음에 이어 원문(原文)을 부록하였다.

　【예】"다섯 가지 형벌을 받아야 할 죄목이 3천 가지가 있으되, 그중에서 불효보다 더 큰 죄는 없다(五刑之屬三千, 而罪莫大於不孝)."
　　　　"집안의 살림살이를 맡아봐야 땔나무 값 쌀값 비싼 줄 알게 되고, 자식을 길러봐야 부모님의 은혜를 알아본다(當家才知柴米價, 養子方曉父娘恩)."
　　　　"아무리 술맛이 좋다마다 해도 고향 우물 맛이 최고요, 친하니 어쩌니 해도 고향 사람이 최고(美不美, 鄕中水, 親不親, 故鄕人)."

■ 옮긴이 머리말

『서유기』──환상과 해학으로 포장한 풍자의 세계

    1960년대 후반, 대학 선배이시고 중국어를 가르쳐주신 N교수님이 한번은 탄식 섞인 이런 제안을 하신 적이 있었습니다.
    "우리 둘이서 중국 '사대 기서'를 한번 완역해보면 어떨까? 지금 시중에 나도는 책들은 모두 일본어판을 중역한 것이라, 우리 손으로 제대로 번역한 것이 없으니 말이야."
    동양 고전 명작 소설로 손꼽히는 '사대 기서(四大奇書)' 완역이라!…… 40년 가까운 세월이 흐른 지금까지 이 가슴 벅찬 제의는 필자의 뇌리에서 떠나본 적이 없었습니다.
    더구나 최근 들어 '사대 기서' 중 『금병매사화』를 제외하고 속칭 '삼국지'라고 이름 붙여진 『삼국연의』와 『수호전』 등 역사 소설이 훌륭한 작가의 손에 의해 여러 종류 출판되어 있음에도, 유독 그것들에 필적할 만한 『서유기』의 완역본은 찾아볼 수 없어 허전한 마음을 억누를 길이 없었습니다. 그러던 것이 이제 뒤늦게나마 뜻있는 문화재단과 출판사의 도움을 얻어 필자의 손으로 그 한 귀퉁이를 메울 수 있게 되어, 그 기쁨은 이루 말할 수가 없습니다.

    오늘날 『삼국연의』『수호전』『서유기』에는 제각기 나관중 · 시내암 · 오승은이란 '저자'의 이름이 붙어 있지만, 사실 그것들은 어느 개인의 독창적인 힘으로 씌어진 작품들이 아닙니다. 그것은 몇 백 년이라는 오랜 세월을 두고 여러 형태의 사회 역사 전통이 쌓이고 쌓이다가, 마침내 어느 시점에 와서 그들 개인의 손으로 첨삭이 거듭되어 일정한 격식의 틀을 갖춘 소설 형태를 이루게 된 것입니다. 다시 말씀드려서, 어느 한 역사적 사실을 바탕으로 삼아 그 단서(端緒)에 신화와 전설 등 온갖 흥미로운 예술적 픽션을 가미시켜 다채롭고도 풍부한 내용으로 만들어낸 것입니다.

그 초기 형태는 대개 11세기 송나라 때부터 유행한 '설화 예술(說話藝術)', 즉 장터의 직업적 이야기꾼들이 쓰던 대본이었습니다. 그리고 12~13세기 원나라 때에 와서는 그 주제들이 연극 무대에 올려지는 희곡으로 발전되었고, 점차 산문체 소설 형태를 갖추다가 16세기 명나라 때에 이르러 그 자료를 집대성하여 정리한 개인의 손에 의해 방대한 스케일과 볼륨을 지닌 장편 소설로 엮어지게 된 것입니다.

중국 학자들은 이것을 '집단 누적형(集團累積型)' 소설이라고 부릅니다. 이를테면 샘솟구쳐나온 물이 실개천, 냇물로 변하여 면면히 흐르다가 강물이 되고 바다로 흘러들어 망망대해를 이루었다고나 할 것입니다.

소설 『서유기』가 1백 회본의 장편으로 완성된 변천 과정도 그와 같았습니다.

7세기 초엽, 당나라 스님 현장 법사가 불경을 가지러 천축(天竺)으로 여행하였다는 역사적 사실을 기인점(起因點)으로 삼아, 차츰 그 사실적 테두리에서 벗어나 '신괴(神怪)' 또는 '신마 소설(神魔小說)'이라는 독창적이고도 새로운 작품으로 발전하게 된 것입니다.

629년, 승려 진현장은 국가의 금령을 어기고 국경을 벗어나 역사상 '실크로드 Silk Road'라고 불리는 '하서회랑(河西回廊)'과 서역 일대를 거쳐 지금의 우즈베키스탄-아프가니스탄-파키스탄-인도에 해당하는 천축으로 들어가, 여러 나라를 순방하면서 불교의 교리를 터득했습니다. 그는 장장 수만 리 길에 무려 50여 나라를 두루 찾아다닌 끝에 불경 657부를 구해 가지고 17년 만에 귀국하여, 당시 중국 대륙을 크게 진동시켰다고 합니다. 이것이 소설 『서유기』의 모티브가 되는 역사적 사실입니다.

나중에 「작품 해설」을 통해 자세히 설명되겠습니다만, 그는 귀국한 후 역경 사업에 몰두하는 한편으로 『대당 서역기(大唐西域記)』라는 여행기를 썼습니다. 그 뒤로 다시 그의 제자 두 사람이 『대당 자은사 삼장법사전(大唐慈恩寺三藏法師傳)』이라는 스승의 전기를 썼습니다. 이 두 가지 사실 기록에는 현장 법사가 구도행(求道行)의 여정에서 직접 겪고 들었던 중앙 아시아 제국의 지리 풍토와 아울러 기괴한 전설, 경전에 담긴 고사, 그리고 당시에는 기적으로밖에 이해할 수 없었던 자연 현상들이 허다하게 서술되었는데, 그 과정에서 다분히 전기적(傳奇的)인 성격을 띠게 된 것입니다.

그리고 이 기록들은 사원에서 판각되어 승려와 신도들을 교육하는 자료로서 이른바 '설경(說經)' 또는 '속강(俗講)'의 형태로 후세에 전해 내리게 되었으나, 이후 속세로 내려온 승려의 손에 의해 민간에 전파되면서부터 차츰 지엽(枝葉)이 덧붙여지게 되었고, 점차 사람의 가슴을 설레게 만드는 신비스러운 설화로 바뀌어 현장 법사 개인의 사실적 기록은 빠져버린 채 기이한 신화 전설로 완전히 탈바꿈하기에 이르렀습니다.

속세에 전파된 '설경'은 11세기 송-원대에 이르러 유행하기 시작한 직업적 이야기꾼의 대본, 즉 '화본(話本)'으로 바뀌게 되었는데, 그런 종류의 대본 가운데 현재 남아 있는 것이 『대당 삼장 취경시화(大唐三藏取經詩話)』입니다. 이것 역시 종교적인 내용을 우리 국악의 창법(唱法)처럼 노래하듯이 억양과 리듬을 붙여 설명하는 '강창체(講唱體)' 스타일로 씌어졌습니다.

이어서 12~13세기 원-명 초엽에는 희곡 문학이 이 테마에 주목하기 시작했습니다. 당시 무대에 올려진 잡극 대본으로 현존하는 것이

『당삼장 서천취경(唐三藏西天取經)』과 『서유기 잡극』이 있는데, 내용도 풍부하고 등장 인물의 성격과 스토리가 소설 『서유기』와 기본적으로 일치하는 작품들입니다.

희곡 창작과 보조를 맞추어 서사 산문체 형식의 『서유기 평화(評話)』도 나타났습니다. 이 작품은 책으로 남아 있는 것이 아니라, 1400년대 초기에 간행된 『영락대전(永樂大典)』이란 중국어 자전(字典)의 표제어 설명 가운데 책명과 함께 내용의 일부가 소개된 것입니다. 또 그것은 조선 숙종 때 편찬된 중국어 통역 교과서 『박통사언해』를 고증한 끝에 1930년대에야 그 실체가 밝혀져서 흥미를 끌었습니다.

소설 『서유기』가 1백 회본으로 완성된 것은 16세기 중엽, 즉 명나라 가정(嘉靖) 전기(1540년대)부터 명나라 말엽(1660년대)에 이르기까지 여러 가지 판본이 출판되어 유행하기 시작하면서부터입니다. 그 가운데 가장 대표적인 판본이 1587년을 전후해서 금릉 세덕당 주인 당광록이 간행한 이른바 『신각출상 관판대자 서유기(新刻出像官板大字西遊記)』입니다. 학자들은 이 판본을 『세덕당 본』이라고 부르면서 그 정통성을 인정해주고 있습니다.

그밖에 『이탁오 선생 비평 서유기』『양민재 판본』 등 여러 종류가 잇따라 출판되었습니다만, 안타깝게도 명나라 때의 모든 판본에는 저자 이름이 명시되어 있지 않습니다. 따라서 학자들은 수십 년에 걸쳐 여러 방면으로 문헌 자료와 연대기를 고증한 끝에 오승은(吳承恩)이란 천재 문학가를 원저자로 인정하기에 이르렀던 것입니다. 최근에 와서 또다시 학자들간에 "명나라 왕실 문객들의 공동 합작품"이라든가 "화양동천 주인 진원지(陳元之)"라는 등, 저자의 실체에 관한 논쟁이 대두되었으나, 뚜렷한 논거를 제시하지 못하고 추정하는 단계에 머물러 있으므로, 현재까지는 역시 오승은이 그 '저작권자'로 공인 받고 있는 실정입니다.

그리고 17~18세기 청나라 때에 접어들어 황주성이 주해를 붙인 『서유증도서(西遊證道書)』를 비롯하여 여러 판본들이 속출하였으나, 한두 종을 제외하고는 모두, 내용이 중첩된다거나 격식에 어긋난다는 이유로 명대 『세덕당 본』의 시문과 본문을 대폭으로 삭제하여 소설 『서유기』의 아기자기한 참맛을 잃어버렸다는 비평을 받고 있습니다.

내친 김에, 저자 또는 엄밀하게 말해 '저작권자' 오승은에 대해 간략하게 소개하자면 다음과 같습니다.

문헌 기록에 따르면, 오승은의 자(字)는 여충(汝忠), 호(號)는 사양산인(射陽山人), 지금의 장쑤성(江蘇省) 화이안(淮安) 지역에 해당하는 산양현(山陽縣) 출신으로, 그의 증조부와 조부가 학관(學官)을 지낸 선비 가문이었으나, 부친 대에 와서는 그나마 몰락하여 소상인이 되었다고 합니다. 이런 환경 속에서도 그는 어릴 적부터 총기가 뛰어나 학문을 두루 섭렵하고 젊은 시절에 청운의 뜻을 품어 여러 차례 과거에 응시하였으나 번번이 낙방을 거듭한 끝에, 50세가 되어서야 성시(省試)에 급제하여 공생(貢生)이 되었습니다. 그리고 60여 세 나이로 겨우 동남부 지방의 일개 현승(縣丞)이라는 미관말직에 부임하였으나, 그것도 2년 만에 사직하고 물러나 불우한 만년을 보내다가 자손 없이 쓸쓸하게 세상을 떠났다고 합니다.

태어난 시기는 학자들의 견해에 따라서 조금씩 다르지만 대략 1500년 또는 1504년, 세상을 떠난 시기는 1582년으로 추정하고 있습니다. 지난 1981년 중국 정부가 오승은의 무덤을 발굴 조사한 적이 있는데, 관 뚜껑에 '형왕부(荊王府) 기선(紀善)'이란 묘지명이 적힌 것으로 보아, 말년에 후베이성(湖北省) 일대의 영주였던 어느 왕실에서 예법을 가르치는 한직(閒職)에 종사하였으리라 여겨집니다. 중국 정부는 그때 발견된 두개골을 바탕으로 오승은의 상반신 입체 조각상을 세워, 『서유기』

의 진정한 '저자'로 공인하였다고 합니다.

『서유기』는 우리네 일반 독자들이 생각하듯 그런 동화나 판타지 소설이 아닙니다. 위에서 설명한 것처럼, 그 수많은 중국인들이 무려 1천 년에 가까운 세월 동안 바통을 이어서 갈고 닦고 집대성하여 이룩한 낭만주의 소설 문학의 결정체입니다.

이 소설을 마지막으로 완성한 저자는 우선 범속을 초월한 상상력을 발휘하여 신비성과 기발함을 극대화시킨 과장법으로 신화적인 환경을 꾸며놓고, 그 속에 황당무계한 변형 기법으로 등장 인물의 형상을 하나같이 두드러지게 변모시켜놓았습니다. 그 결과 주인공들은 물론, 신불(神佛)과 요괴 마귀들에게조차 모두 동물성과 인성(人性), 신성(神性)의 세 이미지를 동시에 부여하는 데 성공했습니다.

예를 들자면, 소설의 주역을 맡은 손오공 역시 2,500여 년 전 고대 인도 서사시 『라마야나 Rāmāyana』에 등장하는 원숭이 임금 하누만 Hanumān의 혈통을 이어받고 여기에 중국 도교 고사 가운데 '도를 닦아 요정이 된 원숭이'를 접목시켜 빚어낸 돌 원숭이입니다. 그리고 소설의 무대 배경은 처음부터 끝까지 온통 고대 중국의 신화 전설을 바탕으로 신비스럽게 채색되어 있습니다. 이런 것들이 곧 낭만주의적 기법의 하나라 하겠습니다.

그 특성을 꼽는다면, 시대 정신과 사회 역사의 본질적인 진실감을 반영했다는 데 있습니다. 그렇다고 저자가 실생활의 본 면목을 직접 반영한 것은 아닙니다. 다만 가공(架空)의 인물, 허구적(虛構的) 환경, 가설적(假設的) 스토리의 전개를 통해, 저자가 생존하던 시절의 참상을 간접적으로나마 풍자하고 고발하려 했던 것입니다.

저자 오승은이 살던 시기는 명나라 말엽 가정(嘉靖) 연간의 암울한 시대였습니다. 당시 도교의 맹신자였던 세종은 불교를 무자비하게 탄압하고 요망한 도사들에게 미혹 당한 채 정사를 돌보지 않고 밤낮으로 종교 의식에만 몰두하여, 나라를 쇠망의 길로 이끈 황음무도한 폭군이었습니다. 그 밑에는 환관들과 간신이 들끓어 권력을 농단하고 매관매직을 일삼아, 조야(朝野)는 부정부패로 뒤죽박죽 난장판이 되는가 하면, 전국 지방에서는 봉건 통치자들이 무거운 세금과 부역을 빈번하게 매겨 백성들을 수탈하고, 토호 악패들이 횡행하면서 농민들을 가혹하게 착취하는 시대였습니다. 게다가 환관이 거느린 '동·서창(東西廠)' '금의위(錦衣衛)'와 같은 정보 기관의 사찰 요원과 친위 부대가 역모를 색출하고 민간의 유언비어를 단속한다는 명목으로 사면팔방에 깔려, 전국의 도로가 공황에 빠졌을 지경이었다고 합니다. 이것이 곧 『서유기』의 모델이 되었던 것입니다.

그렇다고 저자 개인이 그런 암울한 세태를 변혁시킬 만한 신통력의 소유자는 아니었습니다. 따라서 그는 소설 『서유기』라는 픽션을 통해 허구적 환경을 설정하고 가공의 인물들을 등장시켜, 가설적 스토리를 엮어나가는 과정에서 은연중 그러한 실태를 우회적으로 풍자, 비판함으로써 자신의 울분을 토로하고 후세에 고발하고자 했던 것입니다. 그리고 이것이 바로 저자가 소설 『서유기』를 쓰게 된 의도요 목표였으며, 그 시대에 그가 할 수 있는 능력의 한계이기도 했습니다.

청나라 때의 선비 우향(雨鄕)은 이 소설을 읽고 이렇게 말했습니다.

"어느 구절 하나 참되지 않은 것이 없고, 어느 구절 하나 거짓되지 않은 것이 없다. 거짓은 거짓답게, 참된 것은 참다워, 그 천연덕스러움이야말로 거짓이든 진실이든 손에 잡히는 대로 모두가 고개를 끄덕이게 만든다."

그의 말대로, 『서유기』는 저자의 절묘한 필치 속에 진위(眞僞)가 하나로 융화되어 거짓 중에 진실을 담고 있으며, 상상 가운데 진실을 드러내 보이고 있습니다. 이러한 '환중견진(幻中見眞)'이야말로 곧 낭만주의 기본 예술의 특성을 적합하게 구현하는 요소로서, 현실주의 문학과 더불어 논할 수 없는 것이라 하겠습니다.

그러나 소설 『서유기』의 가장 두드러진 특성은 희극적 풍격에 있다고 보아야 할 것입니다.

저자는 소설 전편에 걸쳐 세련되고도 과장된 필치로 그 시대 백성들에게 희망을 주지 못하던 기존 종교, 특히 당시 현실적으로 증오의 표적이 된 도교에 대하여 익살맞은 해학으로 조롱하고, 추악한 세태와 관부의 실태를 날카롭게 풍자 고발하고 있습니다. 그것들은 주로 손오공과 저팔계의 신변을 통해 구현됩니다.

다음으로는 유머입니다. 강렬한 풍자 요소를 제외하고도 『서유기』 속에서 유머는 손오공의 낙천주의와 낙관주의를 구현하는 정신적 기둥으로서, 대적 투쟁에 있어 자신을 믿는 굳센 신념과 사악한 세력을 압도하는 우월성으로 승화시키는 효과를 보이고 있습니다. 그리고 또 저팔계의 겉모습이나 약점을 통하여 '미(美)와 추(醜)'를 대비시키는 희극 형식으로 농도 짙게 표현되기도 합니다.

그리고 또 하나를 들자면, 바로 골계(滑稽)입니다. 골계의 본질은 추(醜), 곧 익살맞고 못난 이미지입니다. 그것도 결과적으로 항상 터무니없이 도리에 어긋나야 한다는 황당한 특징을 지니고 있습니다.

소설을 전반적으로 평가해볼 때, 저팔계는 중대한 결함과 약점을 숱하게 지닌 골계의 전형적 인물입니다. 그 외형은 추레한 돼지 모습에 바보스러움과 아둔하고 굼뜬 동작입니다. 게다가 습성은 여색과 식탐을 즐기고 잠꾸러기에 물욕 또한 대단합니다. 이것이 골계의 대상이 되었지만, 저자는 그가 지닌 품격의 긍정적인 핵심으로 성실한 본색, 거의 미련하고 치졸하다 할 만큼 솔직하면서도 순박한 기질을 '어린애처럼 천진무구(天眞無垢)한' 내면적 천성으로 인식했습니다.

문제는 그러한 외형의 부정적 요소와 내면의 긍정적 요소를 어떻게 융화시켜 그 심미적 가치를 부여했느냐 하는 점입니다. 인물의 외부 형상과 내면 세계를 결합시켜놓고 보았을 때, 저팔계의 이미지는 '외추내미(外醜內美)'로서 그 본질 역시 아름답다는 사실, 곧 '추(醜)도 미화(美化)될 수 있다'는 진실을 이해하게 만들었다고 볼 수 있습니다. 식탐과 잠꾸러기 기질은 하루 종일 수고롭게 노동한 끝에 배부르게 먹고 쉴 때를 기다리는 노동자 농민의 심리요, 색욕은 생식 능력이 왕성한 돼지의 동물적 원형, 즉 다산(多産)을 기원하던 고대 중국인들의 토템 신앙에서 비롯된 것입니다. 이런 면에서 저자는 골계적인 측면을 통하여 저팔계의 이미지를 두드러지게 부각시켰던 것입니다.

"완전무결한 인물 묘사는 쉬워도, 장점이라곤 하나도 없는, 즉 완벽한 결점투성이의 인물 묘사는 거의 불가능하다"는 말이 있듯이, 저팔계의 이러한 골계적 이미지 묘사야말로 『서유기』 이전의 중국 소설사에서는 보지 못하던 새로운 서술 기법이라 할 것입니다.

『서유기』 1백 회는 주제별로 크게 3개 단락으로 나누어 볼 수 있습니다.

제1회부터 제7회까지는 하나의 값진 창작 신화 문학으로서, 저절로 태어난 돌 원숭이가 도를 닦아 손오공이 되고 제천대성을 자칭하며 천궁에서 대소동을 일으킨 이야기입니다. 그는 옥황상제의 권위에 반항하여 자신에 대한 일체 속박을 거부하고 자유와 자신의 존엄성을 지키기 위해 대담무쌍하게 천궁을 들부수어, 그 엄격한 위계질서를 난장판으로 만들어놓습니다. 그리고 끝내 야성을 제압 당하여 불문에 투신하게 된 과정을 그렸습니다.

제8회부터 12회까지는 당나라 스님 현장 법사의 기구한 출신 내력과 불경을 얻으러 떠나게 된 연유를 썼으며, 제13회부터 마지막 회까지는 서천으로 가서 불경을 얻어 오는 과정을 서술했는데, 여기에는 영취산에서 불경을 얻어 가지고 돌아오기까지 손오공, 저팔계, 사오정이 스승을 보호하여 온갖 요괴들과 싸우며 40여 차례의 난관을 천신만고로 극복하면서 넘어가는 스토리가 펼쳐지고 있습니다.

첫번째 단락에서, 저자는 손오공의 반역 정신을 통하여 중세 중국 인민들의 반봉건 사상을 대변하려 했던 것이 아닐까 싶습니다. 즉 그 봉건적 전제 통치에 반대하고 저항하면서 자유를 갈망하던 당시 백성들의 염원을 신화적 가상(假想) 형식으로 반영하려 했을 것이라는 뜻입니다. 그리고 세번째 단락은 이른바 "서천으로 경을 가지러 가는" 도상에서 그가 인간세상을 위해 요사스런 마귀들을 잡아 없애는 영웅으로 활약하게 되는데, 이는 곧 손오공의 이미지를 통하여 자연 재해와 사회악을 제거하려는 중국인들의 염원이 반영된 것이라고 볼 수 있습니다. 따라서 손오공은 전체 맥락을 통해 일종의 "자유의 화신"으로 부각되었다고도 할 수 있습니다.

결론적으로, 저자가 주인공들을 통해 구사하는 익살과 해학, 그리고 당시 저자의 형편으로는 시도 자체가 불가능한 일이었겠지만 여하튼 암울한 사회의 현실 부정과 사람들의 염원을 충족시켜주지 못하는 종교에 대한 비판과 풍자의 방편으로 이 작품을 썼으리라 봅니다. 따라서 이 작품 속에서는 신(神)과 마(魔)의 대칭 개념을 한결같이 정(正)과 사(邪), 시(是)와 비(非), 흑(黑)과 백(白), 순(順)과 역(逆), 선(善)과 악(惡), 그리고 광명과 암흑이라는 통념적인 이분법으로 구별하지 않고 그 어느 쪽이나 차별 없이 공평하게 대우했습니다.

이러한 작가의 의도는 그 당시 부조리한 계급 사회에 가치 평등을 부여함으로써, 인간 내면의 잠재의식 속에 살아 있는 반항적 천성을 적나라하게 표출시키려는 데 두었다고 보아야 할 것입니다. 물론 이렇듯 종교적 개념과 사회 의식에 대해 긍정과 부정적 측면을 초탈하기 위해서는 어느 정도 익살스러운 뜻을 지니게 만들어, 읽는 이들로 하여금 웃어넘기게 할 필요가 있었을 것입니다.

저자에게 있어서 바로 이 '일소(一笑)'야말로 신화 형식으로 신비스럽게 포장되었던 작품 의도를 또다시 현실 속에 되돌려 인성화(人性化)시키는 원동력이라 할 것이며, 신마 소설 『서유기』가 신화적 요소에 곧 '인간적인 의미'를 부여하여, 그런 익살과 해학 속에 신마 소설의 영역을 벗어나 인간 세상을 웃어넘기며 업신여기는 날카로운 페이소스, 염세주의, 냉소주의마저 담고 있는 저항 문학으로서의 값어치를 지닌 명작이 되게 하였다고 말할 수 있을 것입니다.

끝으로, 이 완역판 『서유기』를 독자 여러분 앞에 내놓게 된 동기는 『삼국연의』 『수호전』과 마찬가지로 이 작품도 마치 지하 유전에 매장된 원유를 지상으로 뽑아내야 정제하여 여러 모로 쓰일 수 있듯, 이제 올바른 완역본으로 정리되어 쓰일 때가 되었다고 생각했기 때문입니다. 그렇게 함으로써 우리 독서 문화계에는 이제껏 '손오공, 저팔계, 사오정 시리즈'만 있을 뿐 완벽한 소설 『서유기』를 구경하기 어렵다는, 다소 자조적(自嘲的)인 평가를 떨쳐버리고, 지엽적으로 자꾸만 축소되고 뒤틀려가는 원저자의 본뜻을 다시 바루어놓고 싶었기 때문입니다.

독자 여러분의 많은 질정(叱正)을 기대해봅니다.

2003년 이른 봄
심도(沁都)에서, 임홍빈

서유기西遊記

제1회 신령한 돌 뿌리를 잉태하니 수렴동 근원이 드러나고, 돌 원숭이는 심령을 닦아 큰 도를 깨치다

이런 시구가 있다.

> 혼돈이 갈라지지 않아 하늘과 땅은 어지럽고,
> 아득하기 짝이 없어 인간은 보이지 않네.
> 태초에 반고씨(盤古氏)가 자연의 원기(元氣)를 깨뜨리고 나서
> 천지개벽이 이루어지고 청탁(淸濁)이 나뉘었다.
> 온갖 생물을 덮고 실어주어 어질게 되기를 바랐고,
> 만물의 이치를 밝혀 모두 착하게 만들었다.
> 천지 조화를 이룩한 회(會)와 원(元)의 공(功)을 알려거든
> 모름지기 『서유석액전(西游釋厄傳)』을 볼지어다.

대개 하늘과 땅의 운수(運數)를 따지자면, 12만 9천 6백 년을 일원(一元)으로 쳤다. 그리고 이 일원을 다시 십이회(十二會)로 나누는데, 그것이 바로 간지(干支) 중의 자(子, 쥐띠)·축(丑, 소띠)·인(寅, 범띠)·묘(卯, 토끼띠)·진(辰, 용띠)·사(巳, 뱀띠)·오(午, 말띠)·미(未, 염소띠)·신(申, 원숭이띠)·유(酉, 닭띠)·술(戌, 개띠)·해(亥, 돼지띠)의 열두 지(十二支)이다. 그러니까 일회(一會)는 곧 1만 8백 년의 세월에 해당하는 셈이다.

이것을 다시 하루 시간으로 따진다면, 자시(子時, 23시~1시)에는

양기(陽氣)가 들기 시작하고, 축시(丑時, 1시~3시)에는 새벽닭이 홰를 치며, 인시(寅時, 3시~5시)에는 동트기 직전 어둠이 덮이고, 묘시(卯時, 5시~7시)가 되면 해가 솟아오른다. 진시(辰時, 7시~9시)는 아침 식사를 마칠 때고, 사시(巳時, 9시~11시)가 되면 아침 해가 높이 떠올라, 오시(午時, 11시~13시)에는 중천에 오른다. 미시(未時, 13시~15시)에는 해가 서녘으로 기울기 시작하고 신시(申時, 15시~17시)에 황혼이 깃들며, 해가 떨어질 때는 유시(酉時, 17시~19시)요, 술시(戌時, 19시~21시)에는 날이 캄캄하게 저물고, 해시(亥時, 21시~23시)가 되면 모든 사람들이 잠자리에 들게 된다.

이것을 다시 천지의 정수(定數)에 비유한다면, '술회(戌會)'의 종말이 되었을 때는 하늘과 땅이 또다시 암흑 상태에 빠져 세상 만물이 끝나버리고, 그로부터 다시 5천 4백 년을 지나 '해회(亥會)'가 시작되어서도 여전히 어둡고 천지간에 인간과 사물이 없는 상태가 계속된다. 그렇기 때문에 이 시기를 혼돈이라고 일컫는 것이다. 이로부터 다시 5천 4백 년이 지나 '해회'가 끝날 무렵이 되었을 때, 비로소 '원·형·이·정(元亨利貞)'[1]의 마감인 '정'이 가고 '원'으로 돌아가게 되어, '자회(子會)'가 가까워지면서 하늘과 땅이 차츰 열려 밝아지기 시작한다.

후세의 유명한 철학자 강절 선생(康節先生) 소옹(邵雍)[2]은 이런 말을 했다.

---

1 원·형·이·정: 역학(易學)에서 말하는 천도(天道)의 네 가지 원리. 원(元)은 봄을 뜻하며 만물의 시초를, 형(亨)은 여름으로 만물의 성장을, 이(利)는 가을로 만물의 완성을, 정(貞)은 겨울로 만물의 거둠을 각각 뜻한다.

2 소옹(邵雍, 1011~1077): 중국 송나라 때 철학가. 죽은 뒤에 받은 시호(諡號)가 강절공(康節公)이다. 당시 우주의 구조 도식과 학설을 체계화시키고, '우주의 본원은 태극(太極) 또는 도(道)와 심(心)으로 영원불멸한 것이며, 천지 만물은 생성과 성장을 거듭하면서 순환, 변화한다'는 학설을 주장했다. 저서에 『황극경세(皇極經世)』 『이천격양집(伊川擊壤集)』이 있는데, 이 구절은 「동지음(冬至吟)」에서 따온 것이다.

"동지(冬至)는 '자회'의 중간쯤 되는 시절이라, 천심(天心)에 변동이 없고 양기가 비로소 움직이기 시작할 뿐, 만물은 아직 생겨나지 않을 때이다."

이때에 와서야 하늘에는 비로소 근원이 있게 된다.

그로부터 다시 5천 4백 년이 지나 '자회'가 되면, 가볍고 맑은 것들은 위로 떠올라 해도 되고 달도 되고 별도 되니, 이것이 곧 일월성신(日月星辰)으로서 사상(四象)이라 일컫게 되는 것이다. 그러기에 하늘은 '자회'에 열렸다고 하는 것이다.

그리고 또다시 5천 4백 년을 지나서 '자회'가 끝나고 '축회(丑會)'에 가까워질 무렵, 하늘과 땅은 차츰 굳어지기 시작했다고 한다.

『주역(周易)』에 다음과 같은 말이 있다.

> 크도다, 하늘의 시원(始元)이여! 지극하도다, 땅의 시원이여!
> 이를 바탕으로 만물이 생겨나고, 하늘의 뜻에 순응하는도다.[3]

이때에 이르러 비로소 땅이 단단하게 굳어지기 시작하였다.

그로부터 다시 5천 4백 년을 지나 '축회'에 이르면, 무겁고 탁한 것이 아래로 내려앉아 엉기면서 물이 되고, 불이 되고, 산이 되고, 돌이 되고, 흙이 되는데, 이 수(水)·화(火)·산(山)·석(石)·토(土)를 오형(五形)이라 일컫는다. 그래서 땅덩어리는 '축회'에 열렸다고 하는 것이다.

그로부터 다시 5천 4백 년을 지나 '축회'가 끝나고 '인회(寅會)'가 시작될 무렵이면 만물이 생겨나게 된다.

---

[3] 크도다······ 하늘의 뜻에 순응하는도다!: 이 구절은 『역경(易經)』「건곤(乾坤)」에서 인용한 것이다.

『역서(曆書)』에 다음과 같은 말이 있다.

> 하늘의 기운이 아래로 내려오고, 땅의 기운이 위로 올라가,
> 천지가 교합하여 모든 만물이 생겨났다.

이때에 이르면 하늘이 맑아지고 땅이 상쾌하여 음양(陰陽)이 교합하게 되는 것이다.

그로부터 다시 5천 4백 년이 지나 바야흐로 '인회'가 되면, 인간이 생겨나고 길짐승과 날짐승이 생겨나는데, 이것을 가리켜 '천·지·인(天地人)'의 삼재(三才)가 비로소 제자리를 잡았다고 하는 것이요, 그 때문에 사람은 '인회'에 생겨났다고 하는 것이다.

이리하여 태곳적 반고씨[4]가 천지를 개벽하고 삼황(三皇)[5]이 그 세상을 다스리며, 오제(五帝)[6]가 윤리강상(倫理綱常)을 제정하면서부터 이 세상은 네 개의 큰 대륙〔洲〕으로 나뉘었는데, 이것이 곧 동승신주(東勝神洲)·서우하주(西牛賀洲)·남섬부주(南瞻部洲)·북구노주(北俱蘆洲)라고 부르는 것이다. 그리고 이 책에 씌어진 이야기는 모두 동승신주에서 일어난 일들이다.

동승신주 바다 저편에 오래국(傲來國)이란 나라가 있었다. 이 나라

---

4 반고씨: 중국 상고 시대 천지 만물의 시조라는 전설적인 황제. 중국 신화에 보면, 반고가 천지를 개벽하여 이 세상을 처음 열었다는 기록이 전해온다.

5 삼황: 중국 전설에 나타나는 세 임금. 첫번째 임금 태호 복희씨(太昊伏羲氏)는 그물을 만들어 인간에게 처음으로 물고기 잡는 법을 가르쳤고, 염제 신농씨(炎帝神農氏)는 농업과 의술, 음악을 가르쳤으며, 황제 유웅씨(黃帝有熊氏)는 처음으로 문자와 수레, 선박을 만들고 도량형과 역법(曆法)을 제정하였으며, 누에 치는 법을 가르쳤다고 한다.

6 오제: 기원전 2700년경 고대 중국을 다스렸던 다섯 임금. 소호(少昊) 또는 황제(黃帝), 전욱(顓頊)·제곡(帝嚳)·요(堯)·순(舜).

는 큰 바다와 인접해 있는데, 그 바다 한가운데 화과산(花果山)이라는 명산이 하나 있었다. 이 산은 신선들이 살고 있다는 십주(十洲)[7]의 원줄기요, 삼도(三島)[8] 가운데서도 으뜸가는 산으로서, 하늘과 땅의 청탁이 가려졌을 때부터 솟아나고 혼돈이 분별된 이후에 이루어진 산이었다. 얼마나 아름다운 산인지 이를 증명하는 시구가 있다.

산악의 기세는 망망대해를 억누르고, 그 위엄은 아름다운 바다를 진압한다.
산악의 기세가 망망대해를 억누르니, 은빛 산과 같은 밀물 썰물이 용솟음쳐 고기 떼가 굴 속으로 숨어든다.
위엄이 아름다운 바다를 진압하니, 눈보라와도 같은 물결이 뒤집혀 신루(蜃樓)[9]들이 깊은 심연을 벗어나 달아난다.
목화(木火)의 한 귀퉁이에 흙더미가 높이 쌓여, 동해가 있는 곳에 우뚝 솟아오른다.
까마득한 낭떠러지에는 기암괴석이 깔렸고, 깎아지른 절벽에는 기묘한 봉우리가 솟구쳐 있다.
까마득한 낭떠러지 위에서 채색 봉황이 쌍쌍이 지저귀고, 깎아지른 절벽 앞에 기린이 홀로 누웠다.

---

[7] 십주: 중국 전설에, 신선들이 살고 있다는 가상적인 지명. 기록에 보면 조주(祖洲)·영주(瀛洲)·현주(玄洲)·염주(炎洲)·장주(長洲)·원주(元洲)·유주(流洲)·생주(生洲)·봉린주(鳳麟洲)·취굴주(聚窟洲)가 그곳이라고 한다.

[8] 삼도: 역시 신선들이 살고 있다는 가상의 바다 섬. 섬 한가운데에 각각 높은 산이 있는데, 봉래산(蓬萊山)·방장산(方丈山)·영주산[瀛洲山 또는 곤륜산(崑崙山)]이 그것이라고 한다.

[9] 신루: '신(蜃)'은 바다 속에 사는 거대한 조개. 이 조개가 기(氣)를 토하면 누각이 나타난다는 설화가 있다. 과학적으로는 바다 위나 사막에서 기온 이상 분포 현상으로 광선이 굴절하여 먼 데 있는 물체가 거꾸로 비쳐 보이는 현상, 곧 신기루(蜃氣樓)를 말한다.

산봉우리에는 이따금 금계(錦鷄)가 우짖는 소리 들리고, 석굴에는 언제나 해룡(海龍)이 드나드는 자태가 보인다.

숲 속에는 목이 긴 사슴, 앙큼스런 여우 떼가 놀고, 나무 위에는 영특한 날짐승, 검정 두루미가 깃들었다.

기화요초(奇花瑤草)는 시들 때가 없으며, 푸르른 소나무 잣나무는 사시사철 늘봄이다.

선도(仙桃) 복숭아는 언제나 열매를 맺고, 매끄러운 대나무에는 늘 구름이 머문다.

한 줄기 골짜기에는 등나무 덩굴이 빽빽하고, 사면 들판 봇둑에는 풀빛이 새롭다.

이야말로 온갖 시내가 흘러드는 곳에 하늘을 떠받드는 기둥이요, 천만 년 세월을 두고 움직임이 없는 대지의 뿌리이다.

바로 이 화과산 꼭대기에 신기한 바윗돌이 하나 서 있는데, 그 높이가 3장(丈) 6척(尺) 5촌(寸), 둘레는 2장 4척이었다. 높이 3장 6척 5촌은 곧 원둘레 한 바퀴의 365도에 따른 것이고, 둘레 2장 4척은 곧 역서(曆書)의 24절기(節氣)에 따른 것이며, 바윗돌에 뚫린 아홉 구멍과 여덟 구멍은 구궁팔괘(九宮八卦)에 따른 것이다. 그 사방에는 나무 그늘이라곤 하나도 없는 대신, 좌우 양편에 향기로운 지초 난초가 엉클어져 있었다. 그 바윗돌은 천지가 개벽한 이래 하늘과 땅의 정수(精髓)와 일월의 정화(精華)를 끊임없이 받으며 오랜 세월을 지내오는 동안 차츰 영기(靈氣)가 서리더니, 마침내 그 속에 태기(胎氣)가 생겼다. 그리고 어느 날 바윗돌이 쪼개지고 갈라지면서 둥근 공처럼 생긴 돌알을 한 개 낳았다. 바위에서 튀어나온 돌알은 바람을 쐬더니 그 즉시 돌 원숭이로 변했는데, 두 눈, 두 귀와 입, 코의 오관(五官)[10]을 다 갖추었을 뿐만 아니라 팔다리까지 멀쩡하게 생겨 그 자리에서 기어다니고 걸어다닐 줄 알고, 사방을 두루 돌아보며 절을 하는데 두 눈망울에서 금빛 광채가 쏘아져 나와 하늘나라에까지 뻗쳐 올라갔다.

그 놀라운 금빛 광채는 마침내 하늘 높이 계신 옥황대천존현궁고상제(玉皇大天尊玄穹高上帝), 즉 옥황상제 하느님을 놀라게 만들었다. 옥황상제는 금궐운궁(金闕雲宮)인 영소보전(靈霄寶殿)으로 나아가 천상의 여러 대신들을 모으고 번쩍거리는 금빛 광채를 보더니, 그 즉시 천리안(千里眼)과 순풍이(順風耳) 두 장수에게 명하여 남천문(南天門)을 열고 나가서 진상을 알아보도록 하였다.

옥황상제의 명을 받든 두 장수가 문을 열고 나가 살펴보니, 사실이 과연 그러했으므로 곧장 돌아와 듣고 본 대로 아뢰었다.

"소신들이 어명을 받들고 금빛 광채가 비치는 곳을 살펴본즉, 그것은 바로 동승신주 바다 동쪽 오래국이라는 작은 나라에 있는 화과산에서 뻗쳐 올라온 것이었사옵니다. 그 산꼭대기에 신기한 바윗돌이 하나 있는데, 그 바위가 돌알 한 개를 잉태하고 그 돌알이 바람을 쐬더니만 돌 원숭이로 변하였사옵니다. 그놈은 태어나자마자 동서남북 사방을 바라보고 절을 하기 시작했는데, 그놈의 두 눈에서 쏟아져 나온 금빛 광채가 하늘나라에까지 비쳐 올랐던 것이옵니다. 하오나, 이제 그놈의 돌 원숭이가 음식을 먹고 물을 마시고 있사온즉, 그 금빛 광채도 이내 사라질 것이옵니다."

옥황상제는 자비로운 말씀을 내리셨다.

"하계(下界)의 생물은 모두 천지의 정화를 받아 태어난 것들이니, 과히 이상스럽게 여길 것은 없겠다."

---

10 오관: 신체 감각을 일으키는 다섯 가지 기관(器官), 곧 눈, 코, 귀, 혀, 살갗이다.

한편 산중의 돌 원숭이는 걷기도 하고 뛰거나 달리기도 하면서, 풀과 나무를 뜯어먹고 계곡의 물을 마시며, 들꽃도 따고 나무 열매를 따먹으며, 이리 떼와 호랑이를 벗삼고 노루, 사슴과 원숭이의 무리와 친하게 사귀었다. 밤이면 절벽 그늘 밑에서 잠자고 아침나절이면 산봉우리, 동굴 속에서 놀며 지냈다. 그야말로 '산중에 세월 가는 줄 모르고 추위가 다 지나도 해 바뀌는 줄 모른다'는 격이었다.

어느 날 아침, 날씨가 찌는 듯이 무더웠다. 그는 동료 원숭이 떼와 함께 불볕 더위를 피해 소나무 그늘 밑에서 놀고 있었는데, 그 장난질이 하나같이 가관이었다.

나무 위에 깡충깡충 뛰어오르는 놈, 가장귀에 대롱대롱 매달리는 놈, 들꽃 나무 열매를 마구잡이로 따먹는 놈이 없나, 비석 치기 놀이에 무작정 돌팔매질을 날리는 놈, 모래 바닥을 뜀박질하는 놈에 모래성을 쌓는 놈이며, 잠자리를 쫓는 놈, 메뚜기를 잡는 놈, 하늘을 우러러 큰절하는 놈이 없나, 보살님을 향해 예배를 올리는 놈, 칡넝쿨 등나무 줄기를 잡아뜯는 놈이 있는가 하면, 풀섶을 뜯어다가 짚신 삼는 놈도 있고, 이를 잡는 놈, 깨물고 꼬집는 놈, 터럭을 긁는 놈, 손톱을 다듬기도 하고, 떠다 밀치고 잡아당기고, 자빠뜨려 누르고 눌리는 놈에 비벼대고 문지르고, 붙잡고 늘어져 승강이를 벌이는 놈…… 푸른 소나무 숲 그늘 밑에서 제멋대로 뛰고 놀며, 산골짜기 맑은 시냇가에서 멱을 감는 놈도 있다.

한참 실컷 놀고 난 원숭이 떼는 멱을 감으려고 산골짜기 개울가로 몰려갔다. 콸콸 쏟아져 흐르는 개울물은 물보라를 하얗게 흩뿌리면서 호박이라도 굴릴 만큼 기세 좋게 용솟음쳐 흘러 내려가고 있었다. 옛말에 '날짐승에게는 날짐승의 말이 있고, 길짐승에게는 길짐승의 말이 있다'고 했듯이, 원숭이들도 자기네끼리 알아듣는 말로 마구 떠들고 지껄여댔다.

"이 물줄기가 어디서 흘러오는 것인지 모르겠다. 우리 오늘 별로 할 일도 없으니까, 물길 따라 위쪽으로 거슬러 올라가서 발원지(發源池)가 어디 있는지 찾아보며 놀자꾸나!"

"그래, 좋다! 좋아!"

원숭이들은 환호성을 지르더니, 암수 서로 손목 잡아끌고 형님 아우님 불러가며 일제히 상류 쪽으로 달려가기 시작했다. 그들은 계곡 따라 산등성이를 기어오른 끝에 물줄기의 원천이 되는 곳에 당도했는데, 거기에는 한 줄기 폭포수가 요란하게 떨어져 연못을 이루고 있었다.

한 줄기 흰 무지개 뻗쳐오르니, 천 길 물보라가 눈사태처럼 흩날린다.

바닷바람은 끊일 새 없이 불어오는데, 강물에 비낀 달은 예나 다름없이 비친다.

서리 찬 물 기운은 청산에 감돌고, 흩날리는 물보라 풀 포기를 촉촉이 적신다.

꽈다당 꽈다당 쏟아지는 저 폭포수, 흡사 절벽에 드리운 장막 같구나.

그 장관을 보고 뭇 원숭이들은 손뼉을 쳐가며 환호성을 올렸다.

"와아, 멋진 물이다, 멋진 폭포수야! 이제 봤더니 여기서부터 흘러내린 물줄기가 산기슭을 거쳐 곧장 큰 바다 물결과 잇닿았구나."

그리고 어느 놈인가 이런 제안을 했다.

"누구든지 저 물 속에 뛰어 들어가서 근원을 찾아낼 자가 없을까? 몸 하나 다치지 않고 들어갔다가 무사히 나올 재주가 있다면, 우리 모두 그를 임금으로 삼자!"

이렇게 세 번을 연거푸 소리치자, 무리 가운데서 느닷없이 돌 원숭이 한 마리가 뛰쳐나오더니 맞고함을 질러 응답했다.

"내가 들어감세! 내가 해볼 테야!"

멋진 원숭이는 역시 그놈이었다.

> 오늘이야말로 꽃다운 이름 드날리는 날,
> 돌 원숭이 운수가 대통이로세.
> 연분이 닿아서 이곳을 차지하다니,
> 선궁(仙宮)에 들어가 임금 노릇을 할 팔자로구나.

신바람이 난 돌 원숭이, 두 눈 질끈 감고 몸을 움츠리더니 훌쩍 솟구쳐 폭포 속으로 풍덩 뛰어들었다. 물속에 뛰어든 원숭이가 두 눈 번쩍 뜨고 머리 들어 주변을 두리번거렸더니, 웬걸! 물결이라곤 하나도 없고 다리 하나가 덩그러니 걸려 있을 뿐이었다. 몸짓을 그치고 정신을 가다듬어 다시 한 번 자세히 살펴보니, 그 다리는 철판으로 만들어진 것이었고, 교각 아래 흐르는 물은 바위 틈서리를 뚫고 나온 물줄기가 거꾸로 솟구쳤다가 떨어져 흐르는 바람에 철판교를 가리고 있었던 것이다. 허리를 구부리고 철판교 위에 올라가 이리저리 거닐면서 다시 살펴보았더니 마치 사람들이 살던 동네 집처럼 정말 좋은 곳이었다.

> 이끼는 쪽 물감 포개놓은 듯 짙푸르고, 흰 구름은 하늘에 떠도는 옥돌 같은데,

빛 가닥 흔들리는 대로 아지랑이 안개가 조각조각 피어오른다.

창문은 닫힌 채 집 안은 고요한데, 매끄러운 돌 걸상 무늬가 꽃을 피웠다.

석회 동굴 종유석에는 용의 구슬이 걸렸고, 앞뜰 뒤뜰 바닥에는 온통 기이한 화초.

솥 걸린 부뚜막에는 불 땐 자취가 남았고, 술통 옆 식탁 위에는 먹다 남긴 술안주 흔적이 질펀하다.

돌 걸상, 돌 침대 아름답기 그지없고, 돌 대야, 돌 대접은 더욱 정교하구나.

말끔하게 가다듬은 대나무도 한두 그루, 매화나무도 서너 그루 눈에 뜨이고,

한두 그루 소나무에 맺힌 빗방울, 영락없이 사람 살던 인가가 분명하도다.

한참 동안 보고 나서, 다리 중턱에 뛰어올라 좌우를 둘러보았더니, 정면 한가운데 돌비석 한 개가 우뚝 세워져 있었다. 그 비석에는 해서체(楷書體)로 커다랗게 다음과 같은 열 글자가 새겨져 있었다.

복지동천(福地洞天) 화과산 수렴동(花果山水簾洞)

돌 원숭이는 기쁨을 이기지 못하고 부랴부랴 몸을 빼어 바깥으로 걸어 나오더니 또다시 눈을 감고 몸을 웅크린 채 뛰어올라 물 밖으로 나왔다. 그리고 깔깔깔 웃어대며 동료 원숭이들에게 외쳐 알렸다.

"조화로다 조화야! 운수 대통했단 말이다!"

동료 원숭이들이 우르르 몰려가 그를 에워싸고 물었다.

"물속이 어떻던가?"

"물은 얼마나 깊고?"

돌 원숭이가 대답했다.

"물은 없어, 물이 없단 말이야! 철판으로 만든 다리가 하나 걸쳐 있는데, 그 다리 건너편에 천지 조화로 만들어진 집이 한 채 있더군."

"집이라는 걸 어떻게 보고 알았어?"

동료들의 물음에, 돌 원숭이는 껄껄 웃어가며 대답했다.

"하하, 이 물줄기는 다리 밑 돌 틈에서 용솟음쳐 올라와 거꾸로 떨어져 흐르는 바람에 드나드는 출입구를 가리고 있단 말씀일세. 다리 주변에는 꽃나무들이 있고 돌로 지은 집도 있는데, 그 돌집 안에는 돌로 만든 솥이며 돌 부뚜막, 돌그릇, 돌 대야, 돌 침대에, 돌 걸상까지 갖추어져 있거든. 그 한가운데에 돌 비석이 하나 세워져 있는데, 정면에 '복지동천 화과산 수렴동'이란 글자가 새겨져 있는 것이, 참말 우리들이 마음놓고 편안히 살 수 있는 곳이더군. 그리고 동굴 속이 무척이나 넓어서 천 명도 넘는 식구가 살 만하겠어. 우리 모두 그 안에 들어가 살기로 하세. 그러면 하늘에 시달릴 걱정을 하지 않아도 괜찮을 걸세. 그 속으로 말하자면 이렇다네!"

바람이 몰아쳐도 피할 곳이 있고, 비가 쏟아져 내려도 몸둘 데가 있다네.

눈서리도 두려워할 턱이 없고, 천둥 벼락을 때려도 전혀 들리지 않는다네.

안개 노을이 항상 빛나게 감돌고, 상서로운 기운이 훈훈하게 피어나,

소나무 대나무는 해마다 푸르며, 기화요초는 나날이 새롭다네.

뭇 원숭이들이 그 말을 듣자, 저마다 기뻐 날뛰며 말했다.

"들어가세, 들어가! 자네가 앞장서서 우리를 안내하게!"

돌 원숭이는 또다시 두 눈을 감고 몸을 구부리더니 물속으로 풍덩 뛰어들면서 소리쳤다.

"자아, 모두들 날 따라와! 들어오라니까!"

원숭이들 가운데 배짱 큰 놈은 모두 뛰어들었으나, 담보가 작은 놈은 하나같이 머리만 길게 내뽑거나 목을 움츠리고 귓불이며 볼따귀를 잡아당기면서 큰 소리만 쳐가며 한참 동안 머뭇거리다가 겨우 용기를 내어 뒤따라 물속으로 뛰어들었다. 다리맡에 뛰어오른 원숭이들은 그놈의 못된 천성대로 하나같이 돌 대야를 빼앗으랴 돌그릇을 빼앗기랴, 부뚜막을 차지하랴 돌 침대를 놓고 다투랴, 이리 옮겨놓거니 저리 옮겨놓거니, 한바탕 소동을 벌이느라 조용할 때가 없더니, 맥이 빠지고 기력이 다해 지쳐서야 겨우 난장판 싸움박질을 그쳤다.

이때 돌 원숭이는 높다란 윗자리에 단정히 앉아서 이렇게 말했다.

"여보게들! '사람이 되어서 신의가 없으면 무엇이 옳고 그른지 모른다'[11]고 하지 않았나? 자네들 말이, 누구든지 여길 들어와 살펴보고 몸 다치지 않고 나가는 재주가 있다면 그를 임금으로 삼겠다고 했네. 이제 내가 여기에 들어왔다가 나갔고 또 나갔다가 다시 들어왔을뿐더러, 이렇게 훌륭한 복지동천을 찾아내어 자네들을 편안히 잠잘 수 있게 해주고, 모두 한집안을 이루어서 복을 누리게 해주었는데, 어째서 나를 임금으로 떠받들지 않는단 말인가?"

뭇 원숭이들이 듣고 보니 과연 틀림없는 말이라, 모두들 순순히 복

---

11 사람이 되어서 신의가 없으면……: 이 대목은 『논어(論語)』「위정편(爲政篇)」의 구절을 암시적으로 인용한 것이다.

종하고 나이 순서대로 줄지어 서서 윗자리에 앉은 돌 원숭이를 향해 큰 절을 올렸다.

"우리 대왕님, 만세!"

그로부터 돌 원숭이는 임금의 자리에 높이 올라 '돌 석(石)'자를 떼어버리고 '훌륭하신 원숭이 임금'이란 뜻의 미후왕(美猴王)이란 이름으로 행세하게 되었다.

이를 증명하는 다음과 같은 시가 있다.

삼양(三陽)이 교태(交泰)하여 뭇 생명을 낳고,
신기한 바윗돌은 그 속에 일월의 정화를 품었다.
그 알이 원숭이로 변하여 큰 도를 이루더니,
다른 성씨 이름 빌려 단(丹)을 이룩하다.
안으로 불식(不識)을 들여다봄은 무상(無相) 탓이요,
밖으로 명지(明知)와 합함은 유형(有形)을 만듦이라.
역대의 사람마다 모두 이 도리에 속하여,
임금이라 일컫고 성인이라 일컬으며 제멋대로 살았다.

미후왕은 원후(猿猴)·미후(獼猴)·마후(馬猴) 등, 온갖 종류의 원숭이 떼를 거느리고 그들에게 차례대로 군신(君臣)의 지위를 정해주고 내외 관직을 내려준 다음, 아침에는 화과산에 나가 놀고, 저녁에는 수렴동에 돌아와 잠을 자며, 신하들과 한마음이 되어 지내기만 할 뿐, 날짐승 틈에도 끼지 않고 길짐승 틈에도 섞이지 않은 채, 홀로 임금이 되어 마음껏 환락을 누리게 되었다.

그것은 다음과 같은 시구처럼 멋들어진 나날이었다.

봄철에는 온갖 꽃을 따서 음식으로 삼고,
여름철에는 뭇 과일로 생계를 이어나간다.
가을에는 토란과 밤을 거둬들여 한 계절 연명하고,
겨울에는 황정(黃精)을 찾아 좋은 세월 지낸다.

이렇듯 미후왕이 천지자연의 향락을 누리기 어느덧 4, 5백 년, 하루는 신하 원숭이들과 즐거운 잔치를 벌이다가 불현듯 수심에 잠겨서 눈물을 뚝뚝 떨어뜨리기 시작했다.

그 모습을 보자 뭇 원숭이들은 놀랍고 송구스러워 급히 엎드려 물었다.

"대왕님, 갑자기 무슨 일이 있으시기에 이다지 슬퍼하시나이까?"

원숭이 임금이 대답했다.

"내 비록 이런 즐거움을 누리고 있기는 해도, 앞일을 생각하니 서글프지 않을 수가 없구나."

그 말에 신하 원숭이들은 까르르 웃었다.

"원 참, 대왕님도…… 만족이라는 걸 모르시는군요! 우리 모두 허구한 날 이런 동천복지(洞天福地) 선경에 모여 즐겁게 살고 있으면서, 기린의 간섭도 받지 않고 봉황의 지배도 받지 않으며, 인간 세상의 제왕들에게 속박당하지 않으면서 이렇듯 자유자재로 한없는 복을 누리고 있사온데, 앞날을 생각하고 근심하실 일이 어디 있겠습니까?"

"지금은 인간 세상의 제왕이 정한 법에 간섭받을 일도 없고, 짐승들의 위협에 복종당할 일도 두려움도 없겠으나, 장차 나이 먹고 늙어서 기력이 쇠약해지는 날이면, 우리가 모르는 중에 저승의 염라대왕이 우리 목숨을 관할하게 될 것이다. 한번 죽게 되면 이 세상에 태어났던 보람도 없이 영원토록 천인(天人)의 반열에 이름을 올리고 살 수 없을 것이 아니냐?"

그 말을 듣자, 모든 원숭이들도 죽음의 무상함에 저마다 얼굴을 가리고 슬피 울기 시작했다.

이때, 원숭이의 무리 속에서 긴 팔 달린 통비원(通臂猿) 한 마리가 불쑥 뛰어나오면서 큰 소리로 외쳐 아뢰었다.

"대왕께서 그다지도 앞날을 걱정하시다니, 이는 실로 도심(道心)이 싹트는 징조인가 하옵니다. 이 세상에는 '오충(五蟲)',[12] 즉 다섯 가지 생물이 있사오나, 그 밖으로는 세 가지만이 저승의 염라대왕에게 전혀 통제를 받지 않는다 하옵니다."

미후왕이 얼른 물었다.

"그 세 가지란 것이 무엇 무엇인지 아느냐?"

"불(佛)과 선(仙) 그리고 신성(神聖)이 바로 그것입니다. 이 세 가지는 윤회(輪廻)[13]를 초탈하여 불생불멸(不生不滅)하옵고, 천지산천과 더불어 수명을 같이한다 하옵니다."

미후왕이 또 물었다.

"그럼 그 세 가지가 어디 살고 있다더냐?"

"그것들은 염부(閻浮),[14] 즉 인간 세계 중에서도 깊은 산 속, 오래

---

[12] 오충: 고대 사람들이 다섯 가지로 분류한 동물의 총칭. 즉 우충(羽蟲)은 깃털을 가진 날짐승, 모충(毛蟲)은 털 달린 길짐승, 갑충(甲蟲)은 거북이처럼 껍질 달린 구갑류(龜甲類)의 동물이나 벌레, 인충(鱗蟲)은 비늘 달린 물고기 종류, 그리고 인간은 벌거숭이 동물로 쳐서 나충(裸蟲) 또는 과충(倮蟲)이라고 불렀다.

[13] 윤회: 불교 용어로 '윤회 생사(輪廻生死)'의 준말. 인간을 비롯한 중생의 영혼은 육체와 같이 소멸되지 않고 전세(前世)의 업보에 따라 천계(天界)·지계(地界)·인계(人界)의 삼계(三界)를 방황하면서, 지옥도(地獄道)·아귀도(餓鬼道)·축생도(畜生道)·수라도(修羅道)·인간도(人間道)·천상도(天上道)를 돌고 돌며, 생사를 끊임없이 이 반복한다고 한다.

[14] 염부: 인간 세계를 일컫는 불교 용어. 염부제(閻浮提)jambu-dvipa의 준말. 불교를 믿는 사람들은 부처에게는 부처의 세계가 있고, 신선에게는 신선의 세계, 귀신에게는 귀신의 세계, 인간에게는 인간의 세계가 따로 있다고 믿는다. 그 중 염부제는

묵은 동굴 속에서만 살고 있다 하더이다."

그 대답을 듣고 나서, 미후왕은 마음이 흡족하고 기뻐 어쩔 바를 몰랐다.

"오냐, 좋다! 나는 내일 당장 너희들과 작별하고 산을 내려가, 바다 끝 하늘 끝닿는 데까지 두루 돌아다녀서라도, 기어코 그 세 가지를 찾아뵙고야 말겠다. 그래서 불로장생하는 법을 배워 언제 닥칠지도 모를 염라대왕의 겁난(劫難)에서 벗어나겠다."

오호라! 이 말 한마디가 돌 원숭이를 윤회의 그물에서 벗어나게 만들었으며, 제천대성(齊天大聖)의 꿈을 이루게 만들 줄이야!……

임금이 결단을 내리자, 신하 원숭이들은 손뼉을 치며 그 장한 뜻을 찬양하였다.

"좋습니다! 훌륭하십니다! 저희들이 내일 영마루 넘고 산등성이에 올라가서 두루두루 과일을 찾아다가 잔치를 크게 베풀고 대왕님을 전송해드리겠습니다."

이튿날 원숭이들은 자기들이 말한 대로 산에 올라가 선도 복숭아와 희귀한 과일들을 따 모으고 산약(山藥, 참마)·황정(黃精, 죽대 뿌리) 따위를 캐오고, 지초(芝草)·난초(蘭草)·혜초(蕙草)와 같은 기화요초를 꺾어다 잔치 자리를 꾸몄다. 그리고 돌 탁자, 돌 걸상을 늘어놓고 식탁 위에 신선들이나 먹음직한 술과 안주를 즐비하게 차려놓았으니, 그야말로 자연이 지닐 수 있는 온갖 열매와 풀과 꽃 중에 빠뜨린 것이라곤 하나도 없을 지경이다.

'람부딴 나무가 무성한 땅'이란 뜻으로, 수미산(須彌山)을 중심으로 자리 잡은 네 개의 대륙 가운데, 그 남쪽 바다 한가운데 있다는 섬인데, 삼각형을 이루고 가로 너비가 7천 유순(七千由旬), 높이가 8만 유순이 된다고 한다. 후에 와서 현세(現世)를 뜻하는 용어로 광범위하게 쓰인다. '유순'이란, 산스크리트어로 요자나 yjana, 곧 고대 인도의 거리 단위이다.

구슬 같은 금빛 탄환, 붉은 비단 껍질에 누른 비곗살.

구슬 같은 금빛 탄환은 앵두 열매라, 빛깔도 아름답고 맛도 달기 그지없다.

붉은 비단 껍질에 누른 비곗살은 무르익은 매실이라, 그 맛이 새콤달콤 향기롭구나.

상큼한 용안(龍眼), 속살은 달고 껍질은 얇다. 불꽃 같은 여지(荔枝), 씨알은 작고 주머니는 붉다.

능금나무 푸른 과일 가지째 꺾어다 놓고, 비파(枇杷) 열매 담황색 떡잎 줄기째로 뜯어다 놓았으며,

토끼 머리만한 배[兎頭梨]와 닭의 염통만한 대추[鷄心棗]는 조갈증에 걱정 근심 풀어줄 뿐 아니라 해장에는 더욱 효과가 있다.

향기로운 복숭아 무르익은 살구 열매, 달디단 그 맛이 신선들이나 마신다는 옥액경장(玉液瓊漿)이 따로 없네.

아삭아삭한 오얏 딸기, 시큼한 그 속살 맛이 기름진 낙유(酪乳)보다 더 곰삭았다.

붉은 속살 검정 씨에 무르익은 수박이며, 네 잎사귀 노란 껍질의 큼지막한 연시 감도 있고,

쩍 갈라진 석류 껍질 틈새로 붉은 모래알, 불같은 수정 구슬이 아롱아롱 드러난다.

알토란을 쪼개면 굳은 속살 덩어리가 황금 마노(瑪瑙)처럼 단단하고, 호두와 은행은 찻물에 곁들이며, 야자 열매 포도송이는 술을 담그는 데 그만일세.

개암나무 비자나무 열매가 쟁반에 그득 담기고, 주홍빛 귤이며 사탕수수, 감귤, 등자나무 열매가 식탁 위에 질펀하게 널렸다.

흐물흐물 농익은 산약(山藥)에, 푹 쪄낸 듯 물러터진 황정(黃精)도 흔하고, 짓찧은 복령(茯苓)에 율무를 곁들여서, 돌 솥에 약한 불로 마냥 죽을 끓인다.

인간 세상에 온갖 진수성찬이 있다지만, 야생 원숭이들의 향연 음식에 어디 다 비할쏘냐!

뭇 원숭이들은 미후왕을 떠받들어 윗자리에 모셔 앉히고 그 아래 나이 순서대로 질서정연하게 늘어서서, 차례차례 번갈아 나서며 술잔을 올리랴, 꽃다발을 올리랴, 과일을 바치랴, 이렇듯 하루 온종일 통쾌하게 마셔댔다.

다음날, 미후왕은 아침 일찍 일어나 신하들에게 분부를 내렸다.

"얘들아, 내 이제 곧 떠날 테니, 마른 소나무 가지를 꺾어다가 뗏목을 만들고, 대나무를 베어다 상앗대를 만들어다오. 그리고 과일 따위를 모아서 뗏목에 듬뿍 실어다오."

준비가 끝나자, 과연 미후왕은 홀로 뗏목에 오르더니, 있는 힘을 다해 상앗대질을 하여 망망대해로 나아갔다. 그리고 거센 물결을 헤쳐가며 바람 타고 두둥실 표류한 끝에 마침내 남섬부주 지경에 다다랐다.

저절로 태어난 돌 원숭이가 장생불사 도술을 배우려고, 화과산 고향 떠나 뗏목 타고 바람결 따라 나섰다네.

만경창파에 떠돌며 망망대해 건너 신선의 도를 찾아 헤매니, 전심전력 큰 공을 세우기로 뜻을 세웠구나.

연분을 얻으려면 속된 소원을 끊어야 하는 법, 근심 걱정 없어야만 득도할 수 있다네.

기필코 자기를 알아주는 이 만나기로 작심했으니, 근원을 깨우처 만법에 통달하리.

　　미후왕은 역시 때를 잘 만나고 운수가 틔었던 모양이었다. 뗏목에 오른 뒤부터 날마다 동남풍이 모질게 휘몰아쳐 그를 서북 해안 가까이 데려다주었는데, 그곳이 바로 남섬부주 경계였던 것이다. 상앗대로 물 깊이를 재어보았더니 물이 알맞게 얕은지라, 그는 뗏목을 버리고 뭍에 뛰어올랐다.

　　해변에는 사람들이 고기를 잡거나 기러기를 잡기도 하고, 조개를 캐는 사람, 소금을 구워내는 사람도 있었다. 그는 사람들 앞으로 다가가서 일부러 장난질을 쳐 험상궂은 귀신 얼굴을 지어 보였다. 일하던 사람들은 기절초풍을 하도록 놀란 나머지, 광주리도 그물도 다 내던져버린 채 사면 팔방으로 뿔뿔이 흩어져 달아났다. 앙큼한 돌 원숭이는 그 가운데 미처 도망치지 못하고 얼어붙은 채 옴쭉달싹도 못하는 사람 하나를 붙잡아 옷을 벗긴 다음, 자기 몸에 걸쳐 입고 사람인 양 거드름을 피우며 어슬렁어슬렁 크고 작은 고을을 하나씩 지나쳐갔다.

　　마을 장터에 이르러서는 인간의 예절도 배우고 말도 배웠다. 아침 나절이면 조반을 들고 밤이 되면 잠을 자면서, 한마음 한뜻으로 바라기는 오로지 불(佛) · 선(仙) · 신성(神聖)의 도를 찾아서, 불로장생의 비법을 터득하는 것뿐이었다.

　　그러나 속세 인간들의 하는 꼬락서니를 보아하니, 모두가 명예와 이익만을 좇는 무리들뿐이요, 목숨의 귀중함을 깨우치려는 자는 하나도 없었다.

　　그야말로 다음의 시구와 같다고나 할 만큼 한심한 세상이었다.

　　　　명리의 다툼이 어느 때에야 그치랴. 아침 일찍 일어나고 늦어서야 잠을 자니 자유롭지 못하구나!
  노새 나귀 타면 준마를 타고 싶은 생각이 나고, 벼슬이 재상에 오르면 왕후(王侯)가 되기를 바라는 법.
  입고 먹는 걱정에만 허겁지겁 정신 팔려 있으니, 염라대왕에게 잡혀갈 것을 어느 결에 두려워하랴.
  아들 손자에게 물려줄 부귀공명만 꿈꿀 뿐이니, 마음 돌려 도를 깨우칠 자는 더더욱 없구나!

 미후왕은 선도(仙道)를 찾으려고 사면 팔방 돌아다녔으나, 연분이 없었는지 스승을 만나지 못하였다. 남섬부주에서 크고 작은 고을을 이리저리 헤매고 다닌 지도 어느덧 8, 9년 세월을 보낸 끝에, 우연히 서양대해(西洋大海) 바닷가에 이르렀다. 그는 이 바다 건너편에 반드시 신선이 살고 있으리라 생각하고, 앞서 떠날 때처럼 홀로 뗏목을 만들어 타고 또다시 서해 바다를 표류하다가 곧바로 서우하주(西牛賀洲) 지경에 다다랐다.
 뭍에 올라서 한참 동안 사방으로 두루 돌아다니며 구경하자니, 난데없이 경치 빼어나고 높은 산이 한 군데 나타나는데, 산기슭에는 숲이 울창했다. 그는 이리 떼와 호랑이, 표범 따위 맹수가 출몰해도 두려워하지 않고 산마루 꼭대기까지 올라가 사방을 내다보았다.
 산은 과연 멋진 산이었다.

  창끝 같은 봉우리 천 개 하늘을 찌를 듯 높고, 만 길 절벽이 병풍처럼 둘렸다.
  햇볕 받아 빛나는 아지랑이 초록빛을 가리우고, 비 걷힌 뒤 검푸른 빛깔에는 차갑고도 푸른 기운 서렸구나.

메마른 등나무 덩굴 해묵은 소나무 줄기에 휘감기고, 낡은 오솔길 변두리에는 그윽한 여정만 남았다.
　어딜 보나 상서로운 기화요초, 빼어난 대나무에 우거진 소나무 숲 천지인데,
　죽죽 뻗은 대나무, 우거진 소나무 숲이 천만 년 늘 푸르러 복지(福地)를 얕잡아보고,
　상서로운 기화요초는 사시사철 선경을 자랑하며 시들 줄 모른다.
　어디선가 산새 소리 가까이 들리고, 맑은 샘물 흐르는 소리 세차고도 급하다.
　첩첩 산중 골짜기에는 지초 난초가 에워싸고, 가는 곳마다 바위 절벽에 이끼가 끼었다.
　들쭉날쭉 산봉우리에는 용맥(龍脈)이 훤칠하니, 필경은 고인(高人) 있어 성씨 이름 감추고 지내렷다.

　바야흐로 사방 경치를 둘러보고 있노라니, 갑자기 숲 속 깊숙한 곳에서 두런두런 사람의 목소리가 들려온다. 부랴부랴 그쪽으로 발길을 옮겨 숲 속으로 뚫고 들어간 미후왕, 귀를 기울여 가만히 들어보았더니, 그 목소리는 누군가 노래하는 소리였다.

　　바둑 구경하는 사이 도낏자루 썩는 법,
　　나무 찍는 소리가 쩡쩡 울리니,
　　구름 가 골짜기를 어슬렁어슬렁 들어가네.
　　짊어진 나무 한 단 팔아 술 바꿔 마시고,
　　미치광이 웃음소리에 흐뭇한 기쁨 스스로 즐기도다.
　　짙푸른 산길에 가을 하늘 높은데, 밝은 달 바라보며 솔뿌리 베

고 누워,

　　한잠 자고 깨어 보니 날이 활짝 밝았다.
　　옛길 찾아 벼랑에 오르고 영마루 넘어가며, 도끼 잡아 등나무 덩굴 찍는다네.
　　거둔 나무 한 짐 되어 콧노래 흥얼거리며,
　　장터에 들어가 석 되 쌀과 바꾸니,
　　옥신각신 흥정 않고 제값대로 받았다.
　　속일 줄도 모르니 부귀영화 굴욕도 없어,
　　담담히 조용하게 살아만 가느니,
　　서로 만나는 사람마다 신선 아니면 도인뿐이라,
　　나 홀로 고요히 앉아서 『황정경(黃庭經)』[15]이나 읊으리.

노랫소리를 듣자, 미후왕은 기뻐서 어쩔 줄을 모르고 냅다 소리부터 질렀다.

"아하! 신선이란 것이 바로 여기 숨어 살고 있었구나!"

한걸음에 달려가서 자세히 살펴보았더니, 다름아닌 나무꾼 한 사람이 숲 속에서 도끼를 들고 장작을 쪼개고 있는데, 그 차림새가 비범해 보였다.

　　머리에는 대나무 삿갓을 썼는데, 갓 돋아 나온 죽순 껍질로 엮

---

15 『황정경』: 칠언운문(七言韻文)으로 된 도교의 경전. 황로도(黃老道)를 거쳐 오두미교(五斗米教)의 경전으로 쓰였으며, 동진(東晋) 시대에 『상청황정내경경(上清黃庭內景經)』과 『외경경(外景經)』으로 나뉘어 유포되었다. 『운급칠첨(雲笈七籤)』에 따르면, 『황정내경경』은 칠언가(七言歌) 432구, 『외경경』은 197구로 이루어졌는데, 이른바 내단(內丹)을 수련하는 양신(養神) 비결이 적혀 있어, 중국 의학 이론 발전에 큰 영향을 끼쳐왔다.

은 것이요,

　　몸에는 무명옷을 걸쳤는데, 물레질로 솜을 자아 만든 면사천이다.

　　허리춤에는 여러 가닥 꼰 띠를 둘렀는데, 누에가 토해낸 명주실이요,

　　두 발에는 짚신을 신었는데, 마른 사초(莎草) 줄기로 얼기설기 엮은 것이다.

　　손에는 잘 벼린 순 강철 도끼를 잡았고, 어깨에는 삼 밧줄 타래를 둘렀다.

　　소나무를 넘어뜨려 마른 가장귀를 쳐내는 품이,

　　이 나무꾼의 익숙한 솜씨가 분명하렷다!

원숭이 임금은 그 앞으로 다가가 넙죽 인사를 드렸다.
"신선님, 제자의 절 받으십쇼!"
나무꾼은 황급히 도끼를 내려놓고 돌아서서 답례를 했다.
"무슨 말씀을! 입고 먹을 게 없어 나무나 해서 먹고사는 절더러 '신선'이라니요? 가당치도 않은 말씀입니다."
"아니, 신선이 아니라면 어떻게 신선의 말을 하고 계셨습니까?"
"내가 무슨 신선의 말을 했다고 그러시오?"
"내가 방금 숲가에 왔을 때 듣자니까, '서로 만나는 곳마다 신선 아니면 도인뿐이라, 나 홀로 고요히 앉아 『황정경』이나 읽으리'라고 하지 않으셨소? 『황정경』이라면 도가(道家)의 진경(眞經)인데 신선이 아니고서야 어떻게 읽는단 말이오?"
나무꾼이 웃었다.
"솔직히 말씀드리리다. 그 노래는 「만정방(滿庭芳)」이란 것인데, 어느 신선께서 가르쳐주신 겁니다. 그 신선은 우리 집 이웃에 살고 계시는

데, 내가 가난뱅이 살림살이에 너무 쪼들려 하루같이 근심 걱정으로 지내는 것을 보시고, 마음이 울적할 때 이 노래를 부르면 가슴도 후련해지고 곤경도 풀린다기에 배워서 부른 것이랍니다. 그런데 뜻하지 않게 당신이 듣게 되었구려."

"그 신선과 이웃해 사신다면서, 왜 그분을 따라 도술을 닦지 않으시는 거요? 그럼 평생 늙지 않고 편안히 사는 법을 배울 게 아닙니까?"

"나는 팔자를 사납게 타고난 사람이외다. 부모님 슬하에서 겨우 철이 들 무렵인 팔구 세쯤 되었을 때 아버님이 돌아가시고 어머님은 과부가 되셨습니다그려. 게다가 형제 자매도 없이 나 혼자뿐이니 어쩌겠소. 할 수 없이 아침저녁으로 어머니를 모시고 살아갈 도리밖에. 이제 와서는 늙으신 어머니를 버리고 나 혼자 훌쩍 떠날 수도 없는 몸이요, 논밭뙈기도 묵을 대로 묵어서 입을 것 먹을 것이 늘 모자라는 형편입니다. 그러니 땔나무나 한두 짐 해다가 저잣거리에 내다 팔아 쌀 몇 됫박씩 사가지고 집에 돌아와, 내 손으로 밥 지어 늙으신 어머니를 봉양해드리고 있는 겁니다. 이러니 어떻게 도를 닦을 수가 있겠소이까."

"허어, 말씀을 듣고 보니 효성이 지극하신 분이로군요. 그런 분이라면 앞으로 반드시 좋은 일이 있을 겁니다. 그건 그렇고, 나한테 그 신선이 살고 계시는 곳을 가르쳐주지 않으시겠소? 한번 찾아가 뵈옵게 말입니다."

"여기서 그리 멀지 않소이다. 이 산은 '영대방촌산(靈臺方寸山)'이라고 하는데, 산속에 '사월삼성동(斜月三星洞)'이란 동부(洞府)가 있습니다. 그 동굴에 신선 한 분이 살고 계시는데, 이름을 수보리 조사(須菩提祖師)[16]라고 부른답니다. 그분이 배출한 제자가 이루 헤아릴 수 없게

---

16 수보리 조사: 인도의 고승(高僧) 수부티 Subhūti의 높임말. 석가모니의 10대 제자 중의 하나이며, 십육 나한(十六羅漢) 가운데 한 사람으로, 천성이 자비심이 많아 출가

많을뿐더러, 지금도 삼사십 명이나 되는 제자가 그분을 따라서 도를 닦고 있답니다. 저 오솔길을 따라서 남쪽으로 칠팔 리쯤 가시면 바로 그 신선의 집이 나올 겝니다."

미후왕은 나무꾼의 손을 덥석 부여잡고 졸라댔다.

"그러지 말고 노형, 나하고 같이 갑시다. 일만 잘된다면, 길 안내를 해주신 은혜를 내 결코 잊지 않을 테니까."

"허어, 이 사람 정말 벽창호일세! 여태까지 그렇게 말했는데도 못 알아들으시오? 당신을 따라나선다면, 내 살림살이는 어떻게 될 것이며, 늙으신 내 어머님은 누구더러 봉양하라는 거요? 자, 나는 하던 나무나 마저 해야 하겠으니, 당신 갈 데로나 혼자 가보시구려!"

그 말을 듣고, 미후왕은 어쩔 수 없이 나무꾼과 작별했다. 그리고 나무꾼이 일러준 대로 숲을 빠져나와 오솔길을 찾아 나섰다. 비탈진 오솔길을 7, 8리쯤 가고 보니, 과연 동부 한 채가 멀리 내다 보였다. 허리를 곧게 펴고 바라보았더니, 그야말로 기막히게 아름다운 별천지였다.

아지랑이 채광을 흐트러뜨리며 감돌고, 해와 달빛이 요동을 친다.
해묵은 잣나무가 천 그루, 키 큰 대나무 숲이 만 마디.
천 그루 해묵은 잣나무는 빗방울 어린 채 반공중에 짙푸르고,
만 마디 키 큰 대나무 숲은 안개를 머금은 채 골짜기에 하나 그득 울창하다.
문밖에 기이한 꽃나무 비단을 깔아놓은 듯한데,
돌다리 곁 아름다운 풀 포기마다 향기를 내뿜는다.
불쑥 튀어나온 암벽마다 푸른 이끼 촉촉하고,

(出家)하여서도 늘 선행을 베풀었으며, 석가모니의 명으로 반야(般若)의 공리(空理)를 설교하여 '해공제일(解空第一)'로 칭송받았다고 한다.

까마득한 절벽 초록빛 얼룩 이끼가 웃자랐다.
이따금 우짖는 두루미 소리, 그때마다 봉황이 활갯짓을 친다.
두루미 우짖을 때 하늘 밖 그 소리 은하수까지 울리고,
봉황새 날개 칠 때 깃털마다 오색 채광이 구름처럼 인다.
검정 원숭이, 흰 사슴은 어쩌다가 보이고,
황금 사자 옥빛 코끼리는 제멋대로 숨는다.
자세히 바라보니 영천복지가 따로 없고, 그야말로 천당과 견줄 만하다.

동굴 문은 단단히 잠겨 있을 뿐, 주변은 인기척 하나 없이 조용하기만 하다. 흘끗 뒤돌아보니, 벼랑 머리에 비석 하나 세워졌는데, 높이가 3장 남짓, 너비는 8척을 넘는데, 정면에 큼지막한 글자 열 개가 한 줄로 새겨졌다.

영대방촌산(靈臺方寸山), 사월삼성동(斜月三星洞)[17]

미후왕은 기쁨에 겨워 새삼스레 나무꾼에게 고마움을 느꼈다.
"이 고장 사람들은 과연 순박하구나. 이런 산에 이런 동굴이 있다니."
한참 동안 이리저리 둘러보고 나서도 감히 문을 두드리지는 못하고 소나무 가장귀 초리에 훌쩍 올라앉아 솔 씨를 까먹으며 놀고 있으려니,

---

17 영대방촌산 사월삼성동: 지명으로 쓰였으나, '**영대**(靈臺)'와 '**방촌**(方寸)' 모두가 '마음 심(心)'자의 별칭이며, 그 다음에 오는 **사월삼성** 역시 '마음 심'자의 형상으로, '빗긴 달(斜月)'은 '심(心)'자의 삐침(ㄴ)을, 삼성(三星)은 '세 점(∴)'을 각각 나타낸다. 이 책에 나오는 인명, 지명은 모두 이런 형태의 은유법으로 표기되었으나, 스토리와는 별로 상관이 없으므로 일일이 주석하지 않는다.

얼마 안 있어 삐거덕 소리와 함께 동굴 문이 열리면서 동자 한 사람이 걸어 나오는데, 그 생김새가 참으로 준수하고 아리따운 품이 속세에 사는 사람과는 판이하게 달라 보였다.

댕기에 총각머리 땋아 늘이고, 헐렁한 도포 양 소맷자락에서 바람이 인다.
생김새와 몸매도 유별나거니와, 심기와 형상 또한 텅 빈 듯 청렴하다.
세속 밖에 길이 머물 손님이요, 산중에 수명 긴 동자라.
속세의 티끌에 물들지 않고, 육십 갑자 나이를 마음대로 뒤집었다네.

동자는 문밖으로 나오기가 무섭게 호통을 쳤다.
"어떤 자가 거기서 소란을 떨고 있는 거냐?"
미후왕이 나무 아래로 훌쩍 뛰어 내려와 허리를 굽신하고 대답했다.
"동자님, 저는 도를 닦으려고 찾아온 사람입니다. 도술을 배우러 온 제자가 어딜 감히 떠들겠습니까?"
그 말을 듣고 동자가 빙그레 웃었다.
"당신이 도술을 배우러 찾아왔다고?"
"그렇소이다."
"내 사부님께서 방금 와탑(臥榻, 침대)에서 내려오셔서 단상에 올라 강론을 시작하시려다가, 이유는 말씀하지 않으시고 불쑥 날더러 나가서 문을 열라 하셨소. 말씀인즉 '바깥에 도를 닦으러 찾아온 사람이 있을 터이니, 나가서 맞아들이라'고 분부하셨는데, 그것이 바로 당신이었구려?"

미후왕도 덩달아 싱긋 웃어 보였다.

"그렇소, 바로 나요, 나!"

"그럼 날 따라 들어오시오."

이래서 미후왕은 옷깃을 바로 여미고 동자를 따라 동굴 안 깊숙이 들어갔다. 들어가보니 층층 누각이 으리으리하고, 주옥과 조개 껍질을 다듬어 만든 궁궐이 잇따라 세워졌을 뿐 아니라, 가면 갈수록 조용하고 그윽하게 들어앉은 집채들이 끊이지 않았다. 아름다운 강단 아래 이르러 우러러보니, 단상에는 수보리 조사가 단정한 자세로 앉아 계시고, 좌우 양 곁에는 30명이나 됨직한 제자들이 스승을 모시고 서 있는데, 그 광경이야말로 장엄하기 짝이 없었다.

　　대각금선(大覺金仙)의 티끌 없는 자태,
　　서방묘상(西方妙相) 수보리 조사님.
　　불생불멸(不生不滅)의 삼십삼천(三十三天) 가는 길,
　　기(氣)와 신(神)을 온전히 하여 억만 자비 행.
　　공허한 적멸(寂滅)은 자연히 변화를 따르고,
　　진여(眞如)의 본성은 그것을 마음대로 행한다.
　　하늘과 더불어 수명을 같이하는 장엄한 법체(法體),
　　역겁(歷劫)을 겪은 명심(明心)의 대법사로다.

수보리 조사의 모습을 뵙고 미후왕은 그 앞에 넙죽 엎드려 쉴새없이 연거푸 머리를 조아렸다.

"사부님, 사부님! 이 제자가 성심성의껏 예를 올리오니, 부디 저를 받아들여주십쇼!"

수보리 조사가 물었다.

"너는 어디 사람이냐? 먼저 본관이 어디인지, 성명이 무엇인지 분명히 아뢰고 나서 다시 절을 올려라."

"제자의 본관은 동승신주 오래국이요, 그곳에 있는 화과산 수렴동 사람올시다."

그러자 수보리 조사가 호통을 쳤다.

"이놈을 냉큼 쫓아내라! 이 사기꾼 녀석, 누굴 속이려고 허튼 수작을 늘어놓는 게냐? 그 따위 거짓말을 늘어놓으면서 무슨 놈의 도술을 닦겠다고? 썩 나가거라!"

미후왕은 깜짝 놀라 황급히 이마를 조아리고 쉴새없이 절을 올렸다.

"제자는 사실대로 아뢰었습니다. 절대로 거짓말을 하거나 속임수를 쓰지 않았사옵니다."

"네 말이 과연 사실이라면, 어떻게 동승신주에서 왔다는 거냐? 거기서 나 있는 이곳까지 오려면 큰 바다가 둘씩이나 막혀 있고, 또 그 사이에 남섬부주 대륙을 거쳐야 하는데, 네놈이 어떻게 여기까지 올 수 있었단 말이냐?"

미후왕은 이마를 조아리고 대답했다.

"제자는 바다 위를 표류한 끝에 망망대해를 건너고, 뭍에 올라서는 사면 팔방을 두루 떠돌아다닌 지 십여 년 만에 간신히 이곳까지 온 것입니다."

"그럼 네 말대로 그렇게 차례차례 건너서 왔다고 해두자. 그렇다면 네 성은 무엇이냐?"

"저는 본래부터 성[18]이라곤 없는 사람입니다. 남이 욕을 해도 성내

---

[18] 성(姓)과 성(性): 우리말의 음도 마찬가지지만, 중국어로 '姓'과 '性'의 음 역시 '싱 xing'으로 똑같다. 이렇듯 동일음이나 유사음으로 전혀 다른 의미를 재치 있게 나타내는 익살스런 수사(修辭) 방식을 '쌍관어(雙關語)'라고 부르는데, 이 책에서 앞으로 자주 나타난다.

지 않고, 때린다 해도 성미를 부린 적이 없습니다. 그저 잘못했노라고 꾸벅꾸벅 절만 하고 평생토록 성미를 부리지 않는 사람입니다."

"내가 묻는 것은 성미라는 성이 아니라, 너를 낳아준 네 부모의 성씨(姓氏)가 무엇인지 그걸 묻는 게다."

"저는 부모가 없습니다."

"부모가 없다면, 그럼 나무에서 생겨났단 말이냐?"

"나무에서 생겨나지는 않았습니다만, 바윗돌 속에서 태어나 자랐습니다. 제자가 기억하기로는, 화과산에 기이한 바윗돌이 하나 있는데, 어느 해인가 그 바윗돌이 쪼개지면서 제가 태어났다고만 알고 있을 뿐입니다."

수보리 조사는 그 말을 듣고 속으로 은근히 기뻐했다.

"그렇다면 너는 하늘과 땅이 낳아준 몸이로구나. 어디 한번 일어서서 걸어보아라."

그 말에 원숭이 임금은 발딱 일어나더니, 두어 바퀴를 깡충깡충 맴돌면서 걸어 보였다. 수보리 조사는 껄껄껄 웃어가며 말했다.

"네 몰골이 비록 추접스럽게는 생겼다만, 솔 씨를 까먹고 사는 원숭이를 닮았구나. 어디 네 이름자를 하나 지어주마. 생김새가 호손(猢猻) 같으니, '원숭이 호(猢)'자로 네 성을 삼았으면 좋겠는데, 짐승을 뜻하는 '개 견(犭)'변을 떼어내면 '고(古)'자와 '월(月)'자가 남게 되지. 허나, '고'의 뜻은 늙음(老)이요, '월'의 뜻은 음(陰)이니, 그 성씨로는 자라기 힘들겠다. 그보다는 차라리 '원숭이 손(猻)'자로 하되, 거기서 '개 견' 변을 떼어내는 것이 좋겠다. '손(孫)'은 '아들 자(子)'와 딸을 뜻하는 '이을 계(系)'자를 합친 것이니, 영아(嬰兒)의 본뜻과 꼭 부합되는구나. 그래, 네 성을 '손가(孫哥)'로 정해주겠다."

원숭이 임금은 이 말을 듣더니 기뻐서 어쩔 줄 모르고 단상을 향해 이마를 조아렸다.

"참 좋습니다! 좋아요! 오늘에야 성이 생겼으니, 이는 오로지 사부님의 자비 덕분입니다. 기왕에 성을 내려주신 바에야 이름까지 지어주시면 더욱 부르기 좋을 듯싶습니다."

"우리 문중에는 열두 항렬자가 있는데, 파별로 나누어서 차례대로 이름을 짓는다. 너는 바로 열번째 항렬의 제자가 될 것이다."

"그 열두 항렬이란 것이 어떤 것이옵니까?"

"그것은 '광(廣)' '대(大)' '지(智)' '혜(慧)' '진(眞)' '여(如)' '성(性)' '해(海)' '영(穎)' '오(悟)' '원(圓)' '각(覺)', 이렇게 열두 자다. 네 항렬은 바로 '오(悟)'자에 해당하니, 네 법명은 '손오공(孫悟空)'이 되겠구나. 어떠냐?"

원숭이 임금은 싱글벙글 웃으면서 얼른 대답했다.

"좋습니다, 좋아요! 이제부터 저는 손오공이라 부르겠습니다!"

이야말로 '태초의 혼돈이 처음 개벽할 때는 성씨가 없더니, 완공(頑空)을 타파하고 모름지기 '공(空)'을 깨닫는다'는 말이 이루어졌다.

과연 손오공은 앞으로 무슨 도를 닦게 될 것인지, 다음 회에서 풀어 나가기로 하자.

제2회 스승의 참된 묘리¹를 철저히 깨치고 근본에 들어가, 마도를 끊고 마침내 원신²을 이룩하다

난생 처음으로 성과 이름을 얻은 미후왕은 좋아라 하고 팔짝팔짝 뛰며 수보리 조사에게 감사의 예를 올렸다. 스승은 제자들을 시켜 손오공을 데리고 중문 바깥으로 나가 청소하는 법이며 인사하는 법, 남을 접대하는 법 등 여러 가지 예의범절을 가르쳐주게 했다. 제자들이 스승의 분부를 받들어 손오공을 데리고 문밖으로 나오자, 손오공은 여러 사형 (師兄)들에게 동문으로서 첫 대면 인사를 차례차례 드린 다음, 행랑채에 잠자리를 마련했다.

그리고 이튿날 아침부터 그는 사형들과 어울려 말씨와 예절을 배우고, 경전을 읽고 도리를 논하며, 글씨 쓰기와 분향하는 법을 익혀가며 나날을 보내기 시작했다. 그리고 한가로울 때마다 청소도 하고 밭 갈기를 하거나, 꽃나무도 가꾸고 땔나무를 해다가 불도 때고, 물긷기와 장독 옮기기도 하는 한편, 제게 필요한 일용품을 하나도 빠뜨리지 않고 모두 갖추어 나갔다.

---

1 스승의 참된 묘리: 원문에는 '보리 진묘리(菩提眞妙理)'이나, 손오공의 스승인 수보리 조사의 가르침으로 의역한 것이다. 보리는 도(道)와 각(覺), 지(智)의 총칭으로, 불교 최고의 이상(理想)인 불타 정각(佛陀正覺)의 지혜를 말한다. 이 최상의 지혜를 얻기 위하여 모든 번뇌를 잊고 수행을 거듭한 끝에 불멸의 진리, 즉 참된 묘리를 깨달아 얻는 불과(佛果)가 곧 보리이다.
2 원신: 도교 용어로서, 수행과 단련을 거쳐 완성된 인간의 영혼을 말한다. 득도하여 신선이 된 사람은 그 원신(元神)이 육체를 떠나 자유로이 드나들 수 있다고 하며, 불교에서는 원신을 얻은 사람이면 삼계(三界)를 마음대로 왕래할 수 있다고 한다.

이렇게 해서 손오공이 삼성동에 입문한 지도 어느덧 6, 7년이란 세월이 흘러갔다.

어느 날 수보리 조사는 단상 높이 올라앉아서 제자들을 모아놓고 설법 강론을 하기 시작했는데, 그 광경이야말로 다음의 시구와 같았다.

하늘에는 꽃송이가 어지러이 떨어지고, 땅에서는 금빛 연꽃이 용솟음치니,
삼승(三乘)³의 가르침을 절묘하게 엮어내고, 만법(萬法)의 미세한 정화를 온전히 풀이한다.
느릿느릿 흔드는 털이개 끝이 주옥(珠玉)을 뿜어내고, 뇌성벽력을 울려 구천 하늘 끝까지 진동하누나.
도(道)를 설파하고 선(禪)을 강론하여, 세 가지 깨달음을 하나로 배합하니 근본은 모두 한결같은 것을.
단 한 글자 뜻을 밝혀 진리에 온통 귀의하게 만들고, 무생(無生)으로 이끌어 오묘한 천성을 깨우치게 만든다.

손오공은 곁에서 설법을 듣고 있다가 어찌나 기뻤던지, 귓불을 잡아뜯고 볼따귀를 긁어대면서 히죽히죽 웃더니, 나중에는 더 참을 수가 없어 손짓 발짓 춤추어가며 겅정겅정 날뛰기 시작했다.
설법을 하던 수보리 조사는 그 꼴을 보고 불러 세워 야단을 쳤다.

---

3 삼승: 불교 용어로서, 중생(衆生)을 태우고 생사(生死)의 바다를 건널 때에 가르치는 교법(敎法), 곧 부처의 설법을 듣고 네 가지 요체(要諦)를 깨우친 아라한(阿羅漢)의 가르침을 깨닫는 **성문승**(聲聞乘), 열두 인연의 법리를 인식하여 미혹을 끊어버리고 불생불멸의 진리를 깨닫는 성자의 지위에 이르는 **연각승**(緣覺乘), 큰 서원(誓願)을 발하여 위로는 보리(菩提)를 추구하고 아래로 중생을 교화하는 **보살승**(菩薩乘), 이 셋을 말한다.

"애, 이놈아! 갑자기 미쳤느냐? 들으라는 강론은 듣지 않고 어째서 미친놈같이 날뛰는 거냐?"

손오공이 대답했다.

"강론을 안 듣다니요! 저는 사부님의 설법을 성심성의껏 귀담아듣고 있었습니다. 사부님의 오묘한 말씀을 듣고 있으려니 너무나 기쁘고 신바람이 나기에 저도 모르게 덩실덩실 춤을 추었던 모양입니다. 사부님, 제 잘못을 용서해주십쇼!"

"네가 오묘한 이치를 깨우쳤다니, 내 한마디 묻겠다. 너, 이 동부에 들어온 지 도대체 얼마나 되었느냐?"

"제가 아둔한 놈이라 정작 몇 해가 되었는지는 모르겠습니다만, 이따금 아궁이에 땔감이 떨어져 뒷산으로 나무를 하러 가면 산등성이에 온통 복숭아나무 투성이라, 복숭아가 농익을 때마다 배가 터지게 따먹곤 했는데, 그게 한 일곱 번쯤 된다고 기억하고 있습니다."

"그 산은 난도산(爛桃山)이지. 네가 농익은 복숭아를 일곱 번 따먹었다면, 꼭 칠 년이 될 것이다. 그럼 이제 내게서 무슨 도를 배우고 싶으냐?"

"그야, 사부님이 가르쳐주시는 거라면 무엇이든지 다 좋습죠. 도를 닦을 수만 있다면 뭐라도 다 배우겠습니다."

"이른바 '도(道)'자 학문에는 삼백육십 가지 방문(傍門)[4]이 있는데, 그 방문을 익혀도 정과(正果), 즉 올바른 길을 깨우칠 수가 있다. 그 중에서 네가 어떤 학문을 배우고 싶은지 모르겠구나?"

"사부님이 생각하시는 대로 따르겠습니다."

---

[4] 방문: 도교의 용어로서, "금단(金丹)의 한 가지 도(道)만이 올바른 길을 수련할 수 있으며, 그 나머지는 외도 방문(外道傍門)"이라고 규정하였는데, 여기서는 수보리 조사의 말을 통해 "모든 방문을 익혀도 정과, 즉 올바른 길을 깨우칠 수 있다"라고 한 것이다.

"너한테 '술(術)'자 방문의 도를 가르치고 싶은데, 그건 어떠냐?"

"그 '술'자 방문이란 도는 어떤 것인지요?"

"잘 듣거라. '술'자 방문이란, 신선을 불러내려 길흉을 점치는 부란(扶鸞)[5]을 한다거나 서초(筮草)를 헤아려 점을 친다거나 해서, 길흉(吉凶)을 미리 알아 취할 것은 취하고 피할 것은 피하는 방법을 말한다."

"그것을 배우면 죽지 않고 오래오래 살 수 있습니까?"

"안 되지, 안 돼!"

"그럼 저도 안 배우죠, 안 배워요!"

제자가 도리질을 하니, 수보리 조사는 다른 안을 내놓았다.

"그게 싫다면 '유(流)'자 방문을 가르쳐주마. 어떠냐?"

손오공이 물었다.

"그 '유'자 방문이란 또 뭡니까?"

"'유'자 방문에는 석가(釋家), 도가(道家), 음양가(陰陽家), 묵가(墨家), 의술가(醫術家), 또는 경전을 읽거나 염불을 하거나, 도사에게 신성(神聖)의 강림을 청하는 것 따위를 말한다."

"그런 것들을 배워서 장생불사할 수 있습니까?"

"흠흠, 그런 것들을 배워서 죽지 않고 오래 살기를 바라는 것은, 마치 '벽 속에 기둥 세워놓기'나 다를 바 없지."

"사부님, 저는 우직한 놈이라, 장사꾼들이나 쓰는 이상한 말투는 못 알아듣습니다. '벽 속에 기둥 세우기'란 게 무슨 뜻입니까?"

"사람이 집을 지을 때 단단하게 만들려고 벽 속에 기둥을 세우지만, 아무리 큰 집이라도 기울어지기 시작할 때가 되면, 그 기둥 뿌리도

---

5 부란: 중국에서 길흉을 점치는 점술의 일종. 나무로 된 틀이나 키처럼 생긴 대소쿠리에 목필(木筆)을 꽂고, 그 아래 재 또는 모래를 담은 목판을 둔 다음, 두 사람이 틀 양쪽을 잡고 있으면, 신(神)이 내려 목필이 움직여서 모래판에 씌어지는 글자나 부호를 읽어 길흉을 점치는 방법이다. '부기(扶箕)' 또는 '부계(扶乩)'라고도 한다.

썩지 않을 수 없단 말이다."

"그럼 영원히 배겨내지 못한다, 그 말씀이로군요? 그런 학문이라면, 저는 싫습니다."

"좋다, 그게 싫다니 '정(靜)'자 방문을 가르쳐주마. 어떠냐?"

"'정'자 방문을 배우면 어떤 효과를 얻게 됩니까?"

"이것은 곡기(穀氣)를 끊고서도 견뎌내고,[6] 고요히 참선(參禪)하면 마음이 맑아지고, 말을 삼가고 재계(齋戒)를 거듭하여 수양하는 것이다. 누워서 하는 수공(睡功), 선 채로 하는 입공(立功), 정신을 한 군데 집중하고 망령된 생각과 말과 행동을 끊는 입정(立定), 꼭 닫힌 방안에 들어앉아 외부와의 관계를 끊는 좌관(坐關) 같은 것들이 다 여기에 속하지."

"그런 걸 수양하면 오래오래 살 수 있습니까?"

"흠흠, 그야말로 '불 가마 속에 들어가보지 못한 흙벽돌' 같은 격이지."

"사부님이 또 말씀을 빙빙 돌려 하시는군요. 제가 시정 잡배나 하는 소리는 못 알아듣는다고 하지 않았습니까. '불 가마 속에 들어가보지 못한 흙벽돌'이란 게 도대체 무슨 소립니까?"

"불 가마 속에 들어가기 전에 진흙으로 빚어놓은 벽돌 같단 말이다. 겉 모양새는 제법 그럴듯하게 갖추어져 있지만 물과 불의 단련을 받지 못했으니, 비가 한바탕 퍼붓고 나면 영락없이 허물어지고 만다. 이

---

[6] 곡기를 끊고서도……: 도교 선비들이 수련하는 방식의 한 가지로서, 먼저 자신의 고질병을 치료하여 오장육부에 기혈(氣血)이 잘 통하게 만들고, 완하제(緩下劑)를 조금 복용하여 위장에 쌓인 음식물 찌꺼기를 없앤 다음, 감식(減食)과 절식(絶食) 단계를 거쳐 오곡(五穀)을 점차 끊어 다섯 가지 맛을 모르게 되면, 하루에 세 차례씩 고요히 누워 기공(氣功)을 연마하는 이른바 '복기벽곡(服氣辟穀)' 또는 '수곡양오장신(守穀養五臟神)'을 말한다.

말이다."

"하면 그것 역시 오래 가지 못하겠네요. 안 배우겠습니다, 안 배워요!"

"그럼 '동(動)'자 방문을 가르쳐주지! 어떠냐?"

"'동'자 학문이란 또 무엇 하는 겁니까?"

"이것에는 여러 가지 하는 일이 많다. 음기를 취하여 양기를 보충하기, 활을 당기고 쇠뇌를 쏘며, 배꼽을 문질러 왕성한 기를 통하게 만들고, 비방(秘方)을 써서 명약(名藥)을 달여내기도 하며, 풀을 태워 세발 솥을 데우고, 처녀의 월경이나 동남(童男)의 오줌으로 약을 만들기,[7] 여인의 젖을 먹는 것 따위가 그것이다."

"그런 것으로 오래오래 살 수 있단 말입니까?"

"그런 일을 해서 장수하기를 바란다는 것은 '물속의 달을 건져내려는 짓'이나 다를 바 없을 게다."

"또 군소리네요, 사부님. '물속의 달 건지기'란 게 또 뭡니까?"

"달은 허공에 떠 있고, 물위에 뜬 것은 달 그림자뿐이다. 달 그림자는 눈에 보이기는 해도 손으로 움켜잡거나 건져 올릴 수야 없는 법, 그러니 그것도 헛수고에 지나지 않는단 말이다."

"안 배우겠습니다, 안 배워!"

손오공이 악을 쓰다시피 대꾸하자, 수보리 조사는 "고얀 놈!" 외마디 호통을 치며 단상에서 훌쩍 뛰어내리더니, 손에 쥐고 있던 자막대기로 삿대질을 했다.

"요 발칙한 원숭이 놈, 제 분수도 모르고 이것도 안 배우겠다, 저것도 안 배우겠다고 앙탈이니 도대체 어쩌겠다는 거냐?"

---

[7] 처녀…… 약을 만들기: 도교에서 쓰이는 의술 가운데 처녀의 월경으로 조제하는 약을 '홍연(紅鉛)', 동남의 오줌을 졸여서 만드는 약을 '추석(秋石)'이라고 부른다.

그리고는 앞으로 바싹 다가와서 오공의 머리통을 세 번 때리더니, 제자들을 내버려둔 채 뒷짐을 지고 안으로 들어가 중문을 쾅 닫아걸었다.

설법을 듣고 있던 제자들이 깜짝 놀라 겁을 집어먹고 모두들 오공을 원망했다.

"이 돼먹지 못한 원숭이 녀석, 사부님께서 모처럼 도술을 가르쳐주시겠다는데 어째서 순순히 따라 배우지는 않고 사사건건 말 대거리를 하는 거냐? 이제 사부님을 노엽게 만들었으니, 어느 세월에야 다시 강론하러 나오실지 모르겠구나!"

동료 제자들은 하나같이 그를 욕하고 미워했으나, 오공은 눈꼽만큼도 성내지 않고 그저 얼굴 가득 싱글벙글 웃고만 있었다. 왜냐? 요 깜찍스런 원숭이 임금은 진작에 스승이 낸 수수께끼를 풀어 아무도 모르게 가슴속 깊이 간직하고 있었던 것이다. 그렇기 때문에 동료들이야 뭐라고 나무라든 다투지 않고 말없이 꾹 참고만 있었던 것이다. 그렇다. 수보리 조사가 머리통을 세 번 때린 것은 그더러 한밤중 3경을 명심하란 뜻이요, 뒷짐지고 안으로 들어가 중문을 걸어 닫은 것은 그더러 뒷문으로 살그머니 들어오면 남의 눈에 띄지 않는 곳에서 은밀히 도술을 가르쳐주겠다는 뜻이었던 것이다.

그날 손오공은 동료 제자들과 함께 삼성동 문 앞에 나아가 겉으로는 희희낙락 즐거운 척하면서 바람을 쐬었으나, 속으로는 초조하게 하늘빛을 바라보며 어서 빨리 날 저물기를 목 빠지게 기다렸다. 이윽고 땅거미가 지고 어둠이 깔리자, 그는 동료들과 같이 침상에 올라 잠자는 척 두 눈을 지긋이 감고 숨을 죽인 채 마음을 가다듬어 정신을 바짝 차렸다. 산중의 살림살이라 전전(傳箭)[8]같이 시각을 알려주는 물시계도 없어

---

[8] 전전: 물시계의 일종. 고대 중국에서 물을 채운 구리 항아리〔銅壺〕한가운데에 시간

정확히 몇 시각 몇 분인지는 모르나, 제 콧구멍으로 드나드는 숨결을 헤아려 어렴풋이 시간을 재고는 있었다. 이렇게 해서 어림잡아 자시(子時, 24시 전후) 무렵쯤 되자, 그는 살그머니 일어나 옷을 찾아 입고 앞문을 가만히 열고 동료들 틈에서 빠져나왔다. 문밖으로 나서서 고개를 들고 보니 달이 휘영청 밝았다.

달은 밝은데 맑은 이슬 차갑고, 팔극(八極)은 무진(無塵)에서 아득히 멀다.
깊은 숲 속에 새들은 고요히 잠들고, 발원지의 샘물만이 굽이쳐 흐른다.
반딧불 날아 빛 그림자 흐트러뜨리고, 구름 가 기러기 떼 글자처럼 늘어서 난다.
때는 바야흐로 삼경이 되었으니, 마땅히 도진(道眞)을 찾아야 하리라.

손오공이 눈에 익은 길을 찾아 뒷문밖에 이르러 보니, 굳게 닫혔던 문짝이 절반쯤 열려 있다. 오공은 속으로 기뻐하면서 중얼거렸다.
"옳거니! 사부님께서 과연 마음먹고 나한테 도술을 전수해주실 모양이로구나. 그렇지 않고서야 이 문짝이 열려 있을 턱이 없지 않나!"
몸을 모로 세우고 살금살금 걸어서 문 안쪽에 들어가 스승의 침대 밑까지 다가서서 보았더니, 수보리 조사는 벽 쪽으로 몸을 웅크린 채 잠이 들어 있다. 그는 섣불리 스승의 잠을 깨우지 못하고 침대 머리맡에 무릎 꿇고 조용히 기다리기 시작했다. 그런지 얼마 안 있어 수보리 조사

도수(度數)를 새긴 살대를 세워놓고, 물을 방울방울 빼는 데 따라서 수위(水位)가 어느 도수까지 내려가는지를 보고 시각을 계산하여 알아냈다.

가 두 다리를 쭈욱 뻗으면서 혼잣말로 중얼거렸다.

"어렵고 어렵구나! 도(道)는 가장 오묘한 이치인즉, 금단(金丹)[9]을 소홀히 여겨서는 안 되는 법. 이 오묘한 비결을 전해줄 인재를 얻지 못하니, 공연히 입만 아프고 혓바닥만 마르는구나!"

오공은 옳다 됐구나 싶어 냉큼 대답했다.

"사부님! 제자가 벌써부터 여기 꿇어앉아 있었습니다."

수보리 조사는 오공의 목소리를 알아듣고 벌떡 일어나더니, 옷을 걸쳐 입고 도사려 앉으면서 냅다 호통을 쳤다.

"이 원숭이 놈아! 앞채에 나가 자지 않고, 여기 이 뒤채에는 무엇하러 왔느냐?"

"사부님, 어제 강단에서 절더러 '삼경 때 남몰래 뒷문으로 들어오너라, 그럼 도술을 전수해주마'고 하시지 않았습니까. 그래서 이렇듯 대담하게 사부님의 침상 아래 와 있었던 것입니다."

말을 듣고 보니, 수보리 조사도 무척이나 기뻐 속으로 감탄을 금치 못했다.

'이 녀석이 과연 하늘과 땅이 낳아준 놈답구나! 그렇지 않고서야 어떻게 그 어려운 수수께끼를 즉석에서 풀어낼 수 있었으랴?'

오공은 간청을 계속했다.

"사부님, 지금 이 자리에는 저 혼자뿐, 아무도 듣는 사람이 없습니다. 부디 크나크신 자비를 베푸시어 장생불사의 도술을 전수해주십쇼. 제자 그 은혜는 길이 잊지 않으오리다!"

"네게 이런 연분이 있어 나 역시 기쁘구나. 어차피 수수께끼를 풀어냈으니, 장생(長生)의 오묘한 도리를 가르쳐주마. 이리 가까이 와서

---

[9] 금단: 도교에서 주사(朱砂)·납·수은과 같은 광물질 약재를 원료로 하여 화롯불에 구워내는 비방(秘方)의 단약(丹藥)으로서, '외단(外丹)'이라고도 부른다.

자세히 들거라."

오공은 이마를 조아려 사례한 다음, 귀를 씻고 마음을 기울여 침상 아래 무릎 꿇었다. 이윽고 수보리 조사의 가르침이 시작되었다.

현교(顯敎) 밀교(密敎)에 두루 통달함이 참된 묘결인 것을, 목숨을 아끼고 마음을 닦음에는 다른 설법이 없느니라.

모두가 정(精)·기(氣)·신(神)¹⁰에서 나오느니, 삼가 이를 굳게 지켜 누설하지 말아야 하느니라.

정·기·신을 누설하지 않고 몸 안에 감춰두면, 내게서 전수받은 도리가 저절로 창성할 것이니라.

구결(口訣)을 기억해두면 유익함이 많으리니, 사악한 욕심을 막아주고 청량함을 얻으리로다.

청량함을 얻으면 그 빛이 맑고 정결하여, 신선이 사는 단대(丹臺)에서 명월을 감상하는 데 알맞으리라.

달 속에는 옥토끼 감추었고, 해에는 까마귀 숨어 있으며, 거북과 뱀은 서로 뒤얽혀 있으니, 서로 뒤얽혀 있으면 생명이 견실해져서, 불 속에서라도 금빛 연꽃을 심을 수 있으리라.

수·화·금·목·토, 오행(五行)의 자리를 거슬러 쓰면, 공덕이 원만히 이루어짐에 따라서 부처도 되고 신선도 될 수 있느니라.¹¹

---

10 정·기·신: 온몸의 정신력과 체력(精), 원기(氣), 정력(精力)을 통틀어 일컫는 말. 도교에서는 이 세 가지가 서로 떨어질 수 없는 것으로 보고, 상호 순환시켜 수양하는 방법으로 삼았다. 이를테면, "허(虛)가 신(神)이 되고, 신이 기(氣)가 되며, 기가 정(精)이 되는 과정에 순응하면 인간이 되나, 정을 단련하여 기로 만들고, 기를 단련하여 신으로 만들며, 신을 단련하여 허로 돌아가는 과정을 거스르면 신선이 된다"고 한 것이 그런 경우이다.

11 현교 밀교에…… 신선도 될 수 있느니라: 수보리 조사가 계시한 이 구절은 도교의

이렇듯 도술의 근본이 설파되자, 오공의 심령에는 그 즉시 선기(仙氣)가 깃들어 스승이 일러주는 구결을 가슴속에 단단히 새겨둘 수 있게 되었다. 그는 스승의 은혜에 깊이 감사를 드리고 뒷문을 나섰다. 문밖에 나와 보니, 동녘 하늘이 훤히 밝아오면서 서쪽으로 나가는 길에 황금빛이 물들고 있었다. 왔던 길을 되밟고 앞문까지 돌아온 그는 살며시 문을 열고 들어가 잠자리에 앉은 다음, 침대 바닥을 마구 흔들어가며 고함을 질러댔다.

"날이 밝았소! 날이 밝았어! 어서들 일어나라니까!"

동료 제자들은 여전히 깊은 잠에 빠져 있을 뿐, 오공에게 지난밤 좋은 일이 생겼다는 사실을 알아차릴 턱이 없었다. 그날부터 오공은 동료들과 어울리면서도, 남몰래 그 비밀을 간직한 채 밤마다 자시(子時) 이전과 오시(午時) 이후에 혼자서 운기조식(運氣調息)하는 비법을 익혀 나갔다.

어느덧 3년이 또 지나갔다. 수보리 조사는 다시 강단 보좌에 올라앉아 제자들에게 설법을 시작했다. 강의 내용은 사물의 외형을 비평하는 공안비어(公案批語)¹²와 외상포피(外相包皮)¹³였다. 그는 한참 동안 담론하다가 불쑥 물었다.

"오공아, 어디 있느냐?"

『황정경』에서 인용한 것이고, 이어서 손오공에게 전수한 '장생 묘결(長生妙訣)' 또한 도교의 '내단(內丹)' 이론이었다.
12 공안비어: 석가모니의 말씀과 거동을 **공안**(公案), 그 비유를 **비어**(批語)라고 하는데, 불교 선종(禪宗)에서 수행자의 마음을 연마하기 위하여 시험 문제로 쓴다.
13 외상포피: 불교 용어로서, 신체 표면에 나타나는 선악(善惡), 미추(美醜)를 뜻하기도 하고 외형적으로 나타나는 말과 행동을 일컫기도 한다.

오공은 앞으로 다가가 무릎 꿇고 대답했다.
"제자, 여기 있습니다."
"그래, 요즈음 어떤 수행을 쌓고 있느냐?"
"예, 요즈음에는 법성(法性)에 다소 통달하였으며, 근기(根基) 역시 점차 튼튼해져가고 있사옵니다."
"네가 이미 법성에 통달하고 근기 또한 튼튼하게 지녔다니 다행이다만, 이제는 저 무서운 '삼재(三災)'를 막아내야겠구나."

오공은 스승의 말뜻을 곰곰이 생각하다가, 이렇게 반문했다.
"사부님, 그 말씀은 틀렸습니다. 제가 듣기로는, '도가 높고 덕이 융성하면 하늘과 더불어 수명을 같이하며, 수화(水火)의 재난을 초탈하여 온갖 질병이 생겨나지 않는다' 했습니다. 그런데 어디 또 '삼재'란 무서운 재앙이 있단 말씀입니까?"

"그것은 상식을 뛰어넘는 도리로서, 천지조화(天地造化)를 빼앗고 일월(日月)의 현기(玄機)마저 침범하는 무서운 재앙이라, 금단(金丹)을 이룩하고 나면 귀신이 용납하지 않을 것이다. 네가 비록 주안술(駐顏術)을 익혀 젊음을 지키고 수명을 늘일 수 있다 하더라도, 오백 년 후에는 하늘이 벼락을 쳐서 너를 해칠 것이니, 이것을 '뇌재(雷災)'라고 한다. 그러므로 견성명심(見性明心)하여 그 재앙을 미리 피해야 한다. 그것을 피하고 나면 하늘과 더불어 수명을 같이할 테지만, 피하지 못하면 그 즉시 목숨이 끊어진다.

그 다음에 다시 오백 년 후에는 하늘에서 '불의 재앙[火災]'을 내려 너를 태워 죽일 것이다. 이 불은 자연의 불도 아니요 보통 불도 아니라, 이른바 '음화(陰火)'라는 것이다. 그 음화는 네 발바닥 용천혈(湧泉穴)부터 불붙기 시작해서 곧바로 이원궁(泥垣宮)¹⁴을 뚫고 올라가는 동안, 오장육부를 잿더미로 만들고 사지 팔다리를 몽땅 썩어 문드러지게 만들어, 천년 고행도 한갓 헛된 물거품이 되고 말 것이다.

그로부터 다시 오백 년이 지나서, 또 '바람의 재앙〔風災〕'이 너를 덮칠 것인데, 이 바람 역시 동서남북에서 부는 높새바람, 마파람도 아니요, 춘하추동에 부는 훈풍이나 삭풍도 아니며, 버드나무, 소나무, 대나무 꽃가지를 흔들어주는 솔바람이 아니라, 소위 '비풍(贔風)'이란 것이다. 이 바람이 정수리에서부터 오장육부로 뚫고 들어와 단전(丹田)을 거쳐 구규(九竅)를 꿰뚫는 동안, 네 골육은 모조리 녹아버려 마지막에는 육신 전체가 흩어지고 말게 된다. 그러니 무슨 일이 있어도 피해야 하는 것이다."

그 말을 듣자, 오공은 솜털이 곤두서고 온몸에 소름이 오싹 돋아, 얼른 스승 앞에 이마를 조아리고 절을 올렸다.

"사부님! 불초 제자를 불쌍히 여기셔서, 제발 덕분에 그놈의 '삼재'를 피할 방법을 가르쳐주십쇼. 그 은혜는 절대로 잊지 않겠습니다."

수보리 조사가 말했다.

"그야 어렵지 않은 일이다만, 네가 다른 사람과는 달라서 가르쳐줄 수가 없구나."

"아니, 다르다뇨? 저도 둥글둥글한 머리통이 하늘을 이고 있고, 두 다리 멀쩡하게 땅을 딛고 섰으며, 보통 사람들과 똑같이 두 귀, 두 콧구멍, 두 눈에 입과 항문, 오줌 누는 구멍, 이렇게 아홉 구멍에 오장육부를 모두 갖추고 있는데, 어째서 사람과 다르다는 말씀이십니까?"

"네가 비록 사람과 똑같기는 하다만, 딴사람처럼 볼따귀가 없지 않느냐."

하긴 그렇다. 원숭이는 애당초 여우 낯짝에 움푹 파인 얼굴이며 뾰

---

14 용천혈·이원궁: 동양 의학에서 인간의 신체 부위 중 급소를 이루는 점으로서, 용천혈은 두 발바닥 중심 부위, 이원궁은 정수리의 숨구멍에 해당하는 부위를 말한다.

족한 주둥이 턱만 있을 뿐이니까. 오공은 제 손으로 얼굴을 쓰윽쓱 문질러보더니 헤벌쭉 웃고 말았다.

"원, 스승님도! 물론 제게 볼따귀가 없긴 합니다만, 사람에게 없는 모이 주머니가 입 속에 하나 더 있지 않습니까? 그래서 이 두 가지를 맞비기면 피장파장 마찬가지 아닙니까?"

"그것도 좋겠지, 그래 그만두자꾸나. 그럼 너는 어떤 것을 배우고 싶으냐? 일반적으로 천강수(天罡數)와 지살수(地煞數)란 것이 있는데, 천강수에는 서른여섯 가지 변화술법이 있고, 지살수에는 일흔두 가지 변화술법[15]이 있다. 어느 쪽을 배우고 싶으냐?"

"저는 워낙 욕심이 많은 놈이라, 지살수 일흔두 가지 변화술법을 배우고 싶습니다."

"그렇다면 이리 가까이 오너라. 구결을 일러줄 테니까."

수보리 조사는 오공의 귓전에 대고 무엇인가 모를 비결을 소곤소곤 일러주었다. 오공으로 말하자면 영리하기 짝이 없는 원숭이 임금이라, 한 가지를 깨우치는 대로 그 즉시 백 가지를 통달하여, 입으로 전수 받

---

15 일흔두 가지 변화술법: 손오공이 앞으로 펼치게 되는 이 무궁무진한 72종의 지살수(地煞數) 변화술법은 중국 고대 신화에서 비롯된 것으로, 그 최초의 기록인 『강사(繹史)』 제1권에 인용된 「오운역년기(五運歷年紀)」에 따르면 "천지를 개벽한 반고(盤古)가 임종 직전에 그 몸이 변화를 일으켜 숨결은 바람과 구름이 되고, 목소리는 뇌성벽력이 되었으며, 왼쪽 눈은 해가 되고 오른쪽 눈은 달이 되었으며, 팔다리와 머리는 사극오악(四極五岳)의 산이 되고 혈액은 강물이 되었으며, 근육은 대지의 농토가 되고 수염은 별이 되었으며, 피부와 터럭은 초목이 되고 이빨과 뼈는 금석(金石)이 되었으며, 정혈(精血)과 뇌수(腦髓)는 주옥(珠玉)이 되고 흐르던 땀은 빗물로 변하여 인간에게 은택을 주었다……"는 내용, 그리고 『산해경(山海經)』「북차삼경(北次三經)」 및 「해외북경(海外北經)」에 "인류의 창조신 여왜(女媧)가 동해에 빠져 죽어 정위조(精衛鳥)란 새로 변하여 나뭇가지를 물어다 동해 바다를 메우려 하였다……"는 기록이나 "과보(夸父)의 지팡이가 복숭아나무 숲으로 변하였다……"는 등의 신화 전설의 소재에서 힌트를 얻어 고도의 상상력을 가미해 발전시킨 것이다. 뒤에 나오는 저팔계의 천강수(天罡數) 36종의 변화술법이라든가 우마왕(牛魔王)의 72종 변화술법 역시 이에 속한다.

은 비결을 익히기가 무섭게 스스로 일흔두 가지의 변화술법을 모조리 터득해냈다.

어느 날, 수보리 조사는 제자들을 데리고 삼성동 앞에 나와 저녁 경치를 구경하다가 문득 오공을 돌아보고 물었다.

"오공아, 어떠냐? 아직 도술을 다 익히지 못했느냐?"

오공이 대답했다.

"예, 바다처럼 넓으신 사부님의 은덕으로 도술을 완전히 몸에 익혀, 이제는 구름을 타고 날아다닐 수 있게 되었습니다."

"그럼 어디 한번 시험 삼아 날아보아라."

오공은 재주를 뽐내볼 요량으로 자랑스럽게 몸뚱이를 훌쩍 솟구치더니 허공에서 몇 바퀴 공중제비를 돌고 나서 단번에 5, 60척 높이까지 뛰어올라 구름을 딛고 서서, 밥 한 끼니 먹을 동안에 왕복 3리나 되는 먼 거리를 날아갔다 돌아왔다. 그리고 스승 앞에 내려서서 두 손을 가슴 앞에 엇갈려 대고 공손히 절했다.

"사부님, 이것이 구름을 타는 술법입니다."

그러자 수보리 조사가 껄껄껄 웃음보를 터뜨렸다.

"그 정도쯤 가지고야 구름을 탔다고 할 수 있겠느냐. 겨우 구름 위에 기어올라갔다고나 해야겠지. 자고로 '신선은 아침나절에는 북해(北海)에서 놀다가, 저녁이면 창오(蒼梧)에 돌아와 쉰다'[16]고 했다. 너처럼 반나절씩이나 걸려서 겨우 삼 리밖에 못 갔다 왔으면, 그게 구름 위에 기어오른 것이 아니고 뭐냐?"

"'아침에는 북해에서 놀다가, 저녁에는 창오에 돌아와 쉰다'는 게

---

16 신선은 아침나절…… 창오에 돌아와 쉰다: 이 구절과 다음의 설명 대목은 모두 당나라 때 '팔선(八仙)' 중 한 사람이요, 도교 '북오조(北五祖)'의 하나로 추앙받는 여동빈(呂洞賓, 798~?)의 시에서 인용한 것이다.

무슨 뜻입니까?"

"구름을 탈 줄 아는 자라면, 아침에는 북해에서 잠을 깨어 일어나, 동해와 서해, 남해를 두루 유람하고 다시 창오로 돌아올 수 있다. 창오란 당초 북해 영릉(零陵)을 가리키는 말이지. 그러니까 다시 말하자면 하루 동안에 사해 바깥을 두루 편력해야만 비로소 구름을 탈 줄 안다고 할 수 있단 말이다."

"어이구! 그건 어렵습니다, 어려워요!"

오공이 혀를 내두르자, 스승은 이렇게 일깨워주었다.

"세상에 안 되는 일은 없는 법, 사람이 마음만 먹으면 어려울 게 뭐 있겠느냐?"

그 말을 듣고 오공은 등이 달아 머리를 땅바닥에 대고 애걸했다.

"사부님, 옛말에 '사람이 남을 돕거든 끝까지 도와주어야 한다'고 했습니다. 기왕 모든 걸 가르쳐주신 바에야 큰 자비를 베푸셔서, 아예 구름을 타는 법까지 깨끗이 가르쳐주십쇼. 그 은혜는 결코 잊지 않겠습니다."

"오냐, 알겠다. 그럼 잘 듣거라. 신선들이 구름을 탈 때는 두 발로 땅바닥을 차듯이 구르고 뛰어오르지, 너처럼 그렇게 하지 않는다. 내가 보건대, 너는 공중제비를 몇 바퀴씩이나 돌고 나서야 겨우 구름 위에 뛰어오르더구나. 하지만 네 그 도약 자세를 빌려서 '근두운(觔斗雲)' 타는 법을 가르쳐주마."

오공이 다시 절하고 간청하자, 수보리 조사는 또 한 가지 구결을 일러주고 나서 이렇게 덧붙였다.

"이 구름을 타려면, 손가락으로 구결의 인(印)을 맺고 진언(眞言)을 외운 다음, 주먹을 단단히 쥐고 몸을 한 번 부르르 떨치고 뛰어오르면, 공중제비를 한 바퀴 도는 사이에 십만 팔천 리나 되는 거리를 날아가게 될 것이다."

곁에서 듣고 있던 동료 제자들이 모두들 낄낄대면서 오공을 놀려 댔다.

"오공이란 녀석, 오늘 운수 대통을 했구나! 그 술법을 익혀 가지고 공문서를 전달하는 파발꾼[17]이 되거나 남의 심부름꾼 노릇을 맡는다면, 평생 어딜 가서든지 밥 굶을 걱정은 하지 않아도 되겠네그려!"

날이 저물자, 스승과 제자들은 저마다 동굴 안 처소로 돌아갔다. 그날 밤, 오공은 정신을 집중하여 술법을 연마한 끝에 근두운을 탈 줄 알게 되어, 이튿날부터는 아무런 속박도 받지 않고 세상 천지 어디나 가고 싶은 대로 떠돌아다니면서 장생불사의 즐거운 나날을 한껏 누렸다.

어느덧 봄이 가고 여름이 왔다. 하루는 오공이 동료 제자들과 함께 소나무 그늘에서 공부를 하고 있었는데, 사형들이 그를 충동질하기 시작했다.

"여보게 오공, 자네는 어디서 그런 연분을 타고났는가? 지난번에 사부님께서 자네한테만 귓속말로 '삼재'를 모면할 수 있는 변화술법을 가르쳐주셨는데, 이제 그걸 다 익혔나?"

오공은 빙그레 웃으면서 대답했다.

"형님들 앞이라 솔직히 말씀드리겠소. 사부님께서 가르쳐주시고, 나 또한 불철주야로 열심히 공부한 덕분에 어지간한 술법은 다 부릴 줄 알게 되었소."

"그것 참 잘되었군. 그럼 이 기회에 우리한테 그 재주를 한번 보여

---

[17] **파발꾼**: 원문은 '포병(鋪兵)'. 원나라 때 군사 작전에서 긴급을 요하는 문서를 전달하기 위하여 설치한 '급체포(急遞鋪)' 역참 소속 연락병을 말한다. 이 연락병은 하루에 최고 속도로 400리를 주파하여 긴급 작전 문서를 전달했다고 한다.

주지 않겠나?"

그 말을 듣자, 오공은 신바람이 나서 사형들 앞에 자랑을 하고 싶어졌다.

"뭐든지 말씀만 하시구려. 뭘로 변해 보일깝쇼?"

"소나무로 변해봐라!"

사형들이 제목을 대니, 오공은 그 즉시 인을 맺고 중얼중얼 진언을 외우며 몸을 한 번 꿈틀하고 흔들어댔다. 그러자 오공의 몸뚱이는 어느 틈에 한 그루 소나무가 되어 있었다.

아지랑이 안개를 머금고 울울창창 사시사철을 꿰뚫어,
구름을 찌를 듯 꼿꼿하게 치솟은 자태가 미끈하기도 하구나.
요망스런 원숭이 모습은 온데간데없고,
눈서리 풍상(風霜) 겪은 솔가지들뿐이라.

동료 제자들은 그것을 보고 손뼉 쳐가며 왁자지껄 떠들썩하니 웃어댔다.

"히야! 그것 참 대단한 원숭이 녀석이다. 정말 멋있는 놈이야!"

한바탕 소동이 벌어지는 바람에 사부님을 놀라게 만들었다. 수보리 조사는 무슨 일이 났는가 싶어 지팡이를 끌어가며 허둥지둥 문밖으로 나왔다.

"웬 놈들이 거기서 떠들고 있는 게냐?"

스승의 목소리를 듣자, 기겁을 한 제자들은 냉큼 입 다물고 옷깃을 여미면서 스승 앞에 줄지어 섰다. 오공도 본래 모습으로 돌아와 동료들 틈에 끼었다.

"사부님, 저희들은 떠든 게 아니라 토론을 하고 있었습니다."

제자들이 시침 뚝 떼고 딴소리를 하자, 수보리 조사는 노발대발 호통을 쳤다.

"닥쳐라! 이놈들, 야단법석을 치고 떠들다니! 그게 어디 수행하는 자의 체통으로 할 짓이냐. 도를 닦는 사람이 입을 열면 신기(神氣)가 흐트러지고 혓바닥을 놀리는 만큼 시비(是非)가 생기는 법, 그런데도 어쩌자고 떠들썩하니 웃고 소란을 부린단 말이냐!"

스승의 엄한 꾸지람에 제자들은 송구스러워 바른대로 불고 말았다.

"사실은 방금 손오공이 둔갑술을 할 줄 안다 하기에, 장난 삼아 소나무로 변해보라고 했더니, 과연 소나무로 변신했습니다. 그래서 저희들이 박수갈채를 하고 칭찬했던 것입니다. 그 시끄러운 소리가 사부님을 놀라시게 만들었으니, 부디 용서해주십시오."

"모두들 일어나 저만치 물러가 있고, 오공은 이리 오너라!"

수보리 조사는 오공을 앞에 불러 세워놓고 무섭게 꾸짖었다.

"네놈이 뭣이라고 잘난 척하는 거냐? 뭐, 소나무로 변신했다고? 그따위 재간으로 남들 앞에서 자랑을 하다니! 네놈도 생각해봐라. 남한테 그런 재주가 있는 걸 보면, 너도 가르쳐달라고 떼를 쓰겠지? 그와 반대로 네놈한테 그런 재주가 있는 걸 남이 보면 필경 가르쳐달라고 졸라댈 테고, 또 네놈은 뒤탈이 날까봐 겁나 가르쳐주어야 하지 않겠느냐? 만약 안 가르쳐주어봐라. 저들은 반드시 앙심을 품고 너를 해치려 들 터이니, 네 목숨조차 어떻게 될지 누가 알겠느냐!"

오공은 땅바닥에 머리를 처박고 사죄했다.

"그저 잘못했습니다! 용서해주십쇼!"

"너한테 벌은 주지 않겠다. 그 대신 여기를 떠나거라!"

스승의 입에서 추방령이 떨어졌으니 이를 어쩌랴. 오공은 눈물을 펑펑 쏟으면서 울부짖었다.

"사부님, 제발 한 번만 용서해주십쇼! 절더러 떠나라 하시면 어디로 가란 말씀입니까?"

"네가 어디서 왔느냐? 있던 곳으로 되돌아가면 그만 아니냐!"

오공은 그 말에 퍼뜩 정신이 들었다.

"제가 있던 곳은 동승신주 오래국 화과산 수렴동이었습니다."

"어서 돌아가 네 한 목숨 보전하거라. 여기는 도저히 있을 수 없다!"

"이제 말씀드립니다만, 제가 집을 떠난 지도 이십 년이나 됩니다. 돌이켜보면 옛날 그 자손들이 그립기는 하오나, 사부님의 두터우신 은혜도 갚지 못하고 어찌 떠나겠습니까?"

"은혜니 의리니 따질 게 뭐 있느냐? 그저 네놈이 분란만 일으키지 않고 네가 저지르는 일에 나를 끌어들이지만 않으면 좋겠다."

스승의 태도를 보아하니 막무가내라, 오공은 할 수 없이 수보리 조사에게 큰절로 사례하고, 동료 제자들과 작별 인사를 나누었다.

스승이 또 한 차례 단단히 엄포를 놓았다.

"이제 네가 이곳을 떠나면 반드시 좋지 못한 마음을 품게 될 것이다. 앞으로 네가 어떤 화란을 일으키고 흉악한 짓을 저지르더라도, 내 제자였다는 소리만큼은 절대로 해선 안 된다. 만약 네놈의 입에서 일언반구(一言半句)라도 그런 말이 나왔다가는, 내 당장 알아차리고 가서 네놈의 원숭이 껍질을 몽땅 벗겨내고 뼈다귀를 바수어버릴뿐더러, 그 혼백을 십팔층 지옥에다 처박아 놓고 만겁(萬劫)[18]의 세월이 지나더라도 두 번 다시 환생을 못 하게 만들어버릴 테다!"

---

[18] 만겁: 불교 용어로 겁파(劫簸)kalpa의 준말. 일겁(一劫)은 천지가 한 번 개벽했을 때부터 다음 개벽이 있을 때까지를 가리키는데, '만겁'이라 하면 한없이 길고긴 세월을 뜻한다고 할 수 있다. 그 반대말이 찰나(刹那)kṣaṇa이다.

"사부님의 함자는 절대로 입에 올리지 않으오리다. 누가 물으면 제 스스로 도를 닦아 터득했노라고만 얘기하겠사옵니다."

10년 동안 정든 사월삼성동과 작별한 손오공은 그 즉시 몸을 돌려 인을 맺고 진언을 외워 근두운을 일으켜 타고 쏜살같이 동승신주로 돌아갔다. 겨우 한 시진(2시간)도 못 되어, 벌써 눈에 익은 화과산 수렴동이 바라보이자, 원숭이 임금은 반가움에 못 이겨 나지막한 소리로 시 한 수를 읊었다.

떠날 때는 범태육골(凡胎肉骨), 태산처럼 무겁더니,
도를 얻은 몸뚱이는 가볍고도 또 거뜬하네.
이 세상 통틀어 뜻을 세우려는 사람 없으나,
뜻을 세워 오묘한 도를 닦으면 스스로 밝아지는 것을.
그 당시 망망대해 건널 때는 파도 쳐서 나아가기 힘들더니,
오늘 돌아오는 길이 어찌 이리도 쉽기만 할꼬.
작별 인사 나누던 목소리 아직도 귀에 쟁쟁한데,
어느 세월에나 동명(東溟)의 땅을 다시 보랴 기약할꼬.

오공은 근두운의 머리를 눌러 곧바로 화과산에 내려섰다. 길을 찾아서 걷다 보니, 난데없이 두루미의 우짖는 소리, 원숭이들의 울음소리가 들려온다. 두루미의 우짖는 소리는 구만리 하늘 밖에 울려 퍼지는데, 원숭이의 처량한 울음소리는 가슴이 메어지도록 구슬프다. 오공은 냅다 고함을 질러댔다.

"얘들아, 내가 왔다!"

그러자 낭떠러지 아래 바위 갈라진 틈새며, 꽃나무 풀숲이며 나무

숲 속에서 크고 작은 원숭이 수천 수만 마리가 한꺼번에 우글우글 쏟아져 나오더니, 미후왕을 빙 둘러싸고 이마를 조아려가며 고래고래 소리를 질러대기 시작했다.

"우리 대왕님, 무심도 하시지! 어쩌면 우리를 내버려두고 그렇게 한 번 떠나 오래도록 안 돌아오실 수 있단 말입니까? 대왕님이 돌아오시기를 정말 삼 년 가뭄에 목이 타도록 기다렸습니다.

요즈음 어디선가 포악한 요마(妖魔) 한 마리가 나타나, 우리 수렴동을 강제로 차지하려고 우리들을 마구 학대하고 있는 형편입니다. 우리는 이때껏 목숨 내걸고 그놈과 한사코 싸웠습니다만, 그놈에게 우리 재산과 어린 자식들을 숱하게 빼앗기고 말았습니다. 그래서 저희들은 밤낮없이 잠도 자지 않고 여기저기 숨어서 가업을 지키고 있었던 것입니다. 천만다행히도 대왕님께서 지금 돌아오셨으니 망정이지, 몇 해만 더 늦게 오셨더라면 우리는 더 말할 나위도 없고 이 수렴동마저 깡그리 그놈의 차지가 되어버리고 말았을 겁니다!"

오공은 그 말을 듣더니 속으로 크게 노하여 물었다.

"도대체 어떤 요마이기에 감히 여기 나타나 함부로 설쳐댄다는 거냐! 자세히들 말해봐라, 이제 곧 내가 그놈을 찾아가서 원수를 갚고야 말 테니까."

"자칭 혼세마왕(混世魔王)이란 놈인데, 여기서 북쪽 방향으로 북하(北下)라는 곳에 살고 있답니다."

"흠흠, 혼세마왕이라! 북하라는 곳까지 길이 얼마나 멀더냐?"

"그놈은 바람과 함께 나타나고 안개에 휩쓸려 사라지곤 합니다. 어떤 때는 비바람을 일으키고, 또 어떤 때는 천둥 벼락을 때려서, 저희들의 재주 가지고는 그놈이 얼마나 먼 곳에 사는지 알 수가 없습니다."

"그렇다면 좋다. 이제는 두려워들 하지 말고 여기서 놀고나 있거

라. 내 당장에 그놈을 찾아가보고 올 테니까."

이 말 한마디 남겨놓은 손오공, 그 자리에서 훌쩍 허공으로 뛰어오르더니 곤두박질 한 바퀴 도는 동안에 벌써 북하까지 날아갔다. 구름 밑을 내려다보니 과연 높은 산악이 하나 보이는데, 정말 험준하기 짝이 없었다.

붓끝처럼 우뚝 솟은 봉우리에, 굽이굽이 감돌아 흐르는 계곡 깊은 시냇물.
우뚝 솟은 봉우리가 까마득히 허공을 찌르고,
굽이치는 골짜기 깊디깊은 냇물이 지옥으로 통한다.
계곡 양편 낭떠러지에 꽃나무 떨기가 기묘한 자태를 다투고,
몇 군데 소나무 숲이 푸르름을 자랑한다.
왼쪽에는 용이 새근새근 잠들었고, 오른쪽에는 호랑이가 점잖게 엎드렸다.
보이는 곳마다 무쇠 같은 황소가 밭을 갈아, 언제든지 돈 되는 씨앗 뿌린다.
깊은 숲 속 날짐승 지저귀는 소리에, 붉은 볏 봉황새가 양지 볕에 우뚝 섰다.
매끄러운 바윗돌, 맑디맑은 물결, 들쭉날쭉 기암괴석이 참으로 사납다.
세상 천지 명산이 무수하게 많다지만, 꽃나무 피고 지고 산흰 쑥투성일세.
이런 경치 길이길이 남아 있어, 사시사철 움쭉달싹도 않으리.
이곳이야말로 삼계(三界)[19]의 감원산(坎源山)이요,

---

19 삼계: 불교 용어로, 여기서는 인간을 비롯한 중생들이 사는 세 가지 세계, 곧 색욕

오행을 기르는 수장동(水臟洞)일세!

오공이 절경을 감상하고 있으려니, 어디선가 두런두런 사람의 목소리가 들려온다. 하산 길을 찾아 내려가 보았더니, 바로 낭떠러지 앞이 수장동이다. 동굴 문 밖에는 새끼 요괴 몇 마리가 팔짝팔짝 뛰면서 춤을 추고 있다가, 오공을 발견하고 냅다 도망치기 시작했다.

오공은 버럭 호통을 질렀다.

"게 섰거라! 어딜 내빼는 거냐? 네놈들 입을 빌려 내 말 좀 전해야겠다. 나는 여기서 정남방에 있는 화과산 수렴동 주인이시다. 네놈들의 혼세마왕인가 뭔가 하는 죽일 녀석이 우리 애들을 여러 차례나 들볶았다지? 그래서 이렇게 일부러 찾아오셨으니까, 그놈더러 나하고 한판 승부를 겨뤄보자고 전해라!"

새끼 요괴들이 그 말을 듣고 질풍같이 동굴 안으로 뛰어 들어가 보고를 했다.

"큰일났습니다, 대왕님!"

마왕은 느긋이 물었다.

"큰일이라니, 무슨 큰일이 났단 말이냐?"

"동굴 밖에 화과산 수렴동 주인이라는 원숭이 우두머리가 찾아왔습니다. 그리고 대왕님이 누차 자기네 아들 손자를 들볶았기에 일부러 대왕님을 찾아왔다면서, 자기하고 한판 승부를 겨뤄보잡니다."

마왕이 껄껄껄 웃는다.

(色慾)과 식욕(食慾)과 물욕(物慾)처럼 욕망이 강한 유정(有情)이 머무는 경계인 욕계(慾界)kāma-dhātu, 그리고 탐욕은 없으나 아직 색법을 벗어나지 못한 중간층의 색계(色界)rūpa-dhātu, 그리고 모든 색신(色身)과 육체와 물질의 속박에서 벗어나 오로지 심신(心神)만이 존재하는 정신적 사유(思惟)의 세계인 **무색계(無色界)**arūpya-dhātu를 말한다.

"내 일찍부터 원숭이 요정들에게서 그놈들의 임금이 도술을 닦으러 출가했다는 말을 들었는데, 아마 그놈이 이제야 돌아온 모양이로구나. 너희들 보기에 그놈의 생김새가 어떻더냐? 병기는 어떤 것을 지녔고?"

"병기라고 지닌 것도 없고, 대머리에 붉은 옷 한 벌을 걸치고 황색 띠를 허리에 질끈 동였습니다. 발에는 검정 신발 한 켤레를 꿰었는데, 중도 아니요 속한(俗漢)도 아니요, 그렇다고 도사나 신선 같지도 않은 것이, 맨주먹 한 쌍만 지니고 문밖에서 악을 고래고래 쓰고 있습니다."

마왕이 그 말을 듣더니, 부하들에게 분부를 내렸다.

"내 갑옷 투구하고 병기를 가져오너라!"

졸개들이 병기 장비를 꺼내오자, 마왕은 갑옷 입고 투구 쓰고 손에 큰 칼 한 자루 가볍게 쥐더니, 부하 요괴들을 거느리고 동굴 바깥으로 나와 목청이 터져라 고함을 쳤다.

"수렴동 주인이란 게 어떤 놈이냐?"

손오공이 눈을 들어 바라보니, 과연 생김새나 차림새가 엄청나게 사나운 마왕이다.

    머리에 쓴 오금(烏金) 투구, 햇빛에 번쩍이고,
    몸에 걸친 검정 비단 전포(戰袍), 맞바람에 나부낀다.
    아랫도리에는 흑철갑(黑鐵甲), 두 발에는 알록달록 주름 잡은 가죽신,
    사납고 용맹스럽기가 상장군(上將軍)이 따로 없어,
    허리 둘레가 열 발이요, 키는 30척.
    손에 잡은 큰 칼 한 자루, 시퍼런 칼날이 번뜩이니,
    이름하여 혼세마왕, 흉악한 모양새가 두드러진다.

원숭이 임금 역시 마왕을 똑바로 노려보면서 호통을 쳤다.

"이 못된 마귀 놈아! 그토록 왕방울만한 눈알을 달고도 이 손선생이 안 보이느냐?"

마왕이 오공을 바라보자니 웃음만 나온다.

"호호호! 나하고 승부를 겨뤄보자고? 대담하기 짝이 없는 놈이로구나. 넉 자도 못 되는 난쟁이 키에 나이도 서른을 못 넘긴 녀석이, 수중에 병기 하나도 없이 뭘 믿고 여길 찾아와서 망발을 떠는 거냐?"

손오공도 질세라 욕설을 퍼붓는다.

"이 잡놈의 마귀 녀석, 이제 봤더니 눈알도 제대로 박히지 못했군 그래! 날더러 키가 작다고? 그럼 꺽다리가 되어주기는 어렵지 않지. 또 내 손에 병기가 없다고 얕잡아본다만, 내 이 두 주먹이라면 하늘 꼭대기의 해와 달을 움켜 올 수도 있다는 걸 모르고 하시는 말씀이야. 어허, 두려워할 것 없네. 이 손선생 주먹맛을 한 번만 잡숴보면 되니까!"

말끝이 떨어지기가 무섭게 번뜩 날린 몸뚱이, 훌쩍 뛰어오르면서 다짜고짜 면상부터 쥐어박는다.

마왕이 손을 내뻗어 덥석 막아내면서 이죽거린다.

"너 따위 난쟁이한테 나 같은 꺽다리가 얻어맞아줄 듯싶으냐? 네놈이 주먹을 쓰겠다는데, 나는 칼을 쓰다니 말이나 되겠는가! 이 칼로 널 죽인다면 남의 웃음거리밖에 될 것이 없으렷다? 잠시만 기다려다오, 내 이 칼을 놓고 너하고 주먹으로 맞상대를 해주마."

"그 말 한번 잘했다! 그래야 사내 대장부지. 자아, 어서 덤벼라!"

칼을 내던진 마왕이 자세를 가다듬더니 냅다 주먹질을 날려 보냈다. 오공은 주먹질 틈새로 뚫고 들어가 맞주먹을 내질렀다. 이리하여 둘이서 치고받고 걷어차고, 팔꿈치 내지르기에 무릎차기를 거듭하면서 한

참 동안이나 정신없이 싸웠다. 하지만 고추는 작을수록 매운 법. 팔뚝 긴 녀석은 빈틈이 많고 허술한 반면, 짧은 팔뚝의 주먹은 겨냥이 정확하고 야무지기 짝이 없어, 마왕은 오공의 호된 주먹질과 팔꿈치 쥐어박기에 겨드랑이 옆구리를 닥치는 대로 얻어맞고 사타구니마저 걷어채여, 벌써 몇 차례나 자빠지고 곤두박질을 쳤다. 마왕은 후딱 몸을 빼어 피하더니, 안 되겠다 싶어 널빤지만큼이나 커다란 강도(鋼刀)를 집어들고 오공의 정수리를 겨냥해서 있는 힘껏 내리찍었다. 오공이 슬쩍 피하자, 마왕의 칼날은 허방을 찍고 말았다.

오공은 상대방의 기세가 갈수록 흉악하고 사나워지는 것을 보고, 즉각 '신외신(身外身)'의 술법을 쓰기로 결심했다. 그는 제 몸에서 솜털 한 움큼을 뽑아 입에 넣고 씹은 다음, 허공에 대고 확 뿜어냈다.

"변해라!"

호령 한마디에, 솜털은 그 즉시 2, 3백 마리나 되는 새끼 원숭이로 변하더니, 정신없이 칼부림을 하는 마왕을 빙 둘러쌌다.

누구나 도를 닦아 선체(仙體)가 되면 그야말로 변화무쌍한 술법을 얻는 법. 이 원숭이 임금 역시 득도한 이후부터 몸에 붙은 8만 4천 개의 터럭을 한 가닥 한 가닥마다 낱낱이 다른 사물로 변화시킬 수 있게 되었는데, 그것도 마음 내키는 대로 아무것으로나 둔갑시킬 줄 알게 되었던 것이다.

새끼 원숭이 떼는 눈치 빠른 데다 뜀박질도 잘해, 칼질을 해도 찍히지 않고 창으로 쑤셔도 다치게 할 도리가 없었다. 그저 앞으로 뒤로 요리조리 뛰어 피하고, 틈만 보이면 뚫고 들어가 마왕을 에워싸 놓고 껴안는 놈에 잡아당기는 놈, 가랑이 사이로 쑤시고 들어가는 놈이 있는가 하면 발목을 걸어 자빠뜨리는 놈이 있고, 발길질로 걷어차는 놈이 없나 털을 잡아뜯는 놈이 없나, 눈알을 후벼대는 놈, 콧구멍을 쑤셔대는 놈, 여럿이서 어영차 떠메 가지고 냅다 자빠뜨리는 놈마저 있었다. 이래서 뭇 매질에 정신이 빠질 대로 빠진 마왕은 그만 땅바닥에 엉덩방아를 찧고 벌렁 나자빠지고 말았다.

"저리들 비켜라!"

그 틈에 상대방의 수중에서 칼을 빼앗아 잡은 손오공, 새끼 원숭이들을 헤쳐놓고 달려들면서 마왕의 정수리를 겨냥하고 내리찍어 단칼에 두 토막을 내버리고 말았다. 마왕을 죽인 오공은 새끼 원숭이 떼를 거느리고 동굴 안으로 쳐들어가 크고 작은 요정들을 한 마리도 남기지 않고 깡그리 소탕해버린 다음, 몸을 흔들어 새끼 원숭이로 변했던 터럭을 모조리 거두어들였다. 그리고 주변을 둘러봤더니, 몸에 달라붙지 않는 놈들이 있었다. 알고 보니, 그놈들은 수렴동에서 마왕에게 붙잡혀 온 새끼 원숭이들이었다.

"너희들은 어떻게 여길 왔느냐?"

잡혀 온 원숭이들은 어림잡아 4, 50마리쯤 되었는데, 그들은 눈물을 글썽이면서 하소연했다.

"저희들은 대왕님께서 도술을 배우러 떠나신 후 지난 이태째 되던 해부터 마왕과 싸우다가 차례차례 붙잡혀 온 겁니다. 저길 보십쇼. 저것들 모두가 우리 동굴에서 쓰던 살림 도구가 아닙니까? 돌 대야며 돌그릇이며 모두 그놈이 빼앗아 온 겁니다."

"오냐, 알았다. 기왕에 우리 물건이니까, 모두들 바깥으로 옮겨 내가거라."

가재도구 운반이 끝나고 동굴에 불을 지르니, 수장동(水臟洞)은 순식간에 한줌 잿더미로 돌아가고 말았다.

"자아, 너희들도 이제 날 따라서 돌아가자꾸나."

오공이 떠날 준비를 차리자, 원숭이들이 물었다.

"대왕님, 저희가 이곳에 붙잡혀 왔을 때, 그저 귓결에 바람 소리만 울렸을 뿐, 허공에 두둥실 날려서 여기까지 왔습니다. 그래서 돌아갈 길조차 모르는데 어떻게 고향으로 간단 말씀입니까?"

"그건 그놈이 술법을 부린 탓이다. 걱정들 말아라. 어려울 게 뭐 있겠느냐? 나도 한 가지를 배우면 백 가지를 통달하는 몸이라, 그런 술법쯤은 부릴 줄 안단 말이다. 모두들 두 눈 꼭 감아라. 무서워하지 말고!"

재주 좋은 원숭이 임금, 중얼중얼 뭐라고 주어(呪語)를 외우니, 일진광풍이 휘몰아쳤다. 오공은 새끼 원숭이 떼를 이끌고 바람결에 실려 날아갔다.

이윽고 구름이 내려앉자, 오공은 버럭 고함을 질렀다.

"애들아, 눈을 떠라!"

착실히 땅을 밟은 원숭이들, 눈을 뜨고 그곳이 자기네 고향인 줄 알게 되자 하나같이 기뻐 날뛰며 모두들 옛길로 동굴 문을 향해 미친 듯이 달려갔다.

동굴 안에서 기다리고 있던 원숭이들도 몰려 나와 오공을 에워싸고 함께 안으로 들어간 다음, 나이 순서대로 좌우 양편에 벌려 서서 차례차례 임금에게 절을 올렸다. 그리고 술과 과일 안주를 차려 내다가, 긴 여행길에서 돌아온 임금의 노고를 풀어주고 아울러 승전의 축하 잔치를 벌였다. 신하 원숭이들이 임금에게 마왕을 굴복시키고 자식들을 구해온 사연을 묻자, 오공은 자초지종을 낱낱이 말해주었다. 뭇 원숭이들은 임금의 놀라운 솜씨를 찬양해 마지않으면서 내처 물었다.

"대왕님은 어딜 가셔서 그토록 놀라운 솜씨를 배워 오셨습니까?"

"내가 그해에 너희들과 작별하고 이곳을 떠난 뒤부터, 물결 따라 동양 대해를 건너 남섬부주 지경에 당도했다. 거기서 인간의 행색을 배워 이렇게 옷도 입고 신발도 신고, 정처 없이 팔구 년이란 세월을 허송

하며 이리저리 떠돌아다녔다. 도술을 배우지 못한 것은 더 말할 나위도 없고…… 거기서 다시 서양 대해를 건너 서우하주에 이르렀는데, 그곳에서도 오랫동안 여기저기를 찾아다니던 끝에 요행히도 훌륭하신 조사 한 분을 만나게 되어, 그분께 하늘과 더불어 수명을 같이할 수 있는 참된 공덕과 불로장생의 술법을 배웠던 것이다."

그 말을 듣고, 신하 원숭이들은 미후왕이 그토록 크나큰 행운을 얻게 된 걸 경축하면서 감탄해 마지않았다.

"이야말로 만겁의 세월을 보내도 그런 도사님을 만나뵙기 어려운 일이로군요!"

오공은 또 웃으면서 말해주었다.

"얘들아, 또 한 가지 축하할 일이 있다. 우리 원숭이 가문에도 성씨가 생겼단다."

"성씨라구요? 대왕님, 무슨 성씨를 얻으셨습니까?"

"내 성은 손씨, 법명을 오공이라고 붙였다."

그 말에 뭇 원숭이들은 손뼉 쳐가며 기뻐했다.

"대왕님이 손씨라면, 우리들도 모두 손씨네 둘째, 셋째, 막내가 되는 셈이로군요! 하하! 온 집안이 손씨, 온 나라가 손씨, 수렴동 전체가 온통 손씨 천지일세!"

그리고 모두들 다가와서 손씨네 원조 어른이 되는 오공에게 큰 사발 작은 대접에 야자 술이며 포도주를 철철 넘치게 따라 올리고, 희귀한 꽃다발과 신선들이나 먹음직한 맛있는 과일 안주를 가득 올려, 모두가 한집안이 된 기쁨을 축하하면서 단란하게 잔치를 즐겼다.

성씨 하나로 주렁주렁 꿰어 근본이 합쳐졌으니, 이제는 영광스러운 신선의 명부에 이름이 올려지기를 바라는 일만 남은 셈이다.

손오공이 이런 세상에서 과연 어떻게 살아갈 것인지, 다음 회에서 풀어보기로 하자.

제3회 사해 바다 용왕들과 산천이 두 손 모아 굴복하고, 저승의 생사부에서 원숭이 족속의 이름을 모조리 지우다

영광스럽게 고향에 돌아온 손오공은 혼세마왕을 무찌르고 큰 칼 한 자루를 빼앗은 다음부터, 날이면 날마다 무예를 연마하기에 열중했다. 그리고 부하 원숭이들에게도 대나무를 쪼개어 죽창을 만들고 나무를 깎아 칼을 만들게 하며, 깃발을 세우고 호각을 불어 공격과 수비, 전진과 후퇴 방법을 훈련시켜 영채를 지키게 하는 등 군사 놀이를 하면서 나날을 보냈다.

어느 날, 손오공은 조용히 앉아서 무엇인가 생각에 잠기더니 불쑥 이런 말을 꺼냈다.

"우리는 여기서 장난 삼아 군사 놀음을 하고 있지만, 혹시 이것을 진짜로 여겨서 인간 세상의 왕을 놀라게 만들거나, 아니면 날짐승의 왕, 또는 길짐승의 왕들에게 오해를 불러일으킬지도 모르는 일이다. 그렇게 되면 저들은 우리가 반란군을 훈련시켜 자기네를 해칠 것으로 생각하고 자기네들도 군사를 거느리고 쳐들어와 서로 죽고 죽이는 진짜 싸움이 벌어질지 누가 알겠는가? 그러나 너희들은 모두 죽창이나 나무칼 따위 밖에 가진 것이 없으니 어떻게 적을 맞아 싸울 수 있겠느냐? 아무래도 무슨 방법으로든지 날카로운 쇠붙이 창칼을 손에 넣어야 되겠는데 어쩌면 좋겠느냐?"

부하 원숭이들은 그 말을 듣고 하나같이 두려워 벌벌 떨었다.

"대왕님 생각이 앞을 멀리 내다보시는 장구지책이긴 합니다만, 그

런 진짜 병기를 어디서 구해온단 말씀입니까?"

여기서 한마디 저기서 한마디, 의논이 분분한 가운데 늙은 원숭이 네 마리가 앞으로 툭 뛰쳐나왔다. 두 마리는 볼기짝이 빨간 말원숭이(赤尻馬猴)요, 두 마리는 팔뚝이 길다란 통비원후(通臂猿猴)였다.

"대왕님께서 날카로운 무기를 손에 넣으시겠다면, 그것은 아주 쉬운 일입니다."

오공이 물었다.

"어떻게 쉽단 말이냐?"

"우리가 사는 이 화과산에서 동쪽으로 이백 리쯤 바다를 건너가면, 그곳이 오래국(傲來國)이요, 그 나라에는 임금이 한 분 계시고 도성 안에는 군대와 백성들이 수도 없이 많으므로, 금은동철을 다루는 대장간과 대장장이도 많이 있을 것입니다. 그러하오니 대왕님께서 거기 가셔서 무기를 사들이거나 만들게 하여 가져다가 저희들을 훈련시켜주십시오. 그렇게 해서 이 산채를 지키게 하신다면 길이길이 태평 세월을 보전할 수 있지 않겠습니까."

그 말을 듣자, 손오공은 마음이 확 풀리도록 기뻐 어쩔 줄을 몰랐다.

"옳거니! 그럼 내가 가보고 올 테니까, 너희들은 여기서 놀고 있거라!"

성미 급한 원숭이 임금, 당장에 근두운을 일으켜 타고 2백 리나 되는 바닷길을 눈 깜짝할 사이에 건너갔다. 공중에서 내려다보니 과연 으리으리한 도성 한 채가 나타났는데, 크고 작은 길거리가 질서 정연하게 자리 잡혀 있고, 높고 낮은 가옥이 추녀를 마주 대고 나란히 늘어선 것이, 글자 그대로 육가삼시(六街三市)에 만호천문(萬戶千門)이요, 한낮 뙤약볕 아래 길거리마다 오가는 사람들이 득시글했다.

오공은 속으로 생각했다. 이만한 규모의 성채라면 반드시 만들어놓은 병기가 있으렷다? 가만 있자, 내 돈으로 궁색하게 몇 가지 몇 자루를 사느니보다 차라리 신통력을 써서 깡그리 훑어가지고 가는 게 낫겠구나!

이리하여 손오공은 구결을 맺고 중얼중얼 주문(呪文)을 외우면서 동남방을 향하여 숨 한 모금 들이켰다가 훅! 하고 내뿜었다. 그랬더니 순식간에 사나운 바람이 일어나 돌을 굴리고 모래를 흩날리기 시작했다.

모래 바람이 얼마나 놀랍고 세차던지, 이런 시구가 있다.

먹구름이 뭉게뭉게 천지를 뒤덮고, 시커먼 안개가 대지를 어둡게 만드는데,
훌떡 뒤집힌 강물과 바다 물결에 물고기 떼가 놀라 떨고,
꺾여 나가는 나무 숲 가지에 호랑이와 이리 떼가 도망친다.
점포 문이 닫히니 장돌뱅이가 사라지고,
온갖 생업이 끊겨 오가는 사람을 볼 수가 없다.
궁궐 안의 오래국 임금님은 내전으로 도망쳐 숨고,
섬돌 앞에 늘어섰던 문무 백관은 허겁지겁 아문으로 뺑소니친다.
천추궁(千秋宮)의 옥좌가 바람결에 넘어가고,
높디높은 오봉루(五鳳樓) 기둥뿌리가 휘청거린다.

난데없는 모래 바람에 대경실색을 한 오래국 임금님은 물론이요, 길거리 장터의 백성들도 허둥지둥 집 안으로 쫓겨 들어가 문짝을 닫아 걸었다. 흥청거리던 도성이 삽시간에 무인지경(無人之境)으로 바뀌어, 감히 나다니는 사람 하나 없게 되었다.

그제야 오공은 구름 머리를 눌러 내리고 곧바로 궁궐 대문 안으로

들어가 병기고를 찾았다. 병기고 문을 열고 들어가보니, 거기에는 도(刀), 창(槍), 검(劍), 극(戟), 작은 도끼(斧), 큰 도끼(鉞), 큰 낫(鎌), 채찍(鞭), 쇠갈퀴(鈀), 도리깨(撾), 네모난 구리 몽둥이(鐧), 작살(叉), 미늘창(矛), 활과 쇠뇌(弓弩) 등등 온갖 종류의 병기가 두루 갖추어져 있다.

오공은 만족한 미소를 지으면서 혼잣말로 중얼거렸다.

"이렇게 많은 것을 나 혼자 힘으로 몇 자루나 가져갈 수 있으랴? 오냐, 역시 분신술법(分身術法)을 써서 몽땅 옮겨가야겠다!"

앙큼스런 원숭이 임금, 당장 제 몸뚱이에서 솜털을 한 움큼 뽑아 입에 넣고 씹더니 훅! 하고 뿜어내면서 주문을 외운 다음, 큰 소리로 외쳤다.

"변해라!"

그러자 솜털은 삽시간에 수백 수천 마리나 되는 새끼 원숭이 떼로 변해서 손에 닥치는 대로 병기를 마구 움켜다가 모조리 옮겨 내가기 시작했다. 힘이 센 놈은 대여섯 자루를, 힘이 딸리는 약한 놈은 두세 자루씩 들고 나가 눈 깜짝할 사이에 병기고를 말끔히 바닥내고 말았던 것이다. 오공은 다시 구름에 올라타고 섭법(攝法)을 써서, 한바탕 미치광이 돌개바람을 일으켜 가지고 새끼 원숭이들을 휘몰아 화과산 소굴로 돌아왔다.

화과산 동굴 바깥에서 군사 놀이를 하며 놀고 있던 크고 작은 부하 원숭이들은 별안간에 바람이 휘몰아치는 소리를 듣고 하늘 쪽을 올려다보다가, 무수한 원숭이 떼가 새카맣게 날아오는 것을 발견하고 깜짝 놀라 이리 뛰고 저리 뛰어 달아나 숨기에 바빴다. 그러나 얼마 안 있어 원숭이의 임금은 구름을 땅에 내려놓고 안개 바람을 거두어들인 다음, 몸을 후두둑 털어 새끼 원숭이 떼로 변했던 솜털을 말끔히 거두었다. 그리고 운반해온 병기들을 산자락 앞에 무더기로 쌓아놓고 큰 소리로 부하들을 외쳐 불렀다.

"얘들아, 모두들 이리 와서 병기를 가져가거라!"

부하 원숭이들이 바라보니, 자기네 임금님께서 벌판에 혼자 서 있는 게 아닌가! 뭇 원숭이들은 와르르 달려가 굽신굽신 이마를 조아려 인사를 올린 다음 어떻게 된 일인지 물었다. 오공은 오래국에 가서 광풍을 일으켜 궁궐 안의 병기고를 깡그리 털어온 사연의 자초지종을 일러주었다. 뭇 원숭이들은 사례를 하고 나서 산더미처럼 쌓인 병기 더미에 달려들어 큰 칼 작은 칼을 잡아당기랴, 도끼와 창대를 서로 빼앗으랴, 활시위를 당겨보랴 쇠뇌를 쏘아보랴, 한바탕 고래고래 아우성을 쳐가며 난리법석을 친 다음에야 무장을 갖추고 하루해를 신바람 나게 보냈다.

이튿날 손오공은 평소 때와 같이 진영을 갖추어놓고 부하 원숭이 떼를 집결시켰다. 그리고 그 숫자를 헤아려보았더니 4만 7천여 마리나 되었다. 무장한 원숭이 떼 수만 마리가 한꺼번에 시끌벅적 떠들어대니, 화과산 일대의 괴물과 야수들이 모조리 놀라 떨 수밖에. 이리·승냥이·늑대·구렁이와 독사·호랑이·얼룩 표범이며 고라니·큰사슴·노루·멧돼지·여우·살쾡이·너구리·담비, 하다못해 사자와 코끼리·산예(狻猊)·성성이·곰·사슴·산돼지·들소·영양(羚羊)·코뿔소·산토끼·들개 따위의 온갖 야생 동물과 72군데의 동굴 속에 살던 크고 작은 요마의 우두머리들은 겁을 집어먹은 나머지, 모두들 원숭이 임금 앞에 나와 참배하고 그를 대왕으로 떠받들었다. 그리고 해마다 공물을 바치고 사시사철 때맞춰 원숭이 임금 앞에 출두하여 점검을 받기 시작했다.

그로부터 화과산의 들짐승들은 원숭이 군대에 끼어들어 군사 훈련을 받는 패거리가 있는가 하면 철 따라 식량을 조달하는 패거리로 나뉘어, 화과산 일대의 질서를 조리 있게 잡아가고 마침내는 금성 철벽과 같이 견고한 요새로 만들어놓기에 이르렀다. 사방 각처의 마왕들은 군대 지휘에 쓰는 징과 북을 만들어 바치거나 아니면 채색 깃발을, 또는 갑옷 투구를 만들어 바치기도 했다. 그런 가운데 군사 훈련은 날마다 맹렬하게 계속되었다.

이렇듯 손오공은 만족스럽고도 즐거운 나날을 보내고 있었는데, 하루는 무슨 불만이 생겼는지 부하 원숭이들을 보고 이렇게 푸념을 늘어놓았다.

"너희들은 활도 잘 쏘고 창칼 쓰기도 그만하면 정통했다 하겠는데, 내 이 칼은 멋없이 크기만 하고 둔하고 무거워서 쓸모가 없구나. 도무지 마음에 들지 않으니 어쩌면 좋겠느냐?"

그러자 늙은 원숭이 네 마리가 다시 앞으로 나와 아뢰었다.

"대왕님께서야 저희네 같은 속물과 다른 성선(聖仙)이시니, 세상에서 만든 보통 무기 따위는 아무짝에도 소용이 되지 않으실 것입니다. 하온데, 대왕님께서는 물속에 들어가실 수 있으신지요?"

오공이 대답했다.

"그것쯤이야 아무것도 아니지! 도를 깨우친 다음부터 나는 지살수(地煞數) 일흔두 가지 변화술법을 몸에 지녔으니 말이다. 근두운 하나만 가지고 보더라도 막대한 신통력을 부릴 수 있지. 은신술은 물론이요, 둔갑술에 기법(起法), 섭법(攝法)¹ 등 여러 가지 술법을 내 마음대로 쓸 수 있어서, 만약 내가 하늘에 올라가려고 하면 길이 트이고, 땅속으로 들어가기로 마음먹으면 땅에도 문이 열리고, 햇빛 달빛 아래 걸어다녀도 그림자가 드러나지 않고 쇳덩이 바위 속으로 뚫고 들어간다 해도 막히는 것이 없을 뿐 아니라, 물도 나를 빠뜨려 죽이지 못하고 불길도 내 몸을

---

1 기법·섭법: 신통력이나 법력의 일종으로, 기법(起法)이란 목표물을 내뿜거나 끌어올리는 술법, 섭법(攝法)은 낚아채거나 빨아들여 끌고 가는 술법을 말한다.

태우지 못하는데, 이런 내가 어디엔들 못 가겠느냐?"

"대왕님께 그런 신통력이 있으시다니 됐습니다. 이 철판교 아래의 물길이 동해 미궁으로 통하고 있지 않습니까? 만약 대왕님께서 의향이 있으시다면, 동해 용왕을 찾아가셔서 무기로 쓸 만한 것을 하나 달라고 청해보십쇼. 용궁 같은 곳이라면 대왕님의 마음에 드실 만한 것이 있지 않겠습니까?"

그 말을 듣고 오공은 무척 기뻤다.

"오냐, 좋은 말이다! 그럼 내 다녀오마!"

말을 마치기가 무섭게, 원숭이 임금은 철판교에서 훌쩍 뛰어내리더니, 물에 젖지 않는 폐수법(閉水法)을 써서 구결을 맺고 물속으로 뚫고 들어갔다. 그러자 물살이 갈라지면서 동해 바다 해저로 통하는 길이 열리기 시작했다. 한참을 가고 있으려니, 동해 바다에 순찰을 돌고 있던 야차(夜叉) 한 녀석과 맞닥뜨리고 말았다.

"거기, 물살을 가르고 오시는 분! 어디 사는 뉘시오? 성명을 밝혀주시면 마중을 나오도록 통보해드리리다."

야차의 물음에, 오공은 냉큼 대꾸했다.

"나는 저절로 태어난 성인으로 화과산에 살고 있는 손오공이다. 너희 주인 되는 용왕과 이웃지간이신데 어째서 나를 몰라본단 말이냐!"

그 말을 듣자, 순찰을 돌던 야차는 냉큼 수정궁(水晶宮)으로 달려가 용왕에게 급보를 올렸다.

"대왕님! 용궁 바깥에 웬 자가 하나 나타났는데, 자기는 저절로 태어난 성인으로 화과산에 사는 손오공이라고 합니다. 하는 말이, 대왕님과 이웃간이라며, 이제 곧 궁궐로 들어올 모양입니다."

동해 용왕[2] 오광(敖廣)은 그 즉시 용자(龍子) 용손(龍孫)과 새우 졸병〔鰕兵〕, 게 장군〔蟹將〕 한 패거리를 이끌고 부랴부랴 궁궐 밖으로 영접을 나갔다.

"높으신 성선(聖仙)께서 왕림하시다니, 어서 들어오십시오!"

오공을 맞아들인 용왕은 그를 상석에 앉히고 인사치레와 차를 권한 다음, 내력부터 물었다.

"상선(上仙)께서는 언제 득도하셨으며, 어떤 술법을 익히셨습니까?"

"소생은 이 세상에 저절로 태어난 직후부터 출가 수행하여 불생불멸의 몸이 되었소이다. 요즈음에는 후손들을 조련시켜서 산채 동부를 지키고 있습니다만, 소생이 쓸 만한 병기가 없으니 어쩌겠습니까. 소문을 듣건대 이웃에 계신 대왕님의 요궁패궐(瑤宮貝闕)에 신통한 병기가 많이 남아 있다 하기에, 모처럼 한 자루 얻어 쓸까 해서 이렇게 찾아왔소이다."

말투를 들어보니 딱 잡아떼고 거절한다 해서 물러갈 손님이 아니었다. 용왕은 할 수 없이 쏘가리 도사〔鱖都司〕에게 명령을 내려 자루 길고 큼직한 칼〔大捍刀〕 한 자루를 꺼내다가 바치게 했다. 오공은 가져온 칼

---

2 용왕·용궁: 중국에서 용왕의 개념이 처음 등장한 것은 『산해경』 「대북황경(大北荒經)」에 "치우(蚩尤)가 군사를 일으켜 황제(黃帝)를 정벌하자, 황제는 응룡(應龍)에게 명하여 기주(冀州) 벌판에서 치우 군을 공격하게 하였는데, 응룡은 저수지에 빗물을 가두어 그 빗물로 치우 군을 쳤다…… 응룡은 남방에 거처하였으므로, 남부 지역에 비가 많이 내리게 되었다" 하는 기록에서 비롯되었다. 이 '응룡'이 상고 시대 용신(龍神)이 갖추어야 할 강우(降雨) 능력을 보유하고, 후세에 전해오면서 동서남북 바다와 하천의 신령으로 자리 잡게 되었으며, 심지어는 우물에까지 용왕의 개념을 부여하기에 이르렀다.

용궁의 개념은 고대 초(楚)나라 민속 신을 모시던 제례악(祭禮樂)의 원시적 자료인 『구가·하백(九歌·河伯)』에서 "물고기의 비늘로 지은 집이 용당(龍堂)이요, 자줏빛 조개껍질로 지은 궁궐이 주궁(朱宮)일세"라는 대목에서 그 초기 형태를 보였으며, 그 후 『태평어람(太平御覽)』 제803권에 인용된 「양사공기(梁四公記)」에 "진택(震澤) 동정산(洞庭山) 남쪽에 동굴이 있는데, 그 깊이가 1백 척이며 그 동굴 속으로 50리를 들어가면 동해 용왕의 일곱번째 딸이 진주를 감추고 지키는 용궁에 다다른다" 하여, '동해 용왕'과 '용궁'이란 명칭이 처음으로 등장하게 되었다.

을 보더니 도리질을 했다.

"이 손선생은 칼을 쓸 줄 모르오이다. 미안하지만 다른 것을 하나 주시지요."

용왕은 다시 우럭 대위〔鮊大尉〕를 시켜 근위병인 두렁허리 역사〔鱔力士〕를 데리고 병기고에 가서 작살 아홉 날이 달린 구고차(九股叉)를 떠메어 오도록 했다.

오공은 자리에서 훌쩍 뛰어내려 그것을 받아들고 몇 차례 휘둘러보더니, 도로 내려놓으면서 고개를 내저었다.

"가벼워, 가벼워! 가벼워서 안 되겠는걸! 손에도 맞지 않고 말씀이야. 다른 걸 하나 보여주시지요!"

용왕은 어처구니가 없이 웃고 말았다.

"상선께서 뭘 모르십니다그려. 보십쇼! 저 작살의 무게가 얼마나 되는지 아십니까. 삼천 육백 근이나 되는 건데 가볍다니요?"

그래도 오공은 딱 부러지게 도리질을 했다.

"손에 맞지 않는 걸 어쩌란 말입니까? 손에 맞지 않아요!"

더럭 겁이 난 동해 용왕, 이번에는 방어 제독〔鯿提督〕과 잉어 총병〔鯉總兵〕을 시켜 날 끝이 갈라진 방천화극(方天花戟)을 한 자루 떠메어 오게 했다. 그 창은 무게만도 7천 2백 근이나 되는 중병기였다. 오공은 팔짝팔짝 뛰어 다가서더니 그 창대를 손아귀에 넣고 자세를 잡아 몇 번쯤 휘둘러보다가 궁궐 바닥에 푹 찔러놓고 또다시 절레절레 도리질이다.

"역시 가벼워서 안 되겠는걸! 아직도 멀었어, 너무 가벼워 쓸모가 없군요."

그 말에 용왕은 가슴이 뜨끔했다.

"아니, 상선님. 우리 궁중에서 제일 무거운 병기가 바로 이 방천화

극올시다. 이것보다 더 무거운 병기는 없소이다."

오공이 껄껄껄 웃었다.

"하하! 옛날 속담에 '바다 용궁에는 없는 것이 없다!' 하지 않았소이까? 다시 들어가 찾아보게 하시죠. 마음에 쏙 드는 것이 있으면 값을 부르는 대로 쳐드릴 테니까요."

"정말 이게 전붑니다. 그 이상은 없다니까요!"

용왕은 사뭇 애원 조로 통사정을 했다.

이래저래 옥신각신 말씨름을 하고 있으려니, 뒤편에서 용왕의 왕비 용파(龍婆)와 따님 용녀(龍女)가 슬쩍 지나치면서 귀띔을 해준다.

"대왕, 저 손님은 보통 어른이 아닌 듯싶습니다. 우리 바다 창고에 비장해둔 보물 가운데 천하(天河)의 밑바닥을 다질 때 쓰였다는 신진철(神珍鐵)이 있지 않습니까. 그 철봉이 요 며칠 전부터 무슨 까닭에서인지 햇무리 같은 광채를 쏟아내고 서기가 뭉게뭉게 서리기 시작했는데, 혹시 저 손님과 만날 연분이 있어서 그런 것은 아닐까요?"

용왕이 대꾸했다.

"그것은 옛날 우(禹) 임금[3]이 황하의 홍수를 다스렸을 때 강물과 바다 밑바닥을 다지는 데 쓰시던 쇳덩어리 뭉치에 지나지 않소. 아무리 신진철이라고는 하지만, 그런 것을 어떻게 병기로 쓸 수 있단 말이오?"

"쓸 수 있는지 없는지야 저 손님께서 하기 나름이니까 맡겨두면 될 일 아닙니까. 어쨌든 저 손님께 내어드려서 어떻게 고쳐 쓰시든지 용궁 바깥으로만 내보내시면 그만 아닌가요?"

용왕은 왕비의 말대로 그런 신령한 물건이 있다는 사실을 오공에게

---

3 우 임금: 고대 중국의 명군으로 곤(鯀)의 아들이며 하후(夏侯) 부족의 지도자. 순(舜) 임금의 명을 받아 중원 천지의 홍수를 다스리고 농업을 발전시킨 공으로 순 임금의 후계자가 되었다고 전한다. 그 아들 계(啓)는 중국 역사상 최초의 중앙 집권 국가인 하(夏) 왕조를 세웠다.

털어놓았다.

"그럼 이리 가져다가 보여주시죠!"

오공이 대수롭지 않게 말하자, 용왕은 두 손을 홰홰 내저었다.

"어이구, 무슨 말씀을! 너무나 무거워서 떠멜 수도 없고 손으로 들지도 못하는 겁니다. 상선께서 직접 가셔서 보실 도리밖에 없습니다."

"그렇다면 나를 그리로 안내해주시지요. 어디에 있습니까?"

용왕은 오공을 데리고 바다 보물을 비장해둔 창고로 갔다. 창고 안에 들어가보니, 갑자기 금빛 광채 만 가닥이 줄기줄기 뻗어 나온다. 용왕은 그 빛줄기를 가리켰다.

"저기서 빛을 내뿜고 있는 것이 바로 그 물건입니다."

오공은 소맷자락을 걷어붙이고 앞으로 썩 나서서 툭툭 치고 잡아보았다. 그것은 굵기가 어림잡아 열 되들이 말(斗)만큼이나 되고 길이가 20척을 훨씬 넘게 기다란 쇠기둥이었다. 오공은 그것을 두 팔로 껴안고 있는 힘껏 쳐들면서 불평을 터뜨렸다.

"그것 참, 무게는 괜찮은데 너무 굵구먼. 조금만 가늘고 짧았으면 쓸 만하겠는걸!"

이렇게 혼잣말로 중얼거리자, 신통하게도 쇠기둥이 당장 2, 3척쯤 짧아지고 굵기 역시 한 아름 가웃이나 가늘어지는 것이 아닌가! 오공은 또 한 번 중얼거렸다.

"좀더 가늘어지면 더욱 좋겠어!"

그러자 이번에도 역시 그 말대로 더 짧아지고 가늘어졌다.

오공은 기뻐서 어쩔 줄을 모르면서 그 철봉을 들고 창고를 나왔다. 바깥에 나와 자세히 살펴보니, 철봉의 위아래 양 끝머리에는 금빛 테가 씌워져 있고 철봉대는 먹물보다 더 시커먼 오금(烏金)이다. 단단하게 조여진 금테 바로 밑에는 글씨 한 줄이 아로새겨져 있었다.

여의금고봉(如意金箍棒), 무게 1만 3천 5백 근.

오공은 속으로 크게 기뻐하면서 생각했다. 여의봉이라 했으렷다? 그 이름대로라면 내 말 한마디에 마음대로 커지기도 하고 작아지기도 하겠군.

그는 걸음을 옮겨 떼면서 마음속으로 중얼중얼, 여의봉에게 말을 건네면서 손으로 그것을 흔들어 붙여보았다.

"조금만 더 짧고 가늘어지면 딱 알맞겠는데……"

바깥으로 들고 나왔을 때 여의봉은 어느새 12척 길이에 굵기는 밥공기 지름만하게 가늘어져 있었다. 신바람이 날 대로 난 손오공, 신통력을 발휘하여 무게 1만 3천 5백 근짜리 여의금고봉을 제멋대로 늘였다 줄였다, 바람개비 돌리듯 마구 휘두르고 춤추어가며 수정궁으로 돌아왔다. 그 무시무시한 기세에 얼마나 놀랐던지 늙은 용왕은 간이 주먹만하게 오그라들어 전전긍긍, 젊고 어린 용자와 용손들은 혼비백산, 거북이와 자라, 악어 떼는 목을 바짝 움츠리고, 물고기와 새우, 바닷게들은 모조리 머리를 처박고 숨어들었다. 오공은 보배를 손에 잡고 수정궁 전상에 올라앉아 용왕을 쳐다보며 싱글벙글 웃었다.

"하하! 이웃 사이에 후의를 베풀어주셔서 매우 고맙소이다."

"무슨 말씀을! 천만에요, 괜찮소이다."

"이 쇠몽둥이가 쓸 만하기는 하나, 또 한 가지 부탁드릴 말씀이 있소이다."

오공이 또 요구를 내세우고 나오는 바람에, 용왕은 가슴이 덜컥 내려앉는다.

"하실 말씀이 또 있단 말입니까?"

"이 쇠몽둥이를 얻기 전에는 그런 대로 괜찮았소이다만, 이제 이 물건을 손에 잡고 보니 몸에 걸칠 것이 없는 게 유감이구려. 그러니 어쩌겠소? 이 용궁에 갑옷 투구 따위로 걸칠 만한 것이 있거든 내친 김에 한 벌 선사하시구려. 그럼 한꺼번에 사례하리다."

"갑옷 투구 같은 것은 여기 없습니다."

"속담에도 '손님이 한 주인집을 찾으면, 다른 주인을 찾지 않는다'[4] 하지 않았소이까? 만약 없다고 뻗대신다면 나도 이 댁 문턱을 나서지 않을 테니까 알아서 하십쇼."

"정말 여기에는 없소이다. 번거로우시겠지만 다른 바다에나 찾아가보시지요. 혹시 있을지도 모르니까 말입니다."

"속담에 '세 집을 돌아다니기보다 차라리 한 집에 눌러앉아 버티는 것이 낫다' 했소. 나는 여기서 꼭 한 벌 얻어가야 되겠는걸!"

"정말 없습니다. 있다면야 당연히 드렸습지요."

"정말 없단 말씀이오? 그럼 내 당신에게 이 쇠몽둥이를 한 번 써봐야겠군그래!"

그 말에 용왕은 큰일났다 싶어 황급히 대답했다.

"손님, 제발 손찌검은 하지 마십쇼! 절대로 그 쇠몽둥이를 휘두르시면 안 됩니다. 가만 있자, 내 아우가 사는 곳에 있거든 한 벌 찾아서 드리도록 할 테니까……"

"아우님이 어디 살고 계시는지?"

---

4 손님이 한 주인집을 찾으면……: 이 책에서는 민간 속어가 매우 중요하게 쓰였는데, 본문 가운데 적어도 200여 항목이 인용되었다. 손오공이 금고봉을 휘두르며 동해 용왕에게 갑옷 투구를 내놓으라고 강요하면서 연거푸 세 차례나 쓴 이 속어, '손님이 한 주인집을 찾으면 다른 주인을 찾지 않는다(一客不犯二主)'라든가, '세 집을 돌아다니기보다 차라리 한 집에 눌러앉아 버티는 것이 낫다(走三家不如坐一家)' '외상 돈 석 냥보다 맞돈 두 냥이 더 낫다(三不敵見二)'라고 한 속담 역시 중국 통속 소설 『삼협오의(三俠五義)』 제33회에서 인용한 것들이다.

"남해 용왕 오흠(敖欽), 북해 용왕 오순(敖順), 서해 용왕 오윤(敖閏)이 모두 내 아우들이오."

"흠흠, 이 손선생더러 그 세 군데를 가보라고? 난 안 가겠소, 안 가! 속담에 '외상 돈 석 냥보다 맞돈 두 냥이 더 낫다'고 했으니, 적당히 알아서 한 벌 내어주시는 게 좋을 거외다."

"상선께서 직접 가실 필요는 없습니다. 여기에 쇠북과 금종이 있는데, 긴급한 일이 생길 때마다 그것을 울리면 아우들이 금방 이리로 달려올 겁니다."

"그렇다면 어서 북 치고 종을 울려보시구려!"

이윽고 악어 장군(鼉將)이 금종을 뎅뎅 울리고, 자라 원수(鼈帥)가 쇠북을 둥둥 쳤다. 그러자 종소리 북소리가 울린 지 얼마 안 있어 과연 그 소리에 놀란 세 바다 용왕들이 경각을 지체하지 않고 잠깐 사이에 달려왔다.

남해 용왕 오흠이 먼저 물었다.

"형님, 무슨 급한 일이 있기에 종과 북을 울리셨소?"

늙은 용왕이 한숨을 내쉬면서 대답했다.

"여보게 아우, 말도 말게! 화과산에서 저절로 태어났다는 손오공인가 뭔가 하는 성선이 오늘 아침나절부터 이웃지간이라면서 여길 찾아오더니, 나중에는 병기 한 자루를 달라고 하지 않겠나? 그래서 작살 아홉 날이 달린 구고차를 내주었더니만 너무 작아서 싫다, 칠천 이백 근짜리 방천화극을 주었더니만, 이번에는 너무 가볍다고 떼를 쓰지 뭔가. 그래서 이번에는 옛날 우 임금이 천하 밑바닥을 다질 때 쓰던 신진철을 보여주었지. 그랬더니 제 손으로 그것을 꺼내다가 있는 솜씨 없는 솜씨 마구 잡이로 휘둘러보더니만 그제야 마음에 드는지 좋다고 하더군. 한데 지금은 아예 또 궁궐 안에 눌러붙어 앉아서 이번에는 무슨 놈의 갑옷 투구

한 벌을 달라고 졸라대는데, 여기에는 갑옷 투구 따위가 없으니 어쩌겠나? 그래서 종과 북을 울려 아우님들더러 이리 오라고 청한 걸세. 자네들, 뭐든지 걸칠 만한 것이 있거든 내놓도록 하게. 그자한테 한 벌 주어서 궁궐 문 바깥으로 내보내면 그만이니까."

오흠이 그 말을 듣고 버럭 성을 냈다.

"아니, 형님도! 우리 형제들이 군사를 풀어서 그놈을 붙잡아 내쫓으면 그만이지, 뭐가 두렵다고 그러십니까?"

"말도 말게! 말도 말아! 그 쇠몽둥이에 슬쩍 얻어맞기만 해도 죽고, 스치기만 해도 살가죽이 벗겨지고 힘줄이 끊어진다네."

"둘째 형님!"

서해 용왕 오윤이 오흠을 불렀다.

"둘째 형님, 그런 작자와 절대로 싸워서는 안 됩니다. 우선 급한 대로 갑옷 투구 한 벌을 마련해주어 쫓아보내고 나서, 하늘의 옥황상제님께 아뢰면 자연 하느님이 천벌을 내릴 게 아닙니까?"

북해 용왕 오순이 그 말에 찬동하고 나섰다.

"옳은 말입니다. 그렇게 하도록 합시다. 나한테 가볍고도 질긴 연뿌리 실로 짠 보운리(步雲履)란 신발 한 켤레를 가져온 게 있으니 그걸 줍시다."

오윤이 그 말을 받았다.

"내게는 황금 사슬 갑옷〔黃金鎖子甲〕이 한 벌 있소."

그 다음에는 남해 용왕 오흠 차례다.

"내게도 봉황의 깃으로 장식한 놋쇠 투구 봉시자금관(鳳翅紫金冠)이 있소이다."

늙은 용왕은 크게 기뻐 세 아우를 데리고 수정궁에 들어가 손오공과 맞대면을 시킨 다음, 각자 내놓기로 한 물건들을 건네주도록 했다.

이리하여 손오공은 머리에 봉시자금관을 쓰고, 두 발에는 보운리, 몸에는 황금쇄자갑을 걸치더니, 여의봉을 휘두르며 돌아가면서 용왕들에게 이렇게 말했다.

"너무 시끄럽게 수선을 떨어서 죄송하오!"

손오공이 떠나자, 사해 용왕들은 투덜투덜 불평을 터뜨리면서 옥황상제에게 상주문(上奏文)을 써 올릴 의논을 하기 시작했다.

용궁에서 나온 손오공, 기세 좋게 물결을 가르고 화과산 수렴동으로 돌아와 철판교 위로 뛰어오르니, 다리 주변에는 늙은 원숭이 네 마리가 수많은 원숭이 떼를 거느린 채 아직껏 기다리고 있었다.

물살을 박차고 훌쩍 뛰어오르니, 몸에는 물 한 방울 적신 자취가 없고 금빛 찬란한 갑옷이 번쩍거린다. 다리를 건너오는 임금의 웅장한 모습에, 부하 원숭이들은 놀라움을 금치 못하고 그 자리에 무릎 꿇고 우러러보았다.

"대왕님, 정말 훌륭하십니다! 눈이 부시도록 으리으리하십니다!"

오공은 얼굴 가득 봄바람을 맞으면서 보좌에 높이 오르더니, 철봉을 마당 한가운데에 꽂아 세워놓았다. 부하 원숭이들이 멋도 모르고 제각기 덤벼들어 여의봉을 흔들어보았으나, 그야말로 잠자리가 무쇠 기둥을 흔드는 격이라 움쭉달싹도 하지 않았다. 부하 원숭이들은 손가락을 깨물거나 혀를 내두르면서 찬탄을 금치 못했다.

"이렇게 무거운 것을, 대왕님 어떻게 들고 오셨습니까? 정말 용하십니다!"

오공이 다가가서 여의봉을 한 줌에 뽑아 잡고 호기 있게 껄껄 웃었다.

"얘들아, '물건에는 임자가 따로 있다' 하지 않았더냐? 이 보배는 용왕의 바다 밑 창고에서 몇 백 년, 몇 천 년 동안이나 잠자고 있었는지 모르겠다만, 공교롭게도 올해에 들어서면서부터 번쩍번쩍 광채를 쏟아내기 시작했다는 거야. 용왕은 이것을 흔하디흔한 흑철(黑鐵) 덩어리로만 알고 있으면서도, 나한테는 옛날 우 임금이 천하의 강물과 바다 밑바닥을 다질 때 쓰던 신진철이라고 허풍을 떨지 뭐가. 그리고 자기네 힘으로는 떠메지도 못할 만큼 무거우니까, 날더러 직접 가져가라는 거야. 처음 보았을 때는 이 보배의 길이가 이십 척 남짓이나 되고 굵기도 열 되들이 됫박처럼 굵었는데, 내가 두 팔로 껴안고 '너무 크구나!' 하고 중얼거렸더니, 신통하게도 이놈이 당장 작아지는 게 아니냐? 그래서 '좀더 작아져라, 작아져라!' 했지. 그랬더니 길이와 굵기가 또 줄어들더군. 햇볕에 들고 나와 비쳐보았더니 금테두리 곁에 '여의금고봉, 무게 일만 삼천 오백 근'이라는 글자 한 줄이 새겨져 있더구나. 자, 너희들 저만치 물러서 있거라. 내가 이놈을 다시 한 번 변하게 만들어서 보여줄 테니까."

그는 여의봉을 손에 잡고 흔들면서 소리쳤다.

"작아져라! 작아져라! 작아져라!"

그러자 여의봉은 그 즉시 수놓는 바늘만큼이나 가늘고 작아져, 귓속에라도 쑤셔 넣어 감출 수 있게 되었다.

부하 원숭이들은 깜짝 놀라 두 눈이 휘둥그레졌다.

"대왕님, 다시 한 번 꺼내 가지고 변하게 해보십쇼!"

오공은 귓속에서 그것을 꺼내 손바닥에 올려놓고 외쳤다.

"커져라! 커져라! 커져라!"

이렇게 세 번 외쳐대자, 바늘은 순식간에 열 되들이 말만큼이나 굵어지면서 길이가 20척 남짓이나 뻗어 나가는 것이 아닌가! 오공은 신바람이 나서 철판교 위로 훌쩍 뛰어오르더니, 수렴동 바깥 널찍한 터로 걸어 나간 다음, 그 보배를 거머쥐고 '법천상지(法天像地)'의 신통력을 발휘하여, 허리를 구부리고 주문을 외우면서 버럭 고함을 질렀다.

"늘어나라!"

외마디 소리 한 번에, 오공은 키가 점점 늘어나 10만 척, 머리통은 태산 같고 허리 둘레는 심산 준령이요, 두 눈은 번갯불처럼 번뜩이고, 쩍 벌린 입은 선지피가 그득 담긴 항아리요, 이빨은 날카로운 창칼처럼 무시무시한데, 수중에 들린 여의금고봉 역시 하늘 위로 삼십삼천(三十三天)에 닿고 아래로는 십팔층 지옥(十八層地獄)까지 뚫고 들어갔다. 그 어마어마한 광경을 본 화과산의 호랑이 표범, 이리 떼와 구렁이, 무수한 괴물과 들짐승의 간담이 서늘해지고, 일흔두 군데 동굴 속의 요괴 마왕들이 혼비백산하도록 놀라 전전긍긍 떨면서 그 앞에 나와 머리통을 처박고 엎드려 절을 올렸다.

마음이 한껏 흡족해진 오공은 법상(法像)을 거두어들인 다음, 보배를 다시 바늘만큼 가늘게 만들어 귓속에 집어넣고 수렴동부로 돌아갔다. 요괴 마왕들도 부랴부랴 그 뒤를 따라가 모두들 축하를 드렸음은 물론이다.

경사가 생겼으니 펄럭펄럭 깃발 휘날리고 둥둥 북 치고 징을 울릴밖에. 이날 오공과 요괴 마왕들은 야자술과 포도주에 온갖 진수성찬을 두루 차려놓고 권커니 잣거니 하루해가 저물도록 오래 잔치를 즐겼다. 그 동안에도 사기가 오를 대로 오른 부하 원숭이들은 예전처럼 군사 훈련을 계속했다.

오공은 여러 차례 공로를 세운 원로 원숭이 네 마리를 건장(健將)으로 임명했다. 꽁무니가 빨간 말원숭이 두 마리에게는 각각 마원수(馬元帥), 유원수(流元帥)의 직함을 내리고, 팔뚝 긴 통비원 두 마리에게는 각각 붕장군(崩將軍), 파장군(芭將軍)의 직함을 내렸다. 그리하여 산채의 수비 진영을 굳게 세우고 상벌을 처리하는 등 모든 군무를 이들 네 건장에게 맡겨두고, 무거운 짐을 훨훨 떨쳐버린 자신은 날이면 날마다 안개

구름을 타고 사해천산(四海千山)을 떠돌아다니며, 무예를 닦고 영웅호걸을 두루 찾아 신통력을 과시하고 좋은 벗들을 널리 사귀었다. 우마왕(牛魔王), 교마왕(蛟魔王), 붕마왕(鵬魔王), 사타왕(獅狁王), 미후왕(獼猴王), 우융왕(獑狨王)을 만난 것도 이 무렵의 일이었다. 손오공은 스스로 미후왕(美猴王)을 자처하면서 이들과 일곱 의형제를 맺었다.

이리하여 마왕 일곱 형제는 날마다 문무를 함께 논하며 술자리를 베풀어 권커니 잣거니 나눠 마시고, 노랫가락에 장단 맞춰 춤을 추기도 하고, 아침에 나가서는 밤늦게 돌아오는 등 끝없는 쾌락에 잠겨 세월을 보내고 있었다. 그야말로 고갯짓 한 번에 3천 리를 치닫고 허리 한 번 꿈틀하는 사이에 8백 리 길을 날아다녔으니, 아득한 만리 길이라 해도 자기네 집 안마당 거닐 듯 어려울 것이 없었다.

그날도 오공은 수렴동에서 네 건장에게 분부하여 잔칫상을 차려놓게 하고 여섯 마왕을 초청했다. 그리고 소 잡고 말 잡아 하늘과 땅에 제사를 지낸 뒤에, 그들은 한데 어우러져 춤추고 노래 불러가며 마음껏 하루해를 즐겼다. 곤드레만드레, 취할 대로 취한 여섯 마왕을 떠나보낸 후, 오공은 대소 두목들에게 상을 내려주고 철판교 난간 소나무 그늘 밑에 기대어 졸던 끝에 깜빡 잠이 들었다. 임금을 호위하던 네 건장들은 혹여 잠이라도 깰까 두려워 큰 소리조차 내지 않았다.

꿈속에서 미후왕 손오공은 두 사람이 영장(令狀) 한 장을 들고 나타나는 것을 보았다. 그 영장에는 '손오공'이란 이름이 씌어 있었다. 두 사람은 오공에게 가까이 다가오더니 불문곡직하고 오랏줄을 꺼내 미후왕의 혼령을 잡아 묶은 다음, 무작정 끌어가기 시작했다. 술 취한 손오공의 혼령은 이리 비틀 저리 비틀, 왁살스런 손길이 잡아끄는 대로 끌려갈 밖에. 이윽고 어느 성곽 아래 다다라서야 그의 혼령은 차츰 술이 깨어나기 시작했다. 고개를 쳐들고 바라보니, 성벽 위에 철패가 하나 덩그러니 걸렸는데, '유명계(幽冥界)'란 세 글자가 큼지막하게 씌어 있다.

오공은 정신이 번쩍 들었다.

"유명계라니, 그곳은 염라대왕이 살고 있는 저승인데, 내가 어떻게 이런 곳에 왔단 말이냐?"

그러자 두 사람이 대답했다.

"너는 이승에서 수명이 다하여, 이제 우리가 영장을 받아 가지고 너를 잡아가는 길이다."

알고 봤더니, 두 사람은 저승사자가 분명하다.

원숭이 임금은 벌컥 성을 내어 호통을 쳤다.

"이런 괘씸한 놈들 봤나! 이 손선생으로 말할 것 같으면 과거, 현재, 미래의 삼계(三界)를 초탈하고 수·화·금·목·토의 오행에도 들지 않는 신선이라 저승 세계 염라왕의 간섭을 받을 턱이 없는 몸이신데, 이 흐리멍덩한 녀석들이 어딜 감히 날 잡으러 왔단 말인가? 어림도 없는 수작들 말아라!"

그러나 저승사자들은 그 말을 듣는 척 마는 척, 손오공을 성 안으로 강제로 끌어들이려고 했다. 분통이 터진 원숭이 임금님, 귓속에 감추어 두었던 여의봉을 꺼내 바람결에 한두 번 흔들어 밥공기 지름 굵기만하게 늘리더니, 번쩍 치켜들기가 무섭게 두 저승사자를 겨누고 한 대씩 후려갈겨 단숨에 고기 떡을 만들어버리고 말았다. 그리고는 제 손으로 오랏줄을 풀어 두 손이 자유롭게 되자 무거운 철봉을 바람개비 돌리듯 마구잡이로 휘둘러가며 성 안으로 쳐들어갔다.

그 무시무시한 기세에 놀란 것은 성문을 지키고 있던 쇠 대가리〔牛頭〕, 말대가리〔馬面〕 귀신 졸개들, 그들은 혼비백산을 하도록 놀라 이리 피하고 저리 도망쳐 숨느라 동서남북을 허겁지겁 헤매고 달아났다. 귀졸들은 삼라전(三羅殿)으로 헐레벌떡 뛰어올라가 염라대왕에게 급보를 전했다.

"대왕님, 큰일났습니다! 큰일났습니다! 성 밖에 웬 놈의 털북숭이 뇌공(雷公, 원숭이) 하나가 무섭게 쳐들어오고 있습니다요!"

이른바 유명부(幽冥府) 저승 세계를 관장하고 있는 열 사람의 명왕(冥王)이 그 말을 듣고 깜짝 놀라 부랴부랴 옷매무새를 가다듬고 달려 나오다가, 그 흉악한 기세를 보고 엉거주춤하니 멈춰 섰다.

"상선은 뉘시오? 이름부터 밝히시오!"

원숭이 임금도 맞고함을 지른다.

"내가 누군지도 모르는 놈이 어째서 저승사자를 시켜 내 혼령을 잡아오는 거냐?"

시왕(十王)이 얼른 변명을 한다.

"아니오, 아냐! 아마도 저승사자를 잘못 보낸 모양이외다."

"나는 화과산 수렴동에 사는 천생 성인(天生聖人) 손오공이다! 그대들의 관직은 무엇인가?"

시왕들이 허리를 굽신하고 대답했다.

"우리는 저승 세계의 황제 십대 명왕들이외다."

"냉큼 이름을 대라. 그렇지 않으면 모조리 때려죽일 테다!"

"우리 열 사람은 진광왕(秦廣王), 초강왕(初江王), 송제왕(宋帝王), 오관왕(忤官王), 염라왕(閻羅王), 평등왕(平等王), 태산왕(泰山王), 도시왕(都市王), 변성왕(卞城王), 전륜왕(轉輪王), 모두 십전명왕(十殿冥王)들이오."

오공은 그들의 이름을 다 듣고 나서 호되게 꾸짖었다.

"명색이 왕위에 오른 작자들이라면 영특한 감응력이 두드러질 터인데, 어째서 시비곡직을 가리지도 못한단 말인가? 이 손선생으로 말하자면 신선의 도를 닦아 하늘과 수명을 같이하고 삼계를 초탈했을 뿐 아니라 오행의 속박에서 벗어나 살아가는 사람인데, 어찌하여 저승사자를 시켜 이런 나를 붙잡아왔는가?"

"상선님, 노여움을 푸십쇼. 이 세상 천하에 동성 동명인 자가 수두룩하게 많지 않습니까. 아마도 저승사자 녀석들이 사람을 잘못 보고 잡아온 것은 아닌지 모르겠습니다."

"흐흠, 당치도 않는 수작 말게나! 속담에 뭐랬는가? '벼슬아치는 잘못하는 일이 있어도, 심부름꾼은 실수하는 법이 없다'고 했어. 허튼 소리 작작 늘어놓고 어서 빨리 그놈의 생사부(生死簿)란 것부터 이리 내다 보여주게!"

시왕들은 오공의 으름장에 질려 더는 아무 소리도 못 하고, 생사부를 보여줄 참으로 그를 정전으로 안내했다.

기세등등하게 여의봉을 꼬나잡고 삼라전 깊숙이 들어가 한복판 상석에 자리 잡은 손오공이 의젓하게 남쪽을 바라고 앉으니, 시왕들은 그 즉시 사안을 맡은 판관에게 명을 내려 생사를 기록한 명부를 가져다가 조사하게 하였다. 판관은 지체하지 못하고 황급히 집무실로 달려가 대여섯 권의 생사 명부와 온갖 부류의 명단이 적힌 장부를 들고 나왔다.

장부를 낱낱이 들춰보니, 영충(贏蟲, 인간), 모충(毛蟲, 길짐승), 우충(羽蟲, 날짐승), 곤충(昆蟲, 벌레), 그리고 비늘이나 껍질 달린 물고기 종류에 이르기까지 모조리 살펴보았으나 그의 이름은 어디에도 적혀 있지 않았다. 오공은 다시 원숭이의 명단을 뒤져보았다. 본래 원숭이 족속은 사람의 모습을 닮았기는 해도 인간의 부류에는 속하지 않는다. 따라서 영충인 듯하면서도 나라 경계에 들어와 거처하지 않는 것이다. 그렇다고 길짐승이냐 하면 기린의 통제를 받지 않으며, 날짐승이냐 하면 봉황의 관할에도 속하지 않는다. 그래서 따로 원숭이 부류의 명단이 비치되어 있는 것이다. 성미 급한 오공이 명단을 빼앗아 들고 직접 들춰보니, '혼(魂)'자 제1350호에 이르러 손오공의 이름 석 자와 주석까지 붙여서 적혀 있었다. 주석은 이렇게 붙여져 있었다.

저절로 태어난 돌 원숭이, 그 수명은 342세, 천수(天壽)를 다하기로 되어 있음.

오공은 피식 웃으면서 중얼거렸다.
"나도 내 나이가 얼마인지 모르는데 누가 알 게 뭐냐? 내 이름 석 자나 지워버리고 말아야겠다. 여봐라, 붓을 가져오너라!"
판관이 말 한마디에 냉큼 붓을 대령했다. 오공은 붓에 짙은 먹물을 듬뿍 찍더니, 자기 이름 석 자는 물론이요, 원숭이 부류에 속하는 것으로 이름이 적힌 것이라면 보이는 대로 북북 뭉개어 깡그리 지워버리고 말았다. 그리고 시왕들에게 명단을 툭 내던져주면서 이렇게 말했다.
"이젠 다 되었군, 다 되었어! 이제부터는 그대들의 간섭을 받을 까닭이 없으렷다?"
말을 마친 손오공은 여의봉을 휘두르며 의기양양하게 저승을 빠져나갔다.
공포에 질려서 손오공의 곁에 범접도 못 하던 십대 명왕들, 그 길로 취운궁(翠雲宮)으로 달려가서 지장왕보살(地藏王菩薩)[5]을 찾아뵙고 하늘의 옥황상제님께 손오공이 저지른 사건을 아뢸 일을 의논했음은 물론

---

5 지장왕보살: 석가세존이 입멸(入滅)한 이후부터 미륵보살이 성도(成道)할 때까지 무불 시대(無佛時代)에 중생의 제도(濟度)를 맡았던 보살 Kṣitigarbha. 중국은 당나라 때부터 지장 신앙(地藏信仰)이 크게 전파되어 민간인들에게 가장 친숙한 보살로 자리매김하였으며, 신라 후기의 구법승(求法僧)으로 당나라에 들어가 구화산(九華山) 화성사(化城寺)의 주지가 되었던 신라 왕족 김교각(金喬覺)이 고행 끝에 99세로 입적하자(803년), 중국 사람들은 그를 지장보살의 화신으로 일컫고 오늘날까지 받들어 모시고 있다.

이다.

한편 유명계의 성문을 빠져나오던 손오공은 갑자기 발목에 매듭 진 풀섶이 걸리는 바람에 그만 털썩 고꾸라지고 말았다. 깜짝 놀라 정신을 차리고 보니 한바탕 허망한 꿈, 남가일몽(南柯一夢)[6]이었다. 허리를 펴고 기지개를 켜려니까, 네 명의 건장과 뭇 원숭이들이 와글와글 떠드는 소리가 들린다.

"대왕님, 대왕님! 술을 얼마나 드셨기에 하룻밤 내내 잠이 드셔서 아직도 깨어나지 않으십니까?"

오공이 대답했다.

"말도 말아라! 잠든 거야 아무것도 아니다. 꿈속에서 저승사자 두 녀석이 날 잡으러 오는 바람에 꼼짝없이 저승까지 끌려갔다 돌아오는 길이야. 유명계 성문 밖에 이르러서야 술이 깨어 한바탕 신통력을 펼쳐서 삼라전까지 쳐들어가 소동을 부리고, 고래고래 악을 써서 십대 명왕들과 시비를 따졌지 뭐냐. 그리고 생사부를 뒤져서 우리네 원숭이 형제들의 이름을 닥치는 대로 모조리 뭉개 지워버리고 나오는 길이야. 그러니까 너희들도 앞으로는 저승사자의 간섭을 받지 않아도 되는 거란 말이다."

"그것 참 잘하셨습니다! 고맙습니다!"

부하 원숭이들은 이마를 조아려 사례했다. 그 이후로, 야생 원숭이들 가운데 늙지 않는 놈이 많아진 것은 저승의 생사부 명단에서 그들의 이름이 지워졌기 때문이다.

---

[6] 남가일몽: 당나라 때 이공좌(李公佐)가 쓴 소설 『남가기(南柯記)』에, 순우분(淳于棼)이란 사람이 꿈속에서 대괴안국(大槐安國)의 남가태수(南柯太守)로 20년 동안 온갖 부귀영화를 누리며 살다가 깨어나고 보니 한바탕 허망한 꿈이었다는 고사가 있는데, 그 책이 나온 이후로 '남가'는 곧 허망한 꿈의 대명사로 쓰이게 되었다.

원숭이 임금의 얘기가 끝나자, 4대 건장은 이 사연을 72군데 동부의 요괴 마왕들에게 두루 알려, 모두들 축하를 하러 달려왔다. 그리고 며칠 안 있어 의형제 여섯 마왕도 축하를 하기 위해 찾아왔다가, 자기네 이름까지 모조리 지워졌다는 얘기를 듣고 너 나 할 것 없이 기뻐 날뛰며 즐거운 나날을 보낸 것은 더 말할 나위가 없다.

한편, 고천상성 대자인자 옥황대천존 현궁 고상제(高天上聖大慈仁者玉皇大天尊玄穹高上帝), 즉 간단하게 줄여서 하늘의 옥황상제[7]는 어느 날 금궐운궁(金闕雲宮) 영소보전(靈霄寶殿)에 납시어 문무 백관들을 소집해 놓고 조회를 열었는데, 구홍제 진인(邱弘濟眞人)이 불쑥 반열 앞으로 나와 이렇게 아뢰었다.

"폐하, 통명전(通明殿) 밖에 동해 용왕 오광이 상소문을 받들고 와서 폐하를 뵈옵고자 청합니다."

옥황상제가 들어와도 좋다는 허락을 내리니, 오광은 영소보전 섬돌 아래 엎드려 배례를 올린다. 곁에 시립해 있던 선동(仙童)이 상주문을 받아서 옥황상제에게 올렸다. 용왕이 올린 상주문의 내용은 실로 기가 막힌 것이었다.

수원 하계(水元下界) 동승신주 동해의 소룡(小龍) 신 오광은 옥

---

[7] 옥황상제: 도교에서 숭상하는 천신(天神)의 위계질서는 '삼청(三淸)'과 '사어(四御)'로 구성되어 있다. '삼청'은 최고 지존의 신령으로서, 원시 천존(元始天尊)·영보 천존(靈寶天尊)·도덕 천존(道德天尊)이 그들이며, '사어'는 이 세 천존들을 보좌하는 네 천제(天帝)로서 또 다른 명칭으로 '사보(四輔)' '사제(四帝)'라고도 부른다. 그 중 하나가 곧 호천지존금궐(昊天至尊金闕)의 옥황상제인데, 그는 '제천(諸天)의 주인'이며 천상의 최고 통치자로서, '삼청'을 보필하여 이른바 삼계 시방(三界十方), 사생 육도(四生六道), 인간의 길흉화복과 수명을 주재하는 최고 신령이라 한다. '삼청 사어'에 대하여는 제5회 주 **1**, '삼청·사제' 참조.

황대천존 현궁 고상제 폐하께 삼가 아뢰나이다. 근자에 화과산 수렴동에 사는 손오공이란 요선이 소신을 업신여기고 강제로 수정궁에 침범하여 병기를 토색하고 술법으로 위협을 가하면서 갑옷 투구마저 강탈하였사온즉, 그 흉포한 기세가 수족(水族)들을 놀라 다치게 만들었으며 거북과 자라들마저 농락하여 도망치게 만들었나이다. 이리하여 남해의 용은 전전긍긍, 서해의 용은 처참한 형상, 북해의 용은 목을 움츠리고 모두들 그 요선에게 굴복하였나이다.

 소신 오광은 그 자에게 허리 굽혀 예를 올리고 신진철을 내주었을 뿐만 아니라, 자금관, 황금쇄자갑에 보운리를 바쳐 예를 갖추고 떠나보냈사옵니다만, 그래도 그 요선은 함부로 무예를 뽐내고 신통력을 부려 온갖 행패를 다 부리더니, 나중에 가서야 '너무 시끄럽게 굴어 죄송하다'는 말 한마디만 남기고 떠나갔사옵니다.

 사세가 이러하온즉, 감히 대적할 자가 없고 제압하기 어려운 실정이라, 이제 소신이 상주하옵고 엎드려 바라옵건대 천병을 파견하사 그 요물을 토벌하시어 사해 오악(四海五岳)을 청녕(淸寧)하게 해주시고 수원 하계(水元下界)⁸를 태평하게 하여주시옵소서. 이에 아뢰나이다.

옥황상제가 상주문을 다 읽어보고 나서 성지(聖旨)를 내린다.

"용신은 바다로 돌아가라. 짐이 곧 장수를 보내어 잡아들이도록 하리로다."

 성지를 받든 용왕은 머리 조아려 사례하고 그 자리를 물러났다.

 그런데 뒤를 이어서 이번에는 갈선옹 천사(葛仙翁天師)가 앞으로 나

---

8 수원 하계: 도교에서는 하늘을 상원(上元), 육지를 중원(中元), 물속의 세계를 하원(下元)이라고 부르는데, 여기서도 '물속의 세계 하원(水元下界)'이라고 표현한 것이다.

와 아뢰었다.

"폐하, 명부(冥府, 저승)의 진광왕이 유명교주(幽冥敎主) 지장왕보살의 상주문을 받들어 올리고자 왔나이다."

곁에 시립해 있던 전주(傳奏)의 소임을 맡은 옥녀(玉女)가 상소문을 받아 올리니, 옥황상제는 처음부터 끝까지 자세히 읽어 내렸다. 상소문의 내용은 이러하였다.

유명계는 곧 땅의 음사(陰司)요, 하늘에는 신이 계시고 땅에는 귀신이 있어 음양을 윤회하옵는바, 날짐승 길짐승에게는 삶과 죽음이 있고, 암컷과 수컷이 반복하여 태어나고 죽사옵니다. 이렇듯 생겨날 것은 생겨나고 바뀔 것은 바뀌어 남녀가 태어나고 자라니, 이는 자연의 운수로서 고칠 수 없는 이치옵니다. 이제 화과산 수렴동에 사는 천생 요후 손오공은 흉악을 떨쳐 유명부(幽冥府)의 소환에 불복하고, 신통력을 뽐내어 저승사자를 때려죽였으며, 세력을 믿고 십대 자왕(十代慈王)을 놀라 다치게 만들었으며, 삼라전을 크게 어지럽히고 생사부를 강제로 빼앗아 저들 부류의 이름을 모조리 지워버려, 원숭이 족속들은 생사의 구속을 받지 않고 수명이 늘어나, 윤회의 도리가 적멸되고 저마다 생사가 없게 만들었사온즉, 이에 빈승이 표문(表文)을 올려 천위(天威)를 모독하기에 이르렀나이다. 엎드려 바라옵건대 신병(神兵)을 파견하시어 그 요물을 굴복시키시와, 음양의 도리를 정돈하여 지부(地府, 저승)의 평안을 영원히 유지하게 하소서. 삼가 아뢰나이다.

옥황상제는 상주문을 다 읽고 나서 성지를 내렸다.

"명군(冥君)은 지부로 돌아가라. 짐이 천장을 파견하여 그놈을 잡아들이도록 할 것이노라."

진광왕이 머리를 조아려 사례하고 물러간 뒤, 옥황상제는 문무 백관 중신들에게 물었다.

"도대체 그 요망한 원숭이 놈이 태어난 지 몇 해가 되었으며 어느 시대에 태어난 몸이기에 그토록 대단한 도술을 지니게 되었는가?"

말이 미처 끝나기도 전에 천리안과 순풍이 두 장수가 반열 앞으로 나와 아뢰었다.

"그 원숭이는 바로 삼백 년 전에 천지의 정기를 받고 저절로 태어난 돌 원숭이옵니다. 태어날 당시에는 그렇지 못하였사오나, 몇 년 전에 어디선가 신선의 도술을 익혀 용을 항복시키고 범을 굴복시키는 신통력을 지니게 되었으며, 마침내는 자신의 생사부[死籍]까지 강제로 지워버릴 수 있게 되었사옵니다."

"그럼 어느 신장이 하계에 내려가면 이놈을 토벌할 수 있겠느냐?"

옥황상제의 하문이 미처 떨어지기도 전이었다. 반열 중에서 태백 장경성(太白長庚星)[9]이 선뜻 나서더니 무릎 꿇고 엎드려 이렇게 아뢰었다.

"폐하, 삼계(三界) 중에서 구규(九竅)를 갖춘 자라면 누구나 신선의 도를 닦을 수 있는 법입니다. 저 원숭이 역시 천지의 정기를 받아 태어나고 자란 몸이오라, 위로 하늘을 머리에 이고 아래로 땅을 딛으며, 맑은 이슬을 마시고 노을을 끼니 삼아 먹습니다. 그래서 이제 선도를 닦아 용호를 굴복시키는 능력을 지니게 되었사오니, 사람과 무엇이 다르오리

---

9 태백 장경성: 태백 또는 계명(啓明), 금성(金星)으로 일컫는 별. 『시경(詩經)』「이아·석천(爾雅·釋天)」편, 주(註)에 "이른 새벽 동편에 뜨는 별이 계명성, 황혼 무렵 서편에 뜨는 별이 태백성"이라 하였는데, 모두 같은 금성이다. 고대 중국에서는 별 이름을 모두 의인화하거나 짐승을 상징하여왔는데, 이 책에 등장하는 별자리도 모두 고유한 동물 또는 신격화(神格化)시킨 사람으로 표현하고 있다. 손오공의 후원자요, 가장 절친한 벗으로 자주 등장하는 태백 장경성 역시 송나라 때의 조의대부(朝議大夫)를 지낸 유명한 선비의 이름을 따서 '이장경(李長庚)'으로 불리고 있다.

까? 신이 폐하께 아뢰옵건대, 생령을 감화시키는 자비를 베푸시와 그를 상계(上界)로 불러 올리시어 관직을 내려주시고 그 이름을 천록(天籙)에 올리고 이 천상에 머물러 있게 하옵소서. 그리하여 천명에 순응하면 상을 베푸시고 거역하면 잡아 가두면 그뿐일까 하나이다. 이렇게 하신다면 첫째 수고롭게 천병을 동원하지 않으셔도 될 것이요, 둘째로는 신선의 도를 지닌 자를 복종시키는 데 좋은 길이 되리라 생각하나이다."

"옳은 말이로다! 경이 아뢴 대로 하겠노라."

옥황상제는 매우 기뻐하며 즉석에서 문곡성관(文曲星官)을 시켜 조서(詔書)를 쓰게 하고, 태백금성에게 손오공을 무마시키라는 임무를 맡겼다.

성지를 받든 태백금성은 곧바로 상서로운 구름을 타고 남천문 밖을 벗어나 화과산 수렴동에 이르렀다. 그리고 동부의 문을 지키는 졸개 원숭이들에게 이렇게 말했다.

"나는 하늘에서 옥황상제의 성지를 받들고 내려온 천사다. 너희 대왕을 하늘나라로 모셔가려고 왔으니, 어서 속히 너희 대왕에게 알려라!"

동굴 안팎을 줄지어 지키던 졸개 원숭이들이 차례차례 입으로 전달 복창하여 이 놀라운 소식을 동굴 안에 보고했다.

"대왕님! 동굴 문 밖에 노인 한 분이 문서 궤짝을 지고 찾아와 '하늘에서 옥황상제의 성지를 받들어 대왕님을 하늘나라에 모셔가려고 왔노라'고 말합니다."

그 말을 듣고 원숭이 임금은 크게 기뻐하면서 급히 분부를 내렸다.

"그렇지 않아도 요 며칠 동안 하늘나라에 놀러 가고 싶은 생각이었는데, 하늘나라 칙사가 제 발로 찾아왔다니 마침 잘되었구나. 어서 이리로 모셔들이도록 해라!"

말을 마치기가 무섭게, 원숭이 임금은 부랴부랴 의관을 가다듬고 동굴 문 밖으로 영접을 나갔다.

수렴동에 들어온 태백금성은 대청 한가운데 남쪽을 향하여 자리 잡고 서서 이렇게 말했다.

"나는 서방(西方)의 태백금성이외다. 그대를 위로하여 불러 올리라시는 옥황상제의 칙서를 받들고 하계에 내려왔으니, 그대는 하늘나라에 올라 천록을 제수받도록 하시오."

오공은 싱글벙글 기쁨을 감추지 못한다.

"여러 모로 고맙소이다."

그리고 졸개들을 향해 분부를 내렸다.

"얘들아! 어서 환영 잔치를 베풀어 모시도록 해라."

그러자 태백금성이 만류했다.

"성지를 받들고 내려온 몸이라 오래 지체할 수 없소. 대왕은 어서 나와 함께 떠나도록 합시다. 영전하신 뒤에 여유 있게 회포를 풀어도 되지 않겠소?"

"모처럼 오셨는데 아무 대접도 못 받고 그냥 가셔서야 되겠소이까?"

그러나 태백금성이 끝내 사양을 하니 어쩌겠는가. 오공은 하는 수 없이 건장 네 명을 불러들여 신신당부를 했다.

"그럼 나는 천상에 다녀올 터이니, 조심해서 아이들을 잘 훈련시키고 있거라. 내가 하늘에 오르는 길을 잘 보아두었다가, 나중에 너희들을 데리고 가서 함께 살도록 해주마."

"예, 대왕님! 명심하겠습니다!"

네 건장이 응답하자, 원숭이 임금은 태백금성과 함께 구름을 일으켜 타고 허공 높이 솟구쳐 올랐다.

이야말로 제일 높으신 품계의 천선(天仙) 자리에 오르게 되니, 그 명예로운 이름이 천상 반열 보록(寶籙)에 적히게 되었구나!

그럼 앞으로 오공이 과연 어떤 벼슬을 받게 될 것인지 다음 회를 보기로 하자.

제4회 필마온의 벼슬이 어찌 그 욕심에 흡족하랴. 이름은 제천대성에 올랐어도 마음은 편치 못하다

　태백금성과 미후왕은 화과산 수렴동 깊숙한 계곡을 벗어나 일제히 구름을 타고 하늘에 올랐다.
　그러나 손오공의 근두운은 태백금성의 상운(祥雲)보다 엄청나게 빠른 것이어서, 똑같이 떠났으면서도 잠깐 사이에 태백금성을 멀찌감치 떨어뜨려놓고 자기가 먼저 남천문 밖에 당도하고 말았다. 이리하여 오공은 근두운을 거두어들이고 안으로 들어가려 했는데, 그날의 남천문을 지키는 당직 수비장 증장천왕(增長天王)이 거느린 방(龐)·유(劉)·구(苟)·필(畢)·등(鄧)·신(辛)·장(張)·도(陶), 이렇게 일곱 명의 대력천정(大力天丁)¹들이 하늘 문을 떡 가로막고 들여보내주지 않았다.
　갈 길이 막히자, 원숭이 임금은 부아가 나서 버럭 고함을 질러댔다.
　"이놈의 태백금성인가 하는 사기꾼 늙은이, 나를 잘도 속였겠다! 이 손선생을 초청해놓고 어째서 사람을 시켜 창칼을 휘둘러가며 내 갈 길을 막는단 말이냐?"

---

1 증장천왕……대력천정: 증장천왕은 불교의 제석천(帝釋天)을 모시고 불법의 수호를 염원하며, 불법에 귀의하는 사람들을 수호하는 사천왕(四天王)의 하나로서, 남방의 증장천(增長天)Virūḍhaka을 다스리는 호법신인데, 도교의 사대 천문(四大天門)을 지키는 신장으로도 나온다. **대력천정**들은 도교에서 천둥 벼락을 담당한 구천응원뇌성보화천존(九天應元雷聲普化天尊) 휘하의 뇌부(雷部) 소속 원수(元帥)인데, 방원수는 인간 세계의 방교(龐喬), 등원수는 등화(鄧化), 신원수는 신흥(辛興), 유원수는 유후(劉后), 필원수는 본명이 전화(田華)로서, 모두 사람이 도를 닦아 신선이 되어서 전설상에 나타나는 인물이다. 이들은 모두 천군(天君)으로 불리며, 이 책 전반에 걸쳐 자주 등장하는 신령들이다.

고래고래 악을 써가며 옥신각신 다투고 있는 판에, 태백금성이 뒤쫓아 당도했다. 오공은 맞대놓고 으르렁거리면서 야단을 쳤다.

"여봐, 이 늙다리 영감! 왜 날 속인 거야? 옥황상제가 초무한다는 성지를 받들고 날 부르러 왔다고 했겠다? 그런데 어째서 이놈들을 시켜 문을 가로막고 이 손선생을 못 들어가게 하는 거야?"

태백금성은 허허 웃었다.

"대왕, 노여워 마시구려. 당신은 이 하늘나라에 한 번도 와본 적이 없는 데다 출입 명부에 이름도 기록되어 있지 않기 때문에, 천병들이 당신을 알아보지 못하는 거요. 낯도 모르는 사람한테 어떻게 함부로 문을 열어드릴 수 있겠소? 이제 천존 폐하를 뵙고 선록을 제수받아 관직 명부에 이름을 올리게 되면, 이후에는 당신 마음대로 드나들 수 있고 다시는 아무도 막아서지 않을 거요."

"흠흠, 그렇다? 하지만 나는 역시 안 들어가겠소!"

오공이 계속 뻗대자, 태백금성은 그 손을 잡아끌었다.

"자꾸 이러지 말고 나하고 같이 들어갑시다."

그리고는 남천문 가까이 다가가 큰 소리로 외쳐 불렀다.

"천문을 지키는 장병과 대소 관원 여러분! 길을 열어주시오. 이분은 하계의 선인으로, 내가 옥황상제님의 성지를 받들어 모시고 들어가는 길이오."

그제야 증장천왕과 대력천정들은 병기를 거두고 물러나 길을 피해주었다. 원숭이 임금은 비로소 그 말을 믿고 태백금성을 뒤따라 어슬렁어슬렁 들어가기 시작했다. 발길을 옮겨 떼어놓으면서 그는 좌우를 두리번두리번 살펴보는 일도 잊지 않았다.

하늘나라는 그야말로 기막힌 장관이었다.

난생처음 상계에 올라보니, 천당에 들어온 듯,

금빛 광채 만 가닥에 붉은 무지개 걸렸고,

상서로운 기운이 천만 갈래, 자줏빛 안개를 뿜어내누나.

남천문을 바라보니 벽록색 유리로 첩첩 쌓아 올려,

번쩍번쩍 빛나는 보옥으로 장식을 꾸몄다.

양편에는 진천원수(鎭天元帥) 수십 명이 줄지어 늘어섰는데,

하나같이 대들보에 머리가 닿을 듯, 병기와 깃발 잡고 문기둥처럼 버텨 섰다.

사방에는 금갑신인(金甲神人) 10여 명이 손에는 창극 잡고

허리에는 채찍 늘어뜨리고,

대도(大刀), 장검(長劍)을 곧추세워 잡은 이도 있다.

바깥채도 이러한데 안으로 들어가니 더욱 놀라워,

안채 벽에는 거대한 기둥 몇 뿌리,

기둥마다 눈부신 황금 비늘에,

붉은 수염 가진 적수룡(赤鬚龍)이 서리서리 휘감겨 있고,

몇 군데 장교(長橋)에는 다리 난간마다 채색 깃 붉은 볏의 봉황새가 허공에 너울너울 감돌아 날고 있다.

밝은 노을 번뜩번뜩 하늘빛에 반사되고,

벽록빛 안개 어렴풋이 출입구를 가리고 있다.

하늘에는 삼십삼천궁(三十三天宮), 이름하여 견운궁(遣雲宮), 비사궁(毘沙宮), 오명궁(五明宮), 태양궁(太陽宮), 화락궁(花樂宮)……

궁궐마다 용마루에는 황금을 머금은 길짐승이 도사려 앉았다.

중보전(重寶殿)은 일흔두 채, 이름하여 조회전(朝會殿), 능허전(凌虛殿), 보광전(寶光殿), 천왕전(天王殿), 영관전(靈官殿)……

전각마다 기둥에는 옥기린(玉麒麟)을 아로새겼다.

수성대(壽星臺) 위에는 억만 년을 두고 지지 않는 명화가 피어 있고,

단약 굽는 연약로(煉藥爐) 둘레에는 천만 년을 두고 늘푸른 수초(繡草)가 피어 있다.

다시 조성루(朝聖樓) 앞에 다다르니 붉은 비단 옷을 걸친 별자리들이 휘황찬란한 빛을 발하는데, 부용관(芙蓉冠) 황금 구슬에 눈이 부시다.

머리에는 옥비녀, 두 발에는 구슬 박은 신발, 허리에는 자줏빛 수실 늘어뜨리고 어깨에는 금장(金章)을 얹었다.

황금 종을 뎅뎅 울리니, 삼조신(三曹神)이 붉은 섬돌 위에 표문(表文)을 올리고,

천고(天鼓)를 울릴 때에 만성조왕(萬聖朝王)이 옥황상제를 뵙는다.

영소보전에 다다르니, 황금 못이 옥으로 만든 정문에 박혔고,

채색 봉황이 붉은 칠을 먹인 문 앞에 춤을 추고 있다.

복도 회랑으로 나가는 동안 곳곳마다 영롱한 빛이 맑게 비치고,

세 갈래 네 갈래진 처마 끝이 층층마다 용과 봉황이 활개치듯 날렵하게 솟구쳤다.

누대 위에는 자줏빛 서리서리, 둥글번쩍 빛나는 대금 호로병(大金葫蘆瓶)이 달렸고, 아래에는 천비 현장선(天妃懸掌扇) 부채가 걸렸으며,

옥녀가 두건을 받들고 시립했다.

무시무시한 하늘의 장수들이 사나운 기세로 둘러서고,

옥황상제의 어가(御駕)를 호위하는 중신선경(重臣仙卿)들도 사

뭇 위엄이 가득 찼다.

한가운데 유리 쟁반에는 태을단(太乙丹)이 첩첩으로 쌓여 담겨 있고,

마노병에는 산호수 몇 그루가 꾸불꾸불 꽂혀 있다.

천궁에는 기이한 보물로서 없는 것이 없어,

그야말로 세상에서 구경 못 할 가지가지 갖추어졌다.

옥황상제의 금궐(金闕), 은난(銀鑾)에 신선들이 사는 자부(紫府)가 있고,

기화요초(奇花瑤草)는 물론이요, 옥돌로 깎아 만든 경파(瓊葩) 또한 신선의 꽃이다.

천왕께 조회 드리러 가는 옥토끼(玉兎, 달) 천단 옆을 지나고,

성인에게 참배 가는 금빛 까마귀(金烏, 해) 나지막이 날아간다.

원숭이 임금 손오공은 천상의 경지에 오르는 연분을 지녔으되,

인간 속세의 더러운 티끌은 떨쳐버리지 못한다.

태백금성은 원숭이 임금을 데리고 영소보전 밖에 이르러, 성지가 내리기를 기다리지 않고 직접 어전까지 나아가 단상을 향해 배례를 올렸다. 오공은 그 곁에 뻣뻣이 선 채 옥황상제에게 배례를 올리지도 않았다. 그러나 태백금성이 아뢰는 말만큼은 귀담아듣고 있었다.

"소신이 성지를 받자와 이 자리에 요선을 데리고 왔나이다."

"요선은 어디 있는가?"

옥황상제가 주렴 안에서 물었다.

그제야 오공은 허리를 굽신하고 응답했다.

"손선생은 여기 있소."

그 말을 듣고 선경 중신들이 대경실색을 하고 말았다.

"이놈의 촌뜨기 원숭이가 무례하기 짝이 없구나! 무릎 꿇고 엎드려 천존을 뵙지 않고, 어딜 감히 그 따위 말투로 '손선생 여기 있소!'라고 대답한단 말이냐? 이런 천하에 죽어 마땅한 놈 같으니! 죽어 마땅한 놈이로다!"

옥황상제가 신하들을 만류했다.

"저 손오공이란 자는 하계의 요선이라, 이제 겨우 인간의 육신을 지니게 되었으니 조정의 예의범절을 모르는 것이 당연하다. 그러니 무례한 죄를 용서해주어라."

천존의 말씀에, 뭇 신하들이 이구동성으로 외쳤다.

"너그러우신 말씀이오이다! 요선은 속히 사례를 올려라!"

"예에!――"

원숭이 임금도 그제야 옥좌를 향해 목청을 길게 뽑아 큰 소리로 예를 드리고, 그 자리에 꿇어 엎드렸다.

옥황상제는 문무 대신들에게 어디 비어 있는 관직이라도 있거든 오공에게 제수하라고 분부를 내렸다. 그러자 곁에서 무곡성군(武曲星君)이 앞으로 나서서 아뢰었다.

"천궁에는 어느 궁전에나 빈자리가 없나이다. 단지 어마감(御馬監) 정청(正廳)에 집사 자리가 하나 비어 있을 따름이옵니다."

"그렇다면 이 자를 필마온(弼馬溫)² 직분에 임명하라!"

"황공하나이다!"

뭇 신하들이 머리를 조아려 사례하였으나, 무식한 원숭이 임금은 또 한 번 목청을 길게 뽑아 "예에!――" 하고 응답할 줄만 알았다. 옥

---

2 필마온: 중국 민담에 원숭이가 말의 역병을 물리친다 하여 '피마온(避馬瘟)'이란 용어가 있는데, 여기서 벼슬 이름으로 사용한 것은 '필(弼)'과 '피(避)', '온(溫)'과 '온(瘟)'이 모두 중국어의 같은 발음 '비bì'와 '웬wen'으로 되어 있기 때문에 바꾸어 쓴 것이다.

황상제는 목덕성군(木德星君)에게 그를 어마감으로 데리고 가서 부임시키도록 분부했다.

천궁의 벼슬을 얻게 된 원숭이 임금, 기쁨에 겨워 싱글벙글하면서 목덕성군을 따라 어마감으로 가서 필마온 직분에 부임했다. 소임을 마친 목덕성군이 다시 궁전으로 돌아갔음은 물론이다.

옥황상제의 마구간을 돌보는 어마감에 부임한 손오공은 곧바로 감승(監丞), 감부(監副), 전부(典簿), 역사(力士), 그리고 대소 관원들을 모아놓고 어마감의 사무를 조사하기 시작했다. 어마감에서 기르는 온갖 종자의 천마(天馬)는 무려 1천 필에 달했다.

  대추 빛깔의 화류마(驊騮馬), 얼룩덜룩 기기총(騹驥驄),
  주문왕(周文王)이 타시던 녹이준(騄駬駿), 날렵한 준마 섬리(纖離),
  용매(龍媒)가 있으면 자연(紫燕)이 있고,
  날개 달린 숙상(驌驦)에 발빠른 버새 결제(駃騠),
  은빛 갈기 터럭 망아지 은갈(銀騔)에 비황마(飛黃馬)도 있다.
  날짐승처럼 생긴 도여(騊駼)는 깃털을 뒤집고,
  여포(呂布) 타던 적토마(赤兔馬)는 빛을 뛰어넘는다.
  승황(勝黃)은 안개 위에 오르고,
  바람 쫓는 추풍마(追風馬)는 절지(絶地)를 뛰어넘는다.
  비핵(飛翮)은 창공을 치닫고 적전(赤電)은 바람결에 날렵하다.
  동작(銅爵)은 구름 위에 떠오르고, 호라(虎騋)는 맵시가 두드러졌으며, 자린(紫鱗)은 속진(俗塵)을 떨쳐냈다.
  사극(四極)의 대완마(大宛馬), 구일(九逸)의 팔준(八駿),
  모두 천리마로 무리 가운데 으뜸이다.

이렇듯 좋은 준마들이라, 하나같이 바람 속에 투레질하고 번개를 쫓으며,
　　안개를 딛고 구름 위에 오르니, 정력이 펄펄 뛰고 기력이 장하구나!

　　원숭이 임금은 문서와 장부를 조사해보고 마필의 숫자까지 점검했다. 어마감의 관원 중 전부는 말먹이 여물을 거두어들여 비축하는 직분이요, 역사들은 마필을 씻겨주고 여물을 썰고 물 먹이기와 여물 삶는 일을 맡아보고 있으며, 감승과 감부는 장관 집사를 보좌하며 업무를 감독하여 때에 늦지 않게 재촉하는 일을 맡았다. 이리하여 필마온은 밤낮을 가리지 않고 거의 침식마저 잊은 채 열심히 마필을 사육했다. 한낮에는 말을 놓아 기르고 밤중에는 알뜰살뜰 보살피되, 잠꾸러기는 깨워서 여물을 먹이고, 달아나는 놈은 붙들어다 구유 곁에 묶어놓았다. 이렇듯 정성을 들여 보살펴주었더니, 천마들도 그를 보기만 하면 앞발굽으로 땅을 긁고 두 귀를 쫑긋 세우며 반가워 달려오곤 했다. 1천여 필의 말들은 잘 먹고 잘 자라 한결같이 살이 피둥피둥 쪄갔다.
　　이렇게 바삐 지내는 사이에 어느덧 보름 남짓한 세월이 흘러갔다.
　　하루는 어마감 소속 관원들이 한가로운 틈을 타서 술자리를 베풀었다. 늦게나마 손오공의 필마온 벼슬 제수를 축하할 겸 상관의 취임을 환영하는 잔치를 벌인 것이다.
　　술기운이 한창 무르익어갈 무렵, 원숭이 임금은 갑자기 술잔을 내려놓고 부하들에게 물었다.
　　"여보게들, 내 '필마온'이란 직함은 도대체 어떤 것인가?"
　　"직함 그대로이죠, 뭐겠습니까?"
　　부하들이 심드렁하니 대답하자, 오공은 다시 물었다.

"그럼 이 벼슬은 품계가 몇 등급이 되나?"

"품계는 없습죠."

"뭐라구? 품계가 없다면 등급을 매길 수 없을 만큼 최고로 높다는 말인가?"

"아무렴요! 너무 높아서 '미입류(未入類)'라고 부른다니까요."

"흠흠, '미입류'라? 그건 어떤 벼슬이야?"

세상 물정에 어수룩한 필마온, 부하들의 말뜻도 못 알아듣고 내처 물었다.

그제야 부하들도 어쩔 수 없이 곧이곧대로 얘기해주었다.

"사실은 제일 낮고 변변치 못한 벼슬이라, 품계에 들지도 못한다는 말입니다. 그저 옥황상제님의 말 시중을 드는 일만 하는 직분이니까요. 필마온 나으리가 부임하신 이래 착실히 돌봐주셔서 말들이 저렇게 투실투실 살찌고 튼튼해졌습니다만, 기껏해야 '수고했네!' 말씀 한마디 들으면 그뿐입지요. 하지만 어쩌다가 말들이 조금이라도 여위어서 비실거리거나 하면 당장에 꾸중을 듣고 병이라도 들어 쓰러지는 날이면, 변상 합네 처벌을 받아야 합네, 이거 보통 골치 아픈 노릇이 아니랍니다."

그 말을 듣자, 원숭이 임금은 저도 모르게 속에서 울화가 치밀어 이를 뿌드득 갈아붙이면서 노발대발 고함을 질렀다.

"이런 젠장! 이 손선생을 이렇게 얕잡아 봐? 화과산에서는 대왕님, 조상님으로 떠받들리던 나를 살살 꾀어다가 기껏 시킨다는 짓이 마구간에서 시중드는 일이란 말야? 말먹이 주는 노릇은 새카만 후배 녀석이나 종들에게 맡기는 비천한 일인데, 이 손선생을 그렇게 대우하다니, 괘씸한 놈들! 난 그만두겠다! 다 때려치우고 내 살던 곳으로 돌아가겠어!"

이어서 와장창 깨지는 소리와 함께, 잔칫상을 와락 뒤엎어버린 손오공이 귓속에서 수놓는 바늘 한 개 꺼내 한 차례 휘두르자 밥공기만큼이나 굵다란 여의금고봉이 나타났다. 그는 철봉을 바람개비 돌리듯 마구잡이로 휘두르면서 어마감을 뛰쳐나가더니 곧바로 남천문을 향해 치달았다. 문을 지키던 천장 천병들은 그가 이미 필마온의 벼슬을 받아 선록(仙籙)에 오른 줄 아는 터라, 섣불리 막아서지 못하고 뛰쳐나가는 대로 내버려두고 말았다.

오공은 삽시간에 화과산 위에 이르렀다. 산 밑을 굽어보니 네 건장과 동굴의 요괴 마왕들이 거기서 졸개들을 훈련시키고 있었다. 원숭이 임금은 반가움에 못 이겨 버럭 고함을 쳐서 알렸다.

"애들아! 내가 돌아왔다!"

임금의 목소리를 알아들은 부하 원숭이들이 와르르 몰려와 머리를 조아렸다. 그리고 수렴동천 깊숙한 곳으로 맞아들인 다음, 높다란 보좌에 모셔 앉히고 나서 환영 잔치를 베풀어 임금의 귀향을 축하했다.

"대왕님, 축하드립니다! 대왕님께서 하늘나라에 올라가신 지 벌써 십여 년이 되셨는데, 오늘에야 금의환향을 하셨군요."

"십여 년이라니? 나는 겨우 보름 남짓밖에 안 머물렀는데 어떻게 십여 년이 지났단 말이냐?"

"대왕님께서는 천상에 계셔서 세월 가는 줄 모르셨을 겁니다. 천상에서 하루는 바로 하계의 일 년이 됩니다. 그런데 천상에 계시는 동안 무슨 벼슬을 받으셨습니까?"

부하들의 물음에, 원숭이 임금은 두 손을 홰홰 내저었다.

"말도 말아라! 이건 도무지 창피스러워서 얼굴도 못 들겠다. 그놈의 옥황상제란 작자가 사람 쓸 줄 모르고 내 생김새만 보더니 무슨 '필마온'인가 뭔가 하는 벼슬을 내리는 게 아니냐. 시키는 일이란 것도 마구간에서 말이나 기르는 일이고, 품계에는 아예 들지도 못하는 '미입류'였단 말이다. 나도 부임할 당초에는 뭐가 뭔지 모르고 그저 어마감이란 데서 재미있게 노는 줄로만 알았거든. 한데 오늘 내 동료들한테 묻고 나서야 비로소 그 따위 너절한 벼슬자리인 줄 알게 된 거다. 그래서 나는 속으로 울화통이 터져 분김에 술자리를 뒤엎어버렸지. 그리고 벼슬을 내동댕이치고 지금 이렇게 돌아온 거다."

부하 원숭이들은 사연을 다 듣고 나서 임금을 위로했다.

"잘 돌아오셨습니다, 대왕님! 잘 돌아오셨고 말고요! 이렇게 훌륭한 동천복지에서 임금 노릇을 하고 계시면 얼마나 존경을 받으시고 즐거운지 모르실 텐데, 굳이 하늘나라에 올라가 마부 노릇을 할 게 뭐 있습니까? 자, 얘들아! 어서 술잔을 올려 대왕님을 위로해드리자꾸나!"

이렇듯 원숭이의 군신들끼리 술잔을 주고받으면서 다시 만나게 된 기쁨을 나누고 있으려니, 누군가 들어와 보고를 한다.

"대왕님! 문밖에 외뿔 달린 독각귀왕(獨角鬼王) 두 사람이 찾아와서 대왕님을 뵙겠다고 청하고 있습니다."

원숭이 임금이 분부를 내린다.

"들어오라고 일러라!"

이윽고 독각귀왕 두 사람이 옷매무새를 가다듬고 수렴동 안으로 뛰어들더니, 손오공 앞에 거꾸러질 듯이 큰절을 올렸다.

"무슨 일로 날 보자고 했나?"

원숭이 임금의 물음에, 독각귀왕은 이렇게 대답했다.

"대왕님께서 현자를 불러모으신다는 소문을 오래전부터 들어 알고 있었습니다만, 찾아뵐 기회가 없었습니다. 오늘 대왕님께서 천록(天籙)을 제수받으시고 금의환향을 하셨다기에, 자황포(褚黃袍) 한 벌을 바쳐 대왕님과 기쁨을 나눌까 해서 이렇게 찾아왔습니다. 대왕님께서 저를 비천하다 여기지 않으시고 받아 써주신다면 견마지로(犬馬之勞)를 다 바치겠습니다."

원숭이 임금은 크게 기뻐, 즉석에서 자황포를 몸에 걸쳤다. 부하들도 흥겨워 차례대로 줄지어 늘어서서 하례를 올리자, 그는 독각귀왕을 전부총독선봉(前部總督先鋒)에 임명하였다. 독각귀왕이 감사의 예를 올린 다음, 다시 이렇게 여쭈었다.

"대왕님께서 그토록 오래 하늘나라에 계셨는데, 어떤 관직을 받으셨는지요?"

원숭이 임금은 겸연쩍게 대답했다.

"옥황상제가 유능한 인재를 얕잡아보고, 내게 필마온이란 자리를 내리더군."

"대왕처럼 놀라운 신통력을 지닌 분을 한낱 비천한 말먹이꾼에 임명하다니, '제천대성(齊天大聖)'이 되신다 한들 어떤 작자가 안 된다고 막겠습니까?"

"'제천대성'이라!……" 원숭이 임금은 그 말이 마음에 꼭 들어 크게 기뻐하면서 연신 되뇌어보았다.

"그렇고 말고! 아무렴, 내가 제천대성이 된다고 해서 막을 녀석이 어디 있겠나? 좋다, 좋아!"

이리하여 네 건장에게 분부를 내렸다.

"얘들아, 냉큼 깃발을 한 폭 만들어 '제천대성'이라 큼지막하게 쓰고, 깃대 높이 걸어서 세워놓거라! 그리고 오늘부터는 날더러 대왕이라 부르지 말고 제천대성이라고만 부르도록 하라. 각 동굴의 요괴 마왕들에게도 이 뜻을 두루 알려서 그렇게 부르게 해야 한다! 알겠느냐?"

이야기는 바뀌어서, 한편 하늘에서는 그 이튿날 옥황상제가 아침회의를 열었는데, 장도릉 천사(張道陵天師)가 어마감 소속 감승과 감부를 거느리고 들어와 붉은 섬돌 아래 꿇어 엎드려 아뢰었다.

"폐하, 새로 부임한 필마온 손오공이 제수받은 벼슬자리가 너무 낮은 데 불만을 품고 어제 천궁을 떠나 하계로 내려갔다 하옵니다."

장천사가 옥황상제에게 경위를 한창 아뢰고 있으려니, 이번에는 남천문 밖을 지키고 있던 증장천왕이 부하 천병들을 이끌고 들어와 아뢰었다.

"필마온이 무슨 연유인지 말도 않고 제멋대로 남천문을 빠져나갔나이다!"

옥황상제는 즉각 어명을 내렸다.

"두 신군은 각자 본직으로 돌아가거라. 짐이 천병을 파견하여 그 요괴를 잡아들일 것이다."

이때 반열 중에서 탁탑 이천왕(托塔李天王)[3]과 그의 셋째 아들 나타 삼태자(哪吒三太子)가 선뜻 앞으로 나섰다.

"폐하, 신들이 불초하오나 그 요괴를 항복시키도록 성지를 내려주소서!"

옥황상제는 크게 기뻐, 즉석에서 탁탑천왕 이정을 항마대원수(降魔大元帥)로 임명하고, 나타 삼태자를 삼단해외대신(三壇海會大神)으로 임

---

[3] **탁탑천왕과 나타태자:** **탁탑천왕**의 초기 형태는 인도 브라만교, 힌두교의 창조신 브라마나(bramanah)로서, 시바·비슈누와 함께 힌두교의 3대신(大神)으로 추앙받는 대범천왕(大梵天王)이다. 불교가 생성된 이후 호법신으로 흡수되어 석가모니의 우협시(右脇侍)의 직분을 맡았으며, 통설로는 사천왕(四天王) 가운데 비사문천왕(毘沙門天王)의 화신으로 일컬었으나, 후에 가서 도교의 천신으로 그 역할이 바뀌었다. 중국 신화 전설에는 세 아들과 함께 주무왕(周武王)을 도와 은(殷)나라 폭군 주왕(紂王)을 멸망시키는 데 큰 공을 세우고 마침내 육신의 몸으로 승천하여 천궁을 지키는 천왕이 되었다고 하였는데, 평소에도 몸에 갑옷 투구를 걸치고 왼손에는 황금 보탑을 떠받들었으며 또 그 전생이 당나라 초기의 명장 이정(李靖)이었으므로, 그 성을 따서 '탁탑 이천왕(托塔李天王)'이라 불린다.
나타 삼태자는 본디 옥황상제의 측근 대라신(大羅神)으로서, 키가 6척에 머리가 셋, 팔뚝이 여섯 개 달리고 눈을 아홉 개 지녀, 입으로 푸른 구름을 토해내고 두 발에는 반석(磐石)을 달았으며, 한번 호통 치면 구름이 내려앉고 비가 쏟아지며, 천지가 온통 들썩거리도록 요동을 친다고 한다. 옥황상제는 세상을 어지럽히는 마왕들을 진

명하여, 그날 중으로 토벌군을 일으켜 하계로 내려가게 하였다.

이천왕과 나타 부자는 머리 조아려 옥황상제에게 사례하고 그 앞을 물러 나와 본궁으로 돌아가 삼군을 점검하고 출동 준비를 시킨 다음, 선봉장에 거령신(巨靈神)⁴을 임명하고 후군장에는 어두원수(魚肚元帥)를, 그리고 약차장군(藥叉將軍)에게 군 감독의 책임을 각각 맡겨 이끌고 삽시간에 남천문을 벗어나 곧바로 화과산 상공에 도달하였다. 이천왕은 양지바르고 평탄한 들판에 영채를 세우기가 무섭게 먼저 선봉장 거령신을 출동시켜 첫 싸움을 걸게 하였다.

출전 명령을 받은 거령신은 갑옷 투구를 단단히 고쳐 매고 선화부(宣花斧) 큰 도끼를 휘두르며 곧장 수렴동으로 쳐들어갔다. 동굴 밖에 다다르고 보니, 승냥이, 구렁이, 호랑이, 표범 따위의 숱한 요괴 마귀 떼가 칼부림에 창대 춤을 추어가며 이리 뛰고 저리 뛰고 으르렁대기 시작했다.

거령신이 무시무시한 목청으로 호통을 쳤다.

"이 못된 짐승의 무리들아! 냉큼 들어가서 필마온이란 놈에게 알려라! 우리는 옥황상제의 명을 받아 너희를 토벌하려고 하늘에서 내려온 대장들이다. 필마온더러 빨리 나와 항복하라고 일러라. 그럼 네놈들의 목숨만큼은 살려줄 것이다!"

그 말을 듣고 요괴 정령들은 정신없이 동굴 안으로 뛰어들어가 보

압하기 위해 특별히 그를 속세로 내려보냈는데, 탁탑천왕 이정의 아내인 소지(素知)부인의 태중에 들여보내 셋째 아들로 태어나게 하였으므로, 두 사람이 부자의 인연을 맺게 되었다고 한다. 나타태자와 탁탑천왕의 인과 관계, 황금 보탑을 떠받들고 있게 된 사연은 제83회 본문과 허중림(許仲琳)이 지은 신화 소설 『봉신연의(封神演義)』 제12~14회 참조.

4 거령신: 중국의 천지개벽 신화에 나오는 신령. '원기(元氣)'와 더불어 이 세상에 태어났는데, 초능력의 소유자로 '산천을 만들고 강을 꿰뚫어 흐르게 하는 힘'을 지녀 당시 황하 중류를 가로막은 화산(華山)을 두 손과 두 발로 쪼개고 짓밟아 두 토막 내어, 곧바로 흘러나가게 만들었다고 한다. 일명 '구원진모(九元眞母)'.

고를 했다.

"큰일났습니다! 큰일났습니다!"

"큰일이라니, 무슨 일이 났다고 이렇게 호들갑이냐?"

원숭이 임금이 물었다.

"동굴 문 밖에 천장 한 사람이 쳐들어와서 대성 어른의 직함을 입에 담아가며 '옥황상제의 명을 받들어 토벌하러 왔다'느니, 냉큼 나와서 항복하라느니, 그래야만 우리네 목숨을 살려주겠다느니, 마구 악을 쓰고 있습니다."

보고하는 말을 듣고, 원숭이 임금은 곧바로 분부를 내렸다.

"빨리 내 갑옷 투구를 꺼내오너라!"

이윽고 그는 부하들이 꺼내온 자금관을 쓰고 몸에 황금 쇄자갑을 꿰어 입은 다음, 두 발에는 보운리를 신고 여의금고봉을 손에 잡은 채 부하들을 이끌고 동굴 문 밖으로 나가 진을 쳤다.

거령신이 보아하니, 과연 기막히게 멋들어진 원숭이 임금이다.

몸에 걸친 황금 갑옷 광채가 번쩍번쩍,
머리에 쓴 자금관 금빛에 눈이 부시다.
수중에는 금테 두른 철봉 한 자루,
두 발에 꿰어찬 보운리도 구름을 딛는다는 그 이름에 걸맞아.
한 쌍 괴안(怪眼)의 눈동자는 밝은 별과 같고,
어깨까지 늘어뜨린 두 귓불이 굳세기도 하다.
꼿꼿하게 세운 몸뚱이에 변화술법 다채롭고,
우렁찬 목소리가 쇠북 종을 울리듯 낭랑하다.
뾰족 내민 주둥이에 번뜩이는 송곳니,
말먹이꾼 필마온이 그래도 포부는 커서 제천대성 노릇을 하겠다네!

"이 발칙한 원숭이 놈아! 내가 누군지 알아보겠느냐?"

거령신이 매섭게 호통을 쳤다.

제천대성 나리도 질세라 대뜸 맞고함을 질렀다.

"어디서 굴러먹던 잡신이냐? 이 손선생은 너 같은 놈 본 적도 없으니까, 냉큼 이름을 밝혀라!"

"능청 떨지 말아라, 이 못된 원숭이 놈아! 날 못 알아보다니? 나로 말하자면 하늘 높으신 탁탑 이천왕의 부하로 토벌군의 선봉을 맡으신 거령 천장이시다! 이번에 옥황상제의 성지를 받들어 네놈을 굴복시키러 왔다. 그러니까 네놈은 속히 무장을 풀고 천은에 귀순하여 이 화과산의 모든 짐승들이 도륙을 면하게 하라. 만에 하나, '싫다'는 말의 반 마디라도 입 밖에 내는 날이면 네놈을 천 토막 만 토막으로 조각 내어 가루로 만들어버리고 말 것이다!"

하는 말을 가만히 듣고 있으려니, 원숭이 임금의 가슴 속에서 불길이 확 치민다.

"이 못된 조무래기 귀신, 허풍일랑 작작 떨어라! 주둥아리에 혓바닥 달렸다고 아무 말이면 다 하는 줄 아느냐? 내 본시 네놈을 단매에 때려죽일 것으로되, 돌아가 보고할 녀석이 없어서 안 되겠기에 그 한 목숨 붙여줄 것이니, 일찌감치 발길 돌려 냉큼 하늘로 돌아가서 옥황상제에게 일러라! '옥황상제는 유능한 인재를 쓸 줄 모르는 바보 멍텅구리, 이 손선생처럼 재간이 무궁무진한 사람을 어째서 말먹이꾼으로 만들었느냐?'고 말이다. 저기 저 깃발에 씌어진 것을 보아라. 만약 저 이름대로 벼슬을 올려준다면 나 역시 군사를 움직이지 않을 테고, 그렇게 되면 천지가 자연 태평스러워지게 될 것이요, 그렇지 않는다면 내 이 길로 당장 영소보전에 쳐올라가서 옥황상제가 용상에 궁둥이를 붙이고 앉아 있지 못하게 만들 것이다!"

거령신이 후딱 고개를 쳐들고 올려다보니, 과연 수렴동 대문 밖에 깃대 하나가 높직하게 세워졌는데, 펄럭이는 깃폭에 '제천대성' 넉 자가 큼지막하게 씌어 있다.

"호호호! 이 발칙한 원숭이 놈, 간덩이가 부어 터졌구나. 너 같은 철부지 녀석이 제천대성 노릇을 하려거든 우선 내 도끼 맛부터 한번 받아봐라!"

도끼날을 휘둘러 춤추어가며 쳐들어가는 거령신, 댓바람에 머리통을 겨누고 냅다 찍어 내렸다. 원숭이 임금은 바쁠 것 하나도 없다는 듯이 여의금고봉을 들어 마주쳐 나간다. 그야말로 한판 싸움이 걸떡지게 벌어진 것이다.

> 철봉 이름은 여의금고봉이요 도끼는 선화부,
> 둘이서 덥석 맞붙으니 강약을 알 도리가 없고,
> 도끼와 철봉이 좌우로 얼기설기 마주칠 따름이다.
> 한편은 신묘한 계략을 몰래 감추고,
> 또 한편은 큰소리 뻥뻥 쳐서 상대방을 놀라게 만든다.
> 이쪽저쪽 술법을 부려 구름을 토해내고 안개를 삼켜가며
> 있는 솜씨 없는 솜씨 한껏 뽐낸다.
> 허공에는 흙먼지 뽀얗게 일고, 모래 바람이 소용돌이치는데,
> 하늘의 장수 신통력에는 도력(道力)이 깃들고,
> 원숭이 임금의 술법은 변화무쌍하다.
> 철봉을 치켜드니 흡사 용이 물장난하듯,
> 도끼날이 찍어드니 마치 봉황이 꽃떨기를 꿰뚫는 듯 절묘하기

짝이 없다.

　　거령신의 명망이 천하에 두루 떨친다지만, 근본 실력은 애당초 적수가 못 돼,

　　제천대성이 철봉을 가볍게 돌리니, 첫 수부터 온 몸뚱이가 저려서 말을 듣지 않는다.

거령신은 도무지 원숭이 임금의 적수가 아니었다. 오공이 철봉을 두세 차례 빙빙 돌리다가 냅다 정수리를 겨누고 후려치자, 거령신은 황급히 도끼를 들어 가로막았으나, "우지끈!" 소리 한 번에 도낏자루가 두 동강 나는 바람에, 어마 뜨거라 싶어 급히 몸을 빼어 본진으로 도망쳐 달아났다. 그 꼴을 보면서 원숭이 임금은 껄껄껄 웃음보를 터뜨렸다.

"이 바보 등신 똥자루 같은 놈아! 목숨을 붙여줄 테니 얼른 돌아가서 내 말이나 전하거라!"

허겁지겁 본진으로 돌아간 거령신은 주장 탁탑천왕 앞에 무릎 꿇고 엎드려 헐떡헐떡 숨가쁘게 아뢰었다.

"필마온, 그놈은 과연 신통력이 광대합니다. 소장이 싸워 이기지 못하였사오니, 패전의 죄를 청하나이다."

이천왕은 성이 나서 펄펄 뛰고 호통쳐 꾸짖었다.

"이 못난 놈이 아군의 예기를 꺾어놓았구나! 여봐라, 이놈을 당장 끌어내다 목을 베어라!"

이때 곁에서 지켜보고 있던 나타태자가 선뜻 나서더니 굽신 절을 올리고 말했다.

"아버님, 노여움을 푸시고 일단 거령의 죄를 용서하소서! 제가 한 번 출전해보면 그놈의 솜씨가 얼마나 되는지 알 수 있을 것입니다."

이천왕은 아들의 간언을 받아들이고 우선 거령신을 자기 영채로 돌

려보내 처벌을 기다리고 있게 하였다.

　이윽고 갑옷 투구로 무장을 든든하게 갖춘 나타태자가 본진에서 뛰쳐나가더니, 곧바로 수렴동을 향해 기세등등하게 달려갔다. 때마침 군사를 거두어들이던 오공은 나타태자가 무서운 기세로 달려오는 것을 발견하자, 재차 전투 태세를 가다듬고 마주쳐 나아갔다.

　　총각머리는 겨우 이마를 가리우고,
　　풀어헤친 머리는 미처 양 어깨도 덮지 않았으나,
　　신기한 술법에 눈치 빠르고 민첩한 기백과,
　　빼어난 골격은 더욱 해맑고 곱기도 한 것이,
　　그야말로 천상의 기린아(麒麟兒)요,
　　연하(煙霞) 세계의 채봉선(彩鳳仙)이로구나.
　　용의 씨앗이라 자연 속물의 생김새가 아니요,
　　한창 젊은 묘령의 나이라 속세의 범부(凡夫)에 속할 리 없다.
　　몸에 지닌 여섯 가지 신병 이기(神兵利器),
　　비황등달(飛黃騰達)의 변화술법 또한 광대무변하니,
　　옥황상제의 고귀하신 칙명 받아, 삼단해회대신에 책봉되었도다.

　"너는 또 뉘 댁 도련님이냐? 여기가 어디라고 내 집 문턱을 기웃거리는 거냐?"

　오공이 가까이 다가서면서 묻자, 나타태자는 댓바람에 호통을 쳤다.

　"요런 발칙한 원숭이 녀석! 요사스럽게도 날 몰라본다고 시침을 떼다니. 나는 탁탑천왕의 셋째 태자 나타이시다. 오늘 옥황상제의 명령을 받들어 네놈을 잡으러 온 길이다!"

　오공은 껄껄 너털웃음을 터뜨렸다.

"옳아, 그 철딱서니 없는 태자 나으리셨군! 흐흠, 입 속에 젖니도 가시지 않고 배내 터럭도 마르지 않은 녀석이 어쩌면 그렇게 큰소리를 탕탕 치는고? 애야, 너 같은 녀석은 매를 한 대 때려야겠다만 그만두기로 하마. 그래, 목숨만은 살려줄 테니, 저 깃발에 뭐라고 썼었는지 보기나 하고 돌아가 옥황상제한테 말씀이나 전하거라. 저 깃발에 씌어 있는 벼슬을 내려준다면, 나도 큰 소동 일으키지 않고 내 스스로 귀순하겠으나, 만약 내 뜻대로 되어주지 않을 경우에는 기어코 영소보전으로 쳐들어가겠다고 말이다!"

나타태자가 고개를 들어 바라보니, 어마어마하게 '제천대성' 넉 자가 펄럭인다.

"이 못된 놈의 원숭이, 네놈이 얼마나 신통력을 지녔기에 외람되게 저런 이름을 참칭하는 거냐? 좋다, 그런 배짱이 있거든 우선 내 칼 맛이나 한번 보거라!"

오공이 느물느물 대꾸한다.

"그것도 좋지! 내 여기서 움쭉달싹도 않고 이렇게 가만히 서 있을 테니까, 어디 너 하고 싶은 대로 몇 칼 찍어보려무나."

그 말에 발끈 화가 치민 나타태자, 큰 소리로 외마디 기합성을 터뜨렸다.

"변해라!"

말끝이 떨어지기가 무섭게 그의 몸뚱이는 당장 머리통 셋, 팔뚝 여섯 개나 달린 무시무시한 삼두육비(三頭六臂)의 법상[5]으로 바뀌더니, 참

---

5 삼두육비의 법상: 중국 고대 신화에서 머리 셋, 팔뚝 여섯 달린 기형(畸形)의 인간을 묘사한 기록은 『산해경』「해내서경(海內西經)」에 나타나는 '복상수(服常樹) 위의 삼두인(三頭人)'과 「해내남경(海內南經)」의 '일신 삼수(一身三首)', 그리고 『회남자(淮南子)』「추형훈(墜形訓)」에 수록된 머리 하나에 몸이 셋 달린 '삼신민(三身民)'과 『산해경』「해외서경(海外西經)」에 보이는 삼신국(三身國)의 인간 '일수 삼신(一首三身)'을

요검(斬妖劍)·감요도(砍妖刀)·박요삭(縛妖索)·항요저(降妖杵)·수구아(繡毬兒)·화륜아(火輪兒), 이렇게 여섯 가지 병기를 한 자루씩 잡고 종횡무진으로 휘두르며 오공의 면상을 겨냥하여 정면으로 치고 들어갔다.

그 모습을 보자, 오공은 속으로 찔끔 놀랐다.

"흐흠, 요 철부지 도련님도 제법 재간을 부릴 줄 아는구먼! 함부로 까불지 말고 내 신통력이나 맛 좀 봐라!"

과연 제천대성 손오공, 역시 뒤질세라 외마디 호통을 내지른다.

"변해라!"

그러자 오공의 몸뚱이도 삽시간에 머리통 셋, 팔뚝 여섯 달린 법상으로 변하고 이어서 손에 잡고 있던 여의금고봉마저 바람결에 한두 차례 흔들어 붙이니 당장 석 자루로 늘어나 여섯 손아귀가 한 자루씩 갈라 잡고 마주쳐 나가기 시작했다.

싸움은 바야흐로 첫 판부터 악전고투, 그야말로 땅이 뒤흔들리고 산이 무너져 내릴 듯 무시무시하게 전개되었다.

여섯 팔뚝 나타태자, 천생 미후(美猴) 원숭이 임금.
맞닥뜨리고 보니 이야말로 호적수요, 바야흐로 근원이 같은 본류로다.
저쪽이 칙명을 받들고 하계에 내려온 대신(大神)이라면,
이쪽은 하늘 높은 줄 모르고 두우궁(斗牛宮)을 뒤엎은 요선(妖仙)이라네.

들 수 있는데, 『서유기』의 저자는 이들 두 문헌 기록에서 '일신 삼수'와 '일수 삼신'을 접목시켜, 머리 셋에 팔뚝 여섯 달린 괴물로 둔갑하는 이른바 '삼두육비(三頭六臂)'의 변화술법을 재창조해낸 것이다.

요괴 마귀를 베는 참요검의 봉망(鋒芒)이 날카롭기 그지없고,
요물을 찍는 감요도의 무서운 칼날에 귀신이 운다.
요물을 잡아 묶는 박요삭은 날개 달린 구렁이 같고,
요괴를 짓찧는 항요저는 승냥이의 머리통보다 더 크다.
불덩어리 수레바퀴 화륜아는 전광석화를 잡아당겨 활활 타오르고, 이리 뒹굴 저리 뒹굴 하는 수구아가 상대방의 보법을 흐트러뜨린다.
제천대성의 석 자루 여의금고봉은 천변만화,
앞을 가리고 뒤를 가로막는 솜씨가 절묘하니,
악전 고투 몇 합 싸움에도 강약을 분간할 길 없는데,
그래도 나타태자의 마음은 이대로 끝낼 생각이 없다.
여섯 가지 병기가 천변만화, 제천대성의 목을 떼느라 억만 번이나 들이쳤어도,
원숭이 임금은 털끝만큼도 두려워하지 않고 껄껄껄 너털웃음,
홀떡 뒤채는 여의금고봉이 꼼수를 부린다.
한 가지가 천 가지로 변하고 천 가지가 만 가지로 변하니,
허공에는 온통 뿔 없는 규룡(虬龍) 떼가 어지러이 춤춘다.
일흔두 군데 동굴의 요괴 마왕은 혼비백산하여 문짝을 걸어 닫고,
화과산을 뒤덮은 괴물 야수 떼, 사면 팔방 흩어져 머리통을 처박는다.
노기등등한 신병 이기의 서슬에 구름이 빛을 잃고,
여의금고 철봉이 휩쓰는 곳마다 회오리바람이 쌩쌩 인다.
저쪽 진영 천병들의 함성에 사람마다 두려워 떨고,
이쪽 진영 원숭이 정령들이 휘두르는 깃발에 너 나 할 것 없이 겁먹는다.

사나움을 떨치는 양군이 저마다 용감하게 싸우니,
어느 편이 강하고 어느 편이 약한지 알 도리가 없다.

나타 삼태자와 오공은 제각기 신통력의 위세를 뽐내어 30합을 싸웠다. 나타태자의 여섯 가지 병기는 천변만화, 손오공의 여의금고봉도 천변만화, 반공중에 온통 별똥별 같은 불티가 어지러이 튀었으나, 쌍방은 여전히 승부를 가리지 못한다. 그러나 오공은 본디 솜씨도 날쌔거니와 눈치도 빠르다. 아무리 싸워도 좀처럼 승부가 나지 않는 것을 보자, 그는 그 어지러운 싸움판 속에서도 재빨리 솜털 한 가닥을 뽑아 쥐고 남몰래 주문을 외웠다.

"변해라!"

외마디 호통에, 솜털은 신통하게도 주인과 똑같은 원숭이로 변하더니, 여의봉을 휘둘러 나타태자와 싸우기 시작했다. 그 동안에 싸움터를 슬쩍 빠져나간 오공 자신은 상대방의 뒤로 돌아 나가더니, 나타태자의 왼쪽 팔뚝을 겨냥하여 철봉 한 대를 힘껏 후려갈겼다. 한창 술법을 구사하려던 나타태자, 뒤통수에 철봉이 날아드는 바람결을 느끼고 황급히 피하려 했으나 마음만 급할 뿐 몸이 따라주지 않는 바람에 결국은 호되게 한 대 얻어맞고 말았다. 그는 고통을 참으면서 허겁지겁 술법을 거두고 본신(本身)을 드러낸 채 여섯 가지 병기를 질질 끌면서 패퇴하여 본진으로 도망쳤다.

본영에서 벌써부터 전황을 지켜보고 있던 탁탑 이천왕, 부랴부랴 구원병을 출동시켜 아들의 싸움을 도우려 했으나, 어느새 나타태자가 눈앞에 나타나 와들와들 떨면서 아뢰고 있었다.

"아버님! 저 필마온은 정말 재간이 뛰어난 놈입니다. 제가 지닌 그 법력으로도 그놈과 싸워 이기지 못하고 오히려 그놈의 철봉에 얻어맞아 팔뚝까지 다쳤습니다."

이천왕은 그만 얼굴빛이 질리도록 크게 놀랐다.

"그놈에게 그런 신통력이 있을 줄이야!…… 그럼 어떻게 해야만 이길 수 있겠느냐?"

태자는 생각한 바를 아뢰었다.

"그놈의 동굴 문 밖에 깃대를 하나 세워놓았는데, 깃폭에 '제천대성'이란 네 글자가 씌어 있었습니다. 그놈이 제 입으로 '옥황상제더러 나를 제천대성으로 봉한다면 모든 일이 무사히 수습되겠지만, 그렇지 않으면 당장에 영소보전으로 쳐들어가겠다'고 호언장담을 늘어놓았습니다."

그 말을 듣고 이천왕이 결단을 내렸다.

"기왕지사 그렇다면 그놈과 더 싸울 것 없이 일단 상계로 돌아가기로 하자꾸나. 가서 이 말을 옥황상제께 아뢰고, 천병을 더 많이 증파시켜서 그놈의 소굴을 포위해놓고 사로잡아도 늦지 않을 듯싶다."

나타태자도 상처를 입었으니 더는 싸울 수 없는 몸이라, 아버지 이천왕과 함께 하늘로 돌아가서 보고를 올렸음은 두말할 나위도 없다.

한편, 완승을 거둔 손오공이 화과산으로 돌아가니, 칠십이 동굴의 요괴 마왕들과 우마왕을 비롯한 여섯 의형제가 모두 달려와서 축하를 해주었다. 이리하여 동천복지 수렴동에는 질탕하게 큰 잔치가 벌어져 술 마시고 춤추면서 승리를 자축했다.

오공은 여섯 의형제를 둘러보고 이렇게 제의했다.

"내가 이미 공공연히 제천대성이라고 부르는 판국인데, 형님들도 각자 무슨무슨 '대성(大聖)'이라고 일컫는 게 어떻겠소?"

그 말을 듣자, 우마왕이 먼저 큰 소리로 찬동하고 나섰다.

"아우님의 말씀이 골백번 옳으이! 난 오늘부터 하늘을 평정하는 '평천대성(平天大聖)'이라고 부르겠네."

맏형이 이렇게 나오니, 교마왕도 한마디 거들었다.

"나는 바다를 뒤엎는 '복해대성(覆海大聖)'이라 일컫겠소!"

그 다음은 붕마왕 차례다.

"나는 하늘을 휘젓는 '혼천대성(混天大聖)'이오!"

그리고 사타왕은 산을 옮겨놓을 수 있다고 해서 '이산대성(移山大聖)', 귀가 밝은 미후왕은 바람을 꿰뚫는다고 해서 '통풍대성(通風大聖)', 마지막으로 우융왕은 신선을 몰아낸다고 해서 '구신대성(驅神大聖)'이라고 한 가지씩 호칭을 붙였다. 이렇듯 자화자찬, 제멋대로 별명을 붙인 이른바 '일곱 대성님'들, 그날 하루를 권커니 잣거니 질탕하게 먹고 마시며 즐겁게 보낸 끝에 헤어졌다.

한편, 탁탑 이천왕은 아들 나타 삼태자와 함께 여러 장수들을 거느리고 곧바로 영소보전에 들어가 옥황상제에게 복명했다.

"폐하, 소신들이 성지를 받들고 출전하여 요선 손오공을 굴복시켜 사로잡으려 하였사오나, 뜻밖에도 그놈의 신통력이 뛰어나 승리를 거두지 못하였사옵니다. 바라옵건대 폐하께서는 재차 토벌군의 병력을 증강시키셔서 그놈을 소탕하게 하여주소서."

그 말을 듣고, 옥황상제가 한숨을 내리쉰다.

"기껏해야 원숭이 한 마리가 아니더냐? 그런 놈에게 무슨 재간이 많다고 병력을 증강하자는 말인가?"

나타태자가 옥좌 가까이 다가서서 아뢰었다.

"폐하! 소신의 죽을 죄를 용서하소서. 그 요사스런 원숭이 놈은 철봉 한 자루만으로 먼저 아군의 선봉장 거령신을 패퇴시켰사오며, 다시 소신의 팔뚝을 쳐서 부상을 입히기까지 하였사옵니다. 동굴 문 밖에 깃대를 하나 세워놓았사온데, 그 깃폭에 쓰기를 '제천대성'이라 하였사오며, 만약 그와 같은 벼슬을 내려주신다면 즉시 군사를 거두고 투항하겠으나, 만약 그 벼슬을 얻지 못할 때는 이 영소보전으로 쳐들어오겠노라고 하더이다."

옥황상제는 깜짝 놀라 두 눈이 휘둥그레졌다.

"저런 발칙한 원숭이 놈 봤나! 무엄하게도 그런 망발을 떨다니. 여봐라, 뭇 장수들은 즉각 출동하여 그놈의 요사스런 원숭이를 잡아 주륙(誅戮)하라!"

옥황상제가 노발대발, 출동 명령을 내리려는 판국에, 반열 중에서 또다시 태백금성이 선뜻 앞으로 나섰다.

"폐하, 그 요망한 원숭이는 입으로 호언장담만 할 줄 알 뿐, 사리를 분별하지 못하는 자이옵니다. 이제 군사를 증강시켜 그놈과 다시 싸운다 할지라도 당장에 잡아들이기는 어렵사오며, 오히려 출정군 장병들만 수고롭게 할 따름이옵니다. 그보다는 차라리 폐하께옵서 자비로우신 은덕을 베푸시어 그놈을 초무하신다는 성지를 내리시고 그놈에게 소원대로 제천대성이란 벼슬을 내리심이 좋을 듯하나이다. 그 벼슬은 한낱 아무 권력도 없는 헛된 명분에 지나지 않는 것으로서, 이른바 '유관무록(有官無祿)'이란 것이옵니다."

"흠흠, '유관무록'이라? 어떻게 그런 벼슬을 내릴 수 있단 말인가?"

"예에, 명칭만 '제천대성'이라 붙여주시되, 그에게 아무런 직분도 맡기지 않고 녹봉(祿俸)도 주지 않으신 채, 그저 이 천지간에 길러두기만 하시는 것입니다. 이렇게 해서 그놈의 사악한 심성을 거둬들여 망령된 행동을 금하게 하신다면, 천상 천하가 두루 태평할 것이오며, 사해

국토가 또한 평안하게 될 것이옵니다."

태백금성이 아뢰는 말을 듣고 보니 일리가 있다. 옥황상제는 즉각 비답을 내렸다.

"경의 말대로 하리로다."

태백금성의 진언을 받아들인 옥황상제는 즉시 초무의 조칙을 내려 태백금성에게 주고 하계로 떠나보냈다.

다시 한 번 남천문을 떠난 태백금성 이장경, 곧바로 화과산 수렴동 밖에 이르러 주변 상황을 살펴보았다. 한데 이번에는 전과 딴판으로, 위풍이 당당하고 살기가 삼엄한 것이, 온갖 부류의 요괴 정령들이 한데 어우러져 없는 놈이 없을 지경이다. 요괴 정령들은 하나같이 손과 손에 도창 검극과, 쇠몽둥이를 잡고 이리저리 날뛰면서 무섭게 고함을 지르고 있었다. 그들은 태백금성이 나타나자, 와르르 벌 떼같이 달려들어 에워싸고 들이치려 했다.

태백금성이 호통을 쳤다.

"너희 우두머리가 누구냐? 수고스럽지만 들어가서 제천대성에게 알려라. 나는 옥황상제께서 파견하신 하늘나라의 칙사다. 여기 이처럼 성지를 받들고 제천대성을 모시러 왔다."

그 말을 들은 요괴 정령들이 그 즉시 동굴 안으로 뛰어 들어가 보고를 했다.

"대성님! 바깥에 웬 늙은이가 한 사람 나타났습니다. 하는 말인즉, 자기는 상계의 천사로 대성님을 초청하는 성지를 받들고 왔답니다."

오공이 벌떡 일어났다.

"마침 잘 왔구나! 때맞춰 잘 왔어! 아무래도 지난번에 왔던 태백금성이렷다? 그때에 나를 상계에 모셔다가 구경 한 번 잘 시켜주었지. 비록 벼슬은 마음에 들지 않았지만, 그 덕분에 하늘나라에 올라가는 길도 잘 봐두었지. 여하튼 그 영감이 또 내려왔다니, 필경 내게 나쁜 일만은 아닐 것이다."

그리고 부하 대장들에게 온갖 빛깔의 깃발을 늘어놓고 우렁차게 북을 울려 대열을 가다듬어놓고 하늘나라의 사신을 맞아들이게 했다. 그리고 자신은 머리에 자금관을 쓰고 갑옷 위에 자황포를 걸치고 두 발에는 구름 딛는 보운리를 꿰어 신은 다음, 부하 원숭이 떼를 거느리고 동굴 바깥으로 나아가 허리를 굽신거리면서 목청을 드높여 인사를 건넸다.

"태백금성님, 영접이 늦은 죄 용서하십쇼. 어서 안으로 드시지요."

태백금성은 사양치 않고 걸음을 옮겨 떼어 동굴 안으로 들어섰다. 그리고 대청에 다다르자 남쪽을 향하고 서서 오공에게 말했다.

"이제부터 대성에게 솔직히 고하리다. 지난번에는 벼슬이 보잘것없다 탓하고 어마감의 직분을 이탈하여 하계로 돌아오셨으나, 옥황상제께서는 이 사실을 아시고 이렇게 말씀하셨소. '모든 벼슬을 내릴 때에는 낮은 자리에서부터 차츰 높은 자리로 올려주는 것이 관례인데, 어찌 필마온의 자리가 미관말직이라 탓하고 기꺼이 받아들이지 않았는가?' 하고 서운해하시었소. 그래서 이천왕이 옥황상제의 마음을 헤아려 나타태자를 거느리고 하계에 내려와 대성에게 싸움을 걸었던 것인데, 대성의 신통력을 알지 못하고 섣불리 도전했다가 패배를 자초하고 말았소. 그 직후 이천왕은 천궁에 돌아와 아뢰기를, '대성이 깃발 한 폭을 높이 올리고 제천대성이 되기를 원한다' 하였소. 여러 장수들은 병력을 증강시켜 토벌할 것을 주장하는 등 여러 말이 많았으나, 이 늙은이가 대성을 위해 죄를 무릅쓰고 극력으로 간언을 올려 '토벌군을 더 출동시키지 말고 대성에게 원하는 선록(仙籙)을 내리시라' 아뢰었더니, 옥황상제께서 그 즉시 허락하셨기에 이렇게 천상으로 모시러 찾아온 거요."

그러나 오공은 앞서 당한 수모가 있는 터라, 그 말을 쉽사리 믿지 않고 다시 한 번 떠보았다.

"지난번에도 수고를 끼쳐드렸는데, 이제 또다시 이렇듯 호의를 베풀어주시니 고맙고 고맙기 그지없소이다! 한데, 천상에 과연 '제천대성'이란 벼슬이 있는지 모르겠소이다그려?"

태백금성이 시침을 뚝 떼고 대꾸한다.

"이 늙은이가 그런 직함을 내려주시라고 아뢰어 옥황상제의 윤허를 받아낸 것이오. 그래서 이렇게 성지를 받들고 내려온 게 아니겠소? 만약 잘못되는 일이 생긴다면, 그것은 이 늙은이가 책임지고 벌받을 터이니, 조금도 걱정하실 것이 없소이다."

오공은 기뻐서 어쩔 바를 모르고 술잔치를 베풀어 대접하려 하였으나, 태백금성이 굳이 사양하고 독촉하는 바람에, 하는 수 없이 그와 함께 구름을 일으켜 타고 하늘로 올라가 남천문 밖에 당도하였다.

이번만큼은 전과 다르게 남천문을 지키던 장병들이 모두 나와 두 손 모으고 태백금성과 손오공 두 사람을 공손히 맞아들였다. 두 사람은 거칠 것 없이 곧바로 영소보전에 이르렀다.

태백금성은 옥좌 앞에 무릎 꿇고 복명했다.

"소신이 조칙을 받들고 내려가 필마온 손오공을 데려왔나이다."

주렴 안에서 옥황상제의 음성이 들려 나왔다.

"손오공은 이리 가까이 오라. 이제 그대를 제천대성의 직분에 임명할 것이니, 벼슬 가운데 가장 높은 자리이다. 오늘 이후로는 일체 경거망동을 삼가도록 할 것이니라!"

앙큼스러운 원숭이 임금, 소원대로 벼슬을 얻게 되자 옥좌를 향하여 굽신 절을 올리는데, 사례하는 말투가 여전히 "예이!────" 한마디뿐이다.

옥황상제는 그 즉시 건축을 담당하는 공간관(工幹官) 장(張)·노

(魯) 두 신하에게 명을 내려 반도원(蟠桃園) 오른쪽 끄트머리에 제천대성의 저택을 한 채 짓도록 하고, 부중에는 안정사(安靜司)와 영신사(寧神司) 두 개 집무처를 설치하였으며, 각 사무처마다 관리를 두어 좌우에서 제천대성을 받들어 모시게 하였다. 그리고 다시 오두성군(五斗星君)을 시켜 손오공을 저택으로 안내하게 한 다음, 따로 어주(御酒) 두 병과 황금 꽃 열 송이를 하사하여, 그의 마음을 풀어주어 두 번 다시는 함부로 날뛰지 못하도록 안정시켰다.

이리하여 원숭이 임금은 옥황상제의 명을 받아 그날 중으로 오두성군을 따라 제천대성의 부중에 당도하여, 어사주 병마개를 열고 여럿이서 함께 마음껏 마시고 즐겼다. 오두성군을 배웅하고 나서 본궁으로 돌아온 그는 비로소 마음이 흡족해져서 그 기쁨이 이루 말할 수 없을 정도였다. 이때부터 제천대성 손오공은 천궁에서 즐거움을 한껏 누리며 거리낌 없이 살아갈 수 있게 되었다.

> 신선의 이름은 영원토록 장생록(長生籙)에 올랐으니,
> 윤회에 떨어지지 않고 만고에 전해 내리게 되었구나.

그 뒤로 과연 어떻게 될 것인지, 다음 회에서 풀어보기로 하자.

제5회 제천대성이 반도대회를 어지럽히고 금단을 훔쳐 먹으니, 제신들이 천궁을 뒤엎어놓은 요괴를 사로잡다

손오공은 제천대성이 되고서도 결국 요사스런 원숭이에 지나지 않았다. 벼슬의 품계 등급이 뭔지 알 턱도 없으려니와 녹봉이 많은지 적은지조차 알지 못한 채, 그저 자기 이름이 선록에 올라 있기만 하면 그만이었다. 제천대성 부중에는 집무처 두 군데가 있어 담당 관리들이 아침저녁으로 시중을 들어주기 때문에, 오공이 손수 하는 일이라고는 그저 하루 세 끼니 밥지어 바치면 주는 대로 먹고 밤이면 침상에 올라 잠자는 일밖에 없었으니, 그야말로 자유자재, 하릴없고 아무 거리낄 것도 없이 팔자 좋은 나날을 보내면 그뿐이었다.

이렇듯 한가로운 몸이라, 틈만 나면 친구를 사귀어 같이 천궁 안팎을 유람하고, 마음에 드는 친구가 생기면 의형제를 맺기도 하였다. 삼청(三清)의 어르신네를 만나면 '아무개 님'자를 붙여 부르고, 사제(四帝)[1]

---

[1] 삼청·사제: 앞서 언급한 바와 같이, 도교의 신령 가운데 최고 지존은 '삼청'의 세 천신(天神)이다. 그들을 순위로 따지면, 옥청경 청미천(玉清境清微天)에 자리 잡은 원시 천존(元始天尊), 상청경 우여천(上清境禹餘天)의 영보 천존(靈寶天尊), 그리고 태청경 대적천(太清境大赤天)의 도덕 천존(道德天尊)이다. 이들을 보필하는 신령이 곧 '사제(四帝)'인데, 그 중에서 가장 존귀하고 숭앙받는 이가 천도(天道)를 주재하고 하늘과 땅, 인간의 삼계(三界)를 관할하는 옥황상제, 그 다음이 여신으로서 후토(后土) 신앙의 상징이며 음양(陰陽)의 생육과 대지 산천의 만물을 주관하는 승천효법후토황지지(承天效法后土皇地祇), 그 다음이 뭇 신령들을 통제하며 구진상궁 남극천황대제(勾陳上宮南極天皇大帝)라고도 일컫는 자미천황상제(紫微天皇上帝), 그리고 마지막으로 북극 성신(北極星神)을 상징하며 천지의 경도(經度)와 위도(緯度), 일월성신과 사계절의 기후를 주관하는 중천자미 북극대제(中天紫微北極大帝)가 이들이다.

와 마주치면 '아무개 폐하!'라고 높임말을 써서 인사드리고, 구요성관
(九曜星官),² 오방장(五方將), 이십팔수(二十八宿), 사대 천왕(四大天王),
십이 원신(十二元辰), 오방오로(五方五老), 보천성상(普天星相), 하한군
신(河漢群神) 들과는 '여보게, 저보게!' 하며 피차 허물없이 불러가며 형
님 아우 사이로 지냈다.

　이리하여 오늘은 동쪽에서, 내일은 서쪽을 나돌면서 구름처럼 오락
가락, 마음 내키는 대로 정처 없이 놀고만 있었다.

　그러다가 어느 날, 옥황상제가 아침 일찍 조회에 납시었더니, 반열
중에서 천사 허정양 진인(許旌陽眞人)이 앞으로 성큼 나서서 이렇게 아
뢰었다.

　"폐하, 사람이 너무 한가로우면 일이 생기는 법이라 하였사옵니다.
저 제천대성은 날이면 날마다 하릴없이 마음 내키는 대로 한가롭게 놀
러 다니기만 하며, 가는 곳마다 천상의 여러 성수(星宿)들과 위아래도
구별하지 않고 모두 벗으로 사귀고 있사온즉, 이대로 내버려두었다가는

---

2 구요성관: 우주에 있는 아홉 개의 거대한 붙박이별. 첫째 일요(日曜)가 태양, 둘째
월요(月曜)가 태음(太陰), 셋째 화요(火曜)가 형혹성(熒惑星), 넷째 수요(水曜)가 신
성(辰星), 다섯째 목요(木曜)가 세성(歲星), 여섯째 금요(金曜)가 태백성(太白星), 일
곱째 토요(土曜)가 진성(鎭星), 여덟째 나후(羅睺)가 황번성(黃旛星), 아홉째 계도(計
都)가 표미성(豹尾星)이다. **오방장**(五方將)은 동서남북과 중앙을 다스리는 신장(神
將)이다.
십이 원신(十二元辰)은 ①귀인(貴人), ②등사(螣蛇), ③주작(朱雀), ④육합(六合),
⑤구진(勾陳), ⑥청룡(靑龍), ⑦천공(天空), ⑧백호(白虎), ⑨태상(太常), ⑩현무
(玄武), ⑪태음(太陰), ⑫천후(天后). 이 열두 천장은 인간 세상의 길흉을 단정하는
데, 귀인·청룡·육합·태상은 길한 신령이고, 백호·등사·현무·구진은 흉악한
신령이다.
오방오로(五方五老)는 ①동방의 청령시로천군(靑靈始老天君), ②남방의 단령진로천
군(丹靈眞老天君), ③중앙의 혼원현령황로천군(混元玄靈黃老天君), ④서방의 호령황
로천군(皓靈黃老天君), ⑤북방의 오령현로천군(五靈玄老天君)으로서, 도교의 창시자
원시 천존이 삼청의 으뜸으로 자리 잡은 후 이어서 오방오로천군으로 변신하였다고
한다.

앞으로 또 무슨 일을 저지를지 알 수 없사오니, 차라리 그에게 무엇이든지 적당한 일감을 하나 주셔서 불상사를 미연에 방지하심이 좋을까 하나이다."

옥황상제는 이 말을 듣고 그 즉시 제천대성에게 소환장을 내렸다. 원숭이 임금은 그저 싱글벙글 웃으며 조정에 나타났다.

"폐하, 이 손선생에게 무슨 상을 내리시려고 부르셨나이까?"

"짐이 보건대, 그대는 너무 한가로운 듯하니, 한 가지 일을 맡겨주기로 하겠다. 그대는 당분간 반도원(蟠桃園)을 관리하도록 하라. 아침저녁으로 과수원을 보살피되, 조심해서 일을 게을리 하지 말 것이다."

제천대성은 기뻐서 그 앞에 넙죽 절하고, 역시 "예에!——" 한마디로 사례한 다음 어전에서 물러 나와, 그 길로 반도원을 살펴보러 달려갔다.

한데 반도원에 당도하고 보니, 과수원을 지키는 토지신(土地神)[3]이 그 앞을 가로막는다.

"대성님, 어딜 가시는 길입니까?"

"내가 옥황상제의 어명을 받고 오늘부터 이 반도원의 관리를 맡게 되었네. 그래서 지금까지 어떻게 관리하고 있었는지 조사를 해보려고 온 것일세."

그제서야 토지신은 황급히 절을 올리고 그 즉시 과수원을 관리하던 역사들, 이를테면 복숭아나무를 가꾸는 서수역사(鋤樹力士), 물긷는 운수역사(運水力士), 열매를 가꾸는 수도역사(修桃力士), 청소를 맡아보는 타소역사(打掃力士)들을 모조리 불러들여 새로 부임한 책임자 제천대성

---

[3] 토지신: 중국의 토지신은 성황신(城隍神)과 더불어 삼국 시대(250년)에 인격화된 신령으로 나타났으며, 부엌의 신령인 조왕(竈王)이 수집, 제공한 백성들의 선악을 옥황상제에게 아뢰는 역할까지 맡았다고 한다.

에게 인사를 드리게 하였다. 역사들은 손오공 앞에 이마를 조아려 절을 올린 다음, 그를 과수원 안으로 안내해 들였다.
　들어가서 보니, 반도원은 과연 천상의 과수원으로서 장관을 이루고 있었다.

　　　불꽃처럼 나긋나긋 타오르는 꽃떨기, 그루마다 알알이 맺힌 열매,
　　　나긋나긋 타오르는 꽃떨기가 나무 그루마다 가득 차고,
　　　주렁주렁 맺힌 열매 가지마다 늘어졌네.
　　　열매들은 가지를 눌러 금탄(錦彈)을 드리운 듯,
　　　나무에 가득 찬 꽃떨기는 연지를 찍은 듯하네.
　　　올자란 열매는 천 년 세월을 두고 익으며,
　　　늦자란 열매는 여름철도 겨울철도 없이 만 년을 더디 익네.
　　　올익은 열매는 술 취한 듯 붉은데, 늦익는 열매는 아직 푸르다.
　　　연기 어린 열매는 초록빛 감돌고, 햇볕 아래 비치니 붉은 자태 곱기도 한데,
　　　나무 그늘 밑에 기화이초는 사시사철 시들지 않고 늘 푸르다.
　　　좌우 주변에는 누대(樓臺)와 관사(館舍)가 둘려 있고,
　　　상공에는 언제나 구름 안개 덮였는데,
　　　복숭아 열매는 현도(玄都)의 범속한 종자가 아니라,
　　　요지(瑤池)의 서왕모(西王母)*님이 손수 심어 가꾼 것이라네.

---

4 서왕모: 불사약(不死藥)을 감추었다는 이 여신은 『산해경』「서차삼경(西次三經)」에 처음 나타나는데, 곤륜산 서쪽 삼위산(三危山) 동굴에 살고 있으며, 표범 꼬리에 호랑이의 얼굴을 지니고 머리카락을 헝클어뜨린 사납고도 무서운 모습이었다고 한다. 이렇듯 거칠고 야만적인 색채를 띤 여신이 재앙과 전염병, 그리고 형벌을 주관하였다는 기록을 보면, 원시시대 중국 서북 지구 청해 고원(靑海高原) 일대의 모계(母系)

제천대성 나으리, 한참 동안을 정신없이 바라보다가 토지신에게 물었다.

"복숭아나무가 몇 그루나 되는가?"

"모두 삼천 육백 그루가 있습니다. 앞쪽에 심어진 일천 이백 그루는 꽃도 열매도 작아서 삼천 년마다 한 번씩 익는데, 사람이 그것을 먹으면 선인(仙人)이 되어서 몸이 튼튼하고 가볍게 됩니다. 중간에 심어진 일천 이백 그루는 겹꽃이 피고 열매가 무척 단데, 육천 년 만에 한 번씩 익습니다. 사람이 그 열매를 먹으면 안개를 타고 날아다닐 수 있으며 불로장생하게 됩니다. 가장 안쪽에 심어진 일천 이백 그루는 열매 껍질에 자줏빛 무늬가 있고 또 그 씨앗도 연한 담황 빛깔을 띠고 있는데, 구천 년 만에 한 번씩 익습니다. 사람이 그 열매를 먹으면 그 수명이 천지일월과 같아질 수 있습니다."5

이 말을 듣자 제천대성은 기뻐 어쩔 줄을 몰랐다. 그날은 우선 과수원 경내를 두루 돌아다니면서 나무 그루 수효를 세어보기만 하고 정자 누각을 살펴본 다음 저택으로 돌아왔으나, 그 다음날부터는 사나흘에 한 차례씩 과수원으로 찾아가 구경을 하고 노느라, 친구들과 사귀는 일

씨족 부락을 다스리던 시조 모신(始祖母神)으로 추측되며, 후에 그 신화가 중원(中原)에 전래되면서 그 이미지와 형상이 차츰 신격화되고 봉건 시대 왕후(王后)의 덕행과 융화되면서 차츰 아름답게 여성화되고 온순한 기질로 바뀌어, 곤륜산 부근 요지(瑤池)에 거처하는 여신으로 독립적인 신격을 보유하게 되었을 것으로 본다.

5 반도: 반도 복숭아의 초기 형태는 서왕모가 비장한 불사약이다. 『회남자(淮南子)』 「남명훈(南冥訓)」에 "신궁 후예(后羿)가 서왕모에게 불사약을 얻었는데, 그 아내인 항아(姮娥)가 훔쳐 가지고 월궁(月宮)으로 달아났다"는 기록에서 시작되어, 『한무제내전(漢武帝內傳)』에서 "서왕모가 한무제에게 선도(仙桃) 일곱 개를 주었는데, 그 크기가 오리 알만하고 빛깔은 푸른색이다…… 삼천 년에 한 번씩 열매를 맺는다"고 하였나. 『서유기』의 반도 복숭아는 직접적으로 『한무제 내전』의 '선도'를, 간접적으로는 『회남자』의 불사약이 변화 발전하여 신선의 경지에 오르게 한다는 특성을 본뜬 것이라 할 수 있다.

서유기 제1권   159

도 바깥으로 놀이 삼아 싸돌아다니는 일도 없어지게 되었다.

어느 날의 일이었다.

해묵은 나뭇가지에 매달린 복숭아가 절반 넘게 익은 것을 보자, 그는 한두 개쯤 맛보고 싶어 안달이 났다. 그러나 과수원지기 토지신과 역사들이며 제천대성 부중에서 시중을 들러 따라다니는 관리들이 곁에 단단히 붙어 서서 떨어질 줄 모르니 어쩌겠는가.

이때 퍼뜩 한 가지 꾀가 떠올랐다.

"자네들, 모두 문밖으로 나가서 기다리고 있게. 나는 이 정자 안에서 한숨 쉬었다 나갈 테니까."

선관 역사들이 그 말을 곧이듣고 순순히 물러가자, 이 앙큼스런 원숭이 임금은 걸치고 있던 의관을 훌훌 벗어 던지고 굵다란 나뭇가지 위로 기어올라가 열매 중에서도 농익은 것만 골라가며 마구 따서 나무 가장귀에 걸터앉은 채 우적우적 씹어먹기 시작했다. 이윽고 배가 부르자 그는 비로소 나무 아래로 뛰어내려 의관을 단정히 차려 입고 부하들을 불러들여 거느리고 부중으로 돌아갔다. 그 이후로도 오공은 사흘이 멀다하고 다시 반도원에 나타나 온갖 핑계로 부하 관원들을 따돌려놓고 복숭아를 실컷 훔쳐 먹었다.

그러던 어느 날, 반도원의 주인 서왕모가 연례 행사대로 보각(寶閣)을 개방하고 요지(瑤池)에서 반도승회(蟠桃勝會)라는 큰 잔치를 열게 되었다.

서왕모는 홍의(紅衣), 남의(藍衣), 백의(白衣), 흑의(黑衣), 자의(紫衣), 황의(黃衣), 녹의(綠衣), 이렇게 일곱 빛깔의 옷을 입은 선녀들에게 분부하여 저마다 꽃 광주리를 머리에 이고 반도원으로 나가서 잔치에 쓸 복숭아를 따오게 했다.

일곱 선녀가 과수원 문턱에 다다르고 보니, 반도원의 토지신과 역사들이 제천대성 부중의 관리 두 사람과 함께 그곳을 지키고 있었다.

선녀들은 가까이 다가가서 찾아온 용건을 밝혔다.

"저희들은 왕모님의 분부를 받들어 잔치에 쓸 복숭아를 따러 왔습니다."

그러자 토지신이 과수원에 들어서려는 선녀들을 제지했다.

"여러 선녀님들, 잠깐만! 올해부터는 절차가 예년과 다릅니다. 옥황상제께서 파견하신 제천대성님이 이 과수원의 관리 감독을 맡고 계십니다. 그러니까 먼저 대성님께 알려서 허락을 받아야만 과수원의 문을 열어드릴 수 있습니다."

"그럼 대성님은 어디 계신가요?"

"과수원 안에 계시오. 너무 피곤하셔서 정자에 누워 잠깐 눈을 붙이고 계실 거요."

"그러시다면 함께 들어가서 찾아뵙기로 하죠. 너무 지체하면 안 되니까요."

토지신은 선녀들을 데리고 과수원으로 들어갔다. 그러나 아무리 찾아보아도 정자 안에는 옷가지만 널려 있을 뿐, 제천대성은 그림자도 보이지 않았다. 오늘도 이 도둑 원숭이는 복숭아를 몇 개 훔쳐 따먹고 나서, 두 치 남짓한 난쟁이로 변해 가지고 나뭇잎이 무성한 가장귀 틈에 숨어 늘어지게 낮잠을 자고 있었던 것이다.

일곱 선녀는 저희들끼리 말을 주고받았다.

"우리는 왕모님의 분부를 받들고 온 몸인데, 대성님을 찾아뵙지 못했다고 해서 어떻게 빈손으로 돌아갈 수 있단 말이냐?"

그러자 곁에 있던 제천대성 부중의 관리가 양해를 했다.

"선녀님들, 어차피 왕모님의 분부를 받고 오신 바에야 망설일 것은 없겠소. 대성님은 걸핏하면 바깥으로 나다니는 분이라, 아마 오늘도 친구 분을 만나러 나가셨을 거요. 우선 복숭아를 따 가지고 돌아가시오. 사유는 우리가 나중에 말씀드릴 테니까."

일곱 선녀들은 그 말대로 나무 숲 속으로 들어가 복숭아를 따기 시작했다. 제일 먼저 앞쪽 나무 숲에서 3천 년 만에 익은 복숭아를 두 광주리, 그 다음에는 가운데 나무 숲에서 6천 년 만에 익은 복숭아 세 광주리를 따고, 마지막으로 안쪽 나무 숲에 들어가 9천 년 만에 익은 열매를 따려고 했는데, 이게 어찌 된 노릇인가. 잘 익은 놈은 하나도 보이지 않고 설익은 풋 복숭아가 두서너 개 매달려 있을 뿐이었다. 그럴 수밖에. 무르익은 놈은 도둑 원숭이가 모조리 따먹어 치웠으니까.

일곱 선녀가 여기저기 돌아다니면서 살펴보았더니, 남쪽으로 뻗은 가지에 불그레하니 절반쯤 익은 봉숭아가 꼭 하나, 덜렁 매달려 있다. 선녀들은 그나마 따 가져가려고 우선 청의 선녀가 나뭇가지를 휘어잡는 동안, 홍의 선녀가 손을 뻗쳐 그것을 따낸 다음, 휘어잡았던 가지를 도로 놓았다.

그런데 공교롭게도 하필이면 그 나뭇가지가 난쟁이로 변한 오공이 낮잠을 자고 있던 가장귀였을 줄이야!…… 가장귀가 흔들리는 바람에 깜짝 놀라 잠을 깬 오공은 두 눈을 번쩍 뜨자마자 본상을 드러내고 귓속에서 여의금고봉을 꺼내더니, 바람결에 흔들어 가지고 굵다랗게 만들어 손에 잡고 버럭 호통을 쳤다.

"누구냐! 어디서 온 요물이기에 간덩이도 크게 이 어르신의 복숭아를 도둑질하는 거냐?"

느닷없는 호통에 일곱 선녀는 깜짝 놀라 일제히 그 자리에 무릎을 꿇었다.

"대성님, 노여움을 푸시고 용서해주십시오! 저희들은 요괴가 아니라 서왕모님께서 심부름을 보내신 일곱 선녀입니다. 왕모님께서 보각을 활짝 여시고 '반도승회'라는 큰 잔치를 베푸시는 데 쓸 복숭아를 따러 온 거랍니다. 이제 와서 이 과수원을 지키는 토지신을 만나보고 대성님을 찾아뵈려 했으나 아무 데도 안 보이시기에, 저희는 왕모님의 분부를 거역할 수 없어 대성님의 허락을 기다리지 못하고 먼저 복숭아를 따던 길이었습니다. 그러니 너그러이 보아주십시오."

선녀들의 목소리를 듣고 나자, 제천대성은 노여움을 풀고 웃으면서 이렇게 물었다.

"선녀님들, 일어나시구려. 그런데 왕모님이 베푸신다는 잔치에 누구누구를 초청하셨답디까?"

선녀가 대답을 한다.

"이 잔치에는 옛날부터 정해진 규범이 있어서, 초청받는 분들도 정해져 있습니다. 서천에 계시는 부처님, 보살님, 성승과 나한 여러분, 남방에 계시는 남극관음(南極觀音), 동방에 계시는 숭은성제(崇恩聖帝), 십주 삼도에 흩어져 계시는 선옹(仙翁) 여러분, 북방의 북극현령(北極玄靈), 중앙의 황극 황각대선(黃極黃角大仙), 이분들이 바로 오방오로(五方五老), 곧 다섯 하늘의 다섯 원로들이십니다. 그리고 또 오두성군(五斗聖君),[6] 상팔동(上八洞)에 계시는 삼청(三淸), 사제(四帝), 태을천선(太乙天仙) 여러분과 중팔동(中八洞)의 옥황상제님, 구루(九壘), 해악신선(海岳神仙) 여러분과 하팔동(下八洞)의 유명교주(幽冥敎主), 주세지선(注世地仙) 여러분이 초대를 받습니다. 뿐만 아니라, 상계의 여러 궁전에 계시는 높고 낮으신 존귀한 분들이 빠짐없이 반도 가연(蟠桃嘉宴)에 참석하시지요."

---

6 오두성군: 도교에서 북두 칠원(北斗七元), 남두 육사(南斗六司), 동두 오궁(東斗五宮), 서두 사궁(西斗四宮), 그리고 중두 삼궁(中斗三宮), 이렇게 다섯 방위의 별자리를 주재하는 성군(星君)이다.

제천대성은 껄껄껄 너털웃음 터뜨리면서 다시 물었다.

"나도 초청하시겠지?"

선녀가 고지식하게 대답했다.

"그런 말씀은 못 들었는데요."

"나는 제천대성이야! 이 손선생을 귀빈으로 초대해서 안 될 것이 뭔가?"

"방금 말씀드린 분들은 지난번 잔치에 규범대로 초청받으셨던 분들입니다. 이번에는 어떻게 바뀔 것인지 모르겠습니다."

"옳은 말이다. 그대들을 탓할 일은 아니지! 잠깐 여기들 서 있거라. 이 손선생이 가서 나도 초청을 했는지 안 했는지 알아보고 올 테니까."

대담한 제천대성, 즉석에서 구결을 맺고 중얼중얼 주문을 외우더니 일곱 선녀를 향해 소리쳤다.

"서 있거라, 서있거라, 서 있거라!"

그것은 '정신법(定身法)'이란 술법으로서, 상대방을 꼼짝 못하게 그 자리에 묶어 세워놓는 재간이었다. 주문에 걸린 일곱 선녀는 두 눈을 멀뚱멀뚱 뜬 채, 모두들 복숭아나무 그늘 아래 서 있는 신세가 되고 말았다. 제천대성은 구름을 일으켜 타고 그 길로 요지를 향해 쏜살같이 날아갔다. 멀리서 바라보니, 과연 기막히게 아름다운 요지였다.

온 하늘에는 상서로운 아지랑이, 오색 찬란한 구름이 끊임없이 날린다.

흰 두루미 우짖는 소리는 구천에 떨치고,

자줏빛 지초 빼어난 잎새들이 천 갈래로 나뉘었다.

한가운데 존귀한 신선 한 분이 나타나는데,

천연덕스러운 생김새에 풍채가 유별나다.

신기로운 무지개는 춤추듯 은하수에 걸쳤고,
　　　허리에 늘어뜨린 보록(寶籙)에는 생멸이 없구나.
　　　이름하여 맨발 벗은 적각대라선(赤脚大羅仙),
　　　서왕모의 반도연 잔치에 축수 드리려고 일부러 찾아왔다네.

　요지로 가는 도중에, 제천대성은 공교롭게도 적각대선7과 정면으로 맞닥뜨리고 말았다. 제천대성은 고개를 숙인 채 곰곰이 생각한 끝에 꾀를 하나 짜냈다. 이 고지식한 신선 영감을 속여 따돌려놓고 그 대신에 잔치에 참석하기로 작정한 것이다. 그는 시침을 뚝 떼고 물었다.
　"도사 어른, 어딜 가십니까?"
　"왕모님의 초대를 받아 반도연회에 참석하러 가는 길이오."
　"허어, 도사님! 모르고 계셨구려. 옥황상제님께서 이 손선생의 근두운이 무척 빠르다는 걸 아시고 특별히 나를 시켜 다섯 방향에서 초대를 받아 오시는 여러분을 마중 나가, 먼저 통명전으로 나아가 예식을 거행하고 나서 잔치에 참석하라는 분부를 전하라 하셨소이다."
　적각대선은 광명정대한 사람이라, 어수룩하게 그놈의 거짓말을 곧이들었다.
　"해마다 요지에서 사은의 예를 올렸는데, 이번에는 어째서 통명전으로 먼저 가서 예를 올리고 요지 연회에 참석하라는 말씀인고?"

---

7 적각대선: 당나라 때 신선으로 알려진 인물. 속명은 난채화(蘭采和). 장터를 맨발로 돌아다니며 빌어먹는 거지 생활을 하였는데, 여름철에는 솜 겹옷을 입고 삼복 무더위에도 땀을 흘리지 않는가 하면, 겨울철에는 홑옷을 걸치고 차가운 눈밭에 누워 자도 몸에서 뜨거운 김이 무럭무럭 솟아났다고 한다. 날마다 장터에서 노래부르며 구걸하는데, 엽전을 받으면 노끈에 꿰어서 질질 끌고 다니면서 엽전이 빠져나가도 뒤돌아보지 않고 가난뱅이를 만날 때마다 선뜻 내어주는 기행(奇行)을 보이다 승천하였다고 한다. 또 왕청명(王淸明)의 『휘주록(揮麈錄)』에는, 송나라 인종(仁宗)이 태어날 적부터 평생토록 맨발로 살다가, 죽은 뒤에 승천하여 신선이 된 후에도 맨발 차림이었으므로 '적각대선'이라고 불렸다고 한다.

하지만 어명이 그렇다는데야 어쩌겠는가. 적각대선은 투덜거리면서 구름 길을 돌려 통명전 쪽으로 날아가버렸다.
제천대성은 구름을 탄 채 중얼중얼 주문을 외우고 몸을 꿈틀하고 움직이더니, 적각대선의 모습으로 감쪽같이 둔갑했다. 그리고 계속 근두운을 몰아 요지로 치달았다. 얼마 안 있어 요지의 보각에 당도하자 근두운의 머리를 지긋이 눌러 내려뜨리고, 살금살금 안으로 들어갔다.
들어가면서 바라보니, 기막히게 으리으리한 자리에 푸짐한 잔칫상이 차려져 있다.

아름다운 향기 감돌고, 상서로운 아지랑이 분분히 퍼진다.
요대(瑤臺)에는 채색 비단으로 둘러쳐 있고,
보각에는 연기 같은 구름 띠가 자욱하게 드리웠다.
봉황과 난새의 깃은 날렵하게 떠오르고,
황금 꽃 옥 받침의 그림자는 둥실둥실 떴다 가라앉는다.
위에 두른 병풍에는 붉은 노을 바탕에 아홉 마리 봉황이 도사리고,
팔보(八寶) 박힌 돈대(墩臺)에는 자줏빛 무지개가 서렸다.
황금 식탁에는 오색 비단이 깔렸고, 벽옥의 화분에는 천 가지 꽃이 꽂혔다.
식탁에는 용의 간과 봉황의 골수 요리,
곰의 발바닥에 성성이의 입술 요리도 갖추어졌다.
진수성찬 온갖 음식은 가지마다 아름답고,
희귀한 과일에 맛좋은 술안주는 빛깔마다 새롭구나.

잔치 자리는 가지런히 갖추어졌으나, 손님은 아직 하나도 오지 않

았다. 이루 다 헤아리지 못할 연회석을 제천대성이 정신 놓고 두리번거리고 있노라니 어디선가 문득 술 향기가 코를 찌른다. 후딱 고개를 돌리고 바라보았더니, 오른쪽 기다랗게 뻗친 복도 아래 술을 빚는 선관(仙官) 몇 사람과 술지게미를 날라 가는 역사들이며 물 항아리를 날라 오는 몇몇 도사와 불을 지피는 동자들이 술독을 가시고 있었다.

술은 다 익어서 그야말로 옥액경장(玉液瓊漿), 냄새만 맡아도 향기롭기 그지없다. 제천대성 나으리, 저도 모르게 군침이 질질 흘러나오는 것을 도무지 참을 수가 없다. 욕심 같아서는 당장 뛰어들어 마셔대고 싶지만, 거기에는 그 많은 사람들이 버티고 서 있으니 어쩔 도리가 없다.

그는 신통력을 쓰기로 작정했다. 우선 몸에서 솜털 몇 가닥을 뽑아 입 안에 털어넣고 씹다가 훅 뱉어내면서 중얼중얼 주문을 외운 다음, 외마디 호통을 쳤다.

"변해라!"

솜털 가닥은 그 즉시 몇 마리의 잠벌레로 변하더니, 뭇 사람들의 얼굴로 날아가 붙어버렸다. 그 다음에는 보나마나, 술독을 지키던 사람들은 저도 모르는 사이에 두 손이 나른하게 풀리고 머리가 저절로 숙여지면서 끄덕끄덕, 눈꺼풀이 위아래로 마주 붙고 눈썹마저 축 처지다가는, 하던 일을 내던지고 모두들 꾸벅꾸벅 졸던 끝에 마침내 잠이 들고 말았다.

모든 사람들을 잠재워놓은 제천대성은 손아귀로 진수성찬에 맛좋은 안줏감을 하나 가득 그러모으더니, 복도 쪽으로 달려가서 술독이며 술항아리를 모조리 들어다가 자기 앞에 옮겨다놓고 한바탕 배가 터지게 통음을 했다. 얼마나 술을 들이켰는지, 나중에는 곤드레만드레 흠뻑 취했는데, 취중에도 생각은 있었는지 혼잣말로 중얼거렸다.

"이크, 안 되겠다! 안 되겠어. 조금 있다가 손님들이 몰려오면, 꼼짝없이 들킬 게 아닌가? 붙잡히는 날이면 큰일이지! 안 되겠구나. 냉큼 부중으로 돌아가서 잠이나 푹 자야겠다!"

배짱 좋은 제천대성, 일어서기는 제대로 일어섰는데 걸음걸이는 술기운에 이리 비틀 저리 비틀, 발길 내키는 대로 나가다보니, 어느 결인가 길을 잘못 들어서서 제천대성 부중이 아니라 두솔천궁(兜率天宮)에 접어들고 말았다. 그제야 오공은 정신이 번쩍 들었다.

"두솔궁이라면 삼십삼천(三十三天) 중에서도 으뜸이요, 이한천(離恨天)의 태상노군(太上老君)⁸이 거처하는 곳이 아닌가? 어쩌다가 길을 잘못 들어 이런 데로 왔을꼬?…… 에라, 나도 모르겠다! 될 대로 되려무나. 전부터 이 영감을 만나보고 싶었는데 좀처럼 기회가 없더니만, 마침 잘되었다. 오늘 내친 김에 그 영감이나 한 번 만나뵙고 가는 것도 좋겠지!"

중언부언 혼잣말로 뇌까리면서, 옷매무새를 가다듬고 두솔궁 문턱을 넘어서니, 이게 또 웬일인가. 태상노군은 보이지 않고 사방에 인기척마저 없다.

오공은 모르고 있었다. 때마침 태상노군은 높다란 3층 누각 주릉단대(朱陵丹臺) 위에서 연등고불(燃燈古佛)⁹과 함께 도를 강론하는 중이었

---

8 태상노군: '삼청' 가운데 도덕 천존(道德天尊). 곧 춘추 시대 무위자연(無爲自然)을 주장한 철학자 노자(老子) 이이(李耳)를 말한다. 『신선전(神仙傳)』에 따르면, 그는 초나라 고현(苦縣)에서 태어났는데, 그의 어머니가 별똥별의 태몽을 꾸고 임신한 지 72년 만에 오얏나무 아래에서 어머니의 왼쪽 겨드랑이를 가르고 나왔다고 하며, 태어날 때부터 머리가 백발이라 '노자'라고 불리었고 '오얏 리(李)'를 성씨로 삼아, '이노군(李老君)'의 별칭이 붙게 되었다고 한다. 진-한(秦漢) 시대에 황제(黃帝)와 노자를 숭상하던 황로도(黃老道)가 오두미교(五斗米敎)를 거쳐 지금의 도교가 되었으므로, 노자는 곧 도교의 창시자로서 '삼청'의 하나인 도덕 천존으로 추앙받게 된 것이다.
9 연등고불: 불교에서 과거세(過去世)에 나타나 석가세존에게 미래에 부처가 될 것이라고 예언한 부처 Dīpaṃkara Tathāgata. 일명 정광여래(錠光如來). 석가모니 이전에 나타났다고 전해지는 24명의 부처 가운데 한 사람으로 알려져 있는데, 이 책 제99회

고, 여러 선동(仙童), 선장(仙將), 선관(仙官), 선리(仙吏) 들은 모두 그 좌우에 모시고 서서 강론을 듣고 있었던 것이다.

제천대성 손오공은 대담하게 단약을 굽는 단실(丹室) 안에까지 뛰어들어 찾아 다녔으나 역시 아무도 만나지 못하고 그 대신에 단약을 굽는 화로를 하나 발견했다. 화로에는 아직도 불길이 남아 있을 뿐 아니라, 그 곁에는 호리병 다섯 개가 놓였는데 호리병마다 완성된 금단(金丹)이 하나 가득 담겨 있었다.

오공은 속으로 기뻐 어쩔 줄 몰랐다.

"금단이란 자고로 선가에서 지극한 보배로 치는 신약(神藥)이다. 이 손선생은 도를 닦은 이후 내외상통(內外相通)의 이치를 터득한 몸이라, 나도 금단을 한번쯤 만들어 세상 사람들을 구제하고 싶은 생각이 있었는데, 유감스럽게도 그럴 만한 겨를이 없었다. 그런데 오늘 어쩌다가 연분이 있어 이런 물건과 맞닥뜨리게 되다니!…… 오냐 좋다. 그 영감님이 안 계신 틈에 몇 알 꺼내 가지고 맛 좀 보자꾸나."

그는 호리병에 담겨 있던 금단을 모조리 쏟아놓은 다음, 몇 알 정도가 아니라 볶은 콩 집어먹듯 말끔히 먹어 치우고 말았다.

배가 부르자, 술기운이 말끔히 가셨다. 그제야 오공은 겁이 더럭 났다.

"아뿔싸! 이거 큰일났구나, 진짜 큰일났어! 이번에는 야단이 나겠는걸. 하늘보다 더 큰 재앙을 저질러놓았으니, 만약 옥황상제가 아는 날이면 내 목숨이 어떻게 붙어 있겠나? 에라, 모르겠다! 뺑소니를 치자. 이럴 때는 삼십육계 줄행랑이 최고지! 차라리 하계에 내려가 임금 노릇이나 하는 것이 낫겠다."

에서 삼장 법사 일행을 크게 도와주기도 한다.

두솔궁을 살짝 빠져나온 그는 왔던 길로 되돌아가지 않고 서천문으로 나간 다음, 은신술법을 써서 종적을 감추고 줄행랑을 놓았다.

근두운은 눈 깜짝할 사이에 주인을 화과산에 내려놓았다. 산 밑을 굽어보니, 오색 깃발이 펄럭이고 서슬 푸른 창검이 번뜩이는 것이, 네 건장과 일흔두 군데 동굴의 요괴 마왕들이 예나 다름없이 거기서 무예를 단련하는 중이었다.

"애들아! 내가 왔다!"

제천대성이 버럭 고함을 지르자, 뭇 요괴들은 병기를 내던지고 우르르 몰려와 무릎 꿇고 하소연을 했다.

"대성님도 너무나 무심하십니다. 저희들을 이렇게 내버려두고 그토록 오래 모른 척하셨단 말입니까?"

"오래라니? 별로 오래 있지 않았는데, 뭘 그러나!"

오공은 부하들과 함께 수렴동 깊숙이 들어가면서 대답했다.

이윽고 네 건장은 수렴동을 깨끗이 청소한 다음, 땅에 넙죽 엎드려 이마를 조아리고 인사하면서 물었다.

"대성님은 천상에서 꼬박 백 수십 년을 계셨습니다. 그런데 무슨 벼슬을 받으셨는지요?"

"하하하! 내 기억으로는 고작 반년 세월밖에 안 지났는데, 어떻게 백 수십 년씩이나 된다는 거냐?"

건장이 풀이를 해준다.

"하늘에서의 하루는 곧 하계에서 일 년에 해당됩지요."

"오냐, 알겠다. 이번에는 기쁜 소식이다. 옥황상제가 나를 무척 사랑해서 내 뜻대로 '제천대성'을 시켜주셨단 말이다. 뿐만 아니라 제천부 저택도 지어주고, 또 안정사, 영신사라는 두 관청을 설치해서 신선 관리들이 내 시중을 들어주고 있었지. 그 뒤로 내가 하릴없이 빈둥빈둥 놀기만 하니까, 날더러 반도원을 관리하라는 거야. 그런데 문제가 생겼어. 얼마 후에 서왕모가 무슨 '반도승회'라든가 하는 큰 잔치를 베풀기로 했는데, 나를 초대하지 않더란 말이다. 그래서 내가 먼저 잔치가 열리는 요지에 슬쩍 들어가서 온갖 진수성찬에다 옥액경장의 맛좋은 술을 모조리 훔쳐 먹었거든. 그리고 곤드레만드레 취해 가지고 요지에서 나온다는 것이 술김에 길을 잘못 들어 그만 태상노군의 궁궐에 들어가고 말았네그려. 그러니 어쩌겠나. 기왕지사 내친 김에 호리병 다섯 개에 가득 담겨 있던 금단마저 깡그리 훔쳐 먹은 거야. 나중에 가만 생각하니, 옥황상제가 알았다가는 꼼짝없이 벌을 받게 되었지 뭐야. 그래서 겁이 나기에 이렇게 도망쳐 나온 거란다."

얘기가 끝나자, 원숭이 정령들과 요괴 마왕들은 좋아라고 기뻐 날뛰면서 당장 술이며 과일이며 안줏감을 가져다 한판 벌여놓고 환영 잔치를 베풀었다.

돌 대접에 야자술을 하나 가득 따라 올렸더니, 제천대성은 한 모금 마시기가 무섭게 얼굴을 찡그렸다.

"이건 못 먹겠다, 못 먹겠어! 맛이 없어서 못 먹겠는걸."

붕장군과 파장군이 비위를 맞춘다.

"대성님은 천궁에서 신선들이나 먹고 마시는 술과 안주를 드셨으니까, 이런 야자술 따위야 어디 입에 맞으시겠습니까? 하지만 속담에도, '아무리 술 맛이 좋다 해도 고향 우물 맛이 최고'라고 했습니다."

"그래, 너희들 말이 맞다. 너희들이야말로 '친하니 어쩌니 해도 고향 사람이 최고'라는 말에 꼭 맞는다. 내가 오늘 아침나절 요지에서 진수성찬을 훔쳐 먹을 때 보니, 복도에 아직도 술항아리가 수두룩하게 쌓여 있더라. 그게 모두 신선들이 마시는 옥액경장이거든. 아마 너희들은 그런 술을 맛본 적이 없을 게다. 가만 있거라! 내가 은신술법을 써서 다시 한 번 올라가서 몇 항아리 훔쳐내오마. 너희들이 그것을 반 잔씩만 마셔도 하나같이 불로장생할 수 있을 거다."

뭇 원숭이들은 기뻐 어쩔 바를 몰랐다.

제천대성은 그 길로 수렴동을 벗어나 곤두박질 한 번에 은신술법을 부려 종적을 감추고 반도연회가 열리는 요지 궁궐로 올라갔다. 가서 보니, 술 빚던 선관이며, 술지게미를 나르던 역사하며, 물 항아리 나르던 도사에 불목하니 동자에 이르기까지 술독을 가시던 사람들이 아직도 잠에서 깨어나지 못하고 드르렁드르렁 코를 골고 누워 있다. 그는 큼지막한 항아리만 골라 왼편 오른편 겨드랑이에 하나씩 꿰어차고 다시 양손에 두 항아리를 집어든 채, 근두운을 되돌려 쏜살같이 수렴동으로 돌아왔다.

이렇게 해서 원숭이의 소굴에는 분수에 넘치게 '선주회(仙酒會)'가 열리고, 그 희귀한 술을 저마다 몇 잔씩 들이키면서 즐긴 것은 두말할 나위도 없다.

한편, 제천대성의 정신법에 걸렸던 일곱 선녀들은 꼬박 하루가 지나서야 술법이 풀려, 꽃 광주리를 이고 서왕모에게 돌아가 자초지종을 아뢰었다.

"제천대성님이 술법을 써서 저희들을 꼼짝 못하게 잡아두었습니다. 그래서 이렇게 늦어서야 돌아왔습니다."

서왕모가 물었다.

"반도 복숭아는 몇 개나 따왔느냐?"

"작은 복숭아 두 광주리, 중간 크기 복숭아는 세 광주리를 따 왔습니다만, 그 안쪽에 들어가보니 큰 복숭아는 한 개가 아니라 반쪽도 남아 있지 않았사옵니다. 짐작으로는 대성님께서 모조리 훔쳐 먹은 듯싶습니다. 저희들이 큰 복숭아를 여기저기 찾아다니고 있으려니까, 느닷없이 제천대성이 나타나더니 흉악한 기세로 저희들을 문초하기를, 반도연회 잔치에 어떤 분들이 초청을 받았느냐고 묻삽더이다. 그래서 저희들은 지난해 연회 때 관례대로 초청받으셨던 어른들을 말씀드렸더니, 그분은 대뜸 술법을 써서 저희를 꼼짝 못하게 묶어 세워놓았습니다. 그 다음에는 어디로 갔는지 모르겠습니다. 그리고 지금에야 겨우 몸이 풀려 돌아온 것입니다."

서왕모는 그 즉시 옥황상제를 찾아뵙고 사건의 전말을 낱낱이 아뢰었다.

한데 얘기가 미처 다 끝나기도 전에, 또 요지 궁궐에서 술 빚는 선관을 비롯하여 반도승회 잔칫상을 준비하던 관원들이 옥좌 아래 엎드려 아뢰었다.

"어떤 놈의 소행인지 모르겠사오나, 반도대회를 뒤엎어 난장판으로 만들어놓고, 귀한 옥액경장을 훔쳐 마셨을 뿐만 아니라, 팔진백미(八珍百味) 잔치 음식을 모조리 훑어 먹었사옵니다."

이 판에 또다시 사대 천사가 들어와 아뢰었다.

"폐하, 태상노군 도조(道祖)께서 왕림하셨사옵니다."

태상노군이 왔다는 말에, 옥황상제는 서왕모와 함께 몸소 납시어 영접을 했다.

태상노군은 옥황상제와 서왕모에게 차례로 인사를 나누고 말했다.

"빈도의 궁전에서 '구전금단(九轉金丹)'을 얼마쯤 구웠기에, 폐하를 모시고 '단원대회(丹元大會)'를 열까 하였소만, 뜻밖에도 도둑이 들어 금단을 모조리 훔쳐가고 말았소이다. 그래서 특별히 알려드리고자 이렇듯 찾아뵙는 것이외다."

옥황상제가 놀라 얼이 빠져 있으려니까, 잠시 후에 다시 제천대성 부중의 관리가 들어와서 머리를 조아리고 아뢰었다.

"손대성은 맡은 바 책임을 게을리 하고, 어제 밖으로 놀러 나간 지 하루가 지났어도 지금껏 돌아오지 않고 있사옵니다. 어딜 갔는지 행방을 알 길이 없사옵기에, 이렇게 아뢰나이다."

옥황상제가 점점 더 의심스러운 생각을 품고 있을 때, 이번에는 적각대선이 들어와 머리를 숙이고 아뢰었다.

"소신은 왕모님의 부르심을 받고 연회에 참석하러 나오는 도중에 제천대성을 만났사온바, 연회에 참석할 손님들은 우선 통명전에 가서 사은례를 올린 다음, 반도승회에 참석하라는 폐하의 어명이 있었다고 하더이다. 그래서 소신은 통명전으로 돌아갔사오나 폐하의 행차를 뵈올 수 없는지라, 황급히 이리로 찾아와 배알하나이다."

옥황상제의 놀라움은 더욱 커졌다.

"아니 저런!…… 그놈이 조명(詔命)까지 거짓으로 꾸며 가지고 경을 속였구나! 짐이 당장 규찰영관(糾察靈官)[10]에게 수배령을 내려 그 못된 놈의 행방을 찾도록 하리로다!"

이윽고 규찰영관이 어명을 받들고 천궁에서 물러 나왔다. 그는 먼저 사건이 벌어진 현장을 차례차례 조사한 다음, 옥황상제에게 보고를 올렸다.

"천궁을 어지럽힌 것은 과연 제천대성의 소행으로 밝혀졌나이다."

이어서 그는 사건이 벌어진 사유를 낱낱이 보고하였다.

옥황상제는 노발대발, 그 즉시 사대 천왕(四大天王)을 출동시켜 탁

---

10 영관: 도교에서 영관(靈官)은 호법(護法) 신령이다. 부서에 따라서, 구지영관(九地靈官)·십천영관(十天靈官)·수부영관(水府靈官) 등 여러 종류가 있는데, 불교의 오백 나한을 모방하여 '오백 영관(五百靈官)'을 또 만들어냈다. 천병(天兵)을 통솔하는 다섯 장수를 '오현령관(五顯靈官)'이라 부르는데, 이들 역시 도과(道果)를 이루어 '영관대성화광오대원수(靈官大聖華光五大元帥)'로 일컫기도 한다.

탑 이천왕과 나타 삼태자 부자를 돕게 하고 이십팔수(二十八宿), 구요성관(九曜星官), 십이 원신(十二元辰), 오방게체(五方偈諦), 사치공조(四值功曹), 동서성두(東西星斗), 남북이신(南北二神), 오악사독(五岳四瀆), 보천성상(普天星相)을 지명하여, 도합 10만 천병(天兵)을 이끌고 하계로 내려가, 화과산을 천라지망(天羅地網) 열여덟 틀로 물샐틈없이 포위해 놓고 그 요망한 원숭이 놈을 기어코 잡아 처단하도록 엄명을 내렸다.

어명을 받든 천신들은 즉각 토벌군을 일으켜 거느리고 천궁을 출발하여 하계로 내려갔다. 도둑 원숭이 한 마리를 잡으려는 10만 천병의 기세와 뭇 장수들의 면모가 얼마나 사납고 무서운지, 이를 증명하는 시구가 있다.

>싯누런 모래 바람이 밀어닥쳐 하늘마저 가려 어둡게 만들고,
>자줏빛 안개가 뭉게뭉게 일어 땅을 뒤덮는다.
>요망한 원숭이가 옥황상제를 속여,
>뭇 성령들이 속세에 강림하게 만들었구나.
>사대 천왕에 오방게체, 사대 천왕은 통수권을 장악하고,
>오방게체는 병력을 조달한다.
>탁탑 이천왕은 중군 지휘를 맡고,
>사나운 나타 삼태자는 전군(前軍)의 선봉을 맡았다.
>나후성(羅睺星)은 선두 부대를 점검하고,
>계도성(計都星)은 뒤따라 두각을 돋보인다.
>태음성(太陰星)은 원기왕성, 투지를 뽐내며,
>태양성(太陽星)은 싸움터를 또렷이 밝힌다.
>오행성(五行星)은 호걸을 보좌하고,
>구요성(九曜星)은 누구보다 싸우기를 즐긴다.

자(子), 축(丑), 인(寅), 묘(卯), 진(辰), 사(巳), 오(午), 미(未),
신(辛), 유(酉), 술(戌), 해(亥), 열두 원신성(元辰星)은 하나같
이 힘깨나 쓰는 대력 천정(大力天丁)들이요,

오온오악(五瘟五岳)은 동편 서편에 늘어섰으며,

육정육갑(六丁六甲)은 좌우로 나뉘어 행군한다.

사독(四瀆, 사해)의 용신들은 위아래로 나뉘고,

이십팔수(二十八宿)[11] 스물여덟 별자리는 층층으로 겹쳤는데,

각(角), 항(亢), 저(氐), 방(房) 네 성좌가 우두머리 총수요,

규(奎), 루(婁), 위(胃), 묘(昴) 네 성좌는 날뛰는 게 버릇이다.

두(斗), 우(牛), 여(女), 허(虛), 위(危), 실(室), 벽(壁), 심(心),
미(尾), 기(箕)의 열 성좌는 하나같이 유능하고,

정(井), 귀(鬼), 류(柳), 성(星), 장(張), 익(翼), 진(珍) 일곱 성
좌는 창칼 춤추며 위엄과 신통력을 아낌없이 드러낸다.

구름 안개 멈추고 속세에 강림하여,

화과산 앞턱에 영채 세우고 전투 태세를 갖춘다.

이런 시구가 또 있다.

---

11 이십팔수: 이 책 전반에 걸쳐 자주 등장하는 스물여덟 개의 별자리는, 북두칠성의 자루가 가리키는 각수(角宿)를 기점으로 삼아 서쪽으로부터 동쪽으로 사상(四象)에 따라 배열되었는데, 동방 청룡(靑龍)에 해당하는 별은 각(角)·항(亢)·저(氐)·방(房)·심(心)·미(尾)·기(箕), 북방 현무(玄武)에 해당하는 별은 두(斗)·우(牛)·여(女)·허(虛)·위(危)·실(室)·벽(壁)이며, 서방 백호(白虎) 자리에 해당하는 별은 규(奎)·루(婁)·위(胃)·묘(昴)·필(畢)·자(觜)·삼(參), 남방 주작(朱雀)에 해당하는 별은 정(井)·귀(鬼)·유(柳)·성(星)·장(張)·익(翼)·진(軫)이다. 이 스물여덟 별자리는 자미원(紫微垣)·태미원(太微垣)·천시원(天市垣)의 세 구역[三垣]과 하나로 결합하여 중국 고대 천체 구역을 구분짓는 표준이 되어 왔다.

저절로 태어난 원숭이 임금 변화무쌍해,
금단을 훔쳐 먹고 술을 훔쳐 제 소굴에서 즐기니,
반도연회 큰 잔치를 어지럽힌 죄로, 십만 천병이 천라지망을 펼치는구나.

첫번째 명령을 내린 사람은 탁탑 이천왕, 10만 장병들에게 진영을 가다듬게 하고 화과산의 사면 팔방 위아래에 열여덟 틀의 천라지망을 펼쳐놓아 물샐틈없이 단단히 에워싸놓은 다음, 선봉장으로 구요성관을 지명하여 나아가 싸우게 했다. 사나운 아홉 별의 성관(星官)들은 군사들을 이끌고 기세등등하게 출전하여 단숨에 수렴동 어귀까지 쳐들어갔다.

동굴 입구에는 크고 작은 원숭이 떼가 이리 뛰고 저리 뛰며 설쳐대고 있었다.

구요성관이 목청을 드높여 매섭게 호통을 쳤다.

"이 요물들아! 너희 대성이란 놈은 어디 처박혀 있느냐? 우리는 상계에서 파견되어 내려온 천신들이다. 반역한 대성 놈을 항복시키러 왔으니, 어서 냉큼 나와서 투항하라고 전해라. 만약 '싫다'는 말을 반 마디라도 입 밖에 내는 날이면, 네놈들까지 모조리 도륙당할 줄 알아라!"

그 말을 듣고 졸개 원숭이들은 부랴부랴 동굴 안으로 전달했다.

"대성님, 큰일났습니다! 큰일났습니다! 동굴 바깥에 흉신 악살 아홉 명이 쳐들어와, 상계에서 파견되어온 천신이라면서, 대성님을 항복시키겠다고 악을 쓰고 있습니다."

때마침 손대성은 일흔두 군데 동굴의 요괴 마왕들과 함께 사대 건장을 거느리고 반도원에서 훔쳐온 술을 나눠 마시고 있었는데, 그런 보고를 받고도 못 들은 척 무시해버렸다.

"시끄럽다, 떠들지 말아라! 속담에 '오늘 아침 술 생기면 오늘 아침에 취하고, 문전 시비는 상관하지 말라(今朝有酒今朝醉, 莫管門前是與非)' 하지 않았더냐?"

말끝이 미처 다 떨어지기도 전에 또 졸개 한 마리가 뛰어들어 아뢰었다.

"대성님, 큰일났습니다! 저 흉악한 악신들이 함부로 욕설을 퍼부어가며 싸움을 걸어오고 있습니다!"

그래도 손대성은 껄껄껄 웃음으로 흘려듣는다.

"내버려둬라! 속담에 '시와 술이 있으니 오늘의 즐거움을 꾀하고, 부귀공명이 언제 이루어질 것인지는 묻지 말라(詩酒且圖今日樂, 功名休問幾時成)' 하지 않았더냐?"

이때, 또 다른 새끼 원숭이 요정들이 와르르 뛰어든다.

"할아버지! 저 아홉 놈의 악신들이 동굴 문짝을 때려부수고 쳐들어오고 있습니다!"

그 말을 듣자, 술판에 흥이 깨진 손대성은 버럭 성을 냈다.

"어디서 굴러먹던 잡신들이기에, 이 어르신께 버릇없이 구는 거냐! 내 본래 상대해주지 않으려 했으면 그만하고 돌아가야지, 여기가 어디라고 감히 와서 설쳐댄단 말인가!"

그는 즉시 독각귀왕에게 명령을 내려 일흔두 군데 동굴의 요괴 마왕들을 이끌고 출전하게 하고, 손대성 자신은 네 명의 건장들을 거느리고 그 뒤를 따라나섰다.

독각귀왕은 요괴 정령들을 휘몰아 동굴 문 바깥으로 달려나갔으나, 구요성관 아홉 명이 한꺼번에 무서운 기세로 들이닥치는 바람에 밀리고 밀려, 철판교에서 겨우 버티고만 있을 뿐 어떻게 뚫고 나갈 길이 없었다.

한참 아우성에 밀고 밀리는 난장판이 벌어지고 있을 때, 손대성이 나타났다.

"저리들 비켜라!"

고함 소리 한마디에 여의금고봉을 뽑아 잡은 손대성, 바람결에 번뜩 휘둘러 길이 12척에 밥공기 지름만큼이나 굵다랗게 만든 철봉을 바람개비처럼 마구잡이로 돌려가며 다짜고짜 싸움판 한가운데로 뛰어들었다. 그 무시무시한 기세를 구요성관이 무슨 수로 당해낼 수 있으랴. 아홉 명의 흉신 악살들은 삽시간에 기세를 잃고 밀려났다. 구요성관은 다시 전열을 가다듬은 다음, 손대성을 향해 버럭 호통쳐 꾸짖었다.

"이 죽을 둥 살 둥 모르고 날뛰기만 하는 필마온 마부 놈아! 네놈이 천상에서 십악 대죄(十惡大罪)¹²를 범하고도 그 목숨이 붙어 있을 줄 아느냐? 네놈은 반도원의 복숭아와 술을 훔쳐 먹어 서왕모님의 반도대회를 어지럽혀놓고도 모자라, 두솔궁에 침입하여 태상노군의 선단을 도둑질했을 뿐만 아니라, 그리고 또다시 어주를 훔쳐다가 이런 데서 흥청망

---

12 **십악 대죄**: 국가 형법의 기준이 되는 『대명률(大明律)』에서 열 가지 큰 죄악은, ① 나라의 기반을 위태롭게 할 목적으로 모의하는 모반(謀反), ② 국가의 주요 시설이나 건물을 훼손하는 대역(大逆), ③ 본국을 배반하고 다른 나라와 은밀히 결탁하거나 망명하는 모반(謀叛), ④ 존속을 때리거나 살해하는 악역(惡逆), ⑤ 남을 3인 이상 살상하거나 저주하는 부도(不道), ⑥ 국가 의식(儀式)에 쓰는 기물을 훔치거나 위조하는 대불경(大不敬), ⑦ 존속을 저주하고 폭언하며 봉양하지 않거나 상중(喪中) 결혼 또는 잔치를 베풀어 즐기는 불효(不孝), ⑧ 친족을 죽이려고 모의하거나 그 인신을 매매하는 등의 불화(不和), ⑨ 상관 또는 스승을 살해하는 불의(不義), ⑩ 직계 존비속(尊卑屬)을 간음하는 내란(內亂)의 죄. 여기서 명나라 형률을 거론한 의도는, 저자 오승은이 그 시대 사람이었으므로 『대명률』을 염두에 두었으리라 생각한 것이다.
불교에서의 **십악**은, 살생(殺生), 도적질〔偸盜〕, 부정한 간음〔邪淫〕, 망령된 말〔妄語〕, 꾸며대거나 함부로 지껄이는 농담〔綺語〕, 남을 고민하게 만드는 말〔惡口〕, 험담이나 비방하는 말〔兩舌〕, 탐욕(貪慾), 노여움과 미움〔瞋恚〕, 부정한 생각이나 잘못된 견해〔邪見〕 등 열 가지이다. **도교**에서는 살생 대신 질투(嫉妬)를 포함시켰다.

청 퍼마시며 즐기고 있다니, 두 번 세 번 거듭 지은 네놈의 죄가 얼마나 무거운지 알기나 하느냐!"

손대성이 껄껄껄 비웃는다.

"그런 일이 있기는 있었지. 모두 사실이기는 하다만, 그래서 너희들이 날 어떻게 하겠다는 거냐?"

"우리는 옥황상제의 성지를 받들어 토벌군을 이끌고 네놈을 굴복시키러 내려왔다. 어서 속히 귀순하여, 이 화과산 뭇 생령들의 목숨을 부지하게 하라. 그렇지 않으면 이 화과산을 짓밟아 평지로 만들고 수렴동을 뒤엎어버리고 말겠다!"

그 말에 손대성은 불끈 화가 치밀었다.

"너희 같은 잡털에 조무래기 신들이 무슨 법력을 지녔다고 큰소리 탕탕 치는 거냐? 꽁무니 뺄 생각일랑 말고 거기서 이 손선생의 철봉 맛이나 봐라!"

아홉 명의 구요성관들도 더는 말대꾸를 않고 일제히 덤벼들었다. 그러나 원숭이 임금은 털끝만큼도 두려워하는 기색 없이 여의금고봉을 수레바퀴 돌아가듯 휘둘러가며 외로 막고 가로 치고, 구요성관들을 힘줄이 늘어나고 맥이 풀릴 때까지 쉴새없이 무섭게 들이쳤다. 지칠 대로 지쳐버린 구요성관들은 하나같이 병기를 거꾸로 잡은 채 질질 끌면서 본진으로 패해 달아났다.

"저 원숭이 임금은 과연 대단하기 짝이 없습니다! 저희 아홉이서 아무리 힘껏 싸워도 이겨내지 못하고 이렇게 패하여 돌아왔습니다."

중군장 탁탑 이천왕, 그 보고를 받기가 무섭게 이번에는 사대 천왕과 이십팔수를 지명하여 군사들을 이끌고 나아가 싸우도록 했다.

그러나 손대성은 태연자약, 조금도 두려워하지 않고 독각귀왕을 비롯하여 일흔두 동굴의 요괴 마왕들과 사대 건장을 출동시켜 수렴동 문

밖에 줄지어 방어진을 치고, 그들을 맞아 싸울 태세를 갖추었다.

이윽고 경천동지(驚天動地)할 일대 혼전이 벌어졌다.

차디찬 바람 소리 쏴아쏴아 일고,
괴이한 안개가 흐린 날처럼 음침하게 뒤덮였는데,
저쪽 진영에 오색 깃발이 펄럭펄럭 나부끼는가 하면,
이쪽 진영은 도창 검극 서릿발에 눈이 부시다.
둥글둥글 빛나는 것은 천병들의 투구 빛이요,
겹겹으로 번뜩이는 것은 갑옷의 광채로다.
둥글둥글 빛나는 투구에 햇볕이 반사되어,
마치 하늘에서 두드리는 은종(銀鐘)과 같고,
겹겹으로 번쩍이는 갑옷은 깎아지른 절벽을 이루어,
흡사 대지를 억누르는 빙산과 같다.
대한도(大捍刀) 큰 칼날이 구름을 흩날리고 번갯불 찍어내는 가운데,
저백창(楮白槍)의 예리한 날 끝은 안개 속을 겨냥하여 구름을 꿰뚫는다.
방천극(方天戟) 미늘창에 호랑이 눈알 달린 호안편(虎眼鞭) 채찍이 숲처럼 늘어서고,
청동검(靑銅劍) 칼날에 사명산(四明鏟)의 삽날이 빽빽하게 늘어서서 진을 이루었다.
강궁경노(强弓硬弩) 활시위에 조령전(鵰翎箭) 살대 얹히고, 자루 짧은 곤봉(短棍), 꾸불텅한 장팔사모(丈八蛇矛) 창끝에는 장비(張飛)의 넋이 깃들었다.
제천대성의 한 자루 여의금고봉,

이리 뒤채고 저리 뒤집으며 천신들을 맞아 싸우니,
그 무서운 기세에 공중의 나는 새도 지나갈 엄두를 못 내고,
산중의 호랑이 이리 떼는 정신없이 도망치느라 바쁘다.
뿌옇게 치솟는 모래 바람, 데굴데굴 구르는 바윗돌에 하늘과 땅이 캄캄하고,
흩날리는 흙먼지에 우주가 어둡다.
들리는 것이라곤 왈그랑 쨍그렁 우당탕 퉁탕 들이치는 쇳소리,
살기 찬 함성에 하늘과 땅이 놀라고 귀신마저 떨게 만든다.

이른 아침나절 진시(辰時, 7시~9시) 무렵부터 시작된 싸움은 혼전에 혼전을 거듭하면서 해가 뉘엿뉘엿 서산에 질 때까지 계속되었다.

그 사이에 독각귀왕과 일흔두 군데 동굴의 요괴 마왕은 모조리 천계의 장수들에게 사로잡혀 끌려가고, 단지 네 건장과 원숭이의 무리들만이 겨우 싸움터에서 도망쳐 나와 수렴동 물 밑바닥에 깊숙이 숨어버렸다.

반공중 위에서는 손대성 혼자서 철봉 한 자루만으로 사대 천왕과 탁탑 이천왕, 나타 삼태자를 맞아 용감하게 싸움을 계속했다. 그는 날이 어둑어둑 저물어가는 것을 보고 안 되겠다 싶어, 솜털 한 줌을 뽑아 입 속에 털어넣고 우물우물 씹어 훅 뱉어내더니 외마디 소리를 질렀다.

"변해라!"

그러자 솜털 한 줌은 눈 깜짝할 사이에 수천 수백 명의 제천대성으로 변하더니, 손에 손에 똑같은 여의금고봉을 한 자루씩 잡고 사면 팔방으로 흩어져 나가 사대 천왕과 탁탑 이천왕, 나타 삼태자를 에워싸고 무서운 기세로 들이치기 시작하는 것이 아닌가! 결국 나타태자와 다섯 천장들은 그 무서운 기세에 견뎌내지 못하고 뿔뿔이 흩어져 본영으로 달

아나고 말았다.

다섯 천왕과 나타 삼태자를 거뜬히 격퇴하고 완승을 거둔 제천대성은 솜털을 거둬들인 다음, 급히 몸을 돌려 수렴동으로 돌아왔다. 철판교 다리맡에는 벌써부터 네 건장이 부하들을 이끌고 나와 제천대성을 맞아들였다. 네 건장은 갑작스레 꺼이꺼이 목놓아 대성통곡을 하다가, 이번에는 깔깔깔 세 차례나 웃음보를 터뜨렸다.

손대성이 물었다.

"아니, 왜 나를 보고 울다가 웃다가 하는 거냐?"

네 건장이 아뢰었다.

"오늘 아침나절부터 날이 저물도록 천왕들과 어우러져 싸우는 동안, 일흔두 군데 동굴의 요괴 마왕들과 독각귀왕이 신병들에게 모조리 사로잡혀 끌려가고 저희들만이 요행으로 몸을 피해 도망쳐 살아 나왔습니다. 그 때문에 슬퍼서 울었던 것입니다. 그런데 대성님은 싸움에 이기시고도 몸에 상처 하나 입지 않으신 채 무사히 돌아오신 모습을 뵈오니, 어찌 기뻐 웃지 않을 수 있겠습니까?"

손대성은 고개를 끄덕끄덕했다.

"오냐, 알겠다. 허나 '승패는 병가지상사(勝敗兵家之常事)'라고 하지 않았더냐? 전쟁을 하려면 이길 때도 있고 질 때도 있는 법이란 말이다. 옛사람의 말에 '일만 명의 적을 죽이려면 아군도 삼천 명은 손실을 보아야 한다'고 했다. 더구나 사로잡혀 끌려간 녀석들은 한낱 호랑이나 표범, 이리, 구렁이에, 노루, 사슴, 여우, 담비 따위의 요정들이고, 우리네 원숭이 부류는 하나도 다치지 않았는데 걱정 근심할 게 뭐 있단 말이냐. 그보다도 오늘 저놈들이 내 분신술법에 걸려 패퇴하기는 했다만, 아직도 이 화과산 밑에 물샐틈없이 포진하고 있으니, 그게 더 문제다. 오늘 밤에는 우리측도 방비를 단단히 굳혀놓고 배부르게 밥을 먹어두어야겠다. 그리고 모두들 한잠 푹 자서 기력과 정신력을 길러두어라. 날이 밝는 대로 내가 또 한바탕 신통력을 부려 그놈의 천장들을 사로잡아 너희들의 원수를 갚아줄 테니까."

이리하여 네 건장과 뭇 원숭이들이 야자술 몇 잔씩 돌려 마신 다음, 저마다 마음 푹 놓고 잠에 곯아떨어진 것은 더 얘기하지 않기로 한다.

한편, 싸움을 끝낸 사대 천왕이 군사를 거두고 본진으로 돌아가서 공을 세운 부하 장병들이 아뢰는 전과를 살펴보니, 호랑이 표범을 생포한 자가 있는가 하면, 사자와 코끼리를 사로잡은 자, 승냥이 늑대와 구렁이, 여우, 담비의 요정을 사로잡은 자도 있었는데, 정작 원숭이의 요정은 한 마리도 잡히지 않았다.

사대 천왕은 숙영지에 영채를 단단히 세워놓고 전공을 세운 장병들에게 포상을 한 다음, 천라지망을 펼친 병사들에게 분부를 내려, 각각 방울을 흔들면서 고함을 질러 야간 경계를 삼엄하게 강화하도록 하고, 화과산 일대를 철통같이 에워싸놓고, 내일 아침 대결전 시각을 기다리게 하였다. 주장의 명령을 받은 장병들은 저마다 배치된 초소에서 수비 태세를 굳히고, 날이 밝기를 오롯이 기다렸다.

　　　요망한 원숭이가 난동을 부려, 하늘과 땅을 경동시키니,
　　　천라지망을 겹겹으로 펼쳐 밤낮없이 지키는도다.

과연 날이 밝은 뒤에 어떤 싸움판이 벌어질 것인지, 다음 회를 보기로 하자.

제6회 반도연에 오신 관음보살 난장판이 벌어진 연유를 묻고, 소성 이랑진군 위세 떨쳐 손대성을 굴복시키다

천신들이 밤새워 포위 경계망을 굳히고, 그 속에서 손대성이 태평스레 잠든 얘기는 잠시 접어두기로 하자.

한편, 남해(南海)의 보타락가산(普陀落伽山)¹에 계시는 대자대비하시고 구고구난(救苦救難)하시며, 영감을 지니신 관세음보살(觀世音菩薩)²은 서왕모의 반도연 큰 잔치에 초청을 받아 큰 제자 혜안 행자(惠岸行者)를 데리고 천상보각에 올랐는데, 요지에 다다르고 보니, 잔치 자리는 어수선하게 흐트러져 있고 식탁과 의자가 이리저리 쓰러진 채 썰렁한 분위기만 감돌았다. 현장에는 하늘의 신선들이 몇몇 와 있기는 했어도 모두들 자리에 앉을 생각은 하지 않고 무엇인가 웅성웅성 얘기를 주고받고만 있을 따름이었다. 관세음보살은 천신들과 인사를 나눈 다음 무슨 일이 생겼는지 묻고 나서야 비로소 그 사연을 알게 되었다.

---

1 보타락가산: 인도 남쪽 해안에 있다는 관음보살의 거처. Potalaka의 음역.

2 관세음보살: 관자재보살(觀自在菩薩)의 별칭으로, Avalokiteśvara의 음역. 관세음이란, 세상 사람들의 음성을 관(觀)하여 고뇌를 해탈시켜준다는 불타·보살의 자비행(慈悲行)을 인격화하여 관음이라는 보살의 존재로 표현한 것이라고 한다. 중국에서 관음보살의 전설은 북송의 채경(蔡京, 1047~1126)이 지은 『대비관음득도증과사화(大悲觀音得道證果史話)』에 처음 보이는데, 그 기록을 보면 다음과 같다. "묘선(妙善)이 아버지의 명을 거역하고 부처님을 믿어 수행(修行)하였으므로, 그 아버지 초장왕(楚莊王)에게 죽임을 당하였다. 옥황상제는 염라대왕에게 명하여 그녀를 다시 살려내어 향산사(香山寺) 자죽림(紫竹林)에 거처하게 하였는데, 묘선은 다시 환생하여 보살도(菩薩道)를 닦고 보살행(菩薩行)을 행한 끝에 마침내 정과를 얻어 관음보살이 되었다." 향산사는 지금의 하남성(河南省) 보풍현(寶豐縣)에 있으며, 채경의 기록 역시 아직도 그 사찰에 소장되어 있다고 한다.

관세음보살은 이렇게 제의하였다.

"기왕에 연회가 열리지 못하게 되었고, 술잔을 돌리지 못하게 된 바에야, 여러분 모두 빈승과 함께 옥황상제님을 뵈러 가시는 게 어떠하리까?"

천신들도 흔연히 수락하고 보살을 따라 통명전으로 나아갔다.

통명전에는 진작부터 사대 천사(四大天師)[3]와 적각대선을 비롯하여 반도연회에 초청을 받았던 여러 천신들이 먼저 와 있다가, 보살을 맞아들였다. 그리고 옥황상제가 진노하여, 요괴 손오공을 잡아들일 작정으로 이미 10만 천병을 출동시켰으나, 토벌군이 아직껏 개선하지 않고 있다는 등등 안타까운 사연을 말해주었다.

자초지종을 다 듣고 나서, 관세음보살이 말했다.

"옥황상제님을 잠시 뵙고 싶으니, 수고스럽지만 이 뜻을 전해주시기 바라오."

천사 구홍제(邱弘濟)는 즉시 영소보전으로 들어가 아뢰고 윤허를 받았다.

보살이 영소보전에 들어가보니, 옥황상제 앞에는 태상노군이, 그 뒤에는 서왕모 낭랑이 자리 잡고 있었다. 모두들 자리 잡고 앉으니, 보살은 먼저 옥황상제께 여쭈었다.

"반도대회는 어찌 된 일이오니까?"

옥황상제가 대답했다.

"해마다 보살님을 비롯하여 모든 천신들과 함께 즐거운 한때를 보내왔소이다만, 올해에는 요망스런 원숭이 놈이 난동을 부려 잔치를

---

3 천사: 인간의 스승으로 하늘이 태어나게 해준 사람. 이 책에서는 네 명의 천사, 즉 장도릉(張道陵)·갈선옹(葛仙翁)·허정양(許旌陽)·구홍제(邱弘濟) 등 사대 천사(四大天師)가 천궁으로 올라가는 모든 사람과 신령을 옥황상제 앞으로 안내하는 역할을 맡으면서, 여러 모로 번갈아가며 손오공의 활약을 돕게 된다.

아수라장으로 만들어버렸으니, 여러분을 헛걸음만 시키게 해드렸소이다."

"그 원숭이는 어디서 생겨난 요물인지요?"

"바로 동승신주 오래국 화과산에서 돌알을 깨고 저절로 태어난 놈이외다. 그놈이 태어났을 당시에 금빛 안광이 이곳 하늘에까지 치솟아 오르기도 하였소만, 우리는 자연의 정기를 받아 저절로 태어난 정령이라 그러려니 해서 마음에 두지 않았었소. 그런데 그놈은 차츰 요정으로 자라나 용과 호랑이를 굴복시키는 재간마저 지니더니, 유명계로 쳐들어가 생사부에서 제 이름을 지워 없애고 용궁의 보물까지 강제로 빼앗았소. 이 일은 용왕과 염라왕이 계주하여 알게 된 것이오. 그래서 짐은 그놈을 토벌하여 잡아들이려 했는데, 마침 태백 장경성이 아뢰기를, '무릇 삼계에 사는 자로서 아홉 구멍을 갖춘 짐승은 모두 인간들처럼 신선이 될 수 있다' 하기에, 짐도 그 뜻을 따라 그놈을 상계에 불러 올려 어질게 교화시키기로 하고, 어마감에서 천마를 돌보는 필마온 직분을 내렸던 거요.

그런데 괘씸하게도 이놈은 벼슬이 너무 낮아 싫다며 제멋대로 날뛰면서 천궁에 반역을 도모하였소. 짐은 탁탑 이천왕과 나타 삼태자를 보내 수습하려다가 여의치 않길래, 또다시 초무의 칙서를 내려 상계로 불러 올렸소. 그리고 그놈이 바라는 대로 '제천대성'이란 벼슬을 주었는데, 그 벼슬은 직함만 있을 뿐 녹봉이 없는 빈자리였소. 그놈은 맡은 일이 없는지라, 날마다 빈둥빈둥 놀면서 천궁 안팎을 여기저기 쏘다니기만 하길래, 그러다가 또 무슨 엉뚱한 짓을 저지를지 몰라 반도원의 관리 책임을 맡겼던 거요. 하지만 그놈은 또 천상의 법규를 지키지 않고 과수원의 맨 뒤쪽 숲 해묵은 복숭아나무만을 골라 무르익은 열매를 모조리 훔쳐 따먹어버렸소.

이윽고 반도연회가 열리는 날이 닥쳐왔소. 그놈은 녹봉을 받지 못하는 벼슬아치라, 애당초 연회에 초청받지 않았는데, 이런 사실을 알게 된 그놈은 적각대선을 속여 따돌려놓고 자신이 적각대선의 모습으로 변해 가지고 연회가 열리는 요지에 들어가 신선의 요리 안주와 술을 모조리 훔쳐 먹었을 뿐만 아니라, 또 두솔궁에 숨어 들어가 태상노군의 금단마저 도둑질해 먹었소. 그리고 다시 연회장에서 어주 몇 항아리를 훔쳐 가지고 제 소굴로 내려가 무엄하게도 부하 원숭이 요정들과 술잔치를 벌이기까지 했소.

이런 일 때문에 짐은 크게 근심이 되어서 십만 천병을 출동시키고 천라지망을 풀어 그놈을 잡아들이게 했는데, 무슨 까닭인지 벌써 오늘 하루가 다 지나도록 기별이 없으니, 승부가 어떻게 되었는지 알 길이 없구려."

옥황상제의 하소연을 듣고 나자, 관세음보살은 그 즉시 혜안 행자에게 분부했다.

"네가 이 길로 천궁을 떠나 화과산에 내려가서 싸움이 어떻게 되고 있는지 상황을 알아오도록 해라. 형편을 보아서 적수와 마주치거든 우리측에 한팔 힘을 거들어주어 공을 세우는 것도 좋겠다. 그러나 반드시 확실한 정황을 알아 가지고 돌아와 복명하는 것이 더 중요하다."

"예!"

혜안 행자는 옷매무새를 가다듬은 후, 철곤(鐵棍) 한 자루 거머잡고 구름을 일으켜 타더니, 천궁을 떠나 삽시간에 화과산 아래 다다랐다. 산 앞에 당도하고 보니, 천라지망이 겹겹으로 깔려 있고, 영채마다 방울 소리에 호통치는 소리가 울리면서 화과산 일대를 물 한 방울 샐 틈도 없이 에워싸고 있다. 혜안 행자는 걸음을 멈추고 소리쳐 불렀다.

"거기 영문을 지키는 천병들! 수고스럽지만 들어가 전해라. 나는 이천왕의 둘째 태자 목차(木叉)요, 남해 관음보살님의 수제자 혜안이다. 특별히 명령을 받고 군정(軍情)을 살피러 왔다고 전하거라!"

그 방향의 영채를 지키던 오악신병(五岳神兵)이 듣고 즉시 원문(轅門) 안으로 전달하니, 천라지망의 통제를 맡은 성관(星官) 허일서(虛日鼠)·묘일계(昴一鷄)·성일마(星一馬)·방일토(房一兎) 네 장수가 차례로 전달하여 이 사실을 중군 영채에 보고했다.

이천왕은 영기(令旗)를 주어 천라지망을 열도록 하고, 그를 들어오게 하였다.

이 무렵 동녘이 밝아오기 시작했다.

혜안은 영기를 따라서 중군 영채로 들어가, 사대 천왕과 이천왕에게 공손히 절을 올렸다.

인사가 끝나자, 이천왕이 묻는다.

"얘야, 어디서 오는 길이냐?"

"아버님, 저는 보살님을 모시고 반도연회에 참석하러 왔었습니다. 보살님께서는 연회장이 난장판으로 변해 썰렁해진 것을 보시고 여러 손님들과 함께 옥황상제를 찾아가 뵈었습니다. 옥황상제님의 말씀이, 아버님과 천신 여러분을 하계에 내려보내셔서 그 요망한 원숭이를 잡으라 하셨는데, 하루가 지나도록 전황 보고가 없어 승부를 알지 못하여 궁금해하시므로, 보살님께서 절더러 내려가 형편을 알아오라 하셨기에 이렇게 찾아뵌 것입니다."

이천왕은 한숨을 내리쉬었다.

"얘야, 어제 이곳에 내려와 영채를 세우고, 우선 구요성관들을 시켜 도전하게 했더니만, 그놈의 신통력이 워낙 대단하여 구요성관들이 첫 싸움에서 모조리 패전하고 돌아왔지 뭐냐. 그 뒤에 우리가 직접 천병들을 이끌고 출동했는데, 그놈 역시 전열을 갖추고 대항하더구나. 우리 십만 천병은 그놈과 해가 저물도록 혼전을 벌였으나, 그놈이 분신술법을 쓰는 바람에 아군이 또 격퇴당하고 말았다. 군사를 거두고 돌아와서 전과를 살펴보았더니, 사로잡은 것이라고는 고작해야 호랑이, 이리, 구렁이, 표범 따위의 요정들뿐이요, 막상 잡아야 할 원숭이 요정들은 반 마리도 잡지 못하고 말았다. 그리고 오늘은 아직 출전을 하지 않은 상태다."

애기가 미처 다 끝나기도 전이었다. 영채 바깥에서 보고를 하는 소리가 들려왔다.

"아뢰오! 대성이란 놈이 원숭이의 요정을 한 떼나 거느리고 영채 밖에 들이닥쳐 도전하고 있습니다."

사대 천왕과 이천왕은 즉시 두 태자를 불러들여 출전할 문제를 놓고 상의했다. 이때 혜안 행자가 앞으로 나섰다.

"아버님! 제가 보살님의 분부를 받들고 전황을 살피러 내려오기는 했사오나, 경우에 따라서는 여러 장수들과 더불어 싸움에 가세해도 좋다는 허락을 받았습니다. 비록 재주 없고 불초한 몸이오나, 여러분과 함께 출전하여, 그놈의 대성인가 뭔가 하는 놈의 수단이 얼마나 되는지 한번 겨뤄보고 싶습니다."

이천왕이 신신당부를 했다.

"얘야, 네가 보살님을 모시고 여러 해 동안 수행했으니 필경 신통력을 얼마쯤 갖추었으리라 믿는다만, 그래도 아무쪼록 조심하는 게 좋을 것이다."

부왕의 격려를 받아 신바람이 난 목차 이태자, 비단 옷매무새를 단단히 동여매고 쌍수로 철곤을 휘돌려가며 기세등등하게 영채 바깥으로 달려나갔다.

"어떤 놈이 제천대성이란 놈이냐?"

이에 손대성도 여의금고봉을 번쩍 추켜세운 채 마주 달려나오면서 맞고함으로 응답했다.

"이 손선생이 바로 제천대성이시다. 너는 무엇 하는 녀석인데 감히 그 함자를 입에 올리느냐?"

"나는 이천왕의 둘째 태자 목차요, 관세음보살의 수제자로 법명은 혜안, 그분의 교의(敎義)를 수호하는 사람이다."

"오호, 그렇군! 그렇다면 너는 남해에 처박혀 수행이나 부지런히 닦지 않고, 날 보러 와서 어쩌겠다는 거냐?"

"나는 스승님의 분부를 받아 전황을 살피러 왔다만, 네놈이 포악을 떤다는 얘기를 듣고 잡아 꿇리려고 이렇게 나선 것이다."

"큰소리만 탕탕 치지 말고 이 손선생의 쇠몽둥이 맛이나 한번 봐라!"

다짜고짜 내리치는 여의금고봉을, 혜안 행자는 두려워하는 기색 하나 없이 선뜻 철곤을 들어 가로막았다. 이리하여 두 사람은 영채 밖 화과산 중턱에서 대판 싸움을 벌이기 시작했다.

몽둥이와 몽둥이가 맞겨루지만 바탕 쇠는 제각기 다르고,
병기와 병기가 한 덩어리로 뒤얽혀도, 쓰는 사람은 저마다 다르다.
한쪽은 태을산선(太乙散仙) 제천대성이라 일컫고,
다른 한쪽은 관음보살 맏제자, 정통을 이어받은 원룡(元龍)이라네.
혼철곤(渾鐵棍)은 수천 번 두드려 만들었는데,
육정육갑의 신공이 깃들었고,
여의금고봉은 천하(天河)를 다질 때 쓰던 신진철로,

사해를 진압하는 법력이 너르고 너르다.
둘이서 맞붙으니 그야말로 호적수, 치고받고 싸우는 솜씨가 무궁무진하다.
이쪽은 엉큼한 음수곤(陰手棍), 흉악스럽기가 천만 가지,
허리에 둘렀다가 내뻗는 기세가 질풍 같은데,
저쪽의 협창봉(夾槍棒)은 빈틈 하나 놓치지 않으며,
외로 막고 오른편으로 내찌르는 기세를 어떻게 용납할쏘냐?
저편 진영에는 오색찬란한 정기(旌旗)가 번뜩이고,
이쪽 진영에는 타고(駝鼓)의 북이 둥둥 울린다.
1만을 헤아리는 천장(天將)이 단단히 에워싸고,
수렴동을 통틀어 쏟아져 나온 원숭이 요정들은 숲처럼 빽빽하게 늘어섰다.
괴이한 안개와 음침한 구름이 대지에 서렸고,
늑대 똥을 태우는 연기가 천궁에 솟구친다.
어제 아침 혼전은 그다지 격심하지 않았으나,
오늘의 첫 대결은 그보다 더 흉악하다.
원숭이 임금의 놀라운 솜씨에 못 이겨,
목차 태자 역시 이겨내지 못하고 패하여 달아나네.

손오공과 혜안 행자는 5, 60여 합이나 싸웠다. 그러나 혜안은 벌써부터 팔뚝이 저리고 어깨 뼈마디가 시큰시큰 풀어져 더 이상 적을 맞아 싸울 수가 없었다. 그는 마침내 철곤으로 앞을 휙 그어 허장성세를 만들어놓고, 그 틈에 얼른 몸을 빼어 도망쳐 나왔다.

손대성 역시 부하 원숭이 군사들을 수습하여 거느리고 수렴동 어구로 물러나와 전열을 단단히 굳힌 채 한숨을 돌렸다.

천왕의 영채 밖에서 문을 지키고 있던 크고 작은 천병들은 패배하고 돌아오는 목차 태자에게 길을 활짝 열어놓고 원문 안으로 맞아들였다. 태자는 헐레벌떡 가쁜 숨을 몰아쉬면서 사천왕과 아버지 탁탑 이천왕, 아우 나타태자를 보고 절레절레 도리질을 했다.

"저 대성이란 놈, 정말 대단한 놈입니다! 대단해요! 그놈의 신통력이 얼마나 너르고 큰지 저로서는 아무리 싸워도 이겨낼 수가 없어 이렇게 패하여 돌아오고 말았습니다."

그 말에 속으로 찔끔 놀란 이천왕, 그 자리에서 증원군을 요청하는 상주문을 한 통 써서 대력귀왕(大力鬼王)에게 주고, 혜안과 같이 하늘나라에 올라가 옥황상제에 전황을 자세히 아뢰도록 했다. 두 사람은 잠시도 지체하지 않고 천라지망을 벗어나 구름을 타고 삽시간에 통명전 아래 이르러 사대 천사를 만나보고 영소보전으로 안내를 받아 들어가 상주문을 올렸다.

혜안은 다시 관음보살을 뵙고 인사를 드렸다.

"내려가서 보니 상황이 어떻더냐?"

스승의 물음에, 혜안이 말씀드렸다.

"제자가 명을 받고 화과산에 당도하여 천라지망을 열게 하고 들어가 아버님을 뵙고 스승님께서 보내신 뜻을 아뢰었습니다. 그랬더니 아버님 말씀이 '어제 그 원숭이 임금과 한바탕 싸웠으나 사로잡은 것은 겨우 호랑이, 표범, 사자, 코끼리 따위였고 원숭이의 요정은 한 마리도 생포하지 못하였다'고 하셨습니다. 그래서 싸움을 의논하고 있었는데, 그놈이 또다시 도전해왔기에, 제자가 출전하여 철곤으로 그놈과 오륙십 합을 싸워보았으나 이기지 못하고 패하여 본영으로 돌아왔습니다. 그래서 아버님은 대력귀왕과 저를 보내 옥황상제님께 구원병을 요청하셨습니다."

관음보살은 고개를 숙인 채 다소곳이 생각에 잠겼다.

한편 옥황상제는 이천왕이 올려 보낸 상주문을 펼쳐 들고 증원군을 요청하는 내용을 보자 쓰디쓴 웃음을 지었다.

"허허, 참말로 요사스런 원숭이 녀석이로구나! 십만 천병을 상대하면서도 끄떡없다니, 어지간한 재주를 지닌 모양이로다. 이천왕이 또 구원병을 요청해왔는데, 이번에는 어느 장수를 더 내려보내는 것이 좋을꼬?"

그 말이 끝나기도 전에 관세음보살이 두 손 모아 합장을 하고 아뢰었다.

"폐하, 안심하소서! 빈승이 그 원숭이를 잡아 꿇릴 만한 신장 한 사람을 천거하오리다."

"추천하는 자가 어떤 신장이오?"

"바로 폐하의 조카 되시는 현성 이랑진군(顯聖二郎眞君)[4]이옵니다. 그는 지금 관주(灌洲)의 관강구(灌江口)에서 하방 세계의 향화(香火)를 받아 누리고 있사온데, 지난날에는 힘써 육괴(六怪)를 잡아 죽였을 만큼 신통력이 광대하며, 매산 육형제(梅山六兄弟)와 의형제를 맺고 함께 있을 뿐 아니라, 또 그 휘하에는 천 이백 명의 초두신(草頭神)을 거느리고 있사옵니다. 하오나 그는 오로지 출전 명령에만 응할 뿐 소환령에는

---

4 현성 이랑진군: '관구 이랑신(灌口二郎神)'에 대하여는 여러 가지 설이 있다. 송나라 대학자 주희(朱熹)의 『주자어류(朱子語類)』에는 "진(秦)나라 때 촉군태수(蜀郡太守) 이빙(李冰)의 둘째 아들로 홍수를 다스리고 못된 용을 잡아죽인 수신(水神)"이라 기록되고, 그 다음은 수양제(隋煬帝) 때 가주태수(嘉州太守)를 도와 교룡의 우환을 제거해준 조욱(趙昱)이라는 전설이 있는가 하면, 『봉신연의(封神演義)』에서는 옥천산(玉泉山) 금하동(金霞洞)에서 옥정진인(玉鼎眞人)에게 도를 배우고 하산하여 구전현공(九轉玄功)과 72가지 변화술법을 자유자재로 구사하며 '매산칠괴(梅山七怪)'를 굴복시켜 의형제를 맺고 강태공을 도와 은나라의 폭군 주(紂)를 멸망시키는 데 큰 공을 세운 양전(楊戩)을 이랑신이라고 하였는데, 그 신통력이나 성격, 주변 인물로 보아 이 책에서도 『봉신연의』의 모델을 그대로 옮겨다 쓴 것이 분명하다.

따르지 않사오니, 폐하께서 출전하여 토벌군을 도우라는 성지만 내리신다면, 그 요망한 원숭이를 즉각 사로잡아 끓일 수 있을 것이옵니다."

옥황상제는 그 자리에서 출동을 명하는 칙서를 한 장 써서 대력귀왕에게 주고 곧바로 관강구에 가서 이랑진군에게 전하도록 했다. 조서를 받든 칙사 대력귀왕은 구름을 일으켜 타고 관강구로 떠난 지 한 시각도 못 되어 이랑진군의 사당 앞에 다다랐다. 사당 문을 지키던 귀신 판관 종규(鍾馗)[5]가 지체없이 사당 안으로 전갈해 알렸다.

"아뢰오! 문밖에 칙명 사신이 성지를 받들고 당도하였나이다."

이랑진군은 냉큼 의형제들과 함께 문밖으로 달려가 성지를 영접해 들이고 나서, 향불을 살라놓고 조서를 펼쳐 읽었다.

내용인즉 이러하였다.

화과산의 요망한 원숭이 제천대성이 난동을 부려 천궁에서 반도 복숭아를 훔쳐 먹고 어주를 훔쳐 마셨을 뿐만 아니라, 두솔궁 태상노군의 구전금단마저 도둑질하고, 반도대회를 난장판으로 어질러놓았으므로, 짐이 10만 천병과 천라지망 열여덟 틀을 출동시켜 화과산을 에워싸고 굴복시키려 하였으나 아직도 이기지 못하고 있노라. 이제 특별히 현질(賢姪)과 의형제들을 보내고자 하니, 이 길로 화과산에 달려가 천병을 돕고 요망한 무리들을 소탕하기를 바라노라. 공을 이룬 뒤에는 마땅히 벼슬을 높이고 무거운 상을 내릴지

---

5 종규: 온갖 잡귀의 우두머리. 전설에 따르면, 당명황(唐明皇)으로 이름난 현종(玄宗) 때 무과에 낙방하고 자살한 종규가 천하의 악귀를 소탕하는 귀신이 되었다고 하는데, 꿈에 그를 본 당명황이 궁정 화가 오도자(吳道子)에게 꿈 얘기를 해주고 그리게 한 것이 저 유명한 「종규착귀도(鍾馗捉鬼圖)」다. 종규는 또 '종규(鍾葵)' '종규(終葵)'라고도 쓰는데, 이 어원은 길고 굵다란 몽둥이를 뜻하며 고대 중국인들이 귀신 막는 복사나무를 의인화시킨 것으로 알려졌다.

어다.

이랑진군은 크게 기뻐하면서 칙사에게 말했다.

"천사는 돌아가시오. 내 당장 이 길로 가서 힘을 다하여 천병을 돕겠노라 폐하께 아뢰시오."

대력귀왕이 천궁에 돌아가 복명한 것은 말할 나위도 없다.

이랑진군은 즉시 매산 육형제를 불러들였다. 매산의 여섯 형제는 그와 의형제를 맺은 강씨(康氏)·장씨(張氏)·요씨(姚氏)·이씨(李氏), 이렇게 4명의 태위(太尉)와 곽신(郭信), 직건(直健) 두 장군을 일컫는데, 그는 이들을 전각 앞에 모아놓고 이렇게 말하였다.

"방금 옥황상제께서 우리더러 화과산에 가서 요망한 원숭이를 잡아들여 항복시키라는 어명을 내리셨네. 우리 함께 다녀오는 것이 어떻겠나?"

의형제들은 기꺼이 따라가겠노라고 승낙했다.

이리하여, 이랑진군은 직계 신병들을 점검하여 출전 태세를 갖추는 한편, 매와 사냥개를 이끌고 쇠뇌와 활로 단단히 무장한 다음, 사나운 광풍을 일으켜 타고 삽시간에 동양 대해를 건너 곧바로 화과산에 들이닥쳤다. 그러나 주변을 둘러보니, 천라지망이 겹겹으로 빽빽하게 깔려 있어 들어갈 수가 없었다.

이랑진군은 버럭 소리쳐 신분을 밝혔다.

"천라지망을 지키는 신장들은 듣거라! 나는 이랑 현성진군으로, 옥황상제의 어명을 받들고 요망한 원숭이를 잡으러 왔으니, 어서 속히 영문을 열고 들여보내달라."

신병들이 차례차례로 중군 영채에 전달하자, 사대 천왕과 탁탑 이천왕은 모두 영문으로 나와 그들 일행을 맞아들였다. 상견례를 마친 후,

승패가 어떻게 되었는지 상황을 물으니, 천왕들은 자초지종을 낱낱이 일러주었다.

이랑진군은 껄껄껄 웃음을 터뜨려가며 장담했다.

"소성(小聖)이 여기 온 바에야 반드시 그놈과 변화술법을 겨뤄보겠소. 여러 장군들께서는 천라지망을 깔아놓으시되, 상공에는 펼쳐놓지 말고 그저 사방에만 바싹 조여서 깔아주시오. 상공은 내 싸움터로 비워놓아야 하니까 말이오. 또 한 가지, 만약 내가 그놈에게 지더라도 여러분은 날 도우러 나설 필요가 없소. 우리 형제들이 뒤를 떠받쳐줄 테니까요. 또 내가 이기더라도 여러분은 그놈을 잡아 묶으려 나서지 마시오. 우리 형제들이 모두 알아서 손을 쓸 테니까 말입니다. 그 대신에 탁탑이천왕께서는 공중에 올라서셔서 조요경(照妖鏡)6을 비춰주십쇼. 어쩌면 그놈이 패해 다른 곳으로 도망칠지도 모르니까, 그 거울을 똑똑히 비추셔서 달아나지 못하도록 해주시기만 하면 됩니다."

이리하여 다섯 천왕들은 각각 동서남북과 허공에 나뉘어 자리 잡고, 여러 천병들도 삼엄하게 줄지어 늘어섰다.

이랑진군은 4명의 태위와 두 장군을 데리고 자신까지 합쳐서 일곱 형제들이 나란히 손대성에게 싸움을 걸기 위해 진지를 떠났다. 출발하기에 앞서 그는 나머지 부하 장수들에게 분부하여 본영을 단단히 지키게 하고 매와 사냥개를 모조리 묶어놓게 하였다. 초두신 1천 2백 명이 주장의 명령대로 대기하였음은 물론이다. 이랑진군이 수렴동 어구에 다

---

6 조요경: 요괴 마귀를 비추어 그 정체를 드러내고 둔갑을 못하게 한다는 이 거울이 문헌 기록에 처음 나타난 것은 『동명기(洞冥記)』 제1권이다. 그 문헌을 보면 "망섬각(望蟾閣)은 높이가 백이십 척인데, 그 위에 너비 사 척 되는 황금 거울이 있다. 이 거울은 한무제(漢武帝) 때 유지국(有祗國)에서 바친 것으로, 이 거울에 이매(魑魅)와 같은 도깨비나 귀신을 비추면 그 형체를 감추지 못한다" 하였다. 『봉신연의』에서 이랑진군 양전(楊戩)이 '매산칠괴'를 제압할 때 사용한 '조요감(照妖鑑)' 역시 같은 종류의 거울이다.

다르고 보니, 원숭이 떼가 질서정연하게 반룡진(蟠龍陣) 태세를 갖추고 늘어섰는데, 중군 진영에는 깃대 하나가 우뚝 세워졌다. 깃폭에 씌어진 것은 '제천대성' 네 글자, 그것을 본 이랑진군은 버럭 호통을 쳤다.

"이런 방자한 요괴 놈 봤나! 제까짓 놈이 어찌 감히 '제천'이란 직함으로 일컫는단 말인가?"

매산 육형제가 재촉을 한다.

"큰 형님, 한탄만 하고 계실 것이 아니라 어서 들이칩시다!"

영채 어구에서 이랑진군 일행을 발견한 새끼 원숭이들이 쪼르르 안으로 달려가서 급보를 알렸다.

원숭이 임금은 당장 여의금고봉을 꺼내 잡고서, 몸에는 황금 쇄자갑을 걸치고, 두 발에는 보운리를 꿰어 신더니, 봉시자금관을 꾹꾹 눌러 쓰고는 댓바람에 영문 바깥으로 뛰쳐나갔다. 그리고 두 눈을 부릅뜨고 바라보니, 현성 이랑진군의 생김새가 기막히게 빼어날 뿐만 아니라, 차림새도 준수한 기백이 풍겨 나오고 있다.

맑고도 준수한 의표에 당당한 얼굴 모습,
두 귀는 양어깨에 드리우고, 두 눈망울에는 광채가 날카롭다.
머리에는 삼산비봉모(三山飛鳳帽)를 쓰고, 몸에는 연황색 전포(戰袍)를 걸쳤다.
금실로 수놓은 신발에 용이 도사린 버선목,
허리에 두른 옥대(玉帶)는 팔보(八寶) 장식을 꾸미고,
허리춤에 꾹 찔러넣은 탄궁(彈弓)이 초승달 모습인데,
손에 잡은 것은 세 갈래 창끝에 양날 달린 삼첨양인창(三尖兩刃槍)이라네.
도산(桃山)을 한 도끼에 찍어 어머니를 구하고,[7]

탄궁의 탄환으로 종라(椶羅)의 쌍봉황을 때려잡았다네.
힘써 팔괴를 잡아 죽이니 그 명성 멀리 떨치고,
매산에서 의형제를 맺으니 칠성(七聖)이 한길을 가도다.
고매한 심성은 하늘의 친척들을 인정하지 않고,
교만한 천성으로 관강구에 돌아가 토박이 신령으로 살아간다.
일편단심 바치는 충성이 영령들을 두루 비추고,
가없이 드러내는 변화술법에 이랑진군이라 부르도다.

그 모습을 바라보면서 손대성은 낄낄 웃다가 여의금고봉을 번쩍 치켜들고 고함쳐 물었다.

"너는 어디서 굴러먹다 온 졸장이기에, 간덩이도 크게 이런 데 나타나서 도전하는 거냐?"

이랑진군도 질세라 버럭 호통을 쳤다.

"네놈이 눈은 달렸어도 눈알이 빠진 모양이로구나. 나를 몰라보다니! 나로 말할 것 같으면 옥황상제의 외조카요, 칙봉 소혜영현왕이랑(勅封昭惠靈顯王二郞)이다. 오늘 옥황상제님의 명령을 받아 천궁을 모반한 필마온 원숭이, 바로 네놈을 잡으려고 왔는데, 아직껏 죽을 둥 살 둥 아무것도 모르고 설쳐댄단 말인가!"

손대성이 대거리를 한다.

"오래전에 옥황상제의 누이동생이 속세를 그리워해서 하계에 내려가 양군(楊君)과 붙어서 아들 하나를 낳고, 그 녀석이 도끼질로 도산을 쪼갰다더니, 그게 바로 너였구나? 내 너한테 몇 마디 욕설을 퍼붓고 싶

---

7 도산을 한 도끼에 찍어……: 고대 신화에, 이랑신 양전의 어머니가 옥황상제의 노여움을 사 도산(桃山)에 유폐되자, 어린 이랑신이 큰 도끼로 그 산을 쪼개내고 어머니를 구출하였다는 전설이 있다.

다만, 피차 원수 맺은 일도 없고, 이 몽둥이로 한 대 때려주고 싶다만, 네 목숨이 아까워서 그냥 돌려보내마. 어이, 철부지 이랑진군 녀석아, 냉큼 돌아가서 사대 천왕더러 나오라고 그래라!"

그 말을 듣자, 이랑진군은 속에서 불덩어리가 치밀어 올랐다.

"이 발칙한 원숭이 놈이 무례하기 그지없구나! 내 창날이나 한 대 먹어봐라!"

무섭게 날아드는 삼첨양인창, 손대성은 슬쩍 옆으로 피해내더니, 여의금고봉을 치켜들고 질풍같이 내리쳐서 답례를 보낸다.

이리하여 화과산 상공에는 그야말로 일대 격전이 벌어졌다.

소혜 이랑신과 제천 손대성.
이쪽이 자부심 강한 원숭이 임금이라면,
저편은 무력으로 굴복시키는 천상의 대들보라네.
둘이서 마주치니 저마다 신바람이 나는데,
처음에는 옅음과 깊음을 알지 못하다가,
오늘에야 무엇이 가볍고 무거운지 깨닫게 되었다네.
철봉은 비룡과 겨룰 만하고,
신병 이기 창끝은 춤추는 봉황 같은데,
좌로 막고 우로 들이치며, 앞에서 요격하고 뒤로 내찌른다.
이쪽 진영에는 매산 육형제가 위풍 떨쳐 응원하고,
저편 진영에는 마·류·붕·파 네 장수가 군령을 전달하느라 한시가 바쁘다.
휘날리는 깃발, 울리는 북소리에 군심이 단결하고,
우렁찬 함성, 울리는 징소리에 사기가 돋는다.
두 자루 강철 병기는 기회를 보기만 하면,

찌르거니 막거니 받아치기에 실낱 같은 빈틈도 보이지 않는다.
여의금고봉은 바다 속의 신진철이라,
허공으로 치솟는 변화술법으로 승리를 취하려 드니,
몸짓 놀림이 조금이라도 늦었다가는 목숨이 끝장날 판이요,
손끝 하나 자칫 잘못 놀리는 날에는 평생 운수가 옴 붙을 판이라네.

이랑진군과 손대성은 벌써 3백여 합을 싸웠으나 그래도 승부가 나지 않았다. 이랑진군은 생각을 바꿔 급작스레 신통력을 발휘했다. 몸을 꿈틀하고 뒤흔든 이랑진군, 느닷없이 키가 1만 장(丈)으로 늘어나 하늘에 닿을 듯이 커지고, 두 손으로 부여잡은 삼첨양인창을 번쩍 치켜드니 마치 오악(五岳) 화산(華山)의 절정봉이 눈앞에 닥친 듯싶은데, 검푸른 얼굴, 불쑥 튀어나온 송곳니에 시뻘건 머리카락이며, 마주 대하기가 두려울 정도로 흉악스럽기 짝이 없는 상판을 해 가지고 손대성의 정수리를 내리쳤다.

허나 손대성도 이에 질세라, 그 역시 신통력을 부려 이랑진군과 똑같은 몸집에 주둥이와 얼굴 모습까지 닮아 가지고 한 자루 여의금고봉을 풍차 돌리듯 휘둘러가며 마주 쳐나가기 시작했다. 그 엄청난 위세는 영락없이 곤륜산(崑崙山) 절정봉 위에서 하늘을 떠받들고 서 있는 기둥뿌리 그대로였다.

두 사람의 변신술에 놀라 자빠진 것은 수렴동의 네 건장들, 마원수와 유원수는 전전긍긍, 와들와들 떨기만 할 뿐 기세 좋게 휘두르던 깃폭도 내려뜨리고, 붕장군과 파장군은 잔뜩 겁을 집어먹은 나머지 창칼마저 쓸 줄 몰랐다.

그와 반대로 기세가 오른 것은 이랑진군의 진영, 매산 육형제 강·

장·요·이·곽신·직건 여섯 편장(偏將)들이 일제 공격 명령을 내려 초두신 1천 2백 명을 모조리 풀어놓아 수렴동 외곽으로 돌진시키는 한편, 매와 사냥개마저 풀어주고 활과 쇠뇌를 마구 쏘아가면서 한꺼번에 엄습해 들어갔다. 불쌍하게도 네 건장은 사면 팔방으로 뿔뿔이 흩어져 달아나고, 뒤따르려던 2, 3천 마리나 되는 원숭이의 정령과 요괴들이 생포당했다.

요행으로 공격권을 벗어난 다른 원숭이들은 갑옷을 뜯어 팽개치고 창칼을 내던지면서, 내뛸 놈은 내뛰고 산 위로 기어올라갈 놈은 산 위로 기어올라가고, 아우성치는 놈에 동굴로 뛰어드는 놈, 그야말로 한밤중 도둑고양이에게 놀란 새 떼처럼 이리 푸드득 저리 화드득, 온 하늘에 별 똥별 튀듯, 다리야 날 살려라 하고 정신없이 도망쳤다.

이래서 매산 육형제가 완승을 거둔 것은 두말할 나위도 없다.

손대성은 여전히 이랑진군과 하늘을 찌를 듯이 어마어마한 법상으로 막상막하의 대결을 벌이고 있었다. 그러나 본영 중의 부하 원숭이들이 놀라 사면 팔방으로 쫓겨 달아나는 장면을 보고 내심 뒤통수가 켕긴 손대성은 더 이상 싸우고 있을 마음이 없어져 재빨리 법상을 거둬들이고 여의금고봉을 겨드랑이에 꿰찬 채, 몸을 빼어 냅다 도망치기 시작했다.

이랑진군은 상대방이 갑작스레 패해 달아나는 것을 보자, 휘적휘적 큰 걸음걸이로 뒤쫓으며 버럭 악을 썼다.

"어딜 도망치는 거냐? 일찌감치 항복하고 귀순해라! 그럼 그 알량한 목숨만은 살려주마!"

허나 손대성은 더 싸울 마음이 없는 터라, 그저 죽기살기로 내처 뛰어 수렴동 어구까지 달아났다. 그런데 이건 또 웬 패거리들인가? 동굴 어귀에서 맞닥뜨린 것은 매산 육형제, 강씨·장씨·요씨·이씨 네 사람의 태위와 곽신·직건 두 장군이었다. 손대성의 퇴로를 가로막은 그들은 호통을 쳤다.

"이 발칙한 원숭이 놈아! 어딜 가려느냐!"

손대성은 당황한 나머지 어쩔 바를 모르고 있다가, 여의금고봉을 꼬아 수놓는 바늘 크기로 만들어 귓속에 감춘 다음, 슬쩍 몸을 흔들어 한 마리의 참새로 변하더니, 푸드득 허공으로 날아올라 나뭇가지 초리 위에 사뿐 내려앉았다. 뒤미처 한꺼번에 들이닥친 매산 육형제가 사방을 둘러보았으나, 손대성의 종적은 찾을 수가 없다.

"도망쳤다. 그놈의 원숭이 요정이 도망을 쳤다!"

악을 쓰고 웅성웅성 떠들고 있는 판에 이랑진군이 뒤쫓아왔다.

"아우님들! 그놈이 어디서 없어졌나?"

"여기서 포위해놓았다고 생각했는데, 감쪽같이 사라지고 말았소."

이랑진군이 두 눈을 등잔만하게 부릅뜨고 살펴보자니, 어럽쇼! 손대성은 참새로 변해 가지고 천연덕스레 나뭇가지 위에 앉아 있는 것이 아닌가? 이랑진군은 법상을 거둬들여 본모습으로 돌아오더니, 수중의 삼첨양인창이며 허리에 꾹 찔러넣었던 탄궁마저 벗어 던진 다음, 가볍게 몸을 비틀어 한 마리의 굶주린 새매로 변하더니 양 날개를 활짝 펼치고 쏜살같이 참새를 덮쳐갔다. 그걸 보자, 앙큼한 손대성은 푸드득 활갯짓을 치며 하늘 위로 날아오르더니 이번에는 한 마리의 늙은 가마우지로 변해 하늘 높이 날아가버렸다.

이랑진군도 황급히 날개를 푸드득 떨치면서 몸을 비틀어, 이번에는 커다란 해학(海鶴)으로 변하여 구름 위로 뚫고 올라가더니, 곤두박질쳐 내리면서 가마우지를 쪼려 했다. 그러자 손대성은 지상으로 내려앉더니, 근처 시냇물에 풍덩 뛰어들기가 무섭게 한 마리의 물고기로 변해 가지고 물속 깊숙이 숨어버렸다. 뒤쫓아 내려온 이랑진군, 물가에 당도하고 보니 원숭이의 모습은커녕 그림자조차 찾을 길이 없다. 물가에 서서, 그는 곰곰이 생각해보았다.

'이 요망한 원숭이 녀석이 필경 물속으로 숨어 들어갔으렷다? 물속에 들어갔으면 물고기 아니면 새우 따위로 변신했을 터, 오냐, 그렇다면 나도 적당하게 변신술을 써서 그놈을 잡아내야겠다!'

이랑진군은 재빨리 가마우지로 변해 물결 위를 둥실둥실 떠다니면서 기회가 오기만을 느긋하게 기다렸다.

물고기로 변한 손대성, 능청스럽게 물결 따라 헤엄치고 있노라니, 수면 위에 날짐승 한 마리가 두둥실 떠다니고 있다. 가만 보니 새매 같기는 한데 털빛이 검푸르지 않고, 따오기인가 하면 머리 뒤쪽에 기다란 깃털이 뻗치지 않았으며, 황새인 듯싶으면서도 두 다리는 붉지 않았다. 손대성은 정신이 번쩍 들었다. 옳거니! 이놈은 분명 이랑진군이 날짐승으로 둔갑해서 나를 노리고 있는 게 틀림없구나! 생각이 예에 미치자, 엉큼한 손대성은 지느러미 꼬리로 재빨리 방향을 틀어 뿌옇게 흙탕물을 일으켜놓고 그 사이에 빠져 달아났다.

난데없이 물거품에 흙탕물이 일자, 이랑진군은 깜짝 놀랐다. 뿌옇게 흐려진 물 속으로 빠져나가는 물고기를 살펴보니, 잉어 같은데 꼬리가 붉지 않고 쏘가리라면 얼룩 비늘이 달렸을 텐데 그것도 아니고, 가물치였다면 정수리에 무늬가 있을 텐데 그것도 없고, 방어라면 아가미에 가시가 돋쳤을 텐데 그렇지도 않구나. 그렇다면 그놈은 어째서 나를 보자마자 달아난 것일까? 옳거니! 이놈은 틀림없이 원숭이란 녀석이 변신한 게 분명하다!

이렇게 단정을 내린 이랑진군, 급히 수상한 물고기를 뒤쫓아가 부리로 쪼아버리려 했다. 그 바람에 깜짝 놀란 손대성, 수면 위로 떠오르기가 무섭게 한 마리의 물뱀으로 변한 다음 허둥지둥 헤엄쳐서 물가로

나가더니 시냇가 풀섶을 뚫고 들어가 숨었다. 부리로 물고기를 쪼려다 실패한 이랑진군, 물소리와 함께 물뱀 한 마리가 기슭으로 살랑살랑 헤엄쳐 달아나는 것을 보고 대뜸 그 정체를 알아차렸다.

'이크, 저놈이 바로 원숭이로구나!'

급히 변신술을 써서 재두루미로 둔갑한 이랑진군이 목을 길게 뽑아 집게 같은 부리로 물뱀을 내리쪘었다. 그러자 물뱀은 펄쩍 뛰어오르더니 이번에는 또 얼룩 들기러기로 변해 가지고 시침을 뚝 떼고 수초 우거진 물가에 오도카니 서 있었다.

그 꼴을 보고 이랑진군은 역겨운 생각이 들었다. 고약한 원숭이 녀석! 어디 변신할 것이 없어 들기러기로 둔갑한단 말인가? 그놈의 새는 날짐승 가운데서도 가장 천박하고 음탕한 놈이라, 난새, 봉황새와 교미할 뿐 아니라, 하다못해 새매나 까마귀 따위하고도 닥치는 대로 흘레붙는 천한 것이다. 이렇게 더러운 놈한테 내가 어떻게 손을 댈 수 있겠는가? 이래서 그는 멀찌감치 떨어져 본래의 모습으로 돌아와 부랴부랴 탄궁을 집어들기가 무섭게 있는 힘껏 시위를 당겨 "씽!" 하고 한 발 쏘았다.

"아이쿠!"

탄환은 들기러기의 발꿈치에 정통으로 들어맞았다.

손대성은 속으로 외마디 소리를 지르면서도 그 기회를 놓치지 않고 낭떠러지 아래로 굴러 떨어져 납죽 엎드린 채, 또 한 차례 둔갑하여 이번에는 토지신의 사당으로 변했다. 쩍 벌린 아가리는 사당 대문으로 바꾸고, 이빨은 사립문으로, 혓바닥은 제단 위의 보살님으로, 두 눈알은 창살로 바꾸기는 했는데, 꼬리만큼은 어떻게 감출 도리가 없는지라, 깃대로 둔갑시켜 사당 건물 뒤편에 곤추세워 놓았다.

이윽고 이랑진군이 낭떠러지 아래로 뒤쫓아 내려왔다. 한데 탄궁으로 쏘아 맞춘 들기러기는 온데간데없고 다 허물어져가는 토지신의 사당 한 채만이 덩그러니 세워져 있을 뿐이었다. 이랑진군은 이게 어찌 된 영문인가 싶어 자세히 살펴보았다. 그리고 사당 건물 뒤에 깃대 하나가 높지거니 세워져 있는 것을 발견하고 껄껄껄 웃음보를 터뜨렸다.

"하하하! 이게 바로 원숭이 녀석이로군. 여기까지 와서도 날 속여 볼 작정이냐? 나도 사당을 여러 군데 많이 보아왔다만, 건물 뒤뜰에 깃대를 세운 경우는 한 번도 본 적이 없다. 이건 보나마나 그 요망한 짐승이 장난질을 치는 게 틀림없지. 내가 문턱을 넘어서기만 하면 한 입에 꽉 깨물어버리겠다, 그런 심보렷다? 나도 그 따위 수작에는 안 넘어간다. 가만 있거라, 우선 주먹으로 저놈의 창살을 때려부수고 다시 문짝을 걷어차버리는 것이 좋겠구나!"

혼자서 중얼거리는 이랑진군. 이 말을 들은 손대성은 속으로 깜짝 놀랐다.

"이런, 큰일났구나! 사립문은 내 이빨이요, 창살은 내 눈동자인데, 이걸 얻어터졌다가는 이빨이 몽땅 부러질 테고 눈알도 짓뭉개질 터인데, 장차 이 노릇을 어쩌면 좋단 말인가? 안 되겠다, 안 되겠어, 뺑소니를 쳐야지!"

그는 선불 맞은 호랑이처럼 허공으로 훌쩍 뛰어오르더니, 또다시 공중에서 온데간데없이 종적을 감추고 사라졌다.

손대성을 놓쳐버린 이랑진군이 이리 기웃 저리 기웃, 사방을 두리번거리면서 찾고 있을 때, 태위 네 사람과 두 장군이 헐레벌떡 달려왔다.

"형님, 대성이란 놈을 잡았습니까?"

이랑진군은 어이가 없어 쓴웃음만 지었다.

"허어, 참! 그놈의 원숭이가 방금까지 여기서 토지신의 사당으로 둔갑해 가지고 날 속이려 들기에, 내가 창살을 때려부수고 사립문짝을 걷어차려고 하자, 그놈이 먼저 눈치를 챘는지 '휙!' 하고 솟구쳐 오르기가 무섭게 온데간데없이 사라지고 말았네그려. 그것 참, 이상하다! 정말 이상한 노릇인걸!⋯⋯"

매산 육형제는 원숭이 임금이 감쪽같이 사라졌다는 얘기에 할말을 잃고 사면 팔방을 두리번거렸으나, 역시 그림자 하나 못 찾기는 매일반이었다.

"아우님들, 여기서 순찰을 돌며 망을 잘 보고 있게. 나는 위에 올라가서 찾아보고 올 테니까."

말을 마친 이랑진군이 몸을 솟구쳐 구름 위에 올라타고 반공중으로 올라갔다. 그곳에는 탁탑 이천왕이 조요경을 높이 쳐들고 셋째 아들 나타태자와 함께 구름 끄트머리에 서 있었다.

"이천왕! 그놈의 원숭이 임금을 보셨소?"

이천왕이 도리질을 한다.

"여긴 올라오지 않았소. 내가 거울로 줄곧 그놈을 비추고 있었는데 말이오."

이랑진군은 손대성과 변화술법을 겨룬 사연이며 신통력을 부려 싸운 경과부터 시작해서 2, 3천 마리나 되는 원숭이 떼를 사로잡은 얘기까지 다 털어놓고 마지막으로 이렇게 덧붙였다.

"그놈이 토지신 사당으로 둔갑했기에 한 주먹에 때려부수려고 했더니, 어디론가 뺑소니를 치고 말았지 뭐요. 허허, 그것 참!⋯⋯"

그 말을 듣자, 이천왕은 조요경을 사면 팔방으로 두루 비춰보더니, 무엇이 그리 재미가 있는지 껄껄껄 너털웃음을 터뜨렸다.

"이랑진군, 빨리 가보셔야겠소! 빨리 가보시라구! 그놈의 원숭이가 은신법을 부려 천라지망을 빠져나간 뒤에, 당신의 처소가 있는 관강구로 갔단 말이오."

이천왕의 말끝이 떨어지기가 무섭게, 이랑진군은 신병이기 삼첨양인창을 꼬나잡고 부랴부랴 관강구로 뒤쫓아 날아갔다.

한편, 손대성은 이랑진군보다 한 발 앞서 관강구에 도착한 다음, 몸을 슬쩍 뒤틀어 이랑진군 어르신의 모습과 똑같이 둔갑해 가지고 구름에서 내려서더니, 마치 제 집에나 돌아온 것처럼 시침 뚝 떼고 사당 안으로 들어섰다.

판관 종규와 사당지기 귀신들은 그를 알아볼 턱이 없어, 하나같이 주인께서 돌아오신 줄로만 알고 이마를 조아려 공손히 맞아들였다. 그는 사당 한가운데에 떡 버티고 앉아서 인간들이 바친 진상물을 살펴보기 시작했다. 진상물 중에는 이호(李虎)란 자가 소원 성취를 비느라고 바친 삼생(三牲)의 제물[8]이며, 장룡(張龍)이란 자가 복을 비느라고 바친 제물이며, 조갑(趙甲)이란 자가 아들을 점지해달라고 소원 비는 제문, 전병(錢丙)이란 자가 병을 고쳐달라고 올린 치성문도 들어 있었다.

손대성이 이것저것 제물을 뒤적거리고 있는데, 누군가 들어와 판관 종규에게 보고를 한다.

"또 한 분의 나으리께서 돌아오셨습니다!"

종규와 문지기 귀신들은 이게 어떻게 된 영문인지 모르고 허둥지둥 나갔다가 그만 깜짝 놀라 자빠지고 말았다.

진짜 주인 이랑진군이 종규에게 물었다.

"제천대성인가 뭔가 하는 놈이 방금 여기 오지 않았느냐?"

종규는 아는 대로 대답했다.

---

8 삼생의 제물: 제사에 희생으로 바치는 세 가지 제물. 곧 소(牛)와 양(羊), 돼지(豕).

"대성인지 뭔지 하는 작자는 본 적이 없사옵니다만, 어르신과 똑같은 분이 지금 여기 오셔서 제물을 살펴보고 계십니다."

이랑진군이 더는 아무 말도 없이 문짝을 밀치고 뚜벅뚜벅 사당 안으로 들어섰다.

그를 본 손대성은 그제야 본색을 드러내면서 이죽거렸다.

"이랑진군, 떠들어봤자 소용없어! 이 사당은 진작 손선생의 것이 되었으니까, 그냥 조용히 떠나시는 게 좋을 거야."

울화통이 터질 대로 터진 이랑진군, 삼첨양인창의 날카로운 창끝을 번쩍 치켜들기가 무섭게 면상을 노리고 댓바람에 쪼개 내렸다. 원숭이 임금도 그럴 줄 알았다는 듯이 후딱 몸을 틀어 창날을 슬쩍 흘려 보내더니, 귓속의 바늘을 꺼내 "휙!" 하고 바람결에 쐬어 지름이 밥공기만큼 굵다랗게 만들어 가지고 마주 달려나오면서 정면으로 상대하기 시작했다.

이렇게 해서 두번째로 맞붙은 이랑진군과 손대성, 우당탕퉁탕 떠들어대면서 사당 밖으로 뛰쳐나오기는 했는데, 제각기 안개구름을 일으켜 타고 반공중에서 마구잡이로 싸워가며 정신없이 날다 보니, 어느덧 또다시 화과산 상공에 당도하고 말았다.

사대 천왕을 비롯한 천병들이 부랴부랴 방어 태세를 한층 더 굳혀 놓는 동안, 매산 육형제 가운데 강태위와 장태위 일행은 이랑진군을 맞아들이는 한편, 합심 협력하여 원숭이 임금을 한가운데에 몰아넣고 이번만큼은 달아나지 못하도록 단단히 에워싼 것은 말할 나위도 없다.

한편, 관강구에 칙사로 파견되었던 대력귀왕은 이랑진군이 매산 육형제와 더불어 구원병을 이끌고 요사스런 마왕을 잡으러 일약 출전하는 것을 확인한 다음, 상계로 올라가 옥황상제에게 복명을 했다.

때마침 옥황상제는 관세음보살과 서왕모, 그리고 여러 공경대신들과 함께 영소보전에서 이런저런 얘기를 나누고 있다가 대력귀왕이 아뢰는 보고를 들었다. 그런데 이랑진군이 출전했다는 얘기만 있을 뿐, 그 뒤 소식이 없어 모두들 궁금하게 여겼다.

"현성이랑이 출동했다면서 하루가 지나도록 왜 소식이 없을꼬?"

옥황상제가 여러 선경들을 돌아보고 걱정스레 물었다.

이때 관세음보살이 합장을 하고 옥황상제에게 여쭙는다.

"폐하, 빈승이 폐하를 모시고 태상노군과 함께 남천문 밖까지 나갈 터이온즉, 그리로 납시어 친히 형편을 알아보심이 어떠하리까?"

그 말을 듣고 옥황상제는 고개를 끄덕끄덕했다.

"일리가 있는 말씀이외다."

옥황상제는 그 즉시 어가에 올라 태상노군, 관음보살, 서왕모를 비롯한 여러 공경 대신들과 함께 남천문으로 나갔다. 폐하께서 행차하신다는 기별을 미리 받은 천병과 역사들이 대문을 활짝 열어놓고 기다리는 중이어서, 옥황상제 일행은 막힘 없이 하계를 굽어볼 수 있었다.

멀리서 바라보자니, 화과산 상공에는 탁탑 이천왕과 나타태자 부자가 우뚝 서서 조요경을 비추고 있는데, 주변 일대에는 천라지망 그물이 물샐틈없이 깔려 있었다. 그리고 이랑진군 일곱 형제들은 제천대성을 한가운데 몰아넣고 에워싼 채 격전을 벌이고 있었다.

관세음보살이 태상노군을 돌아보고 말한다.

"빈승이 천거한 이랑진군의 실력을 어떻게 보시는지요? 짐작한 것처럼 신통력을 써서 제천대성을 포위해놓기는 했습니다만, 아직 사로잡지는 못하였군요. 제가 힘을 좀 보태주면 어렵지 않게 생포할 수 있겠습니다."

"보살님, 무엇으로 어떻게 힘을 보태주시겠다는 말씀이오?"

태상노군의 물음에, 관세음보살은 호리병과 버들가지를 꺼내 보였다.

"이 정병(淨瓶)과 버드나무 가지를 던져서 저 원숭이의 머리통을 후려치겠습니다. 설령 때려죽이지는 못한다 하더라도 쓰러뜨릴 수는 있을 것입니다. 그 틈에 소성 이랑진군이 냉큼 사로잡을 수 있지 않겠습니까?"

그 말에, 태상노군은 고개를 절레절레 내둘렀다.

"그 정병은 백토를 구워 만든 도자기가 아닙니까? 정통으로 들어맞는다면 그야 좋은 일이겠으나, 저놈의 머리통을 맞추지 못하거나 아니면 철봉에라도 부딪힌다면 박살이 나고 말 겁니다. 보살님은 잠시 손을 쓰지 마시오. 이 늙은이가 싸움을 조금 도와줄 테니까요."

"노군께서는 무슨 병기라도 가지고 계십니까?"

"아무렴, 있고 말고요!"

태상노군은 소맷자락을 뒤채더니, 왼 팔뚝에서 둥그런 테 한 개를 꺼내 들었다.

"이 병기는 곤오(錕吾)[9]에서 산출되는 강철을 두드려 만든 것이외다. 이것을 만들 때 내가 구전환단(九轉還丹)을 조금 곁들였더니 영기가 붙어 변화술법도 잘 부리고, 물과 불이 침범하지 못할 뿐만 아니라, 이 세상 어떤 물건이라도 이것을 던져 올리면 어김없이 달라붙어 모조리 빼앗는 힘까지 지녔소이다. 이 테의 이름은 '금강탁(金鋼琢)', 또 다른 이름이 있는데 '금강투(金鋼套)'라고 부르기도 한답니다. 오래 해 전에 함곡관(函谷關)을 지나다가 오랑캐와 마주쳤는데, 그들을 감화시켜 부처님이 되게 한 것도 모두가 이 금강탁의 덕분이었지요. 그래서 오래전부터 이 금강탁을 가장 훌륭한 호신용 병기로 지니고 있었소이다. 자,

---

[9] 곤오:『산해경』「산경(山經)」에 기록된 가상의 산. '중차이경(中次二經)'의 기점이 되는 휘제산(輝諸山)으로부터 1천 리 떨어진 곳에 있다고 하는데, 산 위에 불꽃처럼 붉고 품질 좋은 구리가 많이 나서 그 구리로 명검(名劍)을 만든다고 했다. 곤오산(昆吾山)이라고도 쓴다.

그럼 이것을 내던져서 저놈을 때려봅시다. 에잇!"

말을 마친 태상노군, 호신 병기 금강탁을 남천문 바깥으로 훌쩍 내던지자, 쇠테는 빙그르르 돌아가면서 곧바로 화과산 진영으로 곤두박질 치더니 신통하게도 제천대성의 원숭이 머리통에 가서 딱 들어맞았다.

"어이쿠!……"

이랑진군과 매산 육형제를 상대로 정신없이 싸우고 있던 손대성, 난데없이 공중에서 떨어진 물체에 정수리를 얻어맞고 걸음걸이가 흐트러져, 올바로 서 있지 못하고 휘청거리다가 그만 그 자리에 털썩 고꾸라지고 말았다. 엉금엉금 기어서 일어나 뺑소니를 치려는데, 이번에는 소성 이랑진군이 풀어보낸 사냥개란 놈이 달려들어 넓적다리를 한입 듬뿍 물어뜯더니 기를 쓰고 잡아끌기 시작하는 것이 아닌가? 그 바람에 손대성은 또 한 번 자빠지고 말았다.

"이 망할 놈의 짐승이! 제 주인 녀석이나 물어뜯을 일이지, 애꿎은 이 손선생을 물고 늘어질 게 뭐냐!"

투덜투덜 한바탕 욕설을 퍼부어가며 벌떡 일어나려는 판국에, 일곱 의형제가 우르르 달려들더니 꼼짝 못하게 짓눌러놓고 밧줄로 꽁꽁 얽어묶은 다음, 그것만으로도 모자라 갈고리처럼 구부러진 칼로 비파골(琵琶骨, 견갑골)을 꿰뚫어, 두 번 다시 변신술법을 쓰지 못하게 만들어놓았다.

태상노군은 금강탁을 거둬들여 간직한 뒤, 옥황상제와 관음보살, 서왕모 일행을 모시고 공경 대신들과 함께 영소보전으로 돌아갔다.

한편, 하계에서는 전승의 축하 인사를 주고받느라 야단법석을 떨었다. 사대 천왕과 탁탑 이천왕, 그리고 여러 신장들이 군사를 거두어 영채를 뽑아 정리하게 한 다음, 소성(小聖) 이랑진군에게 다가가서 너도 나도 한마디씩 축하의 말을 건넸다.

"소성이 대성을 잡으셨소이다그려! 정말 축하드립니다. 이 모두가 소성의 공로가 아니겠소이까?"

이랑진군은 겸양을 했다.

"아니올시다. 모두 천존의 홍복(洪福)이요, 신장 여러분의 힘으로 이루어진 것입니다. 제가 무슨 공로를 세웠다고 이러십니까?"

곁에서 강씨·장씨·요씨·이씨 네 명의 태위가 재촉을 한다.

"형님, 여러 말할 시간이 없습니다. 이놈을 천궁으로 압송해서 옥황상제님께 보여드리고 어떻게 처분하실 것인지 하명을 받아야 할 게 아닙니까?"

이랑진군이 승리에 들뜬 의형제들을 만류했다.

"여보게 아우님들, 자네들은 아직 천록(天籙)을 받지 못했으니, 옥황상제님을 뵈올 수 없네.¹⁰ 내가 천갑 신병들을 시켜 압송해가서 다섯 천왕들과 함께 복명을 하고 성지를 받아올 테이니, 자네들은 군사를 풀어서 화과산 일대를 샅샅이 뒤져, 남아 있는 놈들을 말끔히 소탕하게. 일이 완전히 끝나거든 관강구로 돌아가서 기다리고들 있게. 그럼 내가 전공을 아뢰고 폐하께서 내리시는 상을 받아 가지고 돌아갈 테니, 그때 가서 자네들과 한바탕 즐기기로 함세."

네 명의 태위와 두 장군은 그 말에 따르기로 응낙했다.

이랑진군은 여러 천장들과 함께 구름을 일으켜 타고 승리의 개선가를 부르면서 하늘로 올라갔다. 그리고 얼마 안 지나 통명전 밖에 이르렀다.

진작부터 그들을 기다리고 있던 천사가 영소보전으로 들어가 아뢰

---

10 천록을 받지 못했으니……: 도교 설화에 따르면 '매산 육형제'와 같은 사람들은 천선(天仙)의 명부에 기록되지 못한 지선(地仙)의 신분이므로 승천할 자격이 없어, 지상이나 바다 속의 동천복지(洞天福地)에만 거처할 수 있다고 한다.

었다.

 "사대 천왕 일행이 요망한 원숭이 제천대성을 사로잡아 끌고 와서 어떻게 처분하실 것인지 어명을 기다리고 있나이다."

 이윽고 성지가 내렸다. 대력귀왕과 천신들에게 요사스런 원숭이 제천대성을 참요대(斬妖臺)에 끌어내다가 능지처참하라는 명령이었다.

 이제 바야흐로 제천대성 손오공은 참요대에 잡아 묶여 사지를 끊길 신세가 되고 말았다.

　　천궁을 얕잡아보고 속임수를 쓰다가 형벌의 고통을 맛보게 되다니,
 영웅호걸의 기백도 이것으로 끝장날 모양일세.

 그럼 이 원숭이 임금의 목숨이 과연 어떻게 될 것인지, 다음 회에서 풀어보기로 하자.

제7회 제천대성은 팔괘로 속에서 도망쳐 나오고, 여래는 오행산 밑에 심원[1]을 가두다

부귀공명은 전생에 맺어진 연분이라, 절대로 양심을 속이지 말아야 하느니.

광명정대하고 충량(忠良)하면, 그 착한 업보가 오래고 깊을 것이다.

경솔하고 망령되이 굴면 천벌이 내릴 것이니,

눈앞에 당장은 닥치지 않더라도 내릴 때가 있을 것이다.

하늘에 묻노니,[2] 재난과 앙화가 어찌하여 겹쳐 닥치는가?

---

1 **심원**: 이 책에서 손오공을 '심원(心猿)'이란 별칭으로 일컫는 경우가 많다. 이에 대해서, 청나라 때 황주성(黃周星)은 『서유증도서(西遊證道書)』의 주해(註解)를 통해 다음과 같은 견해를 밝혔다.
"마음[心]이란 항상 안정되기 어려운 것이므로, 반드시 오행(五行)으로 안정시켜야 한다. 불이 단 한 순간이라도 타지 않으면 불이 아니듯, 원숭이 역시 이 세상에서 움직이기를 가장 좋아하는 동물이다. 따라서 원숭이의 기질을 인간의 마음에 견줄 수 있을 것이다. 삼장 법사 일행은 백마까지 합쳐서 모두 다섯이다. 이들을 오행으로 나누어 안배한다면, 심원은 마음이 그 중심이기에 손오공은 의당 화(火)에 속한다고 할 수 있다. 또한 저오능의 별칭은 '목모(木母)', 사오정의 별칭은 '금공(金公)'이므로, 저팔계는 마땅히 목(木)에 속할 것이고, 사화상은 금(金)에 해당한다. 삼장 법사에게는 별칭이 없으나, 일행 가운데 중심이 되는 어른이요 스승이므로, 오행 가운데 '만물의 모태'가 되는 토(土)에 해당한다고 말할 수 있을 것이며, 용마는 바다에서 태어나고 또 응수두간(鷹愁陡澗)이란 물에서 귀의하였으므로 마땅히 수(水)에 해당시켜야 할 것이다. 이렇게 하여, 삼장 법사 일행은 오행으로 화합을 이루었다고 할 수 있다……"
2 **하늘에 묻노니**: 원문에는 동군(東君). 동군은 중국 신화 전설의 태양신(太陽神). 일설에는 서왕모의 배필인 동왕공(東王公)으로서, 후에 도교의 옥황상제로 변화, 발전하였다고 하는데, 이 서시(序詩)에 '태양에게 묻는다'는 말이 어울리지 않으므로, '하늘에 묻는다'라고 번역하였다.

망극하게 높은 자리 넘보고 규잠(規箴)을 어지럽힌 탓이라네.

　마침내 하늘의 극형 선고를 받은 제천대성 손오공은 천병들에게 참요대로 끌려나가, 항요주(降妖柱)라는 말뚝에 꽁꽁 묶인 채 처형을 받기에 이르렀다.

　이윽고 형벌이 시작되었다. 큰 칼로 후려 찍고 도끼날로 잘게 다지고, 창으로 찌르고 장검으로 살을 발라내고 뼈를 도려내는 온갖 형벌이 쉴새없이 계속되었다. 그런데 어떻게 된 일인가. 그 숱한 형벌에도 손대성의 몸뚱이에는 털끝만한 상처도 나지 않고 멀쩡하기만 했다. 약이 바짝 오른 형 집행관 남두성(南斗星)은 방법을 바꾸어, 화부(火部)의 신령들을 총동원하여 불로 태워 죽이게 했다. 그러나 역시 생각처럼 그렇게 간단히 태워 죽일 수가 없었다.

　남두성은 화가 머리끝까지 치밀어 올라, 이번에는 벼락을 담당하는 뇌부(雷部)의 제신[3]들을 불러다가 죄수의 머리통에 뇌설정(雷屑釘)이라는 무서운 벼락을 때려 박게 하였으나, 그것도 헛수고, 아무리 벼락을 때리고 후려쳤어도 원숭이는 머리터럭 한 오리도 까딱하지 않았다.

　모든 일이 허사로 돌아가자, 대력귀왕은 할 수 없이 제신들과 함께 영소보전으로 나아가 이 사실을 아뢰었다.

　"폐하, 저 대성이란 놈은 어디서 그런 호신술법을 배웠는지 모르겠사오나, 소신들이 아무리 칼로 찍고 도끼로 잘게 다지고 벼락을 때리고

---

3 화부·뇌부의 제신: 도교의 천신 가운데 불을 관장하는 화부(火部)의 최고 신령은 고대 신화 중에서 염제(炎帝) 신농(神農)의 정령이라고 일컫는 남방 삼기 화덕성군(南方三炁火德星君), 일명 화정(火正), 곧 남방 적제(南方赤帝) 축융(祝融)의 화신이라고도 하는데, 그 밑에 24명의 천군(天君)들이 소속되었으며, 뇌부(雷部)의 최고 신령은 구천응원뇌성보화천존(九天應元雷聲普化天尊), 그 밑에 5명의 정신(正神)을 비롯하여 실제로 천둥 벼락을 맡은 뇌공(雷公)들과 전모(電母)가 있다고 한다.

불로 태웠어도, 그놈의 털끝 하나 다칠 수가 없나이다. 장차 이 일을 어찌하오리까?"

그 말을 듣고, 옥황상제는 어처구니가 없어 할말을 잊었다.

"저런!…… 저런!…… 그놈이 그런 술법을…… 그럼 어떻게 처치해야 좋을꼬?"

모두들 어쩔 바를 모르고 망연자실해 있을 때, 태상노군이 나와 아뢰었다.

"그 원숭이 놈은 반도 복숭아를 훔쳐 먹고 어주를 마신 데다, 선단마저 훔쳐 먹은 몸입니다. 빈도가 빚어놓았던 다섯 항아리의 구전환단은 비록 덜 익은 것도 있고 완전히 익은 것도 있었소이다만, 그것이 모조리 그놈의 뱃속으로 들어가서, 삼매진화(三昧眞火)의 작용을 일으켜 한 덩어리로 뭉쳐진 까닭으로, 온전히 금강불괴(金剛不壞)의 육체가 된 모양이오. 그래서 어지간한 형벌로는 그놈의 몸뚱이를 다치게 할 수가 없습니다. 그보다는 차라리 빈도에게 맡겨주어서, 그놈을 데려다가 '팔괘로(八卦爐)'에 집어넣고 문무 진화(文武眞火)의 불길로 굽고 졸이게 하여주시지요. 빈도의 구전금단이 다 구워져서 나올 때쯤이면, 제아무리 금강불괴의 몸뚱이가 되었다 하더라도 저절로 잿더미가 되어 있을 것이외다."

옥황상제도 어찌할 도리가 없는 터라, 즉석에서 육정육갑에게 명하여 죄수를 풀다가 태상노군에게 맡겨주었다. 태상노군은 성지를 받들어 죄수를 데리고 두솔궁으로 돌아갔다.

골칫거리 한 가지를 해결한 뒤, 옥황상제는 현성 이랑진군에게 황금 꽃 1백 송이와 어주 1백 항아리, 구전환단 1백 알, 그리고 기이한 보배와 명주(明珠), 수놓은 비단 등 여러 가지 진귀한 상품을 하사하여, 전공을 함께 세운 의형제들과 나누어 쓰게 하였다.

이랑진군이 성은에 사례하고 관강구로 돌아간 얘기는 접어두기로 하자.

한편, 두솔궁에 돌아간 태상노군은 죄수의 결박을 풀어주고 비파골에 꿰었던 갈고리 칼을 뽑아낸 다음, 등을 떠밀어 팔괘로에 처넣었다. 그리고 화로지기 도사와 불목하니 동자에게 명을 내려 불을 지피되, 원숭이의 몸뚱이가 녹아서 곤죽이 되도록 센 불로 때라고 하였다.

이 팔괘로란 화로는 이름 그대로, '건(乾)' '감(坎)' '간(艮)' '진(震)' '손(巽)' '이(離)' '곤(坤)' '태(兌)' 이렇게 여덟 괘의 방위로 이루어진 것인데, 그 가운데 '손'의 방위는 바람에 해당하므로, 바람이 불면 불이 꺼지고 연기가 나게 되었다. 그 이치를 잘 알고 있는 손대성은 팔괘로에 들어가기가 무섭게 '손궁(巽宮)' 쪽으로 옮겨가, 그 방위 아래 깊숙이 몸을 도사리고 쭈그려 앉았다. 이윽고 불길이 무섭게 치솟기 시작했다. 그러나 불길은 바람결에 밀려 접근하지 못하고 그 대신에 연기가 자욱하게 밀어닥쳤다. 손대성의 두 눈은 매운 연기에 쏘여 안질에 걸린 사람처럼 흰자위는 시뻘겋게 핏발이 서고 눈동자는 샛노랗게 변색되고 말았다. 이래서 훗날 손오공의 별명이 '화안금정(火眼金睛)'으로 불리게 되었던 것이다.

무심한 날짜는 흐르고 흘러 어느덧 '칠칠은 사십구', 49일이 지났다. 태상노군은 이쯤 되면 금단이 거의 다 졸아들었으리라 생각하고 팔괘로의 뚜껑을 열기로 했다.

그날도 손대성은 두 손바닥으로 눈을 가린 채 줄줄 흘러내리는 눈물을 연신 훔쳐내고 있었는데, 갑자기 머리 위에서 화로 뚜껑이 열리는 기척이 들렸다. 눈을 번쩍 뜨고 올려다보니 이게 웬일인가? 밝은 빛살이 눈부시게 환히 비쳐드는 것이 아닌가! 매캐한 연기에 눈물을 훔쳐

닦느라 지칠 대로 지쳐 있던 손대성, 더는 견디지 못하고 훌쩍 몸을 솟구치기가 무섭게 화로 바깥으로 뛰쳐나왔다. 그 다음에는 보나마나, 억눌렸던 울화통이 한꺼번에 터지면서 내지른 발길질에 팔괘로가 "와당탕 퉁탕!" 넘어가고, 손대성은 뒤도 안 돌아본 채 냅다 바깥으로 뛰어 달아나기 시작했다.

느닷없는 변고에 대경실색한 것은 화로지기 도사와 불목하니 동자, 그리고 죄수의 처형을 지켜보고 있던 육정육갑 여러 신장들이었다. 그들은 이것 큰일났다 싶어 와르르 달려들어 붙잡으려 했다. 그러나 눈에 보이는 것이 없을 정도로 독이 오른 손대성이 닥치는 대로 집어던지고 넘어뜨리는 바람에, 그들은 덤벼들기가 무섭게 하나씩 차례차례 나가떨어지고 말았다. 그 사나운 기세야말로 간질병에 걸려 날뛰는 백호요, 바람맞아 미쳐 날뛰는 외뿔박이 독각룡이 따로 없을 지경이었다.

태상노군 역시 뒤쫓아 나와 덜미를 잡는 데 성공했으나, 손대성이 냅다 뿌리치는 거센 손길에 곤두박질을 치고 볼꼴 사납게 나뒹구는 신세가 되고 말았다.

이윽고 저 무서운 여의금고봉을 귓속에서 빼내더니, 맞바람결에 휘저어 밥공기만한 굵기로 크게 만들어 거머쥐고 좋은 놈에 나쁜 놈, 시비선악을 가리지 않고 무작정 두들겨 부수고 눈앞에 보이는 것은 모두 닥치는 대로 때려뉘었다. 이러니 모처럼 잠잠해졌던 천궁에는 또다시 일대 소란이 일어날 수밖에…… 구요성관들은 기겁을 해서 대문을 굳게 닫아걸고, 사대 천왕은 어디로 달아나 몸을 숨겼는지 그림자조차 얼씬하지 않았다.

참으로 대단한 원숭이의 난동, 그것을 증명하는 시구가 있다.

    혼원(混元)의 물체가 바야흐로 선천(先天)에 부합하니,

만겁(萬劫) 천번(千番)이 오로지 자연일세.

아득한 무위(無爲)가 태을(太乙)과 한 덩어리로 뒤섞이니,

진여부동(眞如不動)의 오묘한 도리를 초현(初玄)이라 일컫지 않는가.

팔괘로 중에서 오래 단련할 것은 납이나 수은만이 아니요,

사물 밖에 장생하면 그게 바로 신선이라네.

변화 무궁하고 또 무궁 변화하니,

삼귀오계(三皈五戒)⁴일랑 더 말할 나위도 없으리라.

또 여의금고봉을 두고 이런 시구도 있다.

한 점 영광(靈光)이 태허(太虛)를 꿰뚫는다더니, 그놈의 몽둥이 또한 그와 같구나.

길어졌다 짧아졌다 쓰는 사람 마음대로 따르고,

가로 펼쳐졌다가는 세로 곧추세우고 주인 뜻대로 따른다.

또한 이런 시구도 있다.

원숭이의 도체(道體)에 인간의 심령을 곁들였으니,

심성은 원숭이나 사려는 깊다.

손대성이 천궁을 평정한다는 말이 거짓 아닌데,

한낱 '필마온'으로 임명하다니, 이 어찌 사리에 밝은 처사라 하랴?

---

4 삼귀·오계: 불교에서 **삼귀**(三歸)는 부처와 불법(佛法), 승려의 이른바 '삼보(三寶)'에 신심의 정성을 바치는 것. **오계**(五戒)는 재가(在家)의 불교 신자들이 지켜야 할 다섯 가지 훈계, 즉 살생하지 말 것, 도둑질하지 말 것, 남녀지간의 성을 문란하게 하지 말 것, 거짓말하지 말 것, 술을 마시지 말 것 등이다.

말원숭이가 마음과 뜻을 합쳐서 하는 짓이니,
단단히 묶어두고 밖에서 찾지 말 것을.
온갖 만상도 진리에 귀의함은 역시 한 이치이니,
여래(如來)와 계약 맺고 쌍림(雙林)[5]에 살게 되도다.

이제 원숭이 임금은 위아래도 가리지 않는다. 그저 쇠몽둥이 휘둘러 동서남북 눈길에 잡히는 대로 두들겨 부수고 후려갈기고, 종횡무진으로 미쳐 날뛰는 판국인데, 어느 누가 감히 맞아 싸우겠다고 나서랴. 천궁의 신장 신병들은 저마다 도망쳐 숨기에만 급급할 뿐, 아무도 손대성을 막아 싸울 엄두를 내지 못하였다.

손대성은 내친걸음에 곧바로 통명전 안에 뛰어든 다음, 이어서 옥황상제가 계신 영소보전 밖에까지 들이닥쳤다. 천만다행히도 영소보전의 당직 수문장은 우성진군(佑聖眞君)의 부관 격인 좌사(佐使) 왕령관(王靈官)[6]이었다. 그는 손대성이 종횡무진으로 날뛰어가며 무서운 기세로 쳐들어오자, 황금 채찍을 빼어들고 앞으로 다가서서 가로막았다.

"이 고약한 원숭이 놈, 어딜 가느냐! 내가 여기 있는 이상 함부로 날뛰면 용서 없다!"

허나 손대성은 말 한마디 대꾸도 않고 다짜고짜 철봉을 들어 내리쳤다. 이렇듯 말이 통하지 않으니 어쩌겠는가. 왕령관도 채찍을 휘둘러

---

5 쌍림: 사라쌍수(沙羅雙樹)sala의 다른 이름. 이 나무는 목질이 단단한 인도 원산의 교목으로, 석가세존이 열반할 때 그 와탑(臥榻) 네 귀퉁이에 여덟 그루가 돋아나, 부처의 입멸(入滅)을 슬퍼하여 희게 변색했다고 한다.

6 왕령관: 영관에 대해서는 제5회 주 **10** 참조. 천병을 통솔하는 '오현령관' 중에서도 우두머리에 속하는 **왕령관**은 속명이 왕선(王善)이다. 천궁에 오른 후 '삼오화거뇌공(三五火車雷公)'의 직분을 맡았으나 이내 '활락영관(豁落靈官)'에 발탁되어, 천상과 인간 세계를 규찰하는 직분을 맡았다고 한다. 중국 민간 신앙에 광범위하게 알려진 가장 이름난 신령이다.

맞받아칠 수밖에. 이리하여 영소보전 앞뜰에서 둘이 맞붙는 일대 격전이 벌어졌다.

   일편단심으로 충성을 바치는 양신(良臣)의 명예는 크고,
   하늘을 속이고 윗사람을 업신여기는 자의 명성은 나쁜 법.
   한쪽은 못된 놈, 한쪽은 착한 사람 뒤얽혀 맞섰으나,
   영웅과 호걸이 한판 대결을 벌이기는 마찬가지라네.
   쇠몽둥이는 흉악스레 날뛰고, 황금 채찍은 날렵하게 빠르니,
   곧이곧대로 해야 직성이 풀리는 성격에
   사사로움을 돌보지 않는 충심이 어찌 참을 수 있으랴?
   이편이 뇌성응원보화천존(雷聲應元普化天尊)의 부관이라면,
   저편은 하늘을 평정하겠다고 설쳐대는 제천대성 요괴 원숭이다.
   황금 채찍 쇠몽둥이가 저마다 능력을 떨치니,
   모두가 천궐(天闕) 아니면 용궁(龍宮)의 신비롭고 무서운 병기들이다.
   오늘 영소보전 앞뜰에서 위풍을 뽐내어, 제각기 웅재도략(雄才韜略) 한껏 떨치니,
   실로 귀엽고 사랑스럽다네.
   한쪽은 자부심 높아 옥황상제님의 두우궁(斗牛宮) 빼앗으려 설쳐대고,
   상대편은 충성을 다하여 선계 천궁(仙界天宮) 지키려 온 힘을 쏟으니,
   악전고투 괴로운 싸움이 저마다 신통력을 부리지 못하게 만들고,
   치고받는 채찍과 철봉이 승부를 가리지 못한다.

그들은 줄곧 한 군데에서 싸웠으나 좀처럼 승부를 내지 못했다. 그 동안에 우성진군은 소식을 전해 듣고 또 다른 좌사 한 명에게 출동 명령서를 주어 뇌부(雷部)로 달려보냈다. 긴급 출동한 36명의 뇌장들은 허겁지겁 달려와 손대성을 포위망 핵심에 가두어놓고 저마다 용맹을 떨쳐가며 눈코 뜰 새 없이 연속 공격을 퍼부어댔다.

손대성은 털끝만큼이나마 두려워하는 기색을 보이지 않았다. 그는 한 자루 여의금고봉만으로 전후 좌우에서 빗발치듯 날아드는 뇌장들의 도창 검극이며, 마디진 강철 채찍, 자루 달린 쇠몽치, 큰 도끼 작은 도끼, 사슬 달린 쇳덩어리, 자루 긴 낫이며 반달처럼 날이 굽은 삽을 막고 쳐내는가 하면, 뒤로 뽑고 앞으로 맞받아치며 견딜 수 있는 데까지 버텨냈다.

그러나 뇌장들의 공세가 갈수록 맹렬해지는 것을 보자, 이대로는 안 되겠다 싶었는지 몸을 한 번 슬쩍 뒤틀더니 삽시간에 머리가 셋, 팔뚝이 여섯 달린 괴물로 변하고, 수중의 여의금고봉도 바람결에 흔들어 석 자루로 만들어 가지고 두 손에 한 자루씩 나눠 잡은 다음, 실 잣는 물레바퀴 돌리듯 "윙윙!" 소리를 내가며 포위망 한가운데에서 동서남북을 가리지 않고 마구 날뛰기 시작했다. 그 어마어마한 기세에 눌려 36명의 뇌장들은 섣불리 접근할 엄두도 내지 못하고 멀찌감치 떨어진 채 그가 포위망을 빠져나가지 못하게 막는 것이 고작이었다.

그것은 한판의 춤사위였다.

> 빙글빙글 돌아가는 철봉 석 자루가 둥근 원을 그리고,
> 동에 번쩍 서에 번쩍 나타나는 빛살이 지글지글 타는 소리,
> 천고만년을 두고 사람이 이런 재주를 어떻게 배우랴.
> 불 속에 들어가도 타죽지 않고, 물속에 들어가도 언제 빠져 죽

은 적이 있었더냐?

밝고 밝은 마니주(摩尼珠) 한 알, 도창 검극이 들이쳐도 다치지 못한다.

착할 수도 있고 악할 수도 있지만, 눈앞의 선과 악은 자신이 하기 나름.

착할 때는 부처님도 될 수 있고 신선도 되지만,

악할 때는 털가죽 뒤집어쓰고 머리에 뿔이 돋치는 법.

무궁무진, 변화무쌍한 솜씨로 천궁을 어지럽히니,

뇌장 신병들도 감히 범접을 못 하는구나.

이렇듯 뇌신들이 손대성을 한가운데로 몰아넣은 채 멀찌감치 떨어져 시끄럽게 마구 함성만 지르고 있으려니, 그 소동에 놀란 옥황상제가 견디다 못해 마침내 유혁영관(遊弈靈官)과 익성진군(翊聖眞君)을 서방세계로 달려보내, 석가여래(釋迦如來)에게 손대성을 굴복시켜달라고 요청하기에 이르렀다.

칙명을 받든 유혁영관과 익성진군은 그 길로 구름을 타고 날아가 영취산(靈鷲山) 뇌음사(雷音寺)에 당도했다. 그리고 뇌음 보찰 문을 지키는 사금강과 팔보살을 만나 인사를 마치고 방문한 뜻을 석가여래에게 전달해주기를 부탁했다. 여러 부처들이 보련대 앞에 나아가 아뢰니, 들여보내라는 여래의 허락이 떨어졌다.

두 사신은 부처님 앞에 삼잡례(三匝禮)[7]를 올리고 보련대 아래 시립했다.

"옥황상제께서 무슨 일로 두 분 성관을 하계에 왕림하시게 하셨

---

[7] 삼잡례: 부처에게 존경의 예를 드리는 동작. 오른쪽 어깨를 향하여 세 바퀴를 돈다.

소?"

여래의 물음에 두 성관은 자초지종을 아뢰었다.

"오래전 화과산에 원숭이 한 마리가 태어났사온데, 어디서 신통력을 배웠는지 원숭이 떼를 모아들여 세상을 소란하게 만들었습니다. 옥황상제께서는 초무의 성지를 내려 '필마온' 벼슬을 주셨으나, 그놈은 벼슬이 낮다면서 제 마음대로 떠나버렸습니다. 폐하께서는 이천왕과 나타태자를 보내어 생포하게 하셨으나, 사로잡지 못하였기에, 또다시 그를 초무하여 '제천대성'의 벼슬을 내리셨습니다. 그것은 직함만 있을 뿐 녹봉이 없는 빈자리였습니다. 그리고 반도원의 관리 책임을 맡기셨더니, 그놈은 과수원에 익은 복숭아를 훔쳐 따먹고, 요지에 들어가 여러 귀빈들께 접대할 안주와 술을 훔쳐 먹고 마셔서 반도연회 잔칫상을 난장판으로 만들어놓았을뿐더러, 술김에 또 두솔궁에 숨어 들어가 태상노군의 선단을 도둑질한 다음 제멋대로 천궁을 빠져 달아났습니다.

옥황상제님은 다시 십만 천병을 파견하시어 토벌하려 하셨으나 굴복시키지 못하였으며, 나중에 관세음보살께서 천거하신 이랑진군과 그의 형제들이 뒤쫓아 잡아 죽이려 하였으나, 그놈의 변화술법이 어찌나 대단한지 이랑진군 일행도 고전을 면치 못하던 중, 태상노군께서 금강탁을 던져 그놈에게 상처를 입힌 덕분에 겨우 생포할 수 있었습니다. 그놈이 압송되어 어전에 끌려오자, 폐하께서는 참수형에 처하라 명하셨는데, 아무리 칼과 도끼에 온갖 병기로 찍고 베어도 막무가내, 불로 태우고 벼락을 때렸어도 그놈을 다치게 할 수 없었습니다.

이러지도 저러지도 못하고 난처해하던 중, 태상노군이 폐하의 윤허를 받고 그놈을 데려다가 선단을 굽는 팔괘로에 집어넣고 불로 다스렸는데, 사십구 일이 지나 뚜껑을 열자 그놈은 또다시 뛰쳐나와 천병들을 때려뉘고 통명전 안뜰까지 쳐들어가, 영소보전 바깥에 들이닥쳤습니다.

때마침 당직 수문장이던 우성진군의 좌사 왕령관에게 갈 길이 막혀, 그 때부터 둘이서 악전고투를 벌이기 시작했습니다. 우성진군은 다시 뇌부 소속의 장군 서른여섯 명을 출동시켜 그놈을 포위하는 데 성공했습니다만, 지금까지도 접근을 못 하고 있는 실정입니다. 사세가 이렇듯 긴박하므로, 옥황상제께서 특별히 여래님께 청하여 그놈을 토벌하시고자 소신들을 보내신 것입니다."

석가여래는 사연을 다 듣고 나서 보살들에게 말하였다.

"그대들은 이 법당에 조용히 앉아 있거라. 나는 옥황상제를 도와 그 요사스런 마귀를 수습하고 돌아올 테니, 그 동안에 참선하는 자세를 흐트러뜨리지 말라."

이렇게 몇 마디 당부를 남겨놓고, 석가여래는 아난(阿儺)과 가섭(迦葉)[8] 두 존자만 따르게 하고 뇌음사를 떠나 곧바로 영소보전에 올라갔다. 이들이 문밖에 당도했을 때, 갑자기 시끄러운 함성이 고막을 뒤흔들었다. 천둥 벼락을 담당하는 36명의 신장들이 손대성을 핵심에 가두어 놓고 고함치는 소리였으니 그렇듯 우렁찰 수밖에.

애당초 영소보전으로 가려던 불조(佛祖) 석가여래는 걸음을 멈추고 그 자리에서 법지를 전하였다.

"뇌장들에게 잠시 싸움을 중단하고 포위망을 열어주어, 저 대성이란 자를 이리 나오게 하시오. 저 자에게 무슨 법력이 있는지 내가 좀 물어볼 테니까."

뇌장들은 과연 석가여래의 지시에 따라 순순히 포위망을 열어놓고

---

[8] 아난·가섭: 아난Ánanda은 아난다문제일(阿難多聞第一)의 준말. 부처의 10대 제자 가운데 한 사람으로서, '다문제일'이란 '널리 듣고 많이 알고, 많은 가르침을 잘 배운 으뜸'이란 뜻이다. 가섭은 가섭파(迦葉波, 迦攝波)Kāśyapa의 음역. '빛을 마신다'는 '음광(飮光)'이란 뜻. 부처의 제자 다섯 가섭 중 흔히 마하 가섭(摩訶迦葉)을 일컫는다.

뒤로 물러났다.

손대성 역시 삼두육비(三頭六臂)의 법상을 거둬들이고 본래의 모습으로 돌아오더니, 노기등등하게 다가오면서 매서운 목소리로 고함쳐 물었다.

"너는 어디서 굴러 들어온 훈수꾼이기에, 남의 싸움을 가로막고 뭘 묻겠다는 거냐?"

석가여래가 빙그레 웃으면서 대답했다.

"나는 서방 극락 세계(極樂世界)의 석가모니 존자(釋迦牟尼尊者), 나무아미타불(南無阿彌陀佛)이다. 오늘 들으니, 네가 촌야에서 함부로 날뛰고 여러 차례 천궁을 모반하여 소동을 부린다 하는데, 어디서 태어나 자랐으며 어느 해에 득도하였기에 이렇듯 횡포를 부린단 말인가?"

그러자 손대성은 목청을 가다듬고 제 자랑을 늘어놓기 시작했다.

"나로 말할 것 같으면 이런 사람이다!……"

하늘과 땅 사이에 저절로 태어나고 자라나 영(靈)을 이룬 혼선(混仙)이요,
화과산 산중에서 늙은 원숭이라네.
수렴동의 동굴 속을 내 집 기반으로 삼고,
친구 사귀며 스승을 찾아 태현(太玄)의 오묘한 도리를 깨우쳤도다.
불로장생의 술법을 얼마쯤은 익혔고, 광대무변한 변화술도 배웠노라.
그러나 범속한 세상은 땅이 비좁아 싫으니,
천궁 요지에 올라가 살기로 뜻을 세웠도다.
영소보전은 옥황상제 혼자서 길이 소유할 것이 아닌즉,

역대 인간의 제왕들처럼 왕위를 물려주어야 하는 법.
힘센 자가 존귀한 자리에 오르는 것이 당연하거늘,
옥좌를 내게 양보함이 옳으리로다.
그래서 이 영웅은 그 자리를 탐하여 다투는 중이라네.

석가여래는 기가 막혀 껄껄대고 비웃었다.
"네놈은 기껏해야 한낱 원숭이의 정령에 지나지 않거늘, 그런 녀석이 주제넘게도 어딜 감히 옥황상제의 존귀한 보좌를 빼앗으려 다툰단 말이냐? 그분으로 말하자면 어려서부터 도행을 닦아 오늘날까지 천 칠백 오십 겁(劫)이나 고행을 쌓으셨다. 그 세월이 얼마나 되는지 아느냐? 일 겁이란 십이만 구천 육백 년이다. 너도 헤아려보아라. 그분이 몇 해를 두고두고 고심참담하게 수련하였기에 그런 무극대도(無極大道)를 누릴 수 있게 되셨는지 말이다. 너처럼 인간이 되다 찌그러진 일개 축생(畜生)이 어찌 감히 그런 허풍을 떤단 말이냐? 네놈은 천궁의 보좌를 넘보기는커녕 사람 노릇도 못 할 녀석이다! 사람 노릇도 못 할 녀석이야! 허튼 소리일랑 집어치우고 일찌감치 천도에 귀의하거라! 네가 혼뜨검이 나는 날에는 그 알량한 목숨 하나도 눈 깜짝할 사이에 끝장나고 네 본래의 면목조차도 보전하기 어려울 것이다."

엄한 꾸지람을 받고도, 손대성은 외눈 하나 깜짝하지 않는다.
"흥! 옥황상제가 아무리 오랜 세월을 수행했기로서니, 그렇다고 해서 언제까지나 그 자리를 차지하고 있으란 법이 어디 있소? 속담에도 '황제 노릇은 돌려가며 하는 법, 명년에는 내 차례가 되리라' 하지 않았소? 잔말 말고 그더러 딴 데로 옮겨가고 천궁일랑 내게 넘겨달라 하시오. 그럼 그만 아니겠소? 만약 내게 양도하지 않는다면, 내 기필코 이 천궁을 송두리째 뒤엎어서 영영 태평할 날이 없게 만들어놓고야 말겠소!"

"네가 불로장생술과 변화술법 말고, 또 무슨 재능이 더 있기에 천궁을 빼앗겠다는 거냐?"

"재간이야 얼마든지 있고 말고! 나는 일흔두 가지 변화술법을 지녔고, 만겁을 두고 불로장생할 수도 있소. 뿐만 아니라 근두운을 타면 십만 팔천 리를 단숨에 날아갈 수도 있소. 이러고도 내가 천궁의 보좌에 올라앉을 자격이 없단 말이오?"

"그렇다면 나하고 내기를 해보자꾸나. 네게 만약 그런 재주가 있다면 근두운을 타고 내 오른 손바닥에서 빠져나가보아라. 내 손바닥에서 빠져나가기만 한다면 네가 이긴 것으로 쳐주고, 더 이상 흉기를 휘둘러가며 수고롭게 싸울 필요도 없이 옥황상제더러 서방 세계로 옮겨가 사시도록 하고, 이 천궁을 네게 넘겨주도록 하마. 그러나 이 손바닥에서 벗어나지 못할 경우, 네놈은 하계로 돌아가 요괴 노릇이나 하면서 몇 겁을 더 도행을 닦은 후에 다시 찾아와 겨루는 것이 어떻겠느냐?"

손대성은 이 말을 듣고 속으로 코웃음을 쳤다.

'이 석가여래란 친구도 아주 바보 멍텅구리일세그려! 이 손선생께서 근두운을 한 번 타면 십만 팔천 리를 날아간다는 말이 미덥지 않은 모양이지? 저 손바닥은 둘레가 고작해야 일 척도 못 되는데, 어째서 못 빠져나간단 말인가?'

그는 석가여래의 마음이 바뀔까봐 얼른 다짐을 두었다.

"당신, 그 말대로 약속할 수 있겠소?"

"물론 하고 말고!"

석가여래는 대답과 함께 오른 손바닥을 펼쳐 내밀었다. 손바닥은 고작 연잎만한 크기였다.

다짐을 받고 난 손대성이 여의금고봉을 거둬들인 다음, 위세 있게 훌쩍 몸을 솟구쳐 부처님의 손바닥 한가운데 우뚝 올라섰다.

"자아, 그럼 나는 간다!"

한마디를 남겨놓는 찰나, 한 줄기 운광이 번쩍하고 스쳐 나가더니, 손대성의 그림자는 벌써 온데간데없이 사라졌다. 석가여래는 혜안을 똑바로 뜨고 지긋이 바라보았다. 바라보니, 원숭이 임금은 흡사 풍차 돌아가듯 단 한 순간도 멈추지 않고 그저 앞으로 앞으로 나아가고만 있었다.

얼마나 치달렸을까, 손대성이 한참을 날아가는 도중 갑자기 앞쪽에 고깃덩어리처럼 불그스레한 기둥 다섯 개가 하늘빛 같이 푸른 기운을 떠받치고 가지런히 세워져 있는 것이 아닌가?

그것을 보고 손대성은 혼잣말로 중얼거렸다.

"오냐, 저기가 길 끝이로구나! 여래가 단단히 약속했으니까, 이제 돌아가면 영소보전의 옥좌는 내 차지가 되렷다!"

일단 안심은 되었으나, 손대성은 역시 의심 많은 원숭이라, 이어서 또 궁리를 했다.

"가만 있거라! 이대로 돌아가면 증거가 없지 않은가? 옳거니, 여기다가 무슨 표적을 남겨두기로 하자꾸나. 그렇게 해두면 석가여래와 따지기도 좋을 것이다."

그는 솜털 한 오리를 뽑아 "훅!" 하고 선기(仙氣)를 한 모금 불어넣은 다음, 외마디 호통을 질렀다.

"변해라!"

그러자 솜털이 당장에 짙은 먹물을 듬뿍 머금은 붓 한 자루로 변했다. 손대성은 붓을 들고 기둥 다섯 개 중에 가장 높은 가운데 기둥에 큼지막한 글씨로 이렇게 썼다.

제천대성, 여기 와서 노닐고 가시도다.

솜털을 도로 거두어 넣은 그는 그 정도만으로 모자랐는지, 점잖지도 못하게 제일 첫번째 기둥뿌리 밑에다 원숭이 오줌을 흠뻑 내갈겨놓았다. 그리고 나서야 근두운을 되돌려 처음 떠났던 곳으로 돌아와 석가여래의 손바닥 위에 내려섰다.

"이제 다녀왔소. 그러니까 약속대로 옥황상제더러 천궁을 내게 넘겨주라고 하시오."

석가여래가 버럭 호통쳐 꾸짖었다.

"이 얌통머리 없는 오줌싸개 원숭이 녀석 같으니! 네놈은 내 손바닥 안에서 한 발짝도 떠난 적이 없다!"

손대성도 질세라, 험상궂게 대거리를 했다.

"모르시는 말씀 작작 하구려! 방금 나는 하늘 끝에까지 갔었소. 거기에 당도해보니, 살덩어리처럼 불그스레한 기둥 다섯 개가 푸른 하늘을 떠받치고 서 있기에, 그 기둥에다 표지를 남겨두고 오는 길이오. 믿지 못하겠거든 나하고 한번 가보지 않을 테요?"

석가여래는 한마디로 거절했다.

"가볼 것도 없다! 고개를 숙여서 이걸 보려무나."

손대성이 화안금정 고리눈을 부릅뜨고 아래쪽을 굽어보았더니, 이게 웬일인가! 부처님의 오른 손바닥 가운뎃손가락에 기막힌 글씨가 한 줄 씌어 있지 않는가?

제천대성, 여기 와서 노닐고 가시도다.

어디 그뿐이랴, 엄지손가락과 검지가 갈라진 밑뿌리에서는 아직도 원숭이의 오줌 지린내가 물씬물씬 풍겨 나오고 있다.

손대성은 깜짝 놀라 저도 모르게 버럭 고함을 질렀다.
"이럴 수가 있나! 이럴 수가!…… 나는 이 글씨를 분명 하늘을 떠받치고 있던 기둥에다 써놓았는데, 어떻게 이 사람 손가락에 씌어 있단 말인가? 설마 이 여래란 사람은 점을 쳐보지도 않고 미리 알아내는 술법을 가지고 있는 것은 아닐까? 난 믿지 못하겠어! 믿지 못하겠단 말이야! 잠깐만 기다려요! 내 다시 한 번 갔다 올 테니까!"

앙큼스런 손대성, 황급히 몸을 솟구쳐 다시 빠져나오려 했으나, 이미 때는 늦었다. 부처님의 손바닥이 홀떡 뒤집히면서 "탁!" 하고 한 대 후려치니, 이 분수 모르는 원숭이 임금은 서천문 바깥으로 튕겨 날아가고, 이어서 다섯 손가락이 금·목·수·화·토의 봉우리가 잇따른 산악으로 변하여 그를 꼼짝 못하게 눌러버리고 말았다. 이 다섯 산봉우리가 이름하여 '오행산(五行山)'이다.

곁에서 지켜보던 뇌신들과 아난, 가섭 존자가 한결같이 합장을 하고 부처님의 법력을 칭송하였다.

"잘하셨나이다! 잘하셨나이다!"

그 옛날 옛적 알이 변하여 인간이 되었고,
뜻을 세워 수행하니 과연 참된 도리를 깨우쳤으며,
만겁을 두고 바뀜 없는 승경에 거처하다가,
하루아침에 변덕을 부려 정신이 흐트러졌네.
하늘을 업신여기고 웃어른을 속여 주제넘게도 높은 벼슬을 탐냈으며,
거룩하신 분을 능멸하여 금단을 훔치고 천궁의 윤리를 어지럽혔도다.
악행이 가득 차 오늘에 응보를 받으니,

어느 세월에야 그 죄가 풀릴지 모르겠구나.

석가여래는 요망한 원숭이를 수습한 뒤, 곧바로 아난과 가섭 두 제자를 데리고 서방 극락 세계로 돌아가려 했다. 그러나 이때 천봉원수(天蓬元帥)와 천우원수(天佑元帥)가 영소보전에서 급히 달려나와 아뢰었다.

"여래님, 잠깐만 기다리소서! 옥황상제님께서 이리로 납시는 중이옵니다."

부처님이 그 말을 듣고 고개를 돌려 우러러보았더니, 잠시 후에 과연 팔경난여(八景鸞輿)에 구광보개(九光寶蓋)가 바라다보이고, 현묘한 음악 소리와 무량신장(無量神章)을 읊조리는 가락이 들려왔다. 보배로운 꽃송이가 흩뿌려지고 진한 향내가 뿜어 나오는 가운데, 옥황상제의 어가는 부처님 앞에 도달했다.

"위대하신 법력으로 저 요사스러운 원숭이를 수습하셨으니, 실로 감사하오이다. 여래님께서 부디 하루쯤 천궁에 머물러주신다면, 감사하는 뜻으로 제신들을 초청하여 연회를 베풀고 모시고자 합니다."

석가여래는 감히 옥황상제의 뜻을 어기지 못하고 두 손 모아 사례했다.

"노승은 대천존 어른의 명을 받들어 이곳에 왔을 뿐, 제게 무슨 법력이 있겠습니까? 이 모든 것이 대천존 어른과 제신들의 크나큰 덕분이신데, 노승이 어찌 감히 감사의 뜻을 받을 수 있겠습니까?"

옥황상제는 전지(傳旨)를 내려서, 뇌부 소속 신장들을 여러 갈래로 나누어 보내 삼청(三淸), 사어(四御), 오로(五老), 육사(六司), 칠원(七元), 팔극(八極), 구요(九曜), 십도(十都)를 비롯하여 천진(千眞) 만성(萬聖)들을 모두 초청하고, 이들이 하례연(賀禮宴)에 참석하여 부처님의 은혜에 사례하도록 명하였다. 그리고 또 사대 천왕과 구천 선녀에게 명령을 내려 옥경금궐(玉京金闕)이며 태현보궁(太玄寶宮), 동양옥관(洞陽玉館)을 모두 활짝 열어놓고 석가여래를 모셔다가 칠보 영대 높은 자리에 앉힌 다음, 문무 백관의 서열에 따라 좌석을 만들어놓고 용의 간, 봉황의 골수 등 온갖 산해진미에 옥액경장의 선주(仙酒)와 반도원의 복숭아를 차려놓게 하였다.

얼마 안 있어, 옥청관(玉清觀)의 원시 천존(元始天尊), 상청관(上清觀)의 영보 천존(靈寶天尊), 태청관(太清觀)의 도덕 천존(道德天尊),[9] 오기진군(五炁眞君), 오두성군(五斗星君), 삼관사성(三官四聖),[10] 구요진군(九曜眞君), 좌보(左輔), 우필(右弼), 이천왕, 나타태자, 원허(元虛) 등 제신들이 옥황상제의 명령에 응하여 쌍쌍이 깃발과 채색 일산을 받쳐들고 참석했는데, 이들 모두가 저마다 진주 보석에 장수를 비는 과일이며 진귀한 꽃들을 가져다 부처님 앞에 바치고 하례했다.

"여래님의 무량하신 법력으로 저 요망한 원숭이를 굴복시키셨으므로, 대천존께서 연회를 베푸시와 저희들더러 모두 참석하여 사례하라 명하셨습니다. 이제 여래님께서 이 연회석에 좋은 이름을 하나 지어주셨으면 하는데, 여래님의 뜻은 어떠하오리까?"

석가여래는 제신들의 부탁을 받아들였다.

"이름을 지으라 하시니, '안천대회(安天大會)'라 붙이는 것이 좋을

---

9 원시 천존 · 영보 천존 · 도덕 천존: 제5회 주 **1** '삼청 · 사제' 참조.
10 오기진군 · 삼관 · 사성: '오기진군'은 오덕성군(五德星君), 곧 일기 동방 목덕중화성군(一炁東方木德中華星君), 이기 서방 금덕태백성군(二炁西方金德太白星君), 삼기 남방 화덕형혹성군(三炁南方火德熒惑星君), 사기 북방 수덕사신성군(四炁北方水德司辰星君), 오기 중앙 토덕지후성군(五炁中央土德地睺星君)이다.
'삼관'이란 도교에서 신봉하는 하늘, 땅, 물을 다스리는 신령, 즉 복을 내리는 천관(天官), 죄를 사하여 주는 지관(地官), 액을 풀어주는 수관(水官)을 말한다. '사성(四聖)'은 도교에서 태상노군(=노자)의 4대 제자로 일컫는 신령, 즉 남화진인(南華眞人) 장주(莊周, 장자), 충허도인(沖虛道人) 열어구(列御寇, 열자), 통현진인(通玄眞人, 文子?), 통령진인(洞靈眞人) 항창자(亢倉子)가 이들이다.

듯합니다."

여러 신선과 원로들이 이구동성으로 찬탄을 했다.

"허어, '안천대회'라! '천궁을 안정시키셨다'는 뜻이니, 이 잔치에 썩 어울리는 이름입니다."

말을 마치자, 제신 원로들은 제각기 자리 잡고 앉았다. 이윽고 연회가 시작되었다. 그들이 술잔을 돌리고 서로 축하의 말을 주고받는 동안, 풍악을 잡히는 소리가 질탕하게 울려 퍼지면서 '안천대회' 축하연은 점입가경으로 빠져들었는데, 그야말로 일대 장관이라 할 수 있었다.

이를 증명하는 시구가 있다.

반도원에 베풀었던 잔치는 원숭이 한 마리가 난장판으로 만들었으나,
안천대회 잔치 자리는 반도연보다 더 풍성하다.
용의 깃발과 난여(鸞輿)의 끝대에는 상서로운 아지랑이 감돌고,
보옥으로 꾸민 깃폭에는 서기가 나부낀다.
선악(仙樂)의 그윽한 노랫가락 운율이 아름답고,
봉황의 퉁소와 옥 피리는 드높이 울린다.
옥액경장 진동하는 술 향기에 뭇 신선들이 모였고,
우주가 태평하니 거룩한 조정의 덕을 경축하는도다.

이렇듯 좌중이 흥겹게 즐기고 있노라니, 서왕모 낭랑이 아름다운 항아, 선녀들을 이끌고 나타났다. 서왕모는 미희와 미녀들과 함께 바람결에 나부끼듯 너울너울 춤추면서 석가여래 앞에 이르러 다소곳이 인사를 드렸다.

"지난번에 저 요망한 원숭이가 반도연을 난장판으로 만들어 여러

손님들을 모시려던 일이 수포로 돌아갔으나, 오늘 여래님께서 대법력으로 그 발칙한 원숭이를 잡아 가두어놓으시고, 이렇듯 '안천대회'의 축하연을 열게 되었습니다. 이 경사스러운 자리에 무엇으로 사례를 올려야 좋을는지 모르겠사와, 오늘 제가 손을 깨끗이 씻고 직접 반도원의 해묵은 나무에서 농익은 복숭아를 몇 개 골라 따서 바치고자 합니다."

서왕모는 손수 반도 복숭아 쟁반을 석가여래에게 바쳤다.

절반은 붉고 절반은 푸르러 향기로운 안개 뿜으니,
아리따운 향기는 만년을 가리라.
무릉도원의 종자가 으뜸이라 웃지 말라,
천궁의 씨앗과 어찌 강함을 다투리오?
자줏빛 무늬에 부드러운 살결은 우주에 드물고,
누른 씨의 상큼하고 달디단 맛은 천하에 짝이 없다.
연년익수(延年益壽) 수명을 늘려 범태육골의 체질을 바꿔주니,
연분이 있어 이를 먹는 자는 스스로 비상하도다.

석가여래는 합장하여 서왕모에게 감사의 답례를 올렸다. 서왕모는 다시 선녀 선동들에게 명령을 내려, 노래할 이는 노래하고 춤출 이는 춤을 추게 하니, 연회장을 가득 메운 여러 신선들이 또 한 차례 찬탄하여 마지않았다.

아련한 천국의 향기 좌중에 가득 감돌고,
신선의 꽃떨기 꽃술이 어지러이 나부낀다.
천상의 옥경금궐(玉京金闕)에 영화가 비할 데 없이 크고 크니,
기이한 진품은 값을 매길 수 없구나.

둘씩 짝을 맞춰 하늘과 수명을 같이 누리고,
쌍쌍이 어우러져 만겁을 보태네.
뽕밭이 푸른 바다로 바뀐다 해도 그냥 두려무나,
세월 가는 대로 따르니 놀라울 일도 의아스러워 할 일도 아니라네.

바야흐로 선녀 선동들의 춤과 노래가 절정에 다다르고 술잔의 주인들이 흥겹게 바뀔 무렵, 홀연 기이한 향내가 또 한 차례 귀빈들의 코를 자극했다.

한바탕 짙은 향기가 코를 찌르니, 연회석에 가득한 별자리들이 놀라 웅성거리네.
대천존 옥황상제와 부처님 석가여래도 술잔을 내려놓고,
저마다 고개 들어 바라보니,
은하수 흐르는 가운데 노인 한 분이 나타나는데,
손에는 불로초 영지를 받들고,
호리병에는 만년단을 가득 담았으며,
보록(寶籙)에는 그 이름이 천기(千紀)의 장수를 누린다고 적혔다네.
동굴 속 천지건곤(天地乾坤)을 그의 뜻대로 맡기고,
병 속의 일월도 그의 뜻에 따라 성취된다.
사해를 떠돌며 한가로운 청복 즐기고,
십주(十洲)를 소요하며 기분을 푸니 수레바퀴 살이 바퀴 통에 모이누나.
일찍이 반도연회에 나아가 술 취한 적이 몇 번이었던가,

깨어났을 때마다 밝은 달은 예나 다름없었다네.
갸름한 머리 큰 귀에 단신 체구가 누구이신가,
인간 세상에 장수(長壽)를 내린다는 남극수성(南極壽星)[11] 그분이라네.

남극수성이 도착했다. 그는 먼저 옥황상제를 뵙고 나서 다시 석가여래 앞으로 나아가 예를 갖추고 감사의 뜻을 표했다.

"처음에 태상노군께서 그 요망한 원숭이를 두솔궁으로 끌어다가 진화(眞火)로 단련하셨다기에, 이제는 천궁이 무사태평하게 되리라고 생각하였으나, 뜻밖에도 그놈이 뛰쳐나와 또다시 천궁을 어지럽히고 있다는 소식을 전해 들었습니다. 그런데 천만다행히도 여래께서 그 요괴를 굴복시켜주시고, 축하연을 베풀어 하례를 받으신다는 소식이 또 왔기에 이렇게 달려 왔습니다만, 별로 드릴 예물이 없는 터라 마음먹고 불로장생의 자지요초(紫芝瑤草)와 벽우금단(碧藕金丹)이나 올릴까 합니다."

벽우금단을 석가님께 바치노니,
여래 부처님은 항하(恒河)의 모래알처럼 만수를 누리겠네.
청평 세계 영원한 복락을 구하니 삼승의 비단이요,
건강하고 장수함이 구품화(九品花)로다.
무상문(無相門) 가운데 참된 법주(法主)요,
'색시공(色是空)'의 천상이 신선의 집이라네.
건곤 대지가 모두 불로장생의 원조라 일컬으니,

---

11 남극수성: 도교에서 남극성(南極星)을 주재하는 신령. 곧 남극장생대제(南極長生大帝), 또 다른 속칭으로 남극선옹(南極仙翁), 남극 노인. '모든 영혼을 주재하며 인간의 수명을 늘려주는 신령'이므로, 복과 장수를 기원하는 사당이 있다.

일 장 육 척의 금신(金身)에 수복이 오래도다.

석가여래가 기쁜 마음으로 예물을 받았다. 남극수성이 자리 잡고 앉으니, 또다시 술잔을 주고받기 시작한다.
이때에 또 적각대선이 당도했다. 그는 옥황상제 앞에 허리 굽혀 예를 올린 다음, 석가여래에게 고마움을 표시했다.
"여래님의 대법력 덕분으로 요사스런 원숭이를 항복시킬 수 있었습니다. 존경을 표할 만한 예물이 없사와, 교리(交梨) 배 두 개와 화조(火棗) 대추 몇 알을 올리나이다."

적각대선의 대추와 배는 맛이 향기로워,
아미타여래불께 장수하시라 바치네.
칠보연대(七寶蓮臺)의 산세는 평온하고,
천금의 꽃 좌석은 비단같이 단장했도다.
수명이 천지와 같이한다는 말씀이 그릇될 리 없고,
복록이 바다 물결에 견준다는 말 또한 허황한 것이 아니라네.
수복은 기약한 바와 같아지리니,
진실로 청아하고 한가로운 서방 극락일세.

석가여래는 또 한 번 사례하고 나서, 아난과 가섭 두 제자를 시켜 받은 예물을 낱낱이 수습한 다음, 축하연을 베풀어주신 옥황상제에게 거듭 감사의 뜻을 표했다.
주인과 손님들이 모두들 거나하게 취했을 때, 순시를 맡고 있던 영관(靈官)이 달려와 아뢰었다.
"대성이란 놈이 머리를 내밀기 시작했습니다."

그러나 부처님은 대수롭지 않게 말했다.

"괜찮소, 너무 걱정할 것 없소이다."

그리고 소매 춤에서 부적 한 장을 꺼내 들었는데, 거기에는 황금빛 글씨로 '옴(唵)·마(嘛)·니(呢)·반(叭)·메(咪)·홈(吽)'[12]의 여섯 자가 쐬어 있었다. 그는 부적을 아난존자에게 건네주면서, 오행산 정상에 갖다 붙이라고 분부했다.

아난존자는 부적을 받아들고 그 즉시 하늘 문을 나서더니 곧바로 오행산 꼭대기에 다다라, 네모난 돌 윗면에 그것을 단단히 붙여놓았다. 그랬더니 오행산은 당장 뿌리가 내려서 대지와 맞붙어버리고 말았다. 이리하여 그 밑에 억눌린 손대성은 겨우 숨이나 쉬고 손목도 바깥으로 내뻗을 수 있고 버둥버둥 뒤틀 수도 있지만, 몸뚱이 전체가 빠져나가지는 못하게 되고 말았다.

아난존자는 천궁으로 돌아가 부처님께 복명했다.

"부적을 붙이고 돌아왔습니다."

이윽고 석가여래는 옥황상제를 비롯하여 모든 신령들에게 작별을 고하고 두 존자와 함께 하늘 문을 나섰다. 그러나 돌아가는 도중에 또 자비심이 일어, 진언과 주문을 외워 오행산 일대를 지키던 토지신을 하나 불러낸 다음, 오방게체(五方揭諦)들과 함께 그 산에 거처하면서 죄수를 감시하라는 분부를 내리고 덧붙여 이렇게 말하였다.

"그놈이 배고프다고 하거든 무쇠 알〔鐵丸〕을 먹이고, 목마르다고 하거든 구리 녹인 물〔銅汁〕을 마시게 해주어라. 형기가 다 차게 되면,

---

[12] 옴·마·니·반·메·홈: 불교 용어로, '오! 연화 위의 마니주여!oṁ mani pa dme hūṁ'라는 기원의 뜻. 마니주(摩尼珠)는 악을 떠나게 하고 흐린 물을 맑게 하며 재난을 피하는 덕이 있다는 구슬이다. 중국 명나라 때에는 비슷한 음으로 '내가 너를 속였다(俺把你哄了)an ba ni hong le'라는 뜻의 불교를 풍자하는 유행어가 나돌았다고 한다.

자연 그놈을 구출해줄 사람이 나타날 것이다."

그야말로 신세가 처량하게 된 제천대성 손오공, 이런 시구가 증명을 한다.

  요망한 원숭이 대담하게도 천궁을 배반하였다가,
  여래님께 붙잡혀 굴복당했도다.
  목마르면 구리 녹인 물 마시면서 세월 보내고,
  배고프면 무쇠 알 먹으며 때를 보낸다.
  하늘의 재앙 앞에 고통스러운 시련을 받으니,
  인간 만사는 처량한데 목숨 긴 것만 기쁘구나.
  영웅이 만약 다시 굴레를 벗고 뛰쳐나가는 날이 오면,
  그해에 부처님 받들고 서방 극락 세계에 가리로다.

또 이런 시도 있다.

  제 힘 강한 것만 믿고 세력을 크게 떨쳐,
  항룡복호 수단을 다 뽐내더니,
  선록(仙籙)에 올라 은총 입고 옥경(玉京)에 살았으나,
  반도 복숭아 훔쳐 먹고 어주를 훔쳐 마셔 천궁을 뒤집었다.
  악행이 하늘에 가득 차서 곤경에 빠진 몸 되었으되,
  착한 근본은 끊기지 않고 운수 역시 아직은 오르고 있다.
  어느 때나 석가여래의 손아귀를 벗어나,
  당나라 거룩한 스님 나타날 때를 기다려야 하리?

손대성은 과연 어느 해, 어느 달에야 기한이 꽉 차서 재앙을 벗어날 것인지, 다음 회에서 풀어보기로 하자.

제8회 부처님은 경전을 지어 극락 세계에 전하고, 관음
보살 법지 받들어 장안성 가는 길에 오르다

다음의 시편은 그 이름을 「소무만(蘇武慢)」이라고 한다.

참선(參禪)의 관문을 물어보자면,
추구하는 사람은 수없이 많으나 헛된 늙음으로 끝마치는 경우
가 더 많다네.
벽돌을 갈아 거울 만들려 하고, 눈 더미를 쌓아놓고 양식 삼으
려 하다니,
젊은이들 얼마나 미혹했더냐?
작은 털이 큰 바다 삼키고, 겨자씨가 수미산(須彌山)을 용납하
니,[1]
금색 두타(金色頭陀)가 빙그레 미소짓는다.
도를 깨우쳤을 때는 십지삼승(十地三乘)[2]을 초탈하고,
사생육도(四生六道)[3]가 엉겨붙는 법.

---

1 겨자씨가 수미산을 용납하니……: 수미산(須彌山, 妙高山)sumeru은 불교 설화에 나오는 높이 360만 리에 달하는 거대한 산, 겨자씨는 지극히 작고 보잘것없는 것의 비유. 부처님은 설법 중에 "불법(佛法)은 광대하니, 수미산을 겨자씨에 감출 수 있다"고 하였다.

2 십지·삼승: 불교에서 십지(十地)는 보살이 수행하는 데 반드시 거쳐야 할 52단계 중 제41단계부터 제50단계까지의 열 가지 경계. 즉 환희지(歡喜地)·이구지(離垢地)·발광지(發光地)·염혜지(焰慧地)·극난승지(極難勝地)·현전지(現前地)·원행지(遠行地)·부동지(不動地)·선혜지(善慧地)·법운지(法雲地)를 말한다. 삼승(三乘)은 사람을 태워 깨달음에 이르게 하는 세 가지 수단. 자세한 것은 제2회 주 **3** 참조.

절상(絶想)의 낭떠러지 앞에서, 그늘 없는 나무 아래,

뻐꾸기 봄날 새벽녘 우짖는 소리를 누가 들었더냐?

조계(曹溪)⁴에 나가는 길은 험난하고, 영취산 고개 마루턱 구름은 깊어,

그곳에 살던 고인의 소식은 묘연하다.

천 길 물줄기 떨어지는 절벽에 다섯 잎 연꽃이 활짝 피어나고,

해묵은 전각에 드리운 주렴에 향기 그윽하다.

그 시절에 원류를 꿰뚫어 보았더니, 용왕의 삼보(三寶)가 보이는구나.

한편, 석가여래는 옥황상제에게 작별을 고하고 뇌음사로 돌아왔다. 보찰에 당도하고 보니, 삼천 제불(三千諸佛), 오백 나한(五百羅漢), 팔대 금강(八大金剛), 무변보살(無邊菩薩) 들이 한결같이 일산 보개(日傘寶蓋)와 깃발을 잡거나, 기이한 보배와 신선의 꽃을 들고 영취산 선경에 줄지어 늘어서서 기다리고 있다가, 사라쌍수(娑羅雙樹) 나무 숲 그늘 밑에서 석가여래를 영접하였다.

석가여래는 구름을 멈추고 무리들을 향해 이렇게 말씀하셨다.

내가 깊고 깊은 반야(般若)⁵로써 삼계(三界)를 두루 바라보았

---

3 사생·육도: 사생(四生)은 중생이 세상에 태어날 때 드러내 보이는 네 가지 모습, 즉 태생(胎生, 포유동물), 난생(卵生, 날짐승과 파충류), 습생(濕生, 곤충·갑각류·양서류)과 화생(化生, 매미·나비처럼 탈바꿈하는 동물)을 말한다. 육도(六道)란 중생이 선악의 업보에 따라 생사 윤회를 거듭하는 여섯 가지 세계, 곧 지옥도(地獄道)·아귀도(餓鬼道)·축생도(畜生道)·수라도(修羅道)·인간도(人間道)·천상도(天上道). 다른 이름으로 '육취(六趣)'라고도 한다.

4 조계: 중국 광동성(廣東省) 곡강현(曲江縣)에서 발원하여 동남쪽 30리 쌍봉산(雙峰山) 계곡에 흐르는 냇물. 677년 육조 혜능(六祖慧能)이 그 상류에 보림사(寶林寺)를 세우고 선종(禪宗)을 크게 일으킨 곳. 여기서는 부처님의 땅을 암시하고 있다.

도다.

　근본의 성원(性原)은 필경 적멸(寂滅)이다.

　허(虛)와 한가지로 상(相)은 공(空)이니, 있는 것이라고는 하나도 없다.

　요괴 원숭이를 굴복시켰으니, 이 일은 알 것도 없다.

　살아 있다 함은 죽음의 시작이니, 법상(法相)이란 이와 같은 것이다.

　말씀을 마치니, 몸에서 사리(舍利)[6]의 광채가 쏟아져 나와 흰빛 무지개 마흔두 가닥이 온 하늘을 뒤덮고 남북으로 잇닿았다.

　무리들은 그 광경을 보고 석가여래에게 무릎 꿇어 예배를 올렸다. 잠시 후, 석가여래는 경사스러운 구름과 오색 안개에 싸여 보련대 위에 오르더니, 단정한 자세로 앉았다. 삼천 제불, 오백 나한, 팔금강, 사보살[7]이 합장하고 그 앞에 다가가 예를 올린 다음에 여쭈었다.

　"천궁을 소란하게 만들고 반도연회를 어지럽혔다는 자가 누구이오니까?"

　여래가 대답했다.

　"그놈은 바로 화과산에서 태어난 원숭이의 요정이다. 그놈이 저지른 죄악으로 치자면 하늘에 사무쳐 한두 마디 말로써는 이루 형언하기 어려울 지경이다. 천상의 모든 신장들이 출동했어도 굴복시키지 못하였

---

5 반야: 불교 용어로 paññā의 음역. 도리를 판단할 수 있는 혜(慧), 지식과 학문을 가리키는 명(明). 사물의 실상을 올바르게 받아들여 진리를 판별하는 인식, 곧 지혜(智慧)의 뜻.
6 사리: 불교 용어로 śarīra의 음역. 부처 또는 성자의 유골을 뜻한다. 설리라(設利羅).
7 사보살: 관음(觀音)·미륵(彌勒)·보현(普賢)·문수(文殊)처럼 사바 세계의 중생들과 인연이 가장 깊다는 보살들을 가리킨다.

고, 현성 이랑진군이 가까스로 붙잡아 태상노군의 팔괘로에 던져 넣고 단련했는데도, 역시 그놈에게 상처 하나 입힐 수가 없었다.

내가 그리로 갔을 때, 그놈은 마침 뇌부 소속 신장들에게 포위되어 있었으나, 여전히 위세를 떨쳐가며 무용(武勇)을 뽐내고 있었다. 나는 우선 그 싸움을 중지시켜 놓고 그놈에게 내력을 물었다. 그랬더니 그놈은 신통력도 지녔고 변화술법도 잘 쓸 뿐 아니라, 근두운을 타면 단숨에 십만 팔천 리를 날아갈 수 있다고 하였다.

나는 그놈에게 내기를 걸었는데, 그놈은 결국 내 손바닥에서 벗어나지 못하였다. 그래서 나는 그놈을 한 줌에 움켜잡은 다음, 내 다섯 손가락을 오행산으로 변하게 하여, 그놈을 그 산 밑에 눌러 가두어놓고 말았다.

옥황상제는 내게 사례하는 뜻에서 금궐요궁을 활짝 열어놓고, 나를 청하여 상석에 앉히고 '안천대회' 큰 잔치를 베풀어주셨다. 나는 옥황상제에게 작별을 고하고 이제 돌아온 길이다."

무리들이 그 말씀을 듣고 크게 기뻐하면서 석가여래의 공덕을 극구 찬양하였다. 인사가 끝나자, 여래 앞을 물러나온 그들은 각각 맡은 부서로 돌아가, 천진(天眞)[8]의 나날을 함께 즐기며 보냈다. 그날의 즐거움을 두고 이런 시가 있다.

> 상서로운 아지랑이 천축(天竺)에 가득 차고,
> 무지갯빛은 세존(世尊)을 둘러싸고 있다.
> 서방 극락 세계 으뜸이라 일컫는 무상 법왕문(無相法王門).
> 언제나 현원(玄猿)이 과일 바치고, 사불상 미록(麋鹿)이 꽃 재

---

8 천진: 노장 사상(老莊思想)에서 일컫는 용어. 곧 작위(作爲)를 부리지 않고 천성 그대로 존재하는 것을 말한다.

갈을 물었네.

푸른 난새〔靑鸞〕가 춤을 추면, 오색 찬란한 채봉(彩鳳)은 길게 우짖는다.

신령한 거북이 축수를 드리고, 선학(仙鶴) 두루미는 영지초를 캔다.

안락정토(安樂淨土)⁹ 기원정사(祇園精舍) 평안함을 누리고,

팔대 용왕의 궁전, 항하사(恒河沙) 모래알처럼 무수한 세계를 받아서 쓰네.

날이면 날마다 꽃이 피고, 철이면 철기마다 열매가 무르익는다.

고요함에 습관 붙여 진리에 귀의하니, 참선하여 정과를 얻으리라.

불멸하고 불생하니, 늘어남도 줄어듦도 없다.

가물가물 안개 노을 오락가락 떠돌고,

추위와 무더위가 침범하지 않으니, 해 가는 줄 모른다.

석가여래는 영취산 대뇌음사 보찰에 거처하고 계셨는데, 어느 날 여러 부처와 아라한(阿羅漢),¹⁰ 게체(揭諦, 아제), 보살, 금강, 비구승, 비구니들을 모두 불러 모아놓고 이렇게 말씀하셨다.

"저 고약한 원숭이를 굴복시키고 천궁을 평안하게 만든 이후로, 내가 있는 곳에서는 몇 해 몇 달이 되었는지 모르겠다만, 속세에서는 짐작하건대 오백 년쯤 흘렀으리라 본다. 이제 음력 칠월 보름이라, 나에게

---

9 안락정토: 아미타불의 국토. 온갖 고통 없이 오로지 즐거움만 있다는 땅으로 극락(極樂)과 같은 뜻. 안양(安養)·무량수불토(無量壽佛土)·무량광명토(無量光明土)·무량청정토(無量淸淨土) 등으로도 쓰인다.

10 아라한: 불교 용어 arhan의 음역. 나한(羅漢)이라고 줄여 쓰기도 함. 수행을 이루어 존경할 만한 사람, 예배와 공양을 받기에 적합한 수행자, 삼계(三界)의 일체 사념(思念)과 유혹을 끊어버리고 가장 높은 도를 깨우친 궁극의 성자를 뜻한다.

보분(寶盆)이 한 개 있으니, 온갖 모양의 기화요초와 희귀한 과일 따위를 두루 갖추어놓고 그대들과 더불어 '우란분회(盂蘭盆會)'[11]를 열었으면 하는데, 어떻게들 생각하느냐?"

그 말씀을 듣고 무리들은 하나같이 두 손 모아 합장하고 부처님께 삼잡례(三匝禮)를 올린 다음, 그 뜻을 받아들였다.

석가여래는 꽃송이와 과일 따위가 담긴 보분을 아난 존자더러 받들게 한 다음, 가섭을 시켜 무리들에게 나누어주게 하였다.

무리들은 감격한 나머지 저마다 헌시(獻詩)를 지어 바치고 그 은혜에 사례했다.

헌시는 수(壽), 복(福), 록(祿)의 순서로 차례차례 올랐는데, 먼저 부처님의 복을 비는 헌시는 이러했다.

복성(福星)이 세존 앞에 빛나니, 복은 깊게 스며들어 멀리멀리 이어가네.
복덕(福德)은 끝이 없어 대지와 함께 오래고,
복록(福祿)은 경사로움이 하늘과 잇닿는다.
복전(福田)에 널리 씨뿌리니 해마다 풍성하고,
복해(福海)는 넓고 깊어 해마다 굳세네.
복이 건곤(乾坤)에 가득 차니 복음(福蔭)은 많아지고,
복이 한량없이 늘고 늘어 길이길이 온전하네.

---

11 우란분회: 불교 용어로 ullambana의 음역. 죽은 사람이 사후 세계(死後世界)에서 거꾸로 매달려 고통받고 있는 것을 구하기 위해 제사 의식을 베풀고 삼보(三寶)에 공양하는 법회. 후대에 와서 특히 조상의 영혼을 위해 공양하는 법회가 되었다. 『우란분경(盂蘭盆經)』에 따르면, 목련존자(目連尊者)가 아귀도에 떨어진 어머니의 괴로움을 구하려고 행한 것이 그 기원이라고 한다.

다음은 녹(祿), 곧 행복을 비는 헌시다.

녹이 산처럼 무거우니 오색 봉황이 우짖고,
녹이 시절을 따르니 태백 장경성이 축원을 드리네.
녹이 만석(萬石)을 보태어 그 몸이 강건하고,
녹이 천 종(千鍾)¹² 을 누리니 세상이 태평하네.
녹봉은 하늘과 더불어 길이 든든하고,
녹명(祿名)은 바다처럼 더욱 맑고 깨끗하리.
녹은(祿恩)이 오래 이어 나가니, 뭇 사람이 우러르고,
녹작(祿爵)이 가없으니, 만국이 영화롭네.

그 다음은 장수를 비는 헌시다.

남극수성이 채색을 바쳐 여래님을 대하니,
수역(壽域)의 광채가 이로부터 열리네.
장수를 비는 과일이 쟁반에 그득하여 상서로운 아지랑이 일고,
장수를 비는 꽃을 새로 꺾어 보련대에 꽂으리.
장수를 비는 헌시가 청아하여 기묘함이 많고,
그 노랫가락 맞춰 아름다운 소리내누나.
수명을 길이 늘려 일월과 같아지니,
수명이 산과 바다 같아 더욱 유구하도다.

---

12 천 종: '종(鍾)'은 고대 도량형 단위. 주로 양곡을 계량하는 단위인데, '4승(升)을 1두(豆), 5두를 1구(區), 5구를 1부(釜), 10부를 1종(鍾)'이라 하였으므로, 1천 종은 곧 1백만 승(升)이란 막대한 분량이 된다.

여러 보살들은 헌시가 끝나자, 여래님께 근본을 밝혀주고 원류의 뜻을 설명해달라고 청하였다. 여래는 입을 가볍게 조금 열고 대법(大法)을 풀어 설명하면서 정과를 선양하는데, 그가 삼승묘전(三乘妙典)과 오온능엄(五蘊楞嚴)[13]을 설파할 때, 천룡(天龍)이 보련대 주위를 감싸고 도는 가운데 꽃비가 어지러이 흩날리며 쏟아져 내렸다. 그 광경이야말로 '선심(禪心)은 천강월(千江月)을 밝게 비추고, 참된 성정(性情)은 만리 하늘을 맑게 적신다'는 분위기 그대로였다.

설법을 마친 여래님은 무리들에게 이렇게 말씀하셨다.

"내가 사대 부주(四大部洲)를 살펴보니, 중생의 선악이 곳에 따라 다르다. 동승신주에 사는 사람들은 하늘과 땅을 공경하며 심기가 맑고 태평하다. 북거노주의 중생들은 살생을 즐기기는 하나 그것은 목숨을 이어가기 위한 호구지책이요, 성정이 치졸하고 거칠기는 해도 그다지 난폭한 짓을 저지르지는 않는다. 우리가 처한 이 서우하주의 중생들은 욕심을 부리지 않고 살생을 아니하며, 일심전력 수양하여 기를 돋우고 영성에 잠길 줄 안다. 비록 상진(上眞)은 없으나, 사람마다 천명대로 수명을 누리고 살아가고 있다.

그러나 저 남섬부주에 사는 중생들은 탐욕스럽고 음탕하며 남의 재앙을 기뻐하고 살생과 다툼을 많이 저지르니, 이야말로 '입과 혓바닥이 흉악한 싸움터요, 시비의 포악한 바다(口舌凶場, 是非惡海)'라는 말과 같다. 그러므로 이제 나는 삼장 진경(三藏眞經)[14]으로 그 사람들을 감화시

---

13 오온·능엄: 불교 용어로서 오온(五蘊)의 '온'은 '모아 쌓은 것, 화합하여 모은 것'이란 뜻. 곧 무릇 생멸하고 변화하는 모든 것을 종류대로 모아 다섯 가지로 구별한 것. 다시 말해 물질적인 색온(色蘊), 인상 감각의 느낌을 받는 수온(受蘊), 지각 표상을 나타내는 상온(想蘊), 의지를 형성하는 심리 작용 행온(行蘊), 인식하고 분별하는 식온(識蘊)이 그것이다. '능엄'은 통상 대불정수능엄경(大佛頂首楞嚴經) 또는 수능엄경이라 부르며, 그 내용 가운데 일체 중생이 지배를 받아야 하는 이 다섯 가지 요소의 설명이 포함되어 있다.

켜 선(善)으로 이끌어주고자 한다."

보살들이 두 손 모아 예를 올리고 여래님 앞에 여쭈었다.

"여래님, 그 삼장 진경이란 어떤 것입니까?"

여래는 차근차근 설명해주었다.

"삼장 가운데『법장(法藏)』은 하늘의 도리를 논하는 것이요,『논장(論藏)』은 땅의 도리를 논하는 것이며,『경장(經藏)』은 귀역(鬼域)을 제도(濟度)한다. 이 삼장을 합치면 도합 삼십오 부, 일만 오천 백사십사 권이 될 것이다. 이것이야말로 참된 도리를 닦는 길이요, 올바른 선으로 들어가는 문이다. 나는 이것을 동녘 땅으로 보내고자 하나, 그곳의 중생들이 어리석고 우둔하여 참된 진리의 말씀을 비방하고 파괴하려 들 것이니 이를 어쩌겠는가. 그들은 우리 불법(佛法)의 요지를 모르고, 유가(瑜迦)의 정종(正宗)[15]을 깨우침에 소홀히 여기고 있다.

나는 어떻게 하면 법력 있는 자를 하나 가려 뽑아 동녘 땅으로 보내, 그곳에서 착하고 믿음 있는 사람을 찾아내어, 그자로 하여금 천산만수의 온갖 모진 고초를 겪어가며 내가 있는 이곳으로 찾아와서 진경을 가져가게 할 수 있을까 생각했다. 그래서 그 진경을 동녘 땅에 길이 전하여 저 어리석은 중생들을 권면하고 우리 법문으로 교화시키고 싶은 것이다. 그렇게만 될 수 있다면 태산보다 더 큰 복연(福緣)이요, 바다만

---

14 삼장 진경: 삼장은『경장(經藏)』『율장(律藏)』『논장(論藏)』의 세 가지 불교 경전. '장(藏)'은 범어로 piṭaka, 즉 '물건을 담는 바구니, 그릇, 창고'를 뜻하므로, 곧 모든 불교 문서, 교의(敎義)를 총망라한 것. 진체삼장(眞諦三藏)이라고도 쓴다. 이 책에서는『율장』을『법장』으로 표기하였으나, 법장(法藏)은 소승(小乘) 20부의 일파로서 부처 입멸 후 300년에 상좌 화지부(上座化地部)에서 갈려나와 5장(藏)·4상(相)을 설파한 법장부의 개조(開祖) 담무덕(曇無德)Dharmagupta의 이름이다.
15 유가의 정종: '유가'는 yoga의 음역. 어떤 목적을 위해 마음을 다잡고 힘을 집중한다는 뜻으로, 명상을 통하여 적정(寂靜)의 신비경에 들어가 절대자의 합일(合一)을 구현하는 수행법. 이로 말미암아 석가세존으로부터 대대로 조사(祖師)들이 바르게 전해온 종지(宗旨)를 터득하는 것이 유가의 정종이라 할 수 있다.

큼이나 깊은 경사가 될 것이다. 자아, 그대들 중에 누가 한번 다녀오겠느냐?"

이때 관음보살이 보련대 앞으로 다가와 부처님께 삼잡례를 올리고 아뢰었다.

"제자가 불민하오나, 동녘 땅에 가서 경전을 가지러 올 사람을 찾아보겠나이다."

무리들의 눈길이 미타 삼존(彌陀三尊)의 하나인 관세음보살에게 쏠렸다.

> 이치는 사덕(四德)[16]이 원만하고, 지혜는 금신(金身)에 가득 찼다.
> 목에 두른 영락(瓔絡)에는 비취 구슬을 드리웠고,
> 향기로운 팔찌에는 보배가 빛난다.
> 용트림하듯 틀어 올린 검정 머리타래에는 먹구름이 교묘하게 중첩되었고,
> 수놓인 허리띠에는 채봉의 깃이 나부낀다.
> 벽옥 끈, 흰 바탕 비단 도포에는 상서로운 광채가 덮였고,
> 비단 융 치마, 금빛 실끈에는 서기가 휘감겼다.
> 두 눈썹은 초승달, 눈망울은 한 쌍의 샛별, 옥 같은 얼굴에는 타고난 기쁨 서렸고,
> 붉은 입술은 일점홍(一點紅)이라네.
> 정병(淨甁)의 감로수는 해마다 출렁이고,
> 비스듬히 꽂힌 버들가지는 해마다 푸르다.

---

16 사덕: 불교 용어로, 대열반(大涅槃)에 갖추어진 네 가지 덕목. 시간과 공간을 초월하여 생멸(生滅)의 바뀜이 없는 상(常), 생사의 고뇌가 없고 적멸의 영원한 평안이 있는 낙(樂), 진실을 체득하여 실재한 나를 찾을 수 있는 아(我), 해탈하여 일체의 더러움에 물듦이 없이 맑고 깨끗한 정(淨)을 일컫는다.

인간 세상의 팔난(八難)¹⁷을 풀어주고 뭇 생령들을 제도하니,
대자대비 연민의 마음이 태산을 억누른다.
남해에 살며 구고구난(救苦救難),
도움을 청하는 소리가 들릴 때마다 천만 번 응답하니,
그 거룩함과 영험하심도 끝이 없다네.
난심(蘭心)은 자죽(紫竹)을 즐기며,
혜성(蕙性)은 향기로운 등나무를 사랑하노니,
이가 바로 낙가산(落迦山)의 자비로운 주인이시요,
조음동(潮音洞)에 살아 계신 관음이라네.

자원하고 나선 이가 관세음보살임을 보자, 여래는 속으로 크게 기뻤다.

"다른 사람은 가지 못해도, 관음존자라면 신통력이 광대하니 갈 수 있으리라."

"제자가 이 길로 동녘 땅으로 떠날까 하옵는데, 무슨 분부라도 하실 말씀이 계시온지요?"

보살의 조심스러운 물음에, 여래는 이렇게 당부하였다.

"이번 가는 길에는 노정을 답사해야 하는 만큼, 공중으로 날아가지 말고 안개와 구름을 절반씩 갈아타고 낮게 가야 할 것이다. 그래서 두 눈으로 직접 산천의 지형을 살펴보고, 길이 멀고 가까움을 낱낱이 기억

---

17 팔난: 불교 용어로, 부처님을 보지 못하고 불법을 들을 수 없는 여덟 가지 경계(境界). 고통으로 말미암아 불법을 듣지 못하는 지옥도(地獄道)·아귀도(餓鬼道)·축생도(畜生道), 너무 안락하여 고통이 없는 북거노주(北巨蘆洲)Uttarakuru, 장수를 누리며 안일한 삶에 빠져 도를 구하려는 마음이 일지 않는 장수천(長壽天), 소경·귀머거리·벙어리처럼 감각 기관에 결함이 있는 맹롱음아(盲聾瘖瘂), 세속의 지식과 지혜가 뛰어나 올바른 도리에 따르지 않는 세지변총(世智辨聰), 부처님이 세상에 안 계신 때여서 만나볼 인연이 없는 불전불후(佛前佛後)를 말한다.

해두었다가 경전을 가지러 오는 자에게 일러주도록 하여라. 그래도 그 자가 아무리 굳센 신념을 지녔다 하더라도 여행하기가 고생스러울지도 모르니, 그대에게 다섯 가지 보배를 주겠다."

여래는 아난과 가섭에게 분부를 내려 '금란가사(錦襴袈裟)' 한 벌과 고리 아홉 달린 구환석장(九環錫杖) 한 자루를 꺼내오도록 한 다음, 보살에게 설명해주었다.

"이 가사와 석장은 경전을 가지러 오는 사람이 쓸 수 있도록 주거라. 그에게 정녕 이곳까지 올 만한 굳센 의지가 있다면, 내가 주는 이 가사를 입고 윤회의 나락에 떨어질 것을 면할 수 있으며, 내 석장을 짚어 해악에 부딪히지 않게 될 것이다."

관음보살은 예를 올리고 그것들을 받았다.

여래는 다시 둥근 테 셋을 꺼내 보살에게 건넸다.

"이 보배는 '긴고아(緊箍兒)'라고 부른다. 모양은 셋 다 똑같지만, 쓰임새는 각각 다르다. 이것을 쓰는 주어(呪語) 세 편이 있는데, '금고주(金箍咒)' '긴고주(緊箍咒)' '금고주(禁箍咒)'가 곧 그것이다. 만약 도중에 신통력이 뛰어난 요괴 마귀와 마주치게 되거든, 우선 좋은 말로 권하여 감화시켜서 경전을 가지러 오는 사람의 제자가 되게 하여라. 허나 그 요마가 권유대로 따르지 않을 경우에는 이 테를 머리에 씌워주어라. 그리하면 이 테는 저절로 그 머리 속에 뿌리를 박을 것이다. 그리고 각각 쓰임새에 따라 주어를 외우면, 그놈은 눈알이 튀어나오고 머리가 아프고 이마가 뻐개지도록 고통을 받게 될 것이니, 그때 잘 가르쳐서 우리 불문에 귀의시키도록 하여라."

관음보살은 그 말을 듣고 용기를 얻어, 여래에게 사은례를 올린 다음 보련대 앞을 물러 나왔다. 그는 곧 혜안 행자를 불러 같이 따라갈 것을 명했다.

혜안 행자는 무게만도 1천 근이나 되는 혼철곤(渾鐵棍) 한 자루를 들고, 관음보살의 좌우 신변을 호위하는 항마 대역사(降魔大力士) 노릇을 맡았다. 보살은 금란가사를 한 꾸러미로 만들어 혜안에게 짊어지게 한 다음, 긴고아 세 개를 몸에 지니고 석장을 짚어가며 마침내 영산을 내려가기 시작했다.

이번 여행길이야말로 막중한 임무를 띠었다고나 할 것이다.

부처님의 제자가 돌아오는 날 본원(本願)을 이루고,
금선장로(金蟬長老)는 전단(栴檀) 아래 들어오는구나.

산기슭에 다다르자, 옥진관(玉眞觀)의 금정대선(金頂大仙)이 도관 문턱에 나와 맞아들여 차를 한잔 들기를 권했다. 그러나 관음보살은 감히 오래 머물지 못하고 사양했다.

"이제 여래님의 법지를 받들어 동녘 땅으로 경전을 가지러 올 사람을 찾아가는 길이라 지체할 수 없습니다."

금정대선이 물었다.

"경을 가지러 올 사람이 언제쯤 당도하겠습니까?"

관음보살은 별로 깊이 생각하지 않고 대답했다.

"날짜가 꼭 정해진 것은 아닙니다만, 이삼 년쯤 지나면 아마 이곳에 도착할지도 모르겠습니다."

마침내 금정대선과 작별한 관음보살 일행은 안개구름을 타고, 여정을 마음에 새겨두면서 동녘 땅으로 길을 떠났다. 때로는 날기도 하고 때로는 걷기도 하며 거리를 가늠해가면서 동쪽으로 동쪽으로 길 재촉을 하는 것이다.

만리 길 떨어져 서로 찾으니 스스로 말이 없으나,

뜻을 얻기 어렵다고 누가 말하더냐?

인재를 구하기가 온전히 이렇다면, 내 평생이 어찌 우연이라 할꼬?

도를 전하는 방법이 있다 함은 망령된 말이요,

믿음이 없다고 설명하기도 역시 헛수고라네.

오직 바라기는 간담(肝膽)을 기울여 알아줄 이를 찾으니,

앞길에 반드시 연분이 있을 줄 아노라.

스승과 제자 두 사람이 한참 가고 있으려니, 갑자기 강물이 출렁출렁 앞길을 가로막는다. 이른바 약수(弱水)¹⁸ 삼천 리, 바로 유사하(流沙河)¹⁹ 경계에 다다른 것이다.

---

18 약수: 배를 띄우지 못하고 새의 깃털조차 가라앉는다는 강물. 『산해경』 주(註)에는 "곤륜산(崑崙山)이 발원지이며, 장성(長城) 밖 수천 리에 흐른다" 했고, 『서경(書經)』「우공편(禹貢篇)」에는 "약수를 이끌어 합려(合黎)에 다다르면, 그 여파가 유사(流沙)로 흘러든다" 했는데, 그 상류는 현재 감숙성(甘肅省) 산단하(山丹河), 그 하류는 산단하와 감주하(甘州河)가 합류하여 흑하(黑河)를 이루고, 북대하(北大河)에 흘러들어 예지나하(額濟納河)를 이루는 것으로 추정된다. 서왕모가 살고 있다는 고문헌 기록으로 보아, 서역 지방 궁벽한 절역(絶域)이나 청해(靑海) 일대의 하천으로 보는 이도 있다.

19 유사하: 『산해경』에는 '유사(流沙)'에 관한 이야기가 21군데나 기록되어 있는데, 실제 강물이 아니라 유동하는 모래 바다, 즉 사막이 아닌가 싶다. 「해내서경(海內西經)」 주에, 송나라 심괄(沈括)이 쓴 『몽계필담(夢溪筆談)』 제3권의 내용을 다음과 같이 인용하였다.

"내가 무정하(無定河)를 건너 움직이는 모래 바다를 지나간 적이 있었는데, 인마가 딛으면 1백 보 바깥까지 모두 움직여 넘실거리는 것이, 마치 장막 위로 걸어가는 듯하였다. 발을 디딘 곳이 비록 단단하다 할지라도, 한번 꺼지기라도 하는 날이면 인마와 수레가 졸지에 빠져들어 수백 명이 남김없이 사라져버릴 정도였다. 어떤 이는 이곳이 유사하(流沙河)라고 하고, 또 어떤 이는 모래가 바람 따라 흐르기 때문에 유사라고 하기도 한다……"

『서유기』의 초기 형태인 『당삼장 취경시화(唐三藏取經詩話)』에 사오정의 모델 심사신(深沙神)을 사막에서 사람을 잡아먹는 흉신악살(凶神惡煞)로 묘사한 것도 유사하

관음보살은 제자를 돌아보고 말했다.

"얘야, 이곳은 지나가기 어렵겠다. 경을 가지러 갈 사람은 범태육골, 무거운 육신을 지니고 있을 텐데, 그 육중한 몸으로 이런 강을 어떻게 건너갈 수 있겠느냐?"

"사부님, 이 강 너비가 얼마나 될까요?"

혜안 행자의 물음에, 관음보살은 구름을 멈추고 강물을 내려다보았다.

과연 유사하는 기가 막힐 정도로 어마어마한 강이었다.

> 동편은 모래 자갈투성이의 사막과 연접했고,
> 서편은 번족(蕃族)들이 우글대는 황무지의 땅에 잇닿았네.
> 남쪽으로는 오과국(烏戈國) 경계에 다다르고,
> 북쪽은 달단국(韃靼國)[20] 오랑캐의 땅으로 통한다.
> 강을 건너려면 아득한 팔백 리 길, 상류에서 하류까지는 천만 리 머나먼 길이다.
> 흐르는 물살이 마치 대지가 뒤집히는 듯 사납고,
> 도도히 용솟음치는 물결은 산악이 솟구쳐 오르는 듯한데,
> 호호탕탕, 끝도 안 보이게 아득한 강물,
> 만 길 높이로 길길이 날뛰는 물소리가 십리 밖에까지 들린다.

가 사막에서 강물로 변화, 발전하였다는 사실을 입증한다. 그리고 이 사막을 돈황(敦煌) 서쪽 800리에 있는 대막(大漠), 즉 고비 사막으로 보는 이도 있고, 또 현재 신강성(新疆省) 경내 백룡퇴(白龍堆) 황무지 일대로서, 당시 서역 교통의 주요 통로로 보는 이도 있다.

[20] 번족·오과국·달단국: 번족은 서번(西蕃), 즉 현재 감숙성과 청해성 일대의 투르판족(吐藩族), **오과국**(烏戈國)은 당나라 도성 장안에서 서남쪽으로 1만 2천 2백 리 떨어진 '오익국(烏弋國)'의 오류 아니면 기련 산맥(祁連山脈)과 이사크 호(伊塞克湖) 일대에 거주하던 우루쑨족(烏魯孫族)이 아닌가 한다. **달단국**은 당나라 시대 투르크족(突厥族)의 지배를 받던 유목민 타타르Tatar의 부락 국가.

연잎조차 뜨기 어려운 물이니, 신선의 재간으로도 뗏목 한 척 띄울 수가 없네.

시든 가을 풀은 석양빛 아래 굽이굽이 흐르는 강물 따라 떠내려가고,

노을 빗긴 구름장이 햇살을 되비치며 긴 봇둑에 어두운 그림자 드리운다.

이런 강물에 객상들이 어찌 왕래할 수 있겠으며,

언제 어부가 고기잡이 생업을 의탁한 적이 있었겠는가?

무심한 모래밭에는 기러기도 내려앉지 않고,

머나먼 기슭에 원숭이 울음소리만 들린다.

붉은 여뀌만이 무성하게 자라나 이 쓸쓸한 정경을 알뿐이요,

뿌리 없이 떠도는 부평초 향기만이 희미하게 풍길 따름이다.

스승과 제자 두 사람이 망연자실, 하염없이 흘러가는 강물을 바라보고 있을 때였다. 갑자기 강물 한복판에서 "쏴아! 철썩!" 하고 물보라 치는 소리가 들리더니, 요괴 하나가 물결을 헤치고 불쑥 뛰쳐나왔다. 추악하기 이를 데 없는 생김새, 그 몰골이 정말 가관이었다.

푸르냐 하면 푸르지도 않고, 검으냐 하면 검지도 않으며,

시커멓게 그늘진 잿빛 얼굴.

키가 큰 듯하면서도 크지 않고, 작은 듯하면서도 작은 키가 아니요,

맨발에 근육으로 똘똘 뭉쳐진 알몸뚱이 체구다.

번뜩거리는 두 눈빛은 흡사 부뚜막 아궁이 속에 켜놓은 쌍등(雙燈)이요,

길게 째진 아가리를 쩍 벌리니,
영락없이 돼지 잡는 도축장에 숯불 담은 화로와 같다.
불쑥 튀어나온 송곳니는 칼날처럼 예리하고,
시뻘건 더벅머리가 한마디로 봉두난발, 헝클어진 까마귀 둥지일세.
호통 치는 목소리가 뇌성벽력이요,
물결을 박차고 치닫는 두 다리가 휘몰아치는 돌개바람일세.

괴물은 한 자루 보장(寶杖)을 움켜잡고 언덕으로 오르기가 무섭게 관음보살을 낚아채려 했다. 혜안 행자가 혼철곤을 들어 그 앞을 가로막으면서 무섭게 호통쳤다.
"거기 서 있거라, 어딜 가려고!"
괴물은 즉시 보장을 휘둘러 마주쳐 달려들었다. 이리하여 유사하 강변에는 때 아니게 격렬한 싸움판이 벌어졌다.

목차 혜안 행자의 혼철곤은 부처님의 법을 수호하느라 신통력을 드러내고,
괴물의 항요보장(降妖寶杖)은 영웅 본색을 뽐내느라 있는 힘을 다 쓴다.
두 가닥 은빛 구렁이가 유사하 강변에서 춤을 추니,
한 쌍의 신승(神僧)이 강변 기슭 위로 솟구친다.
저편은 위력으로 유사하를 장악한 재간을 뽐내고,
이쪽은 관음보살을 힘써 지켜 큰 공을 세우려 하네.
저편에서 물결 뒤집고 파도 위로 뛰어오르면,
이편은 안개를 토하고 구름을 내뿜는다.

저쪽 것은 항요장, 산을 뛰쳐나온 백호를 굴복시키는 데 알맞고,
이쪽 것은 혼철곤, 길바닥에 가로누운 황룡을 잡는다네.
저편이 '뱀을 찾아 풀섶 뒤지는 수법(尋蛇撥草)'으로 휘젓고 나
온다면,
이쪽은 '새매 덮쳐 소나무 가르는 수법(搏鷂分松)'으로 뿌리쳐
버린다.
싸우고 또 싸워 유사하 강변은 어지럽고 막막한데, 하늘의 별
빛만 찬란하구나.
안개구름이 뭉게뭉게, 하늘과 땅은 몽롱하게 잠긴다.
저편은 약수의 강물에 오래 살아 자기만이 사납다 내세우고,
이편은 영산에서 처음 나온 풋내기라, 첫번째 공을 세우려고
설쳐댄다.

그들은 오락가락 치고받고 쫓기고 쫓아가며 벌써 수십 합을 싸웠으
나, 좀처럼 승부를 가릴 수 없었다. 얼마쯤 싸웠을까. 괴물이 갑작스레
보장을 들어 상대방의 철곤을 가로막더니, 불쑥 이렇게 물었다.

"너는 어디 사는 중 녀석인데, 감히 여기가 어디라고 나한테 맞서
는 거냐?"

"나는 탁탑천왕의 둘째 태자 목차(木叉), 혜안이다! 지금 내 스승님
을 모시고 동녘 땅으로 경을 가지러 올 사람을 찾아가는 길이다. 네놈은
도대체 무슨 괴물이기에 이토록 대담하게 우리 앞길을 가로막는 거냐?"

그 말을 듣자, 괴물은 퍼뜩 생각나는 것이 있는지, 말씨를 한결 누
그러뜨렸다.

"내기 알기로는, 그대는 남해 관음보살의 맏제자로 자죽림(紫竹林)
에서 도를 닦고 있다던데, 그런 그대가 어찌하여 이곳까지 왔단 말인

가?"

목차 혜안이 호통처 대꾸했다.

"저 강변 언덕에 서 계신 분이 안 보이느냐? 저 분이 내 스승님이시다!"

"어이쿠, 그랬었군! 그랬었어!……"

괴물은 연신 고개를 끄덕이며 중얼거리더니, 항요보장을 거두어들이고 자진해서 목차 혜안의 손에 붙잡혀 관음보살 앞에 끌려갔다. 그리고는 머리를 조아려 사죄했다.

"보살님, 몰라뵈었습니다. 용서해주십쇼! 그리고 제 하소연을 좀 들어주십쇼. 저는 사악한 요괴가 아닙니다. 본디 영소보전에서 옥황상제님의 난여(鸞輿)를 시중들던 천궁의 권렴대장(捲簾大將)이었습니다만, 반도연회 때 자칫 잘못하여 유리잔을 깨뜨리는 실수를 저질렀습니다. 옥황상제께서는 그 죄로 저에게 태형 팔백 대를 내리시고, 하계로 떨어뜨리셔서 이런 망측한 몰골로 만드셨습니다. 뿐만 아니라, 이레에 한 차례씩 비검을 날려보내 제 옆구리를 백여 번이나 찌르고 돌아가게 하셨습니다. 그래서 이렇게 고생하고 있는 것입니다. 저는 굶주림과 목마름을 견디지 못하여 이삼 일에 한 번씩 강물 바깥으로 뛰쳐나와, 지나가는 나그네를 잡아먹고 살아왔습니다. 그런데 오늘 뜻밖에도 대자대비하신 보살님을 몰라뵙고 무례한 짓을 저지르고 말았던 것입니다."

그 하소연을 듣고, 관음보살이 엄하게 꾸짖는다.

"그대는 천상에서 죄를 짓고 하계로 쫓겨 내려왔다면서, 지금까지도 그런 살생을 저지르고 있었다니, 그것은 과거 저지른 죄에 또 다른 죄를 더 보태는 짓이 아니겠느냐?"

그리고 나서 다시 좋은 말로 타일렀다.

"나는 지금 부처님의 법지를 받아 동녘 땅으로 경을 가지러 올 사람을 찾으러 가는 길이다. 네가 우리 문하에 들어와 선과에 귀의하고 그 경을 찾으러 갈 사람의 제자가 되어서, 그 사람을 모시고 서천 극락 세계로 찾아가 부처님을 뵙고 경전을 구할 생각은 없느냐? 그렇게만 한다면, 내가 비겁이 날아와 너를 찌르지 못하게 해주마. 그리고 그때에 가서 공을 이루고 나면, 지난날의 죄도 용서받게 될 것이고 본직에 돌아갈 수 있게 될 것이다. 자, 네 의향은 어떠냐?"

괴물은 당장에 대답했다.

"예에! 저는 정과에 귀의하고 싶습니다!"

그리고 다시 이렇게 아뢰었다.

"보살님, 저는 이곳에서 사람을 숱하게 많이 잡아먹었습니다. 그 동안에도 경을 가지러 가는 사람이 몇 번인가 있었습니다만, 모조리 저한테 잡아먹히고 말았습니다. 그때마다 잡아먹은 사람의 해골을 이 유사하 강물 깊숙이 던져 가라앉히곤 했습니다. 이 강물은 거위 깃털처럼 아무리 가벼운 것이라도 뜨지 않고 가라앉고 맙니다. 언젠가 경을 가지러 가는 사람 아홉이 또 제 손에 걸려 죽었습니다. 그런데 이상한 노릇은, 그 아홉 사람의 해골만은 도무지 물속에 가라앉지 않고 물위에 둥실둥실 떠 있는 것이었습니다. 저는 이것 참 신기하다 싶어, 그 해골 아홉 개를 끈으로 줄줄이 꿰어두고 심심할 때마다 꺼내 가지고 놀았습니다. 이런 일이 벌써 여러 차례나 되었는데, 그래서 경을 가지러 가는 사람이 그 소문을 전해 듣고 다시는 여기 오지 않을까 모르겠습니다. 만약 오지 않는다면, 제 앞날을 그르치게 되지는 않을까요?"

"아니다, 경을 가지러 가는 사람은 반드시 올 것이다. 내가 이렇게 말하는데 안 올 턱이 있겠느냐? 그 해골 꿰미는 네 목에 걸어놓고 기다려라. 그 사람이 여기에 도착하면 그 해골 목걸이도 자연 쓸모가 있을 것이다."

"그러시다면, 보살님, 제게 입문 의식을 치러주십시오."

관음보살은 즉석에서 그에게 마정수계(摩頂受戒) 의식을 베풀어준 다음, 유사하 출신이란 뜻에서 '모래 사(沙)'자를 성으로 삼아주고 법명을 '오정(悟淨)'이라 지어주었다. 이리하여 사오정은 곧 사문(沙門)에 들어갔던 것이다. 사오정은 보살 일행을 도와 유사하 강물을 건너게 해주고, 그로부터 마음과 생각을 깨끗이 씻어 다시는 살생을 하지 않고, 오로지 경을 가지러 가는 사람만을 기다리고 있게 되었다.

그와 작별한 관음보살은 목차 혜안과 함께 동녘 땅으로 길 재촉을 했다.

얼마나 갔을까. 이번에는 또 높은 산이 앞을 가로막았다. 그런데 산 위에는 역겨운 악취가 가득 서려 있어 도무지 걸어서 올라갈 수가 없었다. 그래서 구름을 타고 넘어가려는데, 난데없이 광풍이 일더니, 또 요괴 한 마리가 번뜩 나타났다. 험상궂은 생김새, 흉악하기 짝이 없는 몰골이 보기만 해도 끔찍스러울 지경이었다.

연잎이 둘둘 말려 젖혀진 듯 비죽 나온 주둥이에,
두 귀는 부채 모양 너울거리고 금빛 눈동자가 데룩데룩 구르는데,
입술 악문 송곳니는 줄칼처럼 날카롭고,
기다란 주둥이에 쩍 벌린 아가리는 숯불 담긴 화로 같다.
금빛 투구 끈을 턱 밑에 단단히 조여 매고,
미늘 갑옷은 낡아빠져 허물 벗은 구렁이 같다.
손에 잡은 쇠스랑이 용의 앞 발톱이라면, 허리에 찬 활대는 반달처럼 휘었다.
위풍이 당당하기는 태세(太歲)를 뺨칠 정도요,

헌걸찬 기백은 천신(天神)을 압도할 지경이다.

무작정 달려든 요괴가 불문곡직, 다짜고짜로 관음보살을 겨냥하여 쇠스랑부터 내리찍는다.

목차 혜안이 쇠스랑 공격을 선뜻 가로막고 나서면서 호통을 쳤다.

"이 고약한 놈! 무례한 짓일랑 말고 내 철곤 맛이나 한번 봐라!"

요괴도 서슴지 않고 대거리를 한다.

"이놈의 중 녀석이, 목숨 아까운 줄도 모르는구나! 이 쇠스랑이나 한 대 받아라!"

이리하여, 둘은 산기슭 아래에서 치고받고 대판 싸움을 벌이기 시작했다. 그야말로 승부를 가리기 힘들 만큼 불꽃 튀는 대격전이었다.

요마는 흉맹하기 비할 데 없고, 혜안 행자는 위세 떨쳐 재능을 뽐낸다.

혼철곤이 심장을 짓찧을 듯 들이치면, 쇠스랑은 상대방의 면상을 노리고 내리훑는다.

흙먼지가 뽀얗게 허공을 뒤덮으니 천지가 어두워지고,

흩날리는 모래 자갈에 귀신이 놀란다.

이빨 아홉 달린 쇠스랑이 번쩍번쩍 빛나는 대로 쌍고리가 철렁철렁 소리를 내는데, 한 자루 흑철곤은 시꺼먼 윤기가 자르르, 양손에 잡힌 그대로 허공 높이 솟구친다.

이쪽이 탁탑 이천왕의 둘째 태자라면, 저쪽은 천봉원수(天蓬元帥)의 정령이라네.

하나는 보타(普陀)의 호법(護法)이요, 하나는 산속 동굴에서 요정 노릇을 한다.

이 한판 싸움에서 맞수끼리 만났으니 고하를 가려내기 어렵고, 누가 이기고 누가 질 것인지 알 길이 없다.

둘의 싸움이 바야흐로 절정에 이르렀을 때, 관세음보살은 허공 위에서 연꽃 한 송이를 내던져 쇠스랑과 흑철곤 사이를 보기 좋게 갈라놓았다.

그것을 본 괴물이 속으로 찔끔 놀라 호통쳐 물었다.

"너는 어디서 굴러먹다 온 중 녀석이기에, 이 따위 장난질로 내 눈 앞을 어지럽히는 거냐?"

목차 혜안이 대신 대답했다.

"이 범태육골밖에 가진 것이 없는 너절한 놈아! 두 눈을 멀쩡히 뜨고도 보이는 게 없느냐? 나는 남해 보살의 제자요, 이 연꽃을 던지신 분은 바로 내 스승이시다! 아직도 모르겠느냐?"

그 말을 듣고, 괴물이 펄쩍 뛰다시피 놀랐다.

"아니, 남해 보살이라니? 그렇다면 저 삼재(三災)²¹를 없애주고, 팔난(八難)을 구제하신다는 관세음보살이란 말인가?"

"그분이 아니시면 또 누가 있겠느냐?"

목차 혜안의 말끝이 떨어지기도 전에, 괴물은 들고 있던 쇠스랑을 내동댕이치고 그 자리에 무릎 꿇고 머리를 숙였다.

"아이고! 아이고, 노형! 보살님은 어디 계시오? 수고스럽지만 그분

---

21 삼재: 세 가지 재난. 곧 전란, 질병, 굶주림. 불교의 세계관에는 소삼재(小三災)와 대삼재(大三災)가 있는데, 소삼재란 세계의 존속기에 서로 흉기를 휘둘러 살해하는 도병재(刀兵災), 큰 전염병이 유행하는 질역재(疾疫災), 흉작으로 굶주리는 기근재(饑饉災)가 번갈아 닥쳐오는 것이며, 대삼재란 세계의 종말기에 최후의 화재(火災)·수재(水災)·풍재(風災)와 같은 자연 재해가 닥쳐 세상을 파괴하는 것이라고 한다. '팔난'에 대해서는 제8회 주 **17** 참조.

을 한번 뵙게 해주시구려!"

목차 혜안은 손을 들어 허공을 가리켰다.

"바로 저기 계신 분이 아니냐!"

괴물은 상공을 우러러 넙죽넙죽 절을 올리면서, 있는 힘껏 목청을 돋우어 소리쳤다.

"보살님, 용서해주십쇼! 용서해주세요!"

관음보살이 구름에서 내려와 앞으로 다가섰다.

"너는 어디서 요정이 된 멧돼지냐? 아니면 어느 댁 집돼지가 괴물이 되었기에 감히 이런 데서 내 앞길을 가로막는 거냐?"

괴물이 대답했다.

"저는 멧돼지도 집돼지도 아닙니다. 본래는 천하(天河)에 살고 있던 천봉원수였사온데, 술 취한 김에 월궁 항아를 희롱한 까닭으로, 옥황상제께서 저에게 철퇴 이천 대의 매를 때리시고 하계로 쫓아내셨습니다. 하계에 떨어진 저는 겨우 정신을 차리고 투태(投胎)할 곳을 찾는다는 것이 길을 잘못 들어 그만 암돼지의 뱃속으로 들어가, 요 모양 요 꼴이 되고 말았습니다. 저는 암돼지를 물어 죽이고 돼지 새끼들마저 모조리 때려죽인 다음, 이곳으로 와서 산을 차지하고 사람을 잡아먹으면서 살아왔는데, 오늘 뜻밖에도 보살님과 맞닥뜨리게 된 것입니다. 보살님, 제발 저를 좀 구해주십시오! 제발!······"

"이 산은 이름을 뭐라고 하느냐?"

"복릉산(福陵山)이라고 합니다. 산속에 동굴이 하나 있는데, 운잔동(雲棧洞)이라고 부릅지요. 그 동굴에는 애당초 묘이저(卯二姐)라는 여인이 살고 있었는데, 제 무예 솜씨가 제법 뛰어난 것을 보고 마음에 들었는지, 저를 집안 어른 겸 데릴사위로 맞아들였습니다. 그런데 일 년이 못 되어 그녀가 세상을 떠나자, 동굴 안에 남아 있던 세간살림과 재산은 모두 제 차지가 되어서 마음대로 쓸 수 있게 되었습니다. 그러나 하릴없이 빈둥빈둥 놀고 지내기가 힘들어, 그저 제 천성대로 사람이나 잡아먹으면서 나날을 보내고 있었습니다. 그러니 보살님, 제 죄를 용서하시고 제발 살려주십쇼!"

관음보살이 꾸짖는다.

"옛말에 '앞날을 생각하고 바라는 바가 있거든, 앞길을 그르치는 일을 하지 말라' 했다. 그런데 너는 하늘나라에서 법을 어기고도 지금껏 그 흉악한 마음을 고치지 않은 채, 여전히 살생을 하고 못된 짓을 저지르고 있었다니, 쌍벌죄의 형벌을 모두 받아야 마땅할 게 아니냐?"

이 말을 듣자, 괴물은 펄펄 뛰었다.

"뭐라구요, 앞길이요? 전정이요? 보살님 말씀대로라면, 저는 바람이나 마시고 살라는 겁니까? 속담에 '국법대로 살면 맞아 죽기 십상이요, 부처님 법대로 살면 굶어 죽기 십상'이라고 안 그랬습니까? 그만둡시다, 그만둬요! 보살님은 가실 데로 가시고, 저는 여기서 지나가는 나그네나 토실토실 살찐 아낙네나 잡아먹고 사는 것이 차라리 낫겠소! 쌍벌죄는 뭐고 삼벌죄는 뭐며, 천벌죄, 만벌죄가 다 뭐 말라비틀어진 거야? 그런 죄가 있더라도 난 겁날 게 하나도 없소이다!"

그래도 관음보살은 좋은 말로 깨우쳤다.

"옛말에 '사람이 착한 염원을 품으면, 하늘이 반드시 들어준다'고 했다. 네가 만약 불도의 올바른 길에 귀의하겠다면, 네 한 몸 살아나갈 길도 저절로 열릴 것이다. 이 세상에는 오곡이 있어서, 굶주림을 모두 면할 수 있게 해주는데, 어째서 사람을 잡아먹고 살아갈 필요가 있단 말이냐?"

괴물은 그 말을 듣고 꿈에서 깨어난 듯 얼떨떨하게 말했다.

"저도 올바르게 살아가고 싶습니다만, 하늘에 죄를 지은 몸이라 어다 빌 곳이 없습니다!"

"나는 지금 부처님의 법지를 받아 동녘 땅으로 경을 가지러 올 사람을 찾아가는 길이다. 네가 만약 그 사람의 제자가 되어서 서천 극락세계에 한번 다녀온다면, 그 공으로 죄를 씻고 재앙을 모면할 수도 있게 해주마."

그랬더니 괴물은 두말 없이 쾌히 받아들였다.

"따라가겠습니다, 따라가요!"

관음보살은 그제야 괴물에게 마정수계의 의식을 베풀어준 다음, 생김새 그대로 '돼지 저(豬)'자를 성으로 삼고 법명을 '오능(悟能)'이라 붙여주었다. 괴물은 이때부터 '저오능'이라 불리게 되었다.

이리하여 관음보살의 가르침을 받아 불문에 들어간 저오능은 그날부터 오훈(五葷), 삼염(三厭)[22]을 일체 끊고 소식(素食)을 하면서, 일심전력으로 경을 가지러 갈 사람을 기다리게 되었다.

저오능과 작별한 관음보살은 혜안 행자와 함께 다시 안개구름을 타고 동쪽으로 길을 떠났다. 한참을 가다 보니, 허공에서 옥룡(玉龍) 한 마리가 구슬프게 울부짖는 소리가 들려왔다. 관음보살은 그리로 다가가서 물었다.

"너는 어디에 사는 용인데 이런 데서 고생을 하고 있느냐?"

"저는 서해 용왕 오윤의 아들입니다. 불을 잘못 다루어 궁궐에 간직한 야명주(夜明珠)를 태워버린 탓으로, 부왕께서 하늘나라 조정에 저

---

[22] 오훈·삼염: 오훈(五葷)은 고기와 같이 불제자가 먹기를 금하는 식품으로, 맛이 맵고 냄새가 짙은 다섯 가지 채소, 즉 마늘과 부추, 파, 달래, 생강(또는 산초). **삼염**(三厭)은 도교에서 잡아먹기를 금하는 세 가지 동물, 즉 하늘에서 부부간의 도리를 지켜 금실 좋은 기러기, 땅에서 사람의 집을 지켜주는 개, 물속에서 충성과 공경의 도리를 지킨다는 뱀장어를 일컫는다.

를 불효자라고 고발하셨습니다. 옥황상제님은 저를 공중에 매달아놓고 태형 삼백 대를 치게 하셨습니다. 그뿐 아니라, 오늘내일 사이에 저를 사형에 처하게 되어 있습니다. 그러니 보살님, 저를 구해주십시오! 제발 이 한 목숨 구해주십시오!"

이 말을 듣자, 관음보살은 목차 혜안과 함께 곧바로 천궁에 올라가 남천문 안으로 들이닥쳤다. 진작부터 문 앞에서 지키고 있던 구홍제, 장도릉 두 천사가 관음보살을 맞아들이면서 용건을 물었다.

"어딜 가시는 길입니까?"

보살이 대답했다.

"빈승은 옥황상제님을 한번 만나뵙고자 해서 왔습니다."

두 천사가 부랴부랴 들어가 아뢰니, 옥황상제는 영소보전 아래까지 나와 영접했다.

관음보살은 옥황상제 앞에 정중한 예를 올리고 나서 찾아온 용건을 아뢰었다.

"빈승이 부처님의 법지를 받들어 동녘 땅으로 경을 가지러 갈 사람을 찾아가는 길이온데, 도중에 옥룡 한 마리를 만났습니다. 그놈은 폐하께 죄를 지어 공중에 거꾸로 매달린 채 처형당할 날만 기다리고 있었사옵니다. 그래서 그놈의 죄를 용서하시고 빈승에게 내려줍시사 청하려고 이렇게 찾아뵌 것입니다. 빈승은 경을 가지러 가는 사람에게 그놈을 탈것으로 만들어줄까 하나이다."

보살의 말을 듣자, 옥황상제는 그 즉시 성지를 내려 옥룡의 죄를 사면해주고, 천장들을 시켜 용을 풀어서 보살에게 넘겨주도록 하였다. 관음보살은 사은의 예를 올리고 천궁에서 물러나왔다.

구사일생으로 목숨을 건진 옥룡은 관음보살에게 머리 조아려 구명의 은혜를 깊이깊이 사례하고, 보살님이 자신을 어떻게 부려 쓰시든지 그대로 따르겠노라고 맹세했다. 관음보살은 옥룡을 깊은 계곡 물 속에 돌려보내면서, 훗날 경을 가지러 가는 사람이 나타나거든 백마로 변하여 그를 태우고 서방으로 가서 공을 세우라는 분부를 내렸다.

옥룡이 그 명령에 따라 물속으로 몸을 숨긴 것은 더 말할 나위도 없다.

관음보살은 목차 행자를 데리고 그 산을 넘어서 또다시 동녘 땅으로 치달렸다. 그런데 얼마 안 갔을 때였다. 갑자기 반공중에 금빛 광채와 서기가 천 가닥 만 갈래로 뻗쳐 나오는 것을 발견했다.

목차 혜안 행자가 그것을 보고 스승에게 말씀드렸다.

"사부님, 저 광채가 나는 곳이 바로 오행산입니다. 저기 여래님의 부적이 붙어 있지 않습니까?"

"저기가 바로 반도 연회를 난장판으로 만들고 천궁에서 대소동을 일으켰던 제천대성이 잡혀 있는 곳이렷다? 그놈이 아직도 산 밑에 깔려 있겠지?"

"그렇습니다. 맞는 말씀입니다."

스승과 제자 두 사람은 이런저런 얘기를 나누면서 산 위로 올라갔다. 산꼭대기 네모난 바위 위에는 여전히 '옴·마·니·반·메·훔' 여섯 자의 진언 부적이 붙어 있었다. 관음보살은 그것을 다 보고 나더니, 탄식을 금치 못하고 시 한 수를 읊었다.

> 안타깝구나, 저 요망한 원숭이는 세상을 위하여 봉사하지 않고,
> 지난날 망령되게도 영웅이라 위세를 부렸도다.
> 제 양심을 속이고 반도연의 잔치를 난장판으로 만들었으며,
> 그것도 모자라 대담하게 두솔궁에 숨어들었네.

십만 천병 진영에 적수가 없었고, 구중천상(九重天上)[23]에 위풍을 떨치더니.

23 구중천: 도교에서 이른바 '일기(一炁)가 삼청(三淸)으로 나뉘었다는 학설'에 따르면, 다음과 같다. "대라천(大羅天)의 일기(一炁)가 세 하늘을 생성하였으니, 이것이 곧 **삼청천**(三淸天)이다. 삼청의 강기(降炁)가 저마다 세 하늘을 생성하였으니, 이것이 곧 구중천(九重天)이다. **구중천**은 또 저마다 세 하늘을 생성하여 **이십칠천**(二十七天)을 두었는데, 구중천과 이십칠천의 합계가 곧 삼십육천이 되며, 이것을 삼청경(三淸境)에 나누어 배속시켰으니, 태청경(太淸境)·상청경(上淸境)·옥청경(玉淸境)이 각각 12천씩을 관할하게 되었다"고 하였다. 그 구체적인 명칭과 계열은 다음과 같다.

· 옥청경 소속
1. 무상욱단무량천(無上郁單無量天): 구중천 가운데 아홉번째.
   무형천(無形天)·무정천(無精天)·입색천(入色天).
2. 무극선선무량수천(無極禪善無量壽天): 구중천 가운데 여덟번째.
   분형천(焚形天)·현미천(玄微天)·현청천(玄淸天).
3. 무궁동허극상수연천(無窮洞虛極上須延天): 구중천 가운데 일곱번째.
   현분천(玄焚天)·기현천(炁玄天)·현무천(玄無天).

· 상청경 소속
4. 무극옥허현동적연천(無極玉虛玄洞寂然天): 구중천 가운데 여섯번째.
   상진천(上眞天)·비범천(飛梵天)·유정천(流情天).
5. 현상통극불교낙천(玄上洞極不驕樂天): 구중천 가운데 다섯번째.
   현청천(玄淸天)·자허천(紫虛天)·화령천(化靈天).
6. 상극무경화응성천(上極無景化應聲天): 구중천 가운데 네번째.
   구현천(九玄天)·원청천(元淸天)·극범천(極梵天).

· 태청경 소속
7. 무명지극통미범보천(無名至極洞微梵寶天): 구중천 가운데 세번째.
   미범천(微梵天)·허범천(虛梵天)·공범천(空梵天).
8. 태극무애범가마이천(太極無崖梵迦摩夷天): 구중천 가운데 두번째.
   자연천(自然天)·현범천(玄梵天)·천운천(天雲天).
9. 무색통미파려답서천(無色洞微波黎答恕天): 구중천 가운데 첫번째.
   통미천(洞微天)·현상천(玄上天)·극색천(極色天).

이와는 달리, 하늘의 중앙과 여덟 방위 구역으로 나눈 '**구천**(九天)'이 따로 있는데, 『여씨춘추(呂氏春秋)』 「유시람(有始覽)」에 의하면, 하늘의 중앙을 균천(鈞天), 동방을 창천(蒼天), 동북방을 변천(變天), 북방을 현천(玄天), 서북방을 유천(幽天), 서방을 호천(顥天), 서남방을 주천(朱天), 남방을 염천(炎天), 동남방을 양천(陽天)으

우리 부처님 만나 곤경에 부닥쳤으니, 언제 다시 풀려나 공덕을 드러낼 수 있으랴.

스승과 제자끼리 주고받는 얘기가 벌써 손대성을 놀라게 만들었다. 손대성은 산 밑에서 큰 소리로 고함쳐 불렀다.

"어이! 그 산 위에서 풍월을 읊는 작자가 누구야? 도대체 누구이기에 남의 험담을 늘어놓고 있는 거야?"

관음보살은 산 아래로 내려와 이리저리 찾아보았다. 아니나 다를까, 암벽 낭떠러지 밑에 은신해 있던 토지신과 산신령, 그리고 손대성의 감시 책임을 맡은 천장들이 모습을 드러내고 달려와서 관음보살에게 절하여 모시고 손대성 면전에까지 길을 인도했다.

가서 살펴보니, 손대성은 과연 돌 궤짝 밑에 눌려 있는데, 입으로 말을 할 수는 있었으나 몸은 움쭉달싹도 못하고 있었다.

"손선생, 나를 알아보시겠는가?"

보살이 묻자, 손대성은 화안금정(火眼金睛) 불덩어리 같은 눈을 번쩍 뜨고 고개를 끄덕이면서 버럭 고함쳐 말했다.

"제가 어찌 당신을 못 알아본단 말이오? 당신은 바로 남해 보타락가산에 계시는 구고구난, 대자대비, 나무관세음보살 아니신가요. 이렇게 찾아주시다니……, 이렇게 찾아주시다니, 정말 고맙소이다. 나는 여기서 하루를 한 해처럼 보내고 있습니다. 그보다 더 견디기 어려운 것은, 나를 아는 작자치고 단 하나도 찾아보러 오는 녀석이 없다는 점입니다. 그런데 보살님은 어디서 오시는 길입니까?"

로 구분지었다. 그러나 『태현경(太玄經)』의 기록에는 중천(中天)·선천(羨天)·도천(徒天)·벌경천(罰更天)·쉬천(晬天)·곽천(郭天)·함천(咸天)·치천(治天)·성천(成天)으로 나누어 불렀다.

"나는 부처님의 법지를 받들어 경을 구하러 올 사람을 찾아가는 길에 여기를 지나치다가, 그대를 보려고 잠시 걸음을 멈춘 것이다."

"옳거니! 그 괘씸한 여래가 날 속여서 이 산 밑에다 가두어놓은 지 벌써 오백 년이나 지났소. 그리고도 난 아직도 이 모양 이 꼴이란 말이오! 대자대비하신 보살님, 제발 무슨 방법을 좀 생각해 가지고 이 손선생을 구해주시구려!"

"너 이 녀석! 죄악의 업보가 그토록 크고 깊은데 구해달라고? 네놈을 구해주었다가 또 화란을 일으키고 뭇 생령에게 해악을 끼친다면 그거 큰일 아닌가?"

이때서야 손대성의 말씨가 한결 누그러지고 풀이 죽었다.

"저도 벌써부터 후회하고 있었습니다. 내 죄가 어떤지 잘 알고 있단 말입니다. 그저 크나크신 자비를 베풀어, 제가 앞으로 나아갈 길만 열어주신다면, 진정으로 수행하고 싶습니다."

비로소 제천대성 손오공은 본심을 드러냈다.

> 사람의 마음에 일념이 생기면, 하늘과 땅이 모두 알아주는 법.
> 만약 선과 악에 응보가 없다면, 건곤에 사사로움이 있는 탓이리라.

관음보살은 손대성의 말을 듣고 가슴이 꽉 메이도록 벅찬 기쁨을 느꼈다.

"오냐, 성현의 경전에 이런 말이 있다. '입에서 나오는 말이 착하면, 천 리 밖에서도 이에 응하고, 그 말이 착하지 못하면, 천 리 밖에서도 이를 멀리한다.'[24] 네가 이미 그런 마음을 지녔다면, 내가 동녘 땅 대당국(大唐國)에 가서 경을 가지러 올 사람을 하나 찾아올 터이니, 그때까지 기다리고 있거라. 그 사람을 시켜서 너를 구해주도록 하마. 그 사람을 따라서 제자가 되고 우리 불문에 들어와 다시 정과를 닦는 것이 어떠냐?"

손대성은 선뜻 대답했다.

"예에, 예! 그러고말굽쇼! 그렇게 하겠습니다!"

순순히 받아들이는 말에, 보살은 더욱 기뻤다.

"좋다, 선과를 얻었으니, 내가 법명을 하나 지어주마."

그러나 손대성은 도리질을 했다.

"제게는 이름이 있습니다. 벌써 오래전부터 손오공이라고 부르지요."

그 말을 듣자, 보살의 기쁨은 점점 더해갔다.

"저런!…… 여기 오는 도중에 두 사람을 항복시키고 그들에게도 '오(悟)'자 항렬을 붙여주었는데, 너마저 '오공(悟空)'이라니, 정말 그 녀석들과 딱 맞아떨어지는구나! 그것 참 잘되었다, 아주 잘되었어! 그럼 더 이상 당부할 것도 없으니, 나는 이만 떠나겠다."

이리하여 손오공은 마음의 근본을 깨닫고 불문에 귀의하였으며, 관음보살은 신승을 찾아서 다시 여행길에 올랐다.

오행산을 떠난 관음보살과 혜안 행자는 곧바로 동쪽을 바라고 나아가, 얼마 후에는 대당 제국의 수도 장안성에 도착했다. 그들은 안개구름을 거두어들이고 문둥병 걸린 행각승으로 변신했다. 그리고 도성 안에 들어섰을 때는 이미 어둑어둑 저물녘이었다.

그들이 큰 길거리 장터 곁에 이르고 보니, 토지신의 사당이 한 채 보였다. 두 사람이 들어서자, 사당의 주인 격인 토지신은 깜짝 놀라 나

---

24 입에서 나오는 말이……: 이 말은 『주역(周易)』「계사 상(繫辭上)」에서 인용한 것으로 그 원문은 이러하다. '出其言善, 則千里之外應之. 出其言不善, 則千里之外違之.'

자빠지고, 유명계의 귀병들은 간담이 콩알만해져서 부들부들 떨었다.

그러나 불청객이 관음보살인 줄 알아차리자, 그들은 부랴부랴 몰려와서 고두례(叩頭禮)를 올리고 맞아들였다. 토지신은 황급히 달려나가 성황신(城隍神)과 사령신(社令神),²⁵ 그리고 장안 도성 안의 모든 사당 신지(神祗)들에게 이 사실을 알렸다. 이들 토박이 신령들은 보살님이 오셨다는 소식을 전해 듣고 빠짐없이 달려와 참배를 올렸다.

"보살님, 저희들이 뒤늦게 영접 나온 죄를 용서해주십시오!"

관음보살이 엄한 분부를 내렸다.

"그대들은 절대로 이 소식을 누설하지 말라. 나는 부처님의 법지를 받들어, 경전을 가지러 서천으로 갈 사람을 찾기 위해 특별히 여기 왔다. 그러니 내가 왔다는 말은 털끝만큼이라도 내서는 안 된다. 그리고 이 사당을 며칠 동안만 잠시 빌려 쓰기로 하겠다. 며칠 동안 여기에 머무르다가 진승(眞僧)을 찾는 대로 돌아갈 것이니, 그리들 알거라."

토박이 신령들은 저마다 갈 데로 떠났으나, 사당을 관음보살에게 내어준 토지신은 갈 곳이 없는 터라, 어쩔 수 없이 성황신에게 통사정을 해서 잠시나마 서낭당에 더부살이로 들어가 지내기로 하였다.

이리하여 스승과 제자는 진면목을 숨기고 토지신의 사당에 머물러 있게 되었다.

관세음보살 일행이 경을 가지러 갈 만한 적임자로 과연 누구를 찾아낼 것인지, 다음 회에서 풀어보기로 하자.

---

25 성황신·사령신: 성황신은 중국 삼국 시대 오나라 군주 손권(孫權)이 처음 세운 성곽의 수호신으로, 점차 민간 가옥의 담과 배수로(排水路)를 보호하는 신령으로 자리 잡게 되었다. 수·당(隋唐) 때에 이르러서는 마을의 평안과 아울러 비를 그치게 하고 맑은 날씨를 보장해주는 신앙 대상이 되었다. **사령신**은 곧 땅의 주인 격인 '사신(社神)'이다. 고대 중국에서는 식목(植木)의 신령으로 받들기도 했다.

제9회 진광예는 부임 도중에 횡액을 당하고, 그 아들 강류승은 아비의 원수를 갚고 근본을 되찾다

앞서 이야기는 잠시 접어두기로 하고, 다른 얘기를 꺼내기로 한다.

중국 섬서(陝西) 지방에는 거대한 장안성(長安城)이 자리 잡고 있는데, 이 성은 역대 제왕들이 번갈아 도읍지로 삼은 곳이다. 그 도성은 주(周)·진(秦)·한대(漢代)를 거쳐 내려오면서 삼주(三州) 문화의 꽃이 비단처럼 아름답고도 찬란하게 피었으며, 여덟 갈래의 강물(八水) 흐름이 도성을 에워싸듯이 감돌아 나가면서, 실로 천하에 으뜸가는 명승지를 이루어놓았다.

때는 바야흐로 대당 제국(大唐帝國) 태종(太宗) 이세민(李世民)[1]이 황제로 등극하여 연호(年號)를 정관(貞觀)으로 바꾼 지 13년째 되는 기해년(己亥年, 639년)이라, 천하는 무사태평하고 사면 팔방 세계 여러 나

---

[1] 태종 이세민(599~649): 당(唐)나라 제2대 황제. 수(隋)나라 말엽, 아버지 이연(李淵)과 함께 군사를 일으켜 폭군 양제(煬帝)의 황실을 무너뜨리고 당나라를 세웠다. 건국 초기 진왕(秦王)에 책봉되어 당시 전국을 혼란에 빠뜨린 두건덕(竇建德)·유흑달(劉黑闥)·설인고(薛仁杲)·왕세충(王世充)과 같은 농민 반란 세력과 군벌을 차례로 토벌하고 나라의 기반을 굳혔다. 626년에 이른바 '현무문(玄武門)의 정변'을 일으켜 태자였던 형 이건성(李建成)을 숙청하고 황제의 자리를 이어받았다. 재위 23년 동안 과거 제도를 처음 시행하여 유능한 인재를 많이 등용하고 정치, 경제, 군사 제도를 정비하여 부국강병의 기틀을 세웠으며, 숱한 남정 북벌을 단행하여 서북방의 투르크와 위구르족을 공격해 영토를 확장하고 서역 교통로를 발전시켰으며, 동쪽으로 신라와 연합군을 결성, 백제·고구려를 침공하기도 하였다. 중국 역사상 '정관(貞觀)의 치적(治績)'이라는 태평성대를 이룩한 명군으로 평가받는 인물이다.

라에서 조공을 바치고 사해가 저마다 신하의 나라로 일컫고 있었다.

어느 날, 당태종은 보위에 올라 문무 백관들을 소집해놓고 아침 조정 회의를 열었는데, 조례를 마치자 승상(丞相) 위징(魏徵)[2]이 반열 앞으로 나와 아뢰었다.

"지금은 천하가 태평하고, 사해 팔방이 두루 평온하나이다. 그러한 즉 옛 법에 따라 과거 시험장을 열어, 어진 선비를 가려 뽑으시고 유능한 인재를 발탁하셔서, 백성을 교화하고 나라를 다스리는 데 큰 보탬이 되게 하소서."

"경의 말이 지당하오."

태종은 위징의 주청을 받아들여, 그 즉시 어진 선비를 널리 모집한다는 방문을 천하에 반포하고, 전국 부(府)·주(州)·현(縣)의 크고 작은 고을마다 군민(軍民)을 막론하고 누구나 학문에 뜻을 둔 자로서, 문리에 통달하여 삼장(三場)의 모든 과목에 정통한 자라면, 장안 도성으로 올라와 응시하라는 뜻을 널리 알렸다.

이 방문은 강소성(江蘇省) 해주(海州) 지방에까지 내려갔다.

그런데 이 고장에는 성이 진씨(陳氏)요 이름을 악(萼), 그리고 자(字)를 광예(光蕊)라고 하는 젊은 선비가 살고 있었다. 그는 방문을 보자 그 길로 집에 돌아가, 어머니 장씨(張氏)에게 여쭈었다.

"어머니, 조정에서 어명으로 방을 붙였는데, 상서성(尙書省)에 과거

---

[2] 위징(580~643): 당나라 초기의 정치가. 관도(館陶) 출신으로 어릴 적부터 가난하여 도사가 되었으며, 수나라 말엽 군벌 세력인 이밀(李密)의 와강군(瓦崗軍)과 두건덕 세력에 차례로 투신하였다가 당나라에 투항, 이세민이 황제의 자리에 오르자 비서감(秘書監)을 거쳐 시중(侍中)으로 발탁되어 조정의 중신이 되었으며, 정국공(鄭國公)에 봉해졌다. 그는 당태종의 측근으로서 200여 차례의 간언(諫言)을 올렸으며, 군주를 배에 견주고, 백성을 물에 비유하여, "물은 배를 실어줄 수도 있으나 배를 전복시킬 수도 있다(水能載舟, 亦能覆舟)"라는 명언을 남겼으며, "평화로울 때일수록 위태로움을 생각하고, 검소 절약하는 생활로 사치를 경계하라(居安思危, 戒奢以儉)"는 충언을 올려 당태종을 역사상 명군으로 만드는 데 크게 공헌하였다.

시험장을 열어 재덕을 고루 갖춘 인재를 가려 뽑는다 합니다. 그래서 저도 경사(京師)에 올라가 응시하고 싶습니다. 혹시 운이 좋아 미관말직의 벼슬이라도 얻게 된다면 일가 친척들의 이름을 떨치고 처자식에게도 혜택을 줄 수 있을 뿐 아니라, 우리 진씨 가문의 명예를 빛낼 수 있지 않겠습니까. 이야말로 제가 평소 품어왔던 뜻을 이룰 기회이니, 과거 시험을 치르도록 허락해주십시오."

장씨가 선선히 허락을 내렸다.

"애야, 너는 글을 읽은 선비가 아니냐. 맹자님 말씀에도 '사람은 어려서 배우고, 장성해서는 배운 것을 실천한다(幼而學, 壯而行)' 하였으니, 어디 마음먹은 대로 한번 해보려무나. 그러나 과거 시험을 보러 가는 길에 만사 조심하고, 벼슬자리를 얻게 되거든 속히 돌아오너라."

진광예는 집에서 부리던 동자 녀석에게 여행 짐을 꾸리게 한 다음, 어머니에게 작별 인사를 올리고 나서 부랴부랴 여행길에 올랐다.

이윽고 장안 도성에 다다르고 보니, 바야흐로 예비 시험 격인 선시(選試)가 크게 열리고 있었다. 시험장에 들어간 진광예는 선시에 무난히 합격했다. 이어서 열린 것은 황제의 어전에서 치르는 전시(殿試), 그는 전시에서도 삼책(三策)을 모두 합격하여 장원 급제가 되었다. 태종이 어제 친필(御題親筆)로 장원의 칭호를 직접 써서 내려주니, 진광예는 말을 타고 영광스럽게 장안 도성 거리 거리를 누비며 사흘이나 유람을 다녔다.

그런데 공교로운 일이 벌어졌다. 그날도 진광예는 '유가(遊街)' 행차에 나섰다가 승상 은개산(殷開山)의 저택 문 앞을 지나치게 되었다. 이 승상 대감에게는 딸이 하나 있는데, 이름이 온교(溫嬌), 별호는 만당교(滿堂嬌)로서, 아직 정해놓은 배필이 없었다.

온교는 그날 오색 비단으로 화려하게 꾸민 누각 위에서 비단으로 만든 공을 길거리에 내던져 배필 감을 점찍으려 하고 있었는데,³ 때마침 진광예가 그 밑을 지나가게 되었다. 온교 소저는 진광예를 보자마자, 용모도 출중할 뿐만 아니라 과거에 장원 급제를 한 인재라는 사실을 알아채고 속으로 무척 기뻐하면서, 그 즉시 진광예를 겨냥하여 수놓은 비단 공을 내던졌다. 비단 공은 정확하게 진광예의 벼슬 감투, 어사화(御賜花)가 꽂힌 오사모(烏紗帽)에 들어맞았다.

때를 같이해서, 난데없는 생황 부는 소리와 퉁소 가락이 간드러지게 울리더니, 10여 명이나 되는 몸종 비첩(婢妾)들이 채루 아래로 내려와 진광예가 탄 말머리를 붙잡아 돌려 승상부 저택 안으로 모시고 들어갔다. 이래서 진장원은 꼼짝없이 은승상 댁 사위가 되어 혼인을 치르는 신세가 되고 말았다.

은승상과 승상 부인은 그 즉시 대청으로 나와 손님들을 청해놓고 혼례식을 올린 다음, 온교 소저를 진광예에게 짝지어주었다. 하늘과 땅에 큰절을 올리고 다시 부부간에 맞절이 끝나자, 신랑은 장인 장모에게 사위로서 뵙는 절을 올렸다. 은승상은 주연을 크게 베풀어 밤이 지새도록 마시고 즐겼다. 신랑 신부는 정겹게 손을 맞잡고 화촉 동방에 들었음은 물론이다.

이튿날 아침 5경(更) 3점(點, 5시)에, 태종은 금란전(金鑾殿)에 납시어 문무 백관 중신들의 조회를 받는 자리에서 하문하였다.

"새로 장원 급제한 진광예에게 어떤 벼슬을 내리는 것이 마땅할꼬?"

승상 위징이 아뢰었다.

---

3 비단 공을 던져 배필감을 구하다: 중국 고대 풍습으로 당천혼(撞天婚)을 말한다. 어느 가문이 장성한 딸의 배필을 구하려 할 때에는 채색 비단으로 꾸민 누각을 지어놓고 장본인이 그 위에 올라가 비단 실로 수놓은 '수구(繡毬)'를 던져서 마음에 드는 남자가 그 밑을 지나가다 맞으면 하늘의 뜻이라 여기고 혼사를 이루는 풍습이다.

서유기 제1권 279

"신이 전국 지방의 주(州)와 군(郡)을 조사하여 본즉, 강주(江州)[4]의 장관직에 결원이 있사옵니다. 바라건대, 이 자리를 그에게 제수하소서."

태종은 그 자리에서 진광예를 강주 자사(刺史)로 임명하고, 행장이 갖추어지는 대로 부임지로 떠나되, 부임 기한에 어긋나지 않도록 서둘러 출발할 것을 명령했다.

진광예는 사은례를 올리고 조정에서 물러 나와 승상부로 돌아갔다. 그리고 아내 온교와 일정을 상의한 다음, 장인 장모에게 하직 인사를 드리고 아내와 함께 부임지 강주를 향하여 출발했다.

장안 도성을 떠나 여행길에 오른 것은, 바야흐로 늦봄도 저물녘, 산들바람결에 신록의 버드나무 가지들이 살랑살랑 흔들리고, 가랑비의 빗방울이 보랏빛 붉은 꽃떨기를 가볍게 두드리는 날씨였다.

부임지로 가는 도중에 그는 고향에 들러 아내와 함께 어머니 장씨에게 예를 올렸다.

장씨는 아들이 장원 급제를 했을 뿐 아니라, 꽃같이 아름다운 승상 댁 규수를 아내로 맞아들인 것을 보고, 겹친 경사에 춤이라도 출 듯이 기뻐했다.

"애야, 정말 경사스러운 일이 겹쳤구나. 벼슬을 얻고 아내까지 얻어서 금의환향을 하다니……"

장씨는 기쁨에 겨운 나머지, 목이 메어 말을 잇지 못한다.

"저는 어머님이 빌어주신 덕택으로 장원 급제를 했습니다. 더구나 '유가' 행차 도중에 승상 은대감 댁 문전으로 지나치다가 우연히 채루에서 내던진 수구를 맞았습니다. 승상 대감은 그날로 귀한 따님을 저에게

---

4 강주: 지금의 장강(長江) 이남, 강서성(江西省) 구강시(九江市)와 팽택호(彭澤湖) 일대.

맡겨 사위로 삼아주셨습니다. 조정에서는 저를 강주 자사로 임명하였기에, 함께 부임지로 가려고 이렇게 어머니를 모시러 오는 길입니다."

그 말을 듣고 장씨는 기쁨을 감추지 못하면서 부랴부랴 행장을 챙겨 길 떠날 채비를 갖추었다.

일행이 길을 떠난 지 며칠 만이었다. 그들은 만화점(萬花店)에 이르러 유소이(劉小二)란 주인이 경영하는 객점에 투숙하게 되었는데, 공교롭게도 그날 어머니 장씨가 갑작스레 병이 나고 말았다.

"얘들아, 나는 몸이 몹시 좋지 않구나. 그러니 이 객점에서 한 이틀쯤 몸조리를 하고 떠나야겠다."

진광예는 어머니의 뜻을 따라 며칠 더 쉬어가기로 했다.

이튿날 아침나절의 일이었다. 객점 문 앞에 웬 어부 하나가 금빛 잉어 한 마리를 들고 와서 떠들썩하니 외쳐가며 팔고 있었다. 진광예는 엽전 한 관을 주고 잉어를 샀다. 몸이 편찮으신 어머니에게 고아 드릴 심산에서였다.

그런데 이상한 일이 벌어졌다. 한낱 미물에 지나지 않는 잉어가 번쩍번쩍 광채를 내면서 두 눈망울을 깜박거리는 것이 아닌가. 그것을 보고 진광예는 속으로 깜짝 놀랐다. 물고기나 뱀 따위는 눈꺼풀이 씌워져 있어 동자가 움직이지 않는다던데, 눈을 깜박거리는 물고기라면 범상한 놈이 아닐 것이라는 생각이 들었던 것이다. 그는 잉어를 잡아온 어부에게 물었다.

"이 잉어는 어디서 잡은 거요?"

어부는 무심코 대답했다.

"홍강(洪江)에서 잡은 놈입죠. 부중에서 한 시오리쯤 떨어진 곳이랍니다."

그 말을 듣고 진광예는 홍강으로 나가 그 잉어를 산 채로 물속에 놓아주었다. 그리고 객점에 돌아와 어머니에게 자초지종을 말씀드렸다.

장씨는 아들이 한 일을 칭찬해주었다.

"목숨 가진 것을 놓아주다니, 참 잘하였다. 방생은 좋은 일이라고 하지 않더냐. 내 마음도 무척 기쁘구나."

"어머니, 이 객점에 와서 묵은 지가 벌써 사흘째나 됩니다. 나라에서 법으로 정한 부임 날짜도 얼마 남지 않아서, 내일 아침에는 길을 떠났으면 좋겠습니다만, 어머니의 병세가 어떠신지 모르겠군요."

"아직도 말끔히 낫지 않았다. 요즘 날씨가 몹시 무더운데, 이런 때에 길 떠났다가 또 다른 병이라도 얻으면 큰일 아니겠느냐? 그러니 이 객점에 내가 한동안 묵을 수 있게 방을 한 칸 빌려주고 노잣돈이나 조금 남겨다오. 그리고 너희 둘이서 먼저 임지로 떠나는 것이 좋겠다. 이제 곧 가을철이 될 터이니, 날씨가 선선해지거든 그때 와서 날 데려가도록 하려무나."

이리하여, 진광예는 아내와 상의한 끝에, 방 한 칸을 잡아 어머니를 모셔놓고 노잣돈을 남겨둔 다음, 아내와 함께 하직 인사를 드리고 나서 다시 길을 떠났다.

먼길을 가기란 무척 어렵고 괴로운 일이었으나, 이른 아침에는 걷고 날이 저물면 투숙을 하고, 이렇듯 가다 보니 어느새 홍강 나루터에 다다랐다.

나루터에는 뱃사공 두 사람이 손님을 기다리고 있었다. 나룻배 사공의 이름은 유홍(劉洪)과 이표(李彪), 그들은 손님들이 배를 찾느라 두리번거리는 것을 보고, 노를 저어 강변 기슭에 배를 갖다대고 맞아들였다. 진광예는 꿈에도 모르고 있었으리라. 이 강물 위에서 이 원수들과 만나 억울하게 재앙을 당할 줄이야 생각이나 했으랴만, 이 역시 전생에 맺어진 악연(惡緣)인지 모르겠다.

아무튼, 진광예는 동자 녀석을 시켜 짐 보따리를 갑판에 옮겨놓게 하고, 아내와 함께 배에 올랐다. 이윽고 배는 강물 위에 두둥실 떠서 물결을 헤치며 나아가기 시작했다. 노를 젓는 동안 뱃사공 유홍은 손님들의 행색을 하나씩 뜯어보다가, 은씨 댁 소저를 눈여겨보기 시작했다. 보름달처럼 덩그러니 환한 얼굴 모습에, 가을철 잔잔한 물결처럼 아리따운 눈망울이며, 앵두와도 같이 자그만 입술, 푸른 버들가지보다 더 가녀린 허리 맵시, 그야말로 물고기가 물속에 가라앉는 듯, 기러기가 물위에 내려앉는 듯 조심스러운 자태하며, 달도 꽃도 부끄러워 숨어버릴 만큼 아리따운 모습의 절세 미녀였다.

그녀의 자태를 훔쳐보던 유홍은 엉큼한 생각이 불끈 치밀어 견딜 수가 없었다. 그는 동료 이표와 은밀히 짜고, 손님들에게 이런저런 핑계를 대어 배를 인적이 없는 으슥한 곳으로 저어간 다음, 야반 삼경이 될 때까지 기다렸다가 어둠을 틈타 우선 동자 녀석부터 죽여버리고, 이어서 진광예마저 때려죽여 물속에다 처넣었다.

이야말로 마른하늘에 날벼락, 은소저는 뱃사공들이 수상 강도로 돌변하여 자기 남편을 때려죽이는 것을 보자, 자신도 남편의 뒤를 따라 물속으로 뛰어들려 했다. 그러나 뒤미처 달려든 유홍에게 앞길을 가로막힌 채 꼼짝없이 붙잡히고 말았다.

유홍이란 놈은 그녀의 허리를 끌어안고 으름장을 놓았다.

"내 말을 고분고분하게 들으면 모든 일이 잘 끝나겠지만, 만에 하나라도 듣지 않겠다면, 너도 단칼에 두 토막을 내어 죽여버릴 테다!"

은소저는 곰곰이 생각해보아도 아무런 방법이 없는 터라, 우선 다급한 대로 유홍의 뜻에 따르기로 결정했다.

유홍이란 놈은 배를 남쪽 강기슭에 대더니, 나룻배는 동업자 이표란 놈에게 주어버리고, 자신은 보따리를 뒤져 진광예의 의관을 꺼내 입은 다음, 대담하게도 강주 자사의 사령장마저 몸에 지니고 은소저와 함께 강주 땅으로 부임해갔다.

이야기는 바뀌어, 유홍에게 죽임을 당한 동자 녀석의 시체는 물결 따라 둥실둥실 떠내려갔는데, 진광예의 시체만은 떠내려가지 않은 채, 유별나게 물속 깊이 가라앉아 꼼짝달싹도 하지 않았다.

이 무렵, 홍강 하구 바다 속을 순찰하던 야차(夜叉)가 진광예의 시신을 발견하고 급히 용궁에 보고했다. 때마침 용궁에는 용왕이 전각에 자리 잡고 앉아 보고를 받고 있던 참이었다.

"아뢰오! 방금 홍강 하구에서 어떤 놈이 선비 한 사람을 때려죽여 그 시체를 강물 밑바닥에 처넣었습니다."

용왕은 그 시체를 떠메어다가 앞에 내려놓게 하고서 찬찬히 뜯어보더니, 깜짝 놀라 소리쳤다.

"아니, 이분은 내 목숨을 구해주신 은인이 아니신가? 그런데 어째서 남의 손에 맞아 죽었을꼬? 그렇다, '은혜를 입었으면 은혜로 갚으라'고 했으니, 이번에는 내가 이분의 생명을 살려주어서, 지난번에 받은 은혜에 보답해야겠구나!"

용왕은 그 자리에서 문첩 한 통을 작성하여 야차를 시켜서 홍주(洪州)에 있는 성황신, 토지신들에게 보냈다. 내용인즉, 진광예의 혼백을 되살려내어 그 생명을 건져주고 싶으니 도와달라는 것이었다. 용왕의 뜻을 받아들인 성황신과 토지신은 졸개 귀신들을 시켜서 잡아놓았던 진광예의 혼백을 야차에게 돌려주었다. 야차가 그것을 받아 가지고 수정궁으로 돌아와 용왕에게 바치니, 용왕은 진광예의 시신에 혼백을 불어넣은 다음, 그에게 물었다.

"수재의 성함은 어찌 되며, 어디에 사시는고? 또 어찌하여 남의 손에 맞아 죽는 참변을 당하셨는가?"

혼백을 되찾은 진광예가 대답했다.

"제 성명은 진악이옵고 자를 광예라 하며, 해주 홍농현 사람입니다. 금년에 때마침 조정에서 과거 시험을 보이기에 응시하여 외람되게 장원으로 급제하고, 황공하옵게도 강주 자사로 발령을 받아 아내와 함께 부임지로 가던 길이었습니다. 홍강 나루터에 당도하여 배를 탔는데, 뜻밖에도 뱃사공 유홍이란 자가 제 아내의 미색에 탐욕을 부려, 우선 저를 때려죽이고 시신을 강물 속에 던져버렸습니다. 용왕님, 부디 저를 한번만 구해주십시오!"

그 말을 듣고 용왕은 비로소 자기 내력을 밝혔다.

"아하, 그런 일이 있으셨군! 선생, 선생이 지난번 놓아주신 그 금빛 잉어를 기억하고 계시는지요? 선생은 모르실 터이지만, 그 잉어가 바로 나였소. 그러니까 당신은 내 구명의 은인이시오. 이번에는 당신이 재난을 당하셨는데, 내 어찌 구해드리지 않을 도리가 있겠소!"

용왕은 진광예의 시신을 벽 한쪽에 안치해놓고 시체가 상하지 않도록 그 입에 '정안주(定顔珠)' 한 알을 물려주었다. 훗날 영혼을 되찾아 복수할 기회가 올 때까지 보존해두려는 의도에서였다.

"당신의 넋은 당분간 이 수정궁에 머물러 계시면서, 도령(都領)의 직분을 맡아 수부(水府)의 일을 다스려주셨으면 하오."

"고맙습니다!"

진광예는 머리를 조아려 사례했다.

용왕이 주연을 베풀어 진광예를 환대한 얘기는 그만두기로 한다.

한편, 은소저는 유홍이란 놈이 뼈에 사무치도록 밉고, 살점을 뜯어먹고 그 살가죽을 벗겨 이불 삼아 덮고 잠을 자도 시원치 않을 만큼 원한이 맺혔으나, 죽은 남편 진광예의 씨를 받아 이미 임신한 몸이요, 더구나 뱃속의 아기가 아들인지 딸인지조차 모르고 있었기 때문에, 어쩔 수 없이 유홍에게 순종하는 척하고 있었다.

어느덧 시일이 흘러, 두 사람은 마침내 강주 성에 도착했다. 신임 장관 부부가 당도했다는 통보가 들어가자, 서리 아전과 조례(皂隷)들은 너 나 할 것 없이 앞다투어 달려나와 영접했다.

소속 관원들은 동헌에 잔치를 크게 베풀어놓고 상견례를 올렸다. 피차간에 인사치레가 끝나자, 유홍은 거드름을 부려가며 인사말을 건넸다.

"소생은 처음으로 부임해온 터라 아는 것이 없으니, 오로지 여러분이 힘써 보필해주시기만을 바랄 뿐이오."

아전 관속들도 겸손하게 응답했다.

"대감께서는 장원으로 급제하신 인재이시니, 백성들을 자식처럼 여기셔서, 소송 사건은 간결하게 처리해주시고 형벌도 가볍게 내려주시리라 믿습니다. 저희 같은 소관들이야 그저 대감만을 의지하올 뿐인데, 어이 그런 겸손의 말씀을 하십니까?"

이윽고 공적인 환영연을 마치자, 대소 관원들은 제각기 흩어져 돌아갔다.

세월은 덧없이 빠르게 지나갔다.

어느 날, 유홍은 공무가 생겨 멀리 출장을 나가고, 은소저 홀로 관사에 남아 있게 되었다. 그녀는 객점에 남겨둔 시어머니와 죽은 남편 생각을 하면서 정자에 앉아 있었는데, 갑자기 몸이 나른하게 풀리고 피곤해지더니 복통을 일으키고 땅바닥에 나뒹굴다가 졸도를 하고 말았다. 그녀가 정신을 차리고 깨어났을 때는 어느 결에 아기가 태어나 있었다. 사내아이였다. 경황 중에 어찌할 바를 모르고 허둥거리고 있으려니, 난데없이 귓결에 목소리가 들려왔다.

"만당교 아가씨, 내 말을 잘 새겨들으시오. 나는 남극성군(南極星君)[5]으로, 관세음보살의 법지를 받고 찾아와서 특별히 이 아기를 그대에게 드리는 거요. 이 아기는 보통 사람들과 비할 바가 아닐 만큼 달라서, 훗날 그 명성을 크게 떨치게 될 것이오. 그러나 유홍이란 놈이 돌아오면 기어코 이 아기를 죽여 없애려고 할 터이니, 조심하여 보호하시오. 그대의 남편은 이미 용왕에게 구출되어 용궁에 있으니, 훗날 부부간에 상봉하게 될 뿐만 아니라, 모자가 서로 만나 원수를 갚고 설욕할 날이 있을 것이오. 내 말을 명심해두고 어서 빨리 깨어나시오!"

말을 마치자, 남극성군은 온데간데없이 사라졌다. 그러나 정신을 차린 은소저의 귓전에는 그 말 한마디 한마디가 쟁쟁하게 남아 있었다.

은소저는 아들을 꼭 품어 안았으나, 그 역시 어떻게 해야 좋을지 몰랐다.

이때 출장을 나갔던 유홍이 느닷없이 돌아왔다. 그는 은소저의 품에 안긴 갓난아이를 보기가 무섭게 대뜸 빼앗아 연못에 던져버리려 했다. 은소저는 그에게 매달려 애원했다.

"오늘 하룻밤만…… 날도 저물지 않았어요? 그러니 내버리더라도 내일 아침 해가 뜨거든 내버리게 해주세요!"

천만다행히도, 이튿날 아침이 되자 유홍은 또다시 긴급한 공무가 생겨 먼 곳으로 출장을 나가게 되었다. 그 틈에 은소저는 곰곰이 궁리했다.

'저놈이 돌아오는 날이면, 이 아기의 목숨은 끝장나고 말 것이다. 저놈의 손에 처참하게 죽이느니, 차라리 강물에 띄워보내 이 아기의 생

---

5 남극성군: 곧 남극수성(南極壽星). 제7회 주 **11** 참조.

사 운명을 하늘에 맡기는 것이 좋겠다. 만약 하느님께서 불쌍히 여기시고, 누군가 건져서 길러줄 사람이 생긴다면, 훗날 이 아기와 상봉할 수도 있지 않으랴?……'

그러나 훗날 모자가 서로 알아보지 못하는 일이 있을까 두려운 나머지, 은소저는 제 손가락을 깨물어서 그 피로 부모의 성명과 사건의 전말을 낱낱이 적은 다음, 다시 아기의 왼쪽 새끼발가락 한 마디를 깨물어 표지로 삼았다. 그리고 나서 속적삼 한 벌을 꺼내다가 아기를 감싸 안고 아무도 없는 사이에 아문을 빠져나왔다.

다행히도 강물은 관아에서 그리 멀리 떨어져 있지 않았다. 강변에 도착한 그녀는 한바탕 목을 놓아 대성통곡을 했다. 그리고 아기를 강물에 던져버리려고 하는데, 강기슭 한쪽에서 널빤지 한 장이 둥실둥실 떠내려오고 있는 것이 아닌가! 은소저는 하늘이 도우심이라 생각하고 신령에게 기원을 올린 다음, 그 널빤지 위에다 아기를 뉘고 허리띠를 끌러 단단히 비끄러매었다. 준비해간 혈서를 아기의 가슴에다 끼워 넣고 강물에 밀어 보낸 후, 그녀는 아기의 운명을 하늘에 떠맡기고 눈물을 머금은 채 관아로 돌아왔다.

한편, 널빤지에 실린 아기는 물결 따라 둥실둥실 떠내려가다가, 남경(南京) 하류 서북쪽에 자리 잡은 금산사(金山寺)[6] 기슭에 와서 닿았다.

이 금산사에는 법명화상(法明和尙)이란 장로가 한 분 계셨는데, 그는 진리를 터득하고 도를 깨우쳐 생사불멸의 묘결을 체득한 고승이었다. 이날 그는 가부좌를 틀고 참선을 하고 있었는데, 강변 쪽에서 난데

---

6 금산사: 지금의 강소성(江蘇省) 진강시(鎭江市) 서북방 금산(金山)에 있다. 중국 선종(禪宗)의 대표적 명찰(名刹). 동진(東晉) 시대(350년경)에 창건되어 택심사(澤心寺)로 불리다가 당나라 때에 금산사로 바뀌었으며, 청나라 초기(1600년대)에 와서부터 강천사(江天寺)로 고쳐 부르게 되었다.

없이 어린 아기의 울음소리가 들리는 바람에 깜짝 놀라 급히 그리로 달려갔다. 강변에 내처 당도한 법명화상은, 널빤지 위에 허리띠로 묶인 갓난아기가 쌔근쌔근 잠들어 있는 것을 발견하고 황급히 띠를 풀어 안아 올렸다.

품속에 간직해둔 혈서를 보고 비로소 사연을 알게 된 법명화상은 어린 아기의 이름을 '강물 따라 흘러왔다'는 뜻으로 '강류(江流)'라고 지어준 다음, 이웃 사람에게 맡겨두고 젖을 먹여 키우게 했다. 그리고 혈서는 법명화상 자신이 단단히 간직해두었다.

세월은 살같이 흐르고, 해와 달은 베틀에 북 드나들 듯 바뀌고 또 바뀌어, 어느덧 강류는 열여덟 살이 되었다. 법명 장로는 강류의 머리를 깎아주고 현장(玄奘)이라는 법명을 지어준 다음, 마정수계의 의식을 베풀어 정식으로 불제자로 받아들였다. 그리하여 강류는 굳센 마음가짐으로 수도승의 길을 걷기 시작했다.

어느 늦은 봄날의 일이었다.

금산사 젊은 승려들이 소나무 그늘에서 부처님의 경전과 참선을 강론하면서 불문의 오묘한 도리를 놓고 토론하고 있었는데, 그 중 술 좋아하고 고기 잘 먹는 땡추 중 하나가 현장에게 논박을 당하여 말문이 막혀 버리고 말았다. 화가 난 땡추 중은 대뜸 욕설을 퍼붓고 현장에게 모욕을 주었다.

"예끼, 이 후레자식아! 제 성도 이름도 모르고, 아비 어미가 누군지조차 모르는 녀석이 뭐가 그리 잘났다고 이런 자리에서 함부로 아가리를 놀리는 거냐!"

이런 고약한 말투로 욕을 얻어먹은 현장, 분을 참지 못하고 절간으로 뛰어 들어가 스승 법명화상 앞에 무릎을 꿇었다. 그리고 눈물을 뚝뚝 흘리면서 하소연을 했다.

"스승님, 사람이 천지간에 태어날 때에는 음양의 이치를 받고 오행의 도리에 바탕을 두며, 아비의 정기를 얻어 태어나고 어미의 손에 자라는 법이라 하였습니다. 그런데 이 세상에 태어난 자로서 부모 없는 사람이 어찌 있을 수 있겠습니까?"

그는 두 번 세 번 거듭해서 자신의 부모가 누구며 그 성씨와 이름이 무엇인지 가르쳐달라고 간절히 애원했다.

법명화상은 한참 동안 생각에 잠겨 있다가, 조용히 일어섰다.

"네가 진심으로 부모를 찾고 싶다면, 날 따라서 방장 안으로 들어오너라."

현장은 주저 없이 스승을 뒤따라 방장 안으로 들어갔다.

이윽고 법명화상이 대들보 위에서 자그만 상자를 하나 내려놓고 뚜껑을 열어 그 속에서 한 통의 혈서와 속적삼 한 벌을 꺼내 현장에게 주었다. 현장은 검붉게 빛이 바랜 혈서를 펼쳐 들고 읽어 내리기 시작했다. 그리고 나서 비로소 부모의 성명과 원통하게 맺어진 원수의 사연을 낱낱이 알 수 있게 되었다.

피에 사무친 혈서를 다 읽고 나자, 현장은 울음이 복받쳐 땅바닥에 엎어지면서 대성통곡을 터뜨리고 말았다.

"부모님의 원수를 갚아드리지 못하고서야, 어찌 사람 노릇을 할 수 있으리까? 저를 낳아주신 부모님을 십팔 년 동안이나 모르고 있다가 오늘 지금에 와서야 어머님이 살아 계시다는 사실을 알았습니다. 만약 스승님께서 이 몸을 구해주시고 길러주시지 않았던들, 어찌 오늘의 제가 있겠습니까? 스승님, 부디 허락해주십시오! 제가 모친을 찾아뵙고 나거든 저 훗날 머리에 향로를 이고 동냥질로 시주를 받아서라도 이 금산사의 전각을 다시 세워, 스승님의 깊고 깊으신 은혜에 보답하오리다. 그러니 어머님을 찾아뵈올 수 있게 하산을 허락해주십시오!"

"네가 모친을 찾으러 나서겠다면, 이 혈서와 속적삼을 몸에 지니고 떠나는 것이 좋겠다. 일단 길에 나서거든 모름지기 탁발승이 되어 시주를 받으면서 가되, 강주 자사 관아의 사택(私宅)으로 곧장 들어가야만 네 모친과 만날 수 있을 것이다."

현장은 스승의 말을 따라서, 탁발승 차림으로 동냥을 하면서 곧바로 강주까지 나아갔다. 그가 허위단심 강주 땅에 다다르니, 하늘이 그들 모자의 상봉을 도우셨는지 때마침 유홍은 일이 있어 출타하고 없었다. 현장은 자사 대감의 사저 앞에 이르러 문을 두드리고 동냥을 청했다.

한편, 은소저 온교는 그 전날 밤에 꿈을 꾸었는데, 꿈속에 이지러진 달이 다시 둥근 보름달로 바뀌는 것을 보았다. 잠을 깬 그녀는 속으로 곰곰이 생각해보았다.

'시어머님은 생사조차 알 길 없고, 남편은 저 가증스러운 도적놈에게 맞아 죽었다. 어린 아들은 강물에 던져버렸지만, 누군가 그 아이를 건져 올려서 길러주었다면 지금쯤 열여덟 살이 되었을 터, 혹시 오늘 하느님이 그 아이와 상봉시켜주느라고 나한테 이런 꿈을 보여주셨는지 모르겠구나……'

이런저런 시름에 잠겨 있을 때, 갑자기 대문 바깥에서 염불하는 소리와 동냥을 바라는 행각승의 목소리가 몇 번이고 들려왔다.

"동냥 좀 해주십시오! 동냥을……"

은소저는 무엇엔가 이끌린 듯 냉큼 대문 밖으로 달려 나갔다.

"어디서 온 스님이오?"

"소승은 금산사 법명 장로의 제자올시다."

"금산사 법명 장로님의 제자라면? 으음……"

은소저는 뒤미처 묻다 말고 그를 안으로 들게 한 다음, 동냥을 주고 음식을 차려내다가 현장에게 먹였다. 현장이 음식을 먹는 동안, 그녀는 곁에서 현장의 생김새를 찬찬히 뜯어보고 말을 시켜보았다. 과연 말하는 투며 생김새와 행동거지가 영락없이 죽은 남편을 닮았다.

'어쩌면 내 남편과 저리도 똑같을까?……'

은소저는 무슨 생각에서였는지, 시중들던 몸종을 멀찌감치 내보내 놓고 현장에게 물었다.

"젊은 스님, 내가 하나 묻고 싶은 것이 있는데, 스님은 어릴 적부터 출가하여 스님이 되신 겁니까, 아니면 나이 드신 다음에 출가하셨나요? 성씨는 뭐며 속명은 어찌 되시나요? 그리고 양친은 다 계시는가요?"

현장이 먹던 음식을 내려놓고 대답했다.

"소승은 어릴 적부터 출가한 것도 아니고, 나이 들어 출가하지도 않았습니다. 솔직히 말씀드리자면, 하늘보다 더 크고 바다보다 더 깊은 한을 품고 살아온 몸입니다. 제 아버님은 남의 손에 모살당하셨으며, 제 모친은 그 도적놈에게 빼앗겨 그놈의 차지가 되고 말았습니다. 제가 이렇게 찾아뵈온 것은, 사부님께서 절더러 강주 아문 사저에 가서 모친을 찾으라고 일러주셨기 때문입니다."

그 말을 듣자, 은소저는 핏줄이 당기는 것을 느끼고 내처 물었다.

"그래, 스님의 모친은 이름이 무엇이오?"

"어머님의 함자는 성이 은씨, 이름은 온교라고 하며, 아버님의 성함은 진씨, 이름은 광예라고 하더이다. 저는 어릴 적 이름을 강류라고 불렀으나, 지금은 현장이란 법명으로 부르고 있습니다."

은소저는 떨리는 마음을 억누르면서 끝까지 침착하게 물었다.

"온교라면 바로 내 이름이오만, 그대에게 무슨 증거가 될 만한 물건을 가지고 계시오?"

현장은 눈앞의 여인이 자기 어머니인 줄 알자, 그 자리에 털썩 두 무릎을 꿇고 엎드려 애처롭게 목놓아 울기 시작했다.

"어머니!…… 어쩌면 이 아들의 말을 이다지도 못 믿으십니까? 정녕 못 믿으시겠다면, 증거물로 여기에 어머님께서 피로 쓰신 혈서와 속적삼을 가져왔으니 보십시오!"

은소저가 떨리는 손길로 그것을 받아들었다. 과연 의심할 나위도 없는 증거물임을 한눈에 알아볼 수 있었다.

18년 만에 상봉한 모자는 서로 얼싸안고 목을 놓아 울었다.

"어머니!……"

"내 아들아!……"

그러나 격한 감정 속에서도 그녀는 이성을 잃지 않았다.

"얘야, 어서 돌아가거라! 여기 오래 있으면 안 된다."

단 한 순간도 어머니와 떨어지고 싶지 않은 현장이 어리둥절해서 여쭙는다.

"어머니, 십팔 년 동안이나 저를 낳아주신 부모님을 모르다가, 이제 겨우 어머님을 찾아서 만나뵈었는데, 어떻게 이 아들더러 이대로 돌아가라 하시는 겁니까?"

"얘야, 한시바삐 이곳을 떠나다오! 유가 놈이 돌아오면 보나마나 네 목숨을 해칠 것이 뻔하다. 우리 이렇게 하자꾸나. 오늘은 이만 헤어지고, 내가 따로 날을 잡아서 병이 났다는 핑계를 대고 금산사로 너를 찾아가마. 처녀 적에 부처님께 발원하기를, 스님의 헝겊신 백 켤레를 지어 바치겠노라고 약속했는데, 그 약속을 지키지 않아 병이 났다고 하고 너희 절에 가서 허원(許願)의 불공을 드려야 한다면, 그 유가 놈도 믿어 줄 테고, 그때 가서 내가 너한테 할말이 있을 것이다."

"예, 알겠습니다."

현장은 어머니의 말대로 작별을 고하고 떠나갔다.

18년 만에 어렵사리 아들과 상봉하고 난 뒤부터, 은소저는 기쁨과 슬픔이 한 덩어리로 뒤엉켜 착잡한 심정으로 하루하루를 보냈다. 그러던 어느 날, 은소저는 갑작스레 병이 났다는 핑계를 대고 식음을 전폐하더니, 아예 자리보전을 하고 털썩 누워버렸다.

관아에서 퇴청하고 돌아온 유홍이 그 까닭을 묻자, 그녀는 천연덕스럽게 둘러대었다.

"저는 어려서부터 부처님께 중의 헝겊신 백 켤레를 절간에 희사하고 불공을 드리겠노라고 허원을 한 적이 있었습니다. 그런데 닷새 전에 꿈을 꾸었더니, 꿈속에 스님들이 나타나서 손에손에 날카로운 비수를 잡고 약속한 헝겊신을 내놓으라고 야단을 쳤습니다. 그러더니 다음날 아침부터 시름시름 병이 들어 이렇듯 아프기 시작하는군요."

유홍은 대수롭지 않게 생각했다.

"흐흠, 별 것 아닌 걸 가지고! 그까짓 일을 왜 진작 말하지 않았어?"

유홍은 그 길로 아문에 나가더니, 자사의 부관 격인 왕좌위(王左衛), 이우위(李右衛)를 불러들여, 강주성 안의 백성들에게 닷새 안에 집집마다 중의 헝겊신 한 켤레씩을 지어 바치도록 하라고 엄명을 내렸다.

강주 백성들은 자사의 분부에 따라, 어김없이 집집마다 헝겊신 한 켤레씩을 지어 관아에 갖다 바쳤고, 이래서 강주 자사 아문에는 헝겊신이 1백 켤레가 아니라, 수백 수천 켤레나 산더미처럼 쌓이게 되었다.

은소저는 다시 유홍에게 부탁을 했다.

"헝겊신은 그만하면 되었습니다만, 이 근처에 불공을 드릴 만한 적당한 절간이 없을까요?"

유홍은 무심결에 대답했다.

"이 강주 지방에는 금산사와 초산사(焦山寺), 두 군데가 유명하지.

당신 마음에 드는 데로 가구려."

"오래전부터 금산사가 좋은 절이란 소문을 들었어요. 금산사로 가기로 하죠."

이리하여 유홍이 왕좌위, 이우위를 시켜 배편을 마련하자, 심복 몇 사람만 데리고 배에 오른 은소저는 그 즉시 사공더러 노를 젓게 하여 곧바로 금산사를 향해 떠났다.

한편, 금산사로 돌아온 현장은 법명 장로를 뵙고 앞서 어머니와 상봉하였던 경위와 어머니가 당부하신 말씀을 낱낱이 아뢰었다. 제자가 소원을 이루고 무사히 돌아왔다는 말을 듣고 법명 장로도 무척 기뻐했다.

그런 다음날, 하녀 하나가 한 발 앞서 와서, 자사 부인이 불공을 드리러 찾아왔노라고 전갈을 했다. 금산사 스님들은 산문 앞에까지 나아가 부인을 영접했다.

은소저는 절간 문안으로 들어서서 보살님께 참배를 올린 다음, 성대한 법회가 열린 가운데 몸종들을 시켜 중의 헝겊신을 쟁반에 담아 떠받들게 하고, 법당에 이르러 향불을 사르고 부처님께 배례를 올리고 나서 법명 장로에게 말씀드려 그 헝겊신을 스님들에게 골고루 나누어주었다.

재가 끝나고 스님들이 각자 숙소로 돌아간 뒤 법당에 아무도 없게 되자, 현장은 그제야 어머니 곁으로 가서 무릎 꿇고 앉았다. 은소저가 현장의 신발과 버선을 벗기고 살펴보니, 과연 왼쪽 새끼발가락 한 마디가 모자랐다.

마지막 확인 절차를 마친 두 모자는 또다시 부여안고 하염없이 울음을 터뜨렸다. 그리고 법명 장로에게 아들을 이렇듯 훌륭하게 키워준 은혜에 거듭거듭 사례했다.

법명 장로는 은소저에게 말했다.

"이제 모자가 상봉은 하였으나, 그 간악한 도적에게 들키면 아니 되니, 어서 속히 댁으로 돌아가시오. 또 생각지도 않는 재앙을 당하지 않도록 말이오."

재촉을 받으면서, 은소저는 아들 현장에게 귀걸이 한 짝을 건네주었다.

"이걸 너한테 주마. 여기서 천 오백 리쯤 가면, 홍주 서북쪽에 만화점이란 객점이 나올 것이다. 그 객점은 오랜 옛날에 우리 부부가 네 친할머니 장씨를 머물러 계시도록 한 곳이다. 그분은 네 아버님을 낳아주신 생모이시다. 그리고 편지 한 통을 따로 써서 줄 테니, 곧바로 장안 도성에 올라가 황제님의 궁성 안에 있는 금란전 왼쪽으로 들어가면, 승상 은개산 대감의 저택이 나올 것이다. 그분은 이 어미를 낳아주신 어버이시요, 네게는 외조부 되는 분이시다. 내 편지를 외조부님께 전해드리면, 그분이 태종 황제 폐하께 아뢰어 토벌군을 출동시켜 그 유가 놈을 잡아죽이고 네 아버지의 원수를 갚아주실 수 있을 것이다. 그때야말로 이 어미도 원수의 손아귀에서 풀려 나와 자유로운 몸이 될 것이다. 난 더 이상 오래 머무를 수가 없구나. 내가 늦게 돌아가면 그 유가 놈이 왜 그런가 싶어 의심할지도 모르니까 말이다."

말을 마치자 은소저는 금산사를 나서서 배를 타고 강주 부중으로 돌아갔다.

눈물로 어머니를 떠나보낸 뒤, 현장은 스승에게 아뢰어 말미를 얻은 다음, 그날로 작별 인사를 드리고 홍주 땅으로 가는 길에 올랐다.

머나먼 1천 5백여 리 길을 걸어서 만화점에 도착한 그는 객점 주인 유소이를 붙잡고 물었다.

"벌써 오래전의 일입니다만, 강주 사는 진씨란 손님이 어머니를 이 객점에 남겨두고 떠나셨다 하는데, 지금도 평안히 계시는지요?"

주인 유소이가 한참 기억을 더듬은 끝에 비로소 생각난 듯 대답해 주었다.

"그렇소, 그 마나님이 우리 객점에 오랫동안 계시기는 했었소. 하지만 눈이 점점 어두워지고 또 삼사 년씩이나 방값을 밥값을 한 푼도 내지 않아, 할 수 없이 내보내고 말았소. 요즈음은 남문 밖에 다 허물어진 기와 굽는 가마터가 하나 있는데, 거기에 살면서 날마다 시장 거리에 나가 비럭질을 해서 하루하루를 연명하고 있다고 합디다. 한데 그 손님은 어머니 한 분을 덜렁 남겨두고 떠난 지가 꽤 오래되었는데 아직껏 통 소식이 없으니, 무슨 영문인지 모르겠구려."

그 말을 듣자, 현장은 길을 물어서 단걸음에 남문 밖 기와 굽는 가마터로 달려갔다.

"할머니!……"

눈먼 장씨는 귀에 익은 목소리를 듣고 깜짝 놀랐다.

"아니, 네가 누구냐? 그 목소리는 꼭 내 아들 광예의 목소리 같은데……"

"할머니! 저는 진광예가 아니라, 진광예 그분의 아들입니다. 온교 소저는 바로 제 어머니가 되십니다."

"아니, 그게 정말이냐? 그럼 네 아비 어미는 어째서 오지 않는다는 거냐?"

장씨는 반갑기는 하면서도, 아들 며느리의 처사가 원망스러워 그렇게 물었다.

현장은 할머니 앞에 자초지종을 낱낱이 말씀드렸다.

"……이래서 아버님은 그 강도 놈의 손에 맞아 돌아가시고, 어머니는 강제로 그놈의 아내가 되고 말았습니다."

"그렇다면, 너는 내가 여기 있는 줄 어떻게 알고 찾아왔느냐?"

"어머님께서 조모님을 찾아뵈라는 말씀이 있으셨습니다. 여기에 어머니의 편지하고 귀걸이 한 짝을 가지고 왔습니다. 이걸 보십시오."

눈먼 소경이 어떻게 볼 수 있으랴. 장씨는 편지와 귀걸이를 받아들고 기가 막혀 대성통곡을 터뜨리고 말았다.

"아이고! 그런 줄도 모르고…… 네 아비는 입신 출세를 하려고 여기까지 와서 죽었는데, 난 그런 줄도 모르고 그놈이 모자간의 정리도 잊고 제 놈을 낳고 길러준 은혜도 저버린 배은망덕한 불효자 놈이라고 원망하고만 있었구나! 그런데 못된 놈의 손에 무참하게 죽임을 당했을 줄이야!…… 그래도 하느님이 불쌍히 여기사, 우리 진씨 가문에 후손이 끊어지지 않게 일점 혈육을 남겨주시고, 오늘 이렇듯 손자 녀석이 날 찾아오게 하셔서 기쁘구나!"

"할머니, 그 눈은 어떻게 해서 멀게 되신 겁니까?"

"네 아비만 생각하고 낮이나 밤이나 허구한 날 기다리고 있었는데, 끝내 이 어미를 데리러오는 기척이 보이지 않았으니, 그게 슬프고 원망스러워 눈물로 울며울며 세월을 보내다가, 이렇게 눈까지 멀어버린 거란다."

현장은 이 말을 듣고, 그 자리에 무릎 꿇고 엎드려 하늘에 축원을 드렸다.

"불초 현장, 올해 나이 십팔 세, 이 나이가 되도록 아직도 아버지의 원수를 갚아드리지 못하옵고, 오늘 어머니의 분부를 받들어 조모님을 찾아뵈었습니다. 하늘이시여! 불초 제자의 정성을 어여삐 여기시와, 제 할머님이 눈을 떠서 이 밝은 세상을 다시 볼 수 있게 하여주소서!"

축원을 마치고 혓바닥으로 할머니의 두 눈을 핥아드리니, 신통한 일이다. 장씨의 눈이 그 자리에서 번쩍 뜨이는 것이 아닌가! 그리고 처음과 같이 밝은 광명을 볼 수 있게 되었던 것이다. 장씨는 눈앞에 무릎 꿇고 앉은 젊은 스님을 신기하다는 듯이 찬찬히 뜯어보았다.

"과연, 네가 내 손자로구나!…… 어쩌면 제 아비 광예와 이처럼 판에 박은 듯이 똑같이 생겼단 말이냐!"

장씨는 기쁨과 슬픔이 뒤섞여 어쩔 줄을 몰라했다.

현장은 할머니를 모시고 가마터 움막을 벗어 나와 유소이의 객점으로 돌아갔다. 그리고는 방세를 내고 말끔한 객실 한 칸을 다시 빌려서 할머니가 편히 쉬도록 해드렸다.

"할머니, 이 돈을 받으시고 잠시나마 여기서 편안히 쉬고 계십시오. 한 달포쯤 지나면 제가 다시 모시러 오겠습니다."

노잣돈을 쪼개어 조모의 손에 쥐어준 현장은 작별 인사를 올리고, 그 길로 장안 도성을 향해 떠나갔다.

황성 동쪽에서 은승상의 저택을 찾기란 그리 어렵지 않았다. 그는 승상부의 문지기를 만나 찾아온 용건을 밝혔다.

"소승은 승상 대감의 친척 되는 사람으로, 대감을 만나뵈올 일이 있어 이렇게 찾아왔습니다."

문지기가 부리나케 안으로 들어가 승상에게 알렸더니, 승상 대감은 고개를 홰홰 내젓는다.

"당치도 않은 소리! 내게 승려 친척 따위가 있다니……"

이때 곁에 앉아 있던 승상 부인이 남편에게 이런 말을 했다.

"어젯밤에 만당교가 돌아오는 꿈을 꾸었어요. 혹시 사위 녀석이 그 젊은 스님 편에 무슨 기별이라도 보낸 것은 아닐까요?"

부인의 말을 듣고서야 승상 대감은 비로소 젊은 스님을 안채로 불러들였다.

현장은 승상 내외분을 보자, 땅에 무릎 꿇고 엎드린 채 눈물을 뚝뚝 흘려가며 큰절을 올렸다. 그리고 품속에 간직하고 온 편지 한 통을 꺼내 승상 대감에게 바쳤다.

무심결에 편지를 받아든 승상 대감, 겉봉을 뜯고 사연을 읽어 내리더니, 나중에는 목을 놓고 대성통곡하기 시작했다.

"아니, 대감! 무슨 일인데 그러시오니까?"

부인이 깜짝 놀라 묻자, 승상 대감은 아직도 땅바닥에 무릎 꿇은 채 울고만 있는 현장을 가리키면서 말했다.

"저 스님이 바로 나하고 당신의 외손자란 말이오! 사위 진광예는 도적놈의 손에 맞아 죽고, 만당교는 강제로 끌려가 그놈의 계집 노릇을 하고 있다는구려!"

청천벽력과도 같은 소식에, 승상 부인 역시 울음을 터뜨려 그칠 줄을 모른다.

"부인, 고정하시오. 슬퍼하고 있기만 한다고 되는 일이 아니라, 내일 아침 일찍 주상 폐하께 아뢰어, 내 손수 토벌군을 이끌고 출동하겠소. 그래서 내 사위의 원수를 기어코 갚고야 말겠소!"

이튿날 승상 은개산은 조정에 들어가 당태종에게 아뢰었다.

"소신의 사위 진광예는 일가족을 거느리고 강주 자사로 부임하던 도중, 뱃사공 유홍에게 타살당하였사오며, 신의 딸은 그놈에게 강제로 붙잡혀 지금껏 아내 노릇을 하고 있다 하옵니다. 유홍이란 도적은 대담하게도 거짓으로 신의 사위를 사칭하고 여러 해 동안 강주 자사로 행세하고 있다 하오니, 이는 국가 기강을 뒤흔드는 해괴한 이변이 아닐 수 없나이다. 폐하께 바라옵건대 즉시 토벌군 인마를 출동시키시어, 그 역모를 꾀한 도적을 소탕하게 하여주소서!"

노발대발한 당태종은 즉석에서 정예 어림군(御林軍) 6만 장병을 동원하고, 승상 은개산에게 토벌군의 총지휘권을 맡겨, 출정 준비가 끝나는 대로 즉각 출동하라는 명령을 내렸다. 어명을 받들고 물러 나온 승상 은개산은 연병장으로 나가 출전 병력을 점검한 다음, 즉시 강주를 향해 출발하였다.

토벌군은 그날부터 강행군을 시작하여, 새벽 일찍 출발하고 밤늦게 숙영한 끝에 어느덧 강주 접경에 도달했다. 승상은 일단 장강(長江) 북쪽 기슭에 병력을 주둔시켜놓고 군장을 풀었다. 그리고 밤이 되자, 조정의 금패(金牌)를 휴대한 전령을 성 안으로 들여보내 강주 지역의 동지사(同知事)와 판관(判官) 2명을 은밀히 소환하고 사태의 심각성을 알려 준 다음, 이들도 때를 같이하여 현지 군사를 일으켜 중앙 토벌군과 협동 작전을 전개할 것을 당부했다.

그리고 이튿날 동트기 전에는 이미 강주 자사의 관아, 유홍의 저택을 물샐틈없이 포위하는 데 성공했다.

유홍은 꿈속에 잠겨 있다가 느닷없이 울리는 포성 한 발에 깜짝 놀라 잠이 깨어 일어났다. 이어서 천둥 벼락치듯 울리는 북소리와 징소리, 뒤따라서 밀물처럼 관아로 들이닥치는 군사들…… 유홍은 미처 손써볼 새도 없이 꼼짝 못하고 관군에게 사로잡혔다.

승상 은개산은 군령을 내려 유홍 일당을 결박지어 형장으로 끌어내게 한 다음, 토벌군 장병들에게 다시 성 밖으로 물러나 영채를 세우고 휴식을 취하도록 했다.

일을 마치자, 승상은 강주 자사 관아 대청에 자리 잡고서 은소저를 불러냈다. 하지만 그녀는 아버지를 뵙고 싶은 마음은 간절하였으나 이미 도적에게 몸을 더럽힌 처지라, 부끄러움을 견디지 못하고 스스로 목을 매어 자결하려 했다.

현장은 그 소식을 듣고 황급히 달려가서 어머니의 목숨을 구해놓고, 그 앞에 무릎을 꿇었다.

"어머니, 참으십시오! 제가 외조부님과 군사를 거느리고 여기까지 달려온 것은 아버님의 원수를 갚아드리기 위해서였습니다. 그 도적이 잡힌 마당에, 어머니께서 목숨을 끊으셔야 할 까닭이 어디 있습니까? 어머니께서 자결하신다면, 이 아들이 어떻게 살아남을 수 있겠습니까?"

승상도 황급히 사저로 달려와 간곡하게 달랬다.

은소저는 아버지에게 울며 말했다.

"제가 듣건대, '여인은 죽는 한이 있더라도 평생토록 일부종사(一夫從事)한다' 하였습니다. 그런데 남편이 간악한 도적놈의 손에 원통히 죽음을 당한 것을 뻔히 보고도, 어찌 뻔뻔스럽게 그 도적놈을 따를 수 있겠습니까? 오로지 뱃속에 든 유복자 때문에 부끄러움을 무릅쓰고 구차스런 목숨을 이어왔을 따름입니다. 이제 다행스럽게 아들이 훌륭하게 장성했고, 늙으신 아버님께서 군사를 일으켜 원수를 갚아주셨습니다. 하오나, 정조를 지키지 못하고 이미 절개를 꺾은 이 딸년이 무슨 낯으로 아버님을 뵈오리까? 단지 이 한 몸 죽음으로써 남편에게 용서를 구할 생각뿐이옵니다!"

승상이 말하였다.

"애야, 네가 부귀영화를 위해 절개를 꺾은 것은 아니지 않느냐. 그 모든 일이 어쩔 수 없는 처지에서 일어난 것인데, 무엇이 부끄럽단 말이냐?"

아버지와 딸은 서로 부여안고 목놓아 울었다. 곁에서 아들 현장 역시 슬픈 눈물을 그칠 줄 모른다. 이윽고 승상은 눈물을 씻으며 딸과 손자를 달랬다.

"애들아, 너무 슬퍼 말아라. 이제 그 도적을 잡아놓았으니, 우리 함께 가서 처치하자꾸나."

이리하여 승상은 몸을 일으켜 형장으로 나갔다.

때마침 강주 동지(同知)가 순찰 기병대를 급파하여 홍강에서 여전히 뱃사공 노릇을 하고 있던 이표마저 붙잡아 강주로 압송해왔다. 승상은 크게 기뻐하며 그 즉시 군령을 내려 유홍과 이표 두 범인에게 대곤(大棍)으로 태형 1백 대씩을 각각 모질게 때린 다음, 그들이 당년에 진광예를 모살한 경위를 낱낱이 자백시키고, 자술서에 친필 서명을 받아냈다. 그리고 먼저 이표를 나무로 깎아 만든 나귀에 못박아 장터 길거리에 조리를 돌리고 나서, 십자로 네거리에서 육시 처참의 형에 처하였다. 그리고 목을 베어 장터 한가운데에 높이 매달아 효수하였다.

공범에 대한 처형을 마치자, 이번에는 유홍을 홍강 나루터까지 끌고 나갔다. 그곳은 18년 전 진광예를 때려죽인 범행 현장이었다. 승상과 은소저, 현장은 친히 강변에 이르러 하늘을 우러러 제사를 지내고 나서, 유홍의 배를 산 채로 갈라 심장과 생간을 꺼낸 다음, 그것을 죽은 진광예의 제단에 바쳤다. 원수를 갚은 이들은 제문을 불살라 강물에 뿌렸다.

18년 전이나 오늘이나 똑같이 넘실넘실 흐르는 강물을 바라보며 통곡하는 세 사람의 애절한 울음소리가 수부(水府)를 놀라게 만들었다. 바다 속을 순찰하던 야차는 강물에 뿌려진 제문을 거두어서 용왕에게 갖다 바쳤다. 용왕은 그것을 받아 읽고 나서 자라 원수(鼈元帥)를 급히 보내 진광예를 불러들였다.

"선생, 축하하오! 기쁜 일이 생겼소! 지금 선생의 부인과 아드님, 그리고 장인 어른이 강변에서 당신을 위해 제사를 지내고 계시오. 이제 당신의 혼백을 돌려드릴 때가 되었소. 그리고 여의주 한 알과 '주반주(走盤珠)' 두 알, 교초(絞綃)⁷ 비단 열 끝에 야명주 박힌 옥대 한 벌을 선물로 드리고, 뭍으로 모셔드리리다. 오늘에야말로 선생 내외분과 부자간에 상면할 수 있게 되었소."

진광예는 용왕에게 거듭 사례하여 마지않았다.

용왕은 야차를 시켜 진광예의 시신을 나루터 어귀까지 옮겨다놓고 거기서 혼백을 돌려주도록 했다. 야차는 용왕의 명령을 받들고 즉시 떠났다.

한편, 은소저는 한바탕 눈물로써 남편 넋을 위로하고, 또다시 강물에 몸을 던져 스스로 목숨을 끊으려 했다. 아들 현장은 기겁을 해 가지고 황망히 어머니를 붙잡아 만류했다. 이들 모자가 옥신각신 소동을 벌이고 있을 때였다. 갑자기 강물 위에 시체 한 구가 불쑥 떠오르더니, 강변 기슭 쪽으로 둥실둥실 떠밀려오기 시작했다.

은소저가 급히 달려가 보았더니, 그것은 틀림없는 남편의 시체였다. 그녀는 더욱 슬퍼 목을 놓아 대성통곡을 했다.

일행들이 둘러서서 두런두런 살펴보고 있노라니, 진광예는 꼭 쥐고 있던 주먹과 팔다리를 쭉 펴고 기지개를 켜면서 몸을 꿈지럭꿈지럭 움직이다가, 마침내 엉금엉금 기어 일어나 앉았다.

일행들의 놀라움은 이루 말할 수 없을 지경이었다. 이윽고 진광예가 두 눈을 번쩍 떴다. 웅성거리는 기척을 들으면서 좌우를 둘러보니 아내 은소저와 장인 어른, 그리고 젊은 스님 하나가 곁에서 소리내어 울고 있는 것이 아닌가?

---

7 교초: 바다 속 인어가 짰다는 비단 이름. 『수신기(搜神記)』 제12권과 임곤(林坤)이 쓴 『성재잡기(誠齋雜記)』의 기록을 종합해보면, 남해 먼바다에 '교인(鮫人)'이 살고 있는데, 깊은 바다 속에서 베틀에 앉아 끊임없이 고운 비단을 짜고 있다고 한다. 남녀를 막론하고 몹시 아름다울 뿐 아니라 살결이 백옥처럼 하얗고 머리털은 말꼬리처럼 5, 6척이나 길게 자랐으며, 술에 조금 취하면 온몸이 복사꽃처럼 발갛게 달아오르고, 사람과 같이 눈과 눈썹, 코와 입이 달리고 두 손, 두 발이 골고루 갖춰졌으며, 감정도 있어 울음소리를 내고 눈에서 눈물 방울이 떨어질 때마다 진주가 되는데, 어민들 중에 남편이나 아내를 잃은 사람이 바닷가에 나가 '교인'을 붙잡아 연못에 넣고 기르면서 제 남편이나 아내로 삼는다고 했다.

"아니, 왜들 여기에 와 있는 거요?"

진광예가 입을 열어 물었다.

은소저는 얼른 대답했다.

"당신이 도적놈들에게 무참하게 돌아가신 뒤에, 저는 이 아이를 낳았어요. 다행스럽게도 금산사의 장로님이 핏덩이를 거두어서 지금 이렇게 장성하도록 길러주시고, 나중에 저와 만나게 해주셨어요. 저는 이 아이더러 외할아버님을 찾아가도록 떠나보냈습니다. 친정 아버님은 모든 사실을 아시고, 조정에 아뢰어 토벌군을 일으켜 이끄시고 강주까지 내려오셔서 그 간악한 도적놈을 사로잡으셨습니다. 그래서 방금 이 강변에 끌고 나와 그놈의 심장과 생간을 꺼내 제사를 지내고, 당신의 원통한 넋을 위로해드리고 있던 참이었습니다. 그런데 당신은 어떻게 되살아나신 겁니까?"

"당신도 기억하고 있을지 모르겠소만, 우리가 만화점에서 묵던 그 이튿날 어부에게서 금빛 잉어 한 마리를 샀다가 놓아준 일이 있었지 않소? 그 잉어가 바로 이곳 강물과 바다를 다스리는 용왕이었을 줄이야 누가 알았겠소. 나중에 그 도적놈이 나를 강물 속에 던져 넣었을 때, 온전히 그 용왕 덕분으로 살아났소. 그리고 방금 내 혼백을 돌려주어서 이렇게 살려보낸 것이라오. 더구나 보물까지 선사하기에 여기 모두 가지고 나왔소. 정말 뜻밖인 것은, 당신이 아들을 낳았고 또 장인 어르신께서 원수까지 갚아주셨을 줄이야 생각도 못 했구려. 이야말로 고진감래요, 고생 끝에 낙이 온다는 게 아니고 무엇이겠소. 참으로 기쁘고 경사스러운 일이로구려!"

이 소문이 두루 퍼지자, 인근 일대의 벼슬아치들이 모두 달려와서 그들 내외와 부자에게 축하의 인사를 했다. 승상은 축하의 잔치를 크게 베풀어 소속 관원들에게 답례를 한 다음, 토벌군 장병들을 이끌고 그날

중으로 귀로에 올랐다.

일행은 만화점에 당도했다. 승상은 부근에 영채를 세우게 한 다음, 사위 진광예와 손자 현장을 데리고 유소이의 객점으로 사돈 마님을 찾아뵈었다.

장씨는 그 전날 밤 꿈에 메마른 고목에 꽃이 피어나는 것을 보았다. 그리고 이른 아침나절 객점 뒤꼍에서 까치 떼가 요란하게 지저귀는 소리를 듣고 '혹시 손자 녀석이 찾아오려나?' 생각하면서 혼잣말로 중얼거리고 있었는데, 그 말이 다 끝나기도 전에 객점 문 밖이 소란스러워지는 기척을 들었다. 그래서 흘끗 내다보았더니, 이게 웬일인가? 죽었다던 아들 진광예가 멀쩡하게 살아 있을 뿐 아니라, 부자가 한꺼번에 들이닥치는 것이 아닌가!

"보십쇼, 아버님! 제 할머니가 아니십니까?"

젊은 스님이 장씨를 가리켰다.

진광예는 노모를 보자마자 땅바닥에 엎어질 듯이 무릎 꿇고 큰절을 드렸다. 기구한 사연을 겪었던 모자는 서로 얼싸안고 한바탕 목을 놓아 통곡했다. 그리고 지나간 일들을 눈물 속에 나누었다.

이윽고 객점 주인 유소이에게 방 값을 두둑이 치른 일행은 만화점을 떠나 서울로 가는 길에 올랐다.

은개산 승상부에 도착한 진광예와 은소저, 그리고 현장과 장씨는 재상 부인을 만나뵙고 상봉의 예를 올렸다. 부인의 기쁨이야 이만저만 큰 것이 아니었다.

승상은 하인들을 시켜 성대한 잔치를 베풀고 경사를 축하했다.

"오늘 이 잔치는 일가족이 무사히 다시 만났으니, '단원회(團圓會)'라고 이름 붙이는 것이 좋겠다."

잔치는 이름 그대로 온 집안이 기쁨에 넘치는 자리였다.

이튿날 이른 아침, 당태종이 정전에 오르니, 승상 은개산은 반열 앞으로 나와 그 동안에 일어났던 전후 경위를 낱낱이 아뢰었다. 그리고 진광예를 천거하여 큰 인재로 등용할 것을 주청했다. 승상의 천거를 받아들인 태종은 진광예의 벼슬을 올려 한림원(翰林院) 학사(學士)로 영전시키고, 조정에서 국사를 다스리는 데 참여하게 했다. 그러나 현장은 불도를 닦겠다는 뜻이 굳어 등용하지 못하고, 장안 도성 서문 밖에 있는 홍복사(洪福寺)에 보내어 수행을 쌓게 하였다.

얼마 후, 은소저는 마음의 고통을 견디지 못하여, 끝내 조용히 목숨을 끊고 말았다.

현장은 금산사로 돌아가 법명 장로에게 은혜를 갚았다.

그 뒤에 또 어떤 일이 벌어지게 될 것인지, 다음 회에서 풀어보기로 하자.

제10회 어리석은 경하 용왕 치졸한 계략으로 천조를 어기고, 승상 위징은 서찰을 보내어 저승의 관리에게 청탁을 하다

한림 학사 진광예가 맡은 바 직분을 다하고, 현장이 홍복사에서 수도한 얘기는 그만두기로 한다.

그런데 이 무렵, 장안성 밖 경하(涇河) 강변에는 두 사람의 현자가 살고 있었다. 한 사람은 고기잡이 어부로, 이름을 장초(張稍)라 하고, 또 한 사람은 나무꾼인데, 이름을 이정(李定)이라 했다. 이들 두 사람은 진사시(進士試)에 등과(登科)하지 않았으나, 학문을 두루 갖추고 초야에 묻혀 사는 어진 선비였다.

어느 날, 두 사람은 장안성에 들어가 땔나무 한 짐과 잉어 한 바구니를 팔아 돈으로 바꿔 가지고, 함께 술집에 들어가서 얼큰하게 취하도록 술을 마신 다음, 또 술 한 병씩 들고 비틀비틀 경하 강변 길을 따라 걸으면서 집으로 돌아가고 있었다.

거나하게 취한 두 사람은 이런저런 얘기를 주고받았다.

"이형! 내가 생각하기로는, 명예를 낚고자 다투는 사람은 그 명예 때문에 몸을 망치고, 이익을 얻고자 다투는 사람은 그 이익 때문에 신세를 망치는 것이 아닌가 싶네. 또 벼슬 감투를 쓴 자는 호랑이를 품에 껴안고 자는 격이요, 임금의 은총을 받은 자는 소매 춤에 독사를 넣고 다니듯이 위태롭다 할 것이네. 그러고 보면, 우리네처럼 청산녹수, 빼어나

게 아름다운 자연 속에서 유유자적, 청빈을 달게 여기고 담박한 삶에 만족하면서, 주어진 운명대로 살아가는 것이 얼마나 좋은지 모르겠네."

어부 장초의 말을 나무꾼 이정이 받았다.

"일리가 있는 말이기는 하네만, 자네의 청산은 역시 내가 살아가는 녹수만 못하지!「접련화(蝶戀花)」라는 시가 있지 않나? 한번 들어보게, 이 시가 증명할 테니까."

연파(煙波) 만 리에 조각배 한 척, 고요히 닻을 내리고 돛대에 기대어 서니,

서시(西施)[1]의 고운 목소리가 메아리치네.

속된 세상 근심 씻고 또 씻으니 명리가 적어,

한가로이 여뀌 풀꽃 억새 갈대 휘어잡누나.

모래밭 점점이 넘나드는 갈매기 함께 도를 즐길 만하고,

버들가지 휘영청 늘어진 언덕이며 갈대 우거진 여울목에서

처자식과 더불어 웃으며 사노라네.

문득 잠을 깨면 풍파는 사라지고, 부귀영화 치욕에 번뇌마저 없구나.

이정도 질세라 맞받는다.

"아니지! 장형의 녹수는 내 청산만 못하이. 어디 나도「접련화」로 대꾸해볼까?"

---

[1] 서시: 중국 춘추 시대의 미녀. 오(吳)나라 임금 부차(夫差)의 총애를 받던 왕비로, 중국 역사상 미녀의 상징으로 손꼽힌다. 서시가 기분이 언짢아 이맛살을 찌푸리는 동작, 가슴이 아파 가슴에 손을 얹은 모습을 보고 못생긴 여자들이 주제넘게 흉내를 냈더니, 남자들이 그 흉악한 꼴을 보고 놀라 도망쳤다는 고사에서 '서시효빈(西施效顰)' '서시봉심(西施捧心)'이란 말이 생겨났다.

구름 숲 한 끄트머리에 송화 가루 흐드러지고,
꾀꼬리 지저귀는 소리에 고요히 귀를 기울이니,
교묘한 입놀림이 관현 악기를 조율하는 듯하네.
붉은빛은 여위고 초록빛이 살찌니 봄날은 바야흐로 포근하더니,
어느덧 하지가 오고 세월이 돌고 돈다.
가을철이 되면 모습도 쉽사리 바뀌어, 황국의 짙은 향기를 마냥 즐길 만하고.
엄동설한 닥치기가 손가락 퉁기기보다 더 빠르나,
사시사철 노닌다고 참견할 사람 없도다.

고기잡이가 또 대거리를 한다.

"아닐세! 이형의 청산은 내 녹수만은 못하다네, 강물에서 얼마나 좋은 것을 건져 쓸 수 있는지 모르는가? 「자고천(鷓鴣天)」이란 노랫가락이 그걸 증명할 걸세."

신선들의 고향, 뜬구름 같은 강물에 한평생 살아가노니,
노를 저어 뱃머리 가로 대니 그것이 바로 내 집이라네.
펄떡이는 생선의 배를 가르고 비늘 긁어내고,
등 푸른 자라 곰국 끓이며, 자줏빛 방게 찜 찌고 붉은 새우 삶는다네.
청청한 갈대 순에 노랑 머리 연잎 싹, 마름 열매,
가시연밥 쪄먹는 맛은 더욱 일품이라네.
여리디여린 연뿌리에 해묵은 미나리 잎새 보드랍고,
쇠귀나물, 살오른 줄풀 맛을 뉘 당할쏘냐.

나무꾼도 지지 않고 맞받는다.

"자네의 녹수는 진짜 내 청산보다 못하네. 산에서 나는 먹을거리가 얼마나 많은지 모르나? 그렇다면 좋네! 나도 「자고천」으로 응수해봄세."

까마득한 험산준령 하늘가에 닿았고, 띠풀 이엉 초가 삼간이 내 집일세.
소금 절인 거위 산닭 들짐승 고기는 방게 자라 맛을 능가하고,
노루하며 암퇘지에 산토끼 사슴 고기는 생선 새우 따위가 견줄 수 없으리.
향그러운 참죽나무 잎새와 노랑빛깔 단향목의 새싹이며,
죽순과 동백나무는 더욱 자랑할 만하이.
자줏빛 오얏 열매 붉은 복숭아에 살구가 농익고,
달디단 배와 새콤한 대추에 황금빛 계수나무 꽃은 또 어떨꼬?

"아닐세, 이형의 청산은 역시 녹수만 못할 거야. 「천선자(天仙子)」의 노랫가락이 그걸 증명하거든!"

일엽편주 가는 곳마다 내가 깃들이는 집이니,
만경창파 안개 낀 물도 두려워할 것 없노라.
낚싯대 드리우고 그물 던져 펄펄 뛰는 물고기 잡으니,
간장 기름 치지 않아도 저절로 맛이 있어,
늙은 아내 어린 자식 거느리고 단란하게 살아가네.
고기 많이 잡히면 장안 성내 장터에 내다 팔아,
맛좋은 술과 바꾸어 취하도록 마신다.

도롱이 옷을 이불 삼아 깊은 가을 강물 위에 누워 코를 골며 잠 자는 그 정취,

근심 걱정이 어디 있으랴, 인간 세상 부귀영화에 마음 끌릴 바 도 없으리.

나무꾼 역시 고집을 꺾어 승복하지 않는다.

"자네 강물은 아무래도 내 청산만 못하다니까. 그럼 나도「천선자」 로 대꾸를 읊어보겠네."

초가 삼간 서너 채를 산 아래 엮어두니,
송죽매란(松竹梅蘭)이 실로 사랑스럽다.
나무 숲 가로지르고 영마루 넘어 땔나무 찾으니,
내 마음대로 찍어다 팔아도 탓할 사람 없고,
많거나 적거나 세상 돌아가는 시세에 따르네.
돈 바꾸어 술을 사니 마음이 제멋대로 흥겹고,
사발이든 대접이든 내키는 대로 퍼마시리.
술 취하면 소나무 그늘에 누워 잠자니,
마음에 꺼릴 것이 무엇이며 이해득실이 무슨 상관이랴,
인간 세상 흥망성쇠 상관할 바 아니로다.

고기잡이 영감이 또 물고늘어진다.

"이형, 아무리 그래봐야 자네 산중 생활의 유쾌함은 물위에서 사느 니만 못할 걸세!「서강월(西江月)」의 시가 있지 않나?"

흐드러진 여뀌 풀꽃 달빛에 붉게 어리고,

누렇게 시든 갈대 잎 바람결에 어지러이 나부끼네.
짙푸른 하늘 맑으니 아득한 초강(楚江)의 허공이 텅 비었고,
노를 젓는 대로 물위에 별빛이 온통 흔들린다.
그물을 걷으면 월척이 줄지어 올라오고,
낚시에 물린 작은 쏘가리가 떼를 짓는다.
잡은 물고기 걷어다가 삶고 끓이니 그 향기로운 냄새가 어이 그리도 짙을꼬,
강호의 아귀다툼일랑 비웃어 넘기리라.

이번에는 또 나무꾼 차례다.
"허어, 장형! 물위에서 사는 게 내 산중 생활보다 유쾌하다고? 어림없네! 나도 「서강월」로 대꾸를 읊어보임세."

시든 나뭇잎 메마른 등 넝쿨이 산길을 뒤덮고,
키 작은 나무 가장귀에 해묵은 대나무가 산등성이를 가득 메우니,
뒤엉킨 소나무 겨우살이에 칡넝쿨이 서로 끌고 당기는데,
이리 꺾고 저리 베어 새끼줄로 동여매니 어느덧 한 짐이라.
느릅나무 수양버들 벌레 먹어 속이 텅 비고,
녹나무 소나무 중동이 바람결에 절로 꺾인다.
땔감을 해다 쌓아 올리니 엄동설한 추위를 걱정할 것 없고,
남는 것을 내다가 술과 돈으로 맞바꾸니 고스란히 내 몫으로 들어오네.

고기잡이도 지지 않고 맞대거리다.
"자네 산중 생활이 견줄 만하다고는 하네만, 역시 내 그윽한 수상

생활에는 따라오지 못할 걸세. 「임강선(臨江仙)」을 한 곡 들어보겠나?"

　　썰물에 외로운 배 두둥실 띄워놓으니, 깊은 밤 삿대 놓고 노래 한 곡 부르네.
　　도롱이 옷깃에 새벽달은 어찌 이리 그윽한고,
　　잠자던 갈매기 놀라 깰 줄 모르는데, 하늘가에 채색 구름이 활짝 열리누나.
　　하릴없이 고단한 몸 갈대 숲에 누여놓으니,
　　아침 해가 세 발이나 올랐어도 여전히 게으름을 부린다.
　　마음 내키는 대로 내 뜻대로 나뒹군들 누가 뭐라랴,
　　조정 신하는 새벽 추위에 떨며 대루(待漏)² 때나 기다리니,
　　이 내 한 몸 느긋한 삶과 어찌 다툴 수 있으랴.

나무꾼이 또 한마디에 노랫가락을 얹는다.

"자네 물위에서 사는 생활도 그윽하기는 하겠네만, 역시 내 청산의 삶이 더 그윽할 걸세. 「임강선」이 어디 수상 생활만 읊었던가? 들어보게나!"

　　높푸른 가을 하늘에 도끼 끌고 산길 갔다가,
　　해 저물녘 으스스한 추위에 나무 한 짐 지고 돌아오네.
　　들꽃을 머리에 꽂으니 그 더욱 기분 돋우어,
　　구름을 헤치고 나갈 길을 찾으니, 달뜰 무렵에야 사립문 열라

---

2 대루: 신하들이 조정 회의에 참석하기 위해 입궐하는 시각. 궁궐에는 대루원(待漏院)이란 관서가 있어 대궐 문이 열리는 시각까지 조정 신하들이 추위와 비바람을 피하며 기다리는 장소로 쓰였다.

고 외쳐댄다.

　어린 자식 촌뜨기 아내가 웃음으로 맞아주니,
　풀잎 깔린 침상에 목침 기대어 눕는다.
　돌배 찌고 기장밥 지어 부리나케 차려오니,
　항아리 속 빚은 술이 무르익는 냄새, 이야말로 그윽한 마음 장하지도 않겠는가!

그 다음에는 고기잡이 차례다.
"그 모든 것들이 두 사람만의 천직이요, 몸으로 때우는 생업 아닌가. 하지만 물위에서 한가로운 시절에 좋은 점은 자네한테 없을 걸세. 이런 시가 있네."

　한가로울 때 푸른 하늘 위에 흰 두루미 나는 정경을 바라보다,
　시냇가에 배를 멈추니 푸른 하늘 문이 닫히네.
　문짝 없는 선실 벽에 기대어 아들에게 낚싯바늘 엮는 법을 가르치고,
　삿대를 거둔 뒤에 아내와 함께 그물을 펼쳐 말린다.
　천성은 역시 물결 잔잔할 줄 알고, 육신이 평안하니 산들바람도 느낄 줄 안다.
　갓 베어 엮은 초록빛 갈대 도롱이와 푸른 대나무 삿갓을 아무 때나 걸치니,
　조정에 자수(紫綬) 드리운 벼슬아치 비단 옷보다 더욱 싱그럽구나.

그러자 나무꾼도 한 자락 깔고 나선다.

"자네에게만 한가롭고 좋은 시절이 있는 줄 아나? 그래봤자 내 좋은 시절만 못할 거야. 이런 시가 있지!"

한가로이 떠도는 흰 구름을 바라보며,
띠풀 정자에 홀로 앉아 대나무 사립문짝을 걸어 닫는다.
하릴없이 아들에게 훈계를 하고 책 권깨나 뒤적이며,
이따금 찾아드는 손님 마주 대하고 바둑을 둔다.
기분이 좋으면 지팡이 짚고 노래하며 오솔길 산책하고,
흥겨우면 거문고 안고 청산에 오른다.
짚신에 무명 옷 걸치고 베 띠 두르니,
마음이 느긋하기는 비단 옷 걸치기보다 더욱 평안해.

이윽고 어부 장초가 이런 제안을 했다.
"여보게 이정, 산만하게 이것저것 늘어놓아봤자 희한할 것이 없지 않는가? 우리 이럴 게 아니라, 둘이서 진짜 압운(押韻)을 넣어가며 대련(對聯)으로 읊어보기로 하세. 장단 박자 맞출 필요도 없네. 각자 한 구절씩 번갈아 읊어서 우리네 고기잡이 나무꾼의 흥겨운 삶을 엮어보잔 말일세. 어떤가?"
나무꾼 이정도 대찬성이다.
"장형의 그 말씀, 절묘하구먼! 그럼 장형이 먼저 첫 마디 읊으시게."

짙푸른 강물 안개 낀 파도 속에 배를 대니,
내 집은 깊은 산중 너르디너른 광야에 있도다.
시냇가 다리 위에 봄물 늘어나니 사랑스럽고,

바위틈에 새벽 구름 덮이니 어찌 그리 보기 좋으랴.

용문(龍門)에 싱싱한 잉어 펄펄 뛸 때 끓여 먹으니 좋고,
벌레 먹은 마른 장작 날마다 때네.
낚시와 그물 고루 갖춰 늙은 몸 살아가고,
멜빵과 새끼줄 두 가지만으로 종신토록 살아가네.

조각배 위에 누워서 날아가는 기러기를 올려다보니,
비탈진 풀섶 오솔길에 서서 울고 가는 기러기 소리 듣는다.
구설수 많은 곳에 내 연분은 없고,
시비곡직 다투는 곳에 내 발길이 드물다.

냇가에 그물 펼쳐 뙤약볕에 말리니 비단결같이 보드랍고,
바윗돌에 도끼날 벼리고 또 벼리니 칼날처럼 예리하다.
가을달이 밝을 때마다 홀로 낚시 드리우고,
이른 봄 산중에 만날 사람 없어 적적하네.

물고기 많으니 술과 바꾸어 아내와 함께 마시고,
땔나무 장작 남으니 술항아리 받아놓고 아들과 마주 앉는다.
홀로 노래하고 혼자 술 마시니 내 멋대로 방탕하고,
긴 노래 장탄식일랑 바람결에 맡겨두리.

형님 아우 부르며 뱃사공들 모셔오고,
이 친구 저 친구 부르니 초야의 늙은이들 다 모여든다.
행주령(行酒令) 세워놓고 주먹 놀이로 술잔 바꾸니,

절패도자(折牌道字) 글자풀이로 술잔 돌린다.

새우 삶고 게를 구워 먹으니 아침마다 즐겁고,
오리 굽고 닭을 찌니 날마다 푸짐하구나.
어리석은 아내 차를 달이니 그 정취가 그윽하고,
촌뜨기 아내 밥 지으니 그 뜻이 차분하다.

이른 새벽 삿대 저어 잔물결 일고,
해가 뜨면 땔감 지고 큰 길거리에 나선다.
비 그친 뒤에 도롱이 걸치고 펄펄 뛰는 잉어 잡고,
모진 바람 불기 전에 도끼질로 마른 소나무 찍어낸다.

속세 피해 자취 감추고 어리석은 척 살아가니,
성을 숨기고 이름 파묻어 귀머거리 벙어리 행세를 하도다.

여기서 한숨을 돌린 어부 장초가 차례 바꾸기를 청한다.
"이형, 내가 먼저 읊어 미안하이. 이번에는 자네가 앞장서고 내가 그 뒤를 잇겠네."

풍월에 미쳐서 초야에 묻혀 사는 백수건달이 나라면,
강호에 몸 붙여 사는 오만한 늙은이가 바로 날세 그려.
청빈과 한가로움에 분수 따라 살아가니 마음은 소탈하고,
구설수 듣지 않으니 기쁘고 태평스럽다.

달 뜨는 밤이면 초가 삼간에 편히 잠들고,

날 저물녘 덮고 자는 대껍질 도롱이가 가볍기도 하구나.
세속의 정을 잊고 송매(松梅)와 벗을 맺으니,
기꺼운 마음으로 갈매기 백로와 친구 되기를 맹세하네.

명리일랑 마음속에 헤아려두지 않고,
병기 마주치는 싸움터 소리 귓전에 듣지 않는다.
마음 내킬 때마다 술 한 잔 부어 마시고,
하루 세 끼 산나물국으로 나날을 보낸다.

땔감 장작 두 묶음으로 생계를 삼고,
낚싯대 한 벌이면 하루 삶을 이어간다.
어린 자식 한가로이 불러내어 도끼날 벼리게 하고,
철부지 아들 조용히 불러다가 해진 그물 깁게 하네.

봄이 오면 연푸른 수양버들 구경 나가고,
늦봄에는 갈대 숲 푸른 잎새 즐기노니,
여름철 무더위 피해 갓 돋아 나온 대나무 숲 가꾸고,
유월에는 서늘한 틈을 타서 마름 열매를 딴다.

상강(霜降)이면 살찐 닭을 날마다 잡아먹고,
구월 구일 중양절에 실팍하게 자란 게를 때맞춰 삶는다.
겨울이 오면 해 늦도록 고단하게 잠자고,
동지섣달 지나면 해가 높아 날씨는 춥다.

입춘 입하 입추 입동, 춘분 하지 추분 동지, 여덟 절기를 산중

에서 멋대로 놀고,
춘하추동 일 년 사시사철을 호반에서 마음껏 즐긴다.
나무꾼의 도끼질에 신선의 집이 흥겹고,
낚싯대 드리운 곳에 세속의 자취는 찾아볼 수 없도다.

사립문 밖 들꽃이 향기를 뿜어내면,
뱃머리에 푸른 물결 잔잔하기만 하다.
이 한 몸 평안하니 삼정승 부럽지 않고,
굳세게 다진 마음은 십 리 성곽보다 더 강하다.

십 리 성벽 높아도 궁궐 문을 지켜야 하고,
삼정승의 지위 돋보여도 왕명을 따라야 한다네.
요산요수(樂山樂水) 즐김은 진실로 드문 일이니,
하늘과 땅에 사례하고 신명에게 감사 드리네.

이러구러 시를 읊으면서 대련을 주고받다보니, 어느덧 갈림길에 접어들게 되었다. 두 친구는 허리 굽혀 작별 인사를 나누었다.

그런데 이때 어부 장초가 또 한마디 툭 던졌다.

"여보게 이형! 길 조심하게. 산중으로 들어서는 길에 호랑이가 나타날지도 모르니까 잘 살펴보게나! 자네가 횡액이라도 당하는 날이면, 그야말로 '내일 아침 길거리에 나가보니 친구 하나 줄어들었다'는 속담 격이 될 테니까 말일세."

나무꾼 이정은 그 말을 듣고 버럭 성을 냈다.

"예끼! 이 못된 녀석 같으니! 좋은 친구지간에 죽기살기라도 대신해주어야 할 놈이 어쩌자고 그 따위 저주 악담을 퍼붓는 거냐? 좋다, 내가 호랑이를 만나 잡혀 먹힌다면, 네 녀석은 풍랑을 만나 배가 뒤집혀서 죽을 거다!"

그러자 어부 장초가 능글맞게 이죽거렸다.

"모르는 소리 말게. 내 배는 풍파에 뒤집혀 빠져 죽는 일이 없을 테니까."

"호홍! '하늘에는 예측 못 할 풍운이 있고, 인간 세상에는 뜻하지 않는 길흉화복이 있다'는 말도 못 들어봤나? 도대체 뭘 믿고 자네가 무사하리라는 걸 장담하는 게야?"

"하긴 자네야 나처럼 든든하게 믿는 구석이 없으니까 장담을 못 하겠지만, 나는 다르다네. 아무리 험하게 살아가더라도, 절대로 그런 봉변을 당할 턱이 없으니 말일세."

"흥! 물위에서 살아가는 것이 얼마나 무시무시하고 위태로운 일인지 모를 리 없을 텐데, 어떻게 그렇게도 자신만만하게 나오는지 모르겠군!"

"자네야말로 모르는 소리 작작하게. 그럼 내가 말해주겠네. 이 장안 성내 서문 거리에 점쟁이가 한 분 계시는데, 내가 날마다 금빛 잉어 한 마리씩 갖다드리면, 그 선생은 내 하루 운수를 점쳐주거든. 한데 그 점괘가 백발백중, 그가 시키는 방향과 위치대로 나가서 그물을 치거나 낚싯대를 드리우면 영락없이 걸려든단 말씀이야! 오늘도 가서 점괘를 보았더니만, 그 선생 말씀이, 날더러 경하만(涇河灣) 물굽이 돌아가는 동쪽에서 그물을 치고, 서쪽 기슭에 낚시를 던지면 물고기를 잔뜩 잡아 가지고 돌아올 수 있다는 걸세. 이것 보게! 오늘 소득이 결국 이만큼 되지 않았나? 내일 장터에 가지고 나가서 팔아다가 술 한잔 톡톡히 살 테니까, 자네도 나하고 한잔 얼큰하게 취해가면서 얘기나 나누지 그래."

두 친구는 이렇게 헤어졌다.

그러나 속담에 '낮말은 새가 듣고 밤 말은 쥐가 듣는다'고 했던가. 어부와 나무꾼이 두런두런 주고받는 얘기를, 때마침 강물 속을 순찰하던 경하 수부(水府)의 야차 하나가 고스란히 귀담아듣고 말았다. 그는 어부의 고기잡이가 '백발백중'이란 말에 기절초풍을 하도록 놀라, 황급히 수정궁으로 돌아가서 용왕에게 긴급 보고를 올렸다.

"큰일났습니다! 대왕님, 큰일났습니다!"

"뭐가 그리도 큰일났단 말이냐?"

용왕이 묻자, 야차는 씨근벌떡 가쁜 숨을 몰아쉬며 대답했다.

"소신이 순찰을 돌던 중 강변에 도달했사온데, 때마침 어부와 나무꾼 두 사람이 얘기를 나누고 있었습니다. 둘이서 헤어질 때 주고받는 얘기 중에 어부가 하는 말이, 장안 성내 서문 거리에 점쟁이가 한 사람 있는데, 그 점괘가 아주 신통하게 딱 들어맞는다는 것이었습니다. 어부가 날마다 금빛 잉어 한 마리씩 갖다주면, 점괘를 뽑아 그날 고기가 많이 잡히는 장소를 짚어주는데, 이게 백발백중으로 맞아떨어진다는 것입니다. 앞으로도 계속 이처럼 정확하게 알아맞힌다면, 장차 우리네 수족(水族)이 모조리 결딴나고 말 게 아닙니까? 그렇게 되는 날이면, 우리 수정궁의 장관(壯觀)을 어떻게 볼 것이며, 또 어떻게 풍파를 일으켜 대왕님의 위력을 과시하도록 도와드릴 수족이 남아나겠습니까?"

야차의 보고를 받고 경하 용왕은 노발대발, 그 즉시 보검을 찾아들고 벌떡 일어섰다. 장안 성내로 점쟁이 영감을 찾아가 단칼에 요절을 내버릴 기세였다.

그러자 곁에 있던 용자(龍子), 용손(龍孫), 새우 신하[蝦臣], 게 역사[蟹士], 준치 참모[鰣軍師], 쏘가리 소경[鱖少卿], 잉어 태재[鯉太宰]들이 큰일나겠다 싶어 우르르 달려나와 급히 만류했다.

"잠깐만! 대왕님, 고정하십시오! 속담에도 '귓결에 스치는 소문을 믿지 말라' 하지 않았사옵니까. 대왕님께서 이대로 출동하신다면 필경 구름이 뒤쫓고 비바람이 도와드리러 나설 것이요, 그랬다가는 장안의 백성들이 크게 놀랄 터인즉, 필경 하늘의 견책을 모면하기 어려울 것이옵니다. 대왕께서는 본디 둔갑술과 변화술법이 헤아릴 수 없을 만큼 무궁무진하시니, 그보다는 차라리 선비 한 사람으로 변신하시고 장안 성내에 들어가셔서 그 점쟁이 집을 찾아보심이 좋을 듯하옵니다. 그래서 만약 그런 재주를 가진 자가 과연 있다면, 그때 가서 주살하셔도 늦지 않을 것이요, 또 그런 자가 없다 하오면 한때 잘못된 생각으로 애꿎은 인명을 해칠 일이 없지 않사오리까?"

늙은 용왕의 귀에 그 말이 그럴듯하게 들렸다. 용왕은 보검을 내던지고 구름과 비바람을 일으키려던 생각을 접어두었다. 그리고 강변 언덕에 올라가 몸을 한 번 뒤틀더니, 흰옷 입은 선비의 모습으로 감쪽같이 변신했다.

강변 언덕에 흰 옷자락을 펄럭이는 백의수사(白衣秀士)의 모습은 과연 볼 만했다.

    아름다운 자태 헌걸차고 늠름하니, 산봉우리 치솟아 구름을 누르는 듯하고,
    단아하고 점잖은 걸음걸이마다 흐트러짐 없이 법규에 꼭 맞는구나.
    입에서 나오는 말씀은 공자님 맹자님의 가르침을 지키고,
    예절 바른 몸놀림은 주문왕(周文王)의 법도를 본받았다네.
    몸에는 옥색 비단 통옷을 걸치고, 머리에는 한 일자 소요건(逍遙巾)을 썼구나.

선비로 변신한 경하 용왕은 여유 있게 천천히 장안 성내로 들어가 서문 거리에 이르렀다. 장터 길거리에 들어서고 보니, 사람들이 떼를 지어 붐비고 왁자지껄 떠드는 소리가 요란하게 들려왔다. 그 가운데에는 유식하게 고담준론을 늘어놓는 자의 목소리도 섞여 있었다.

"용띠와는 타고난 운명이요, 범띠끼리는 상극이야. 범띠〔寅〕, 용띠〔辰〕, 뱀띠〔巳〕, 돼지띠〔亥〕는 서로 어울리는 짝이긴 하네만, 올해가 태세(太歲)라, 목성(木星)을 침범할 우려가 있으니 조심해야 되네."

이 말을 들은 경하 용왕은 그곳이 문제의 점쟁이가 있는 곳임을 알아차리고, 어슬렁어슬렁 앞으로 다가가서 인파를 헤치고 그 안을 들여다보기 시작했다.

쪽집게 점쟁이가 사는 집이라 그런지, 꾸밈새도 과연 으리으리했다.

사면 벽에는 영롱한 구슬을 박았고, 온 집안을 비단으로 둘러쳤다.
보압향로(寶鴨香爐)에 연기가 끊일 새 없고,
도자기 물병에는 정화수가 찰랑댄다.
양 곁에는 왕유(王維)의 수묵화 족자를 드리웠고,
좌대 위에는 귀곡자(鬼谷子)[3] 선생의 초상화가 높게 걸렸다.

---

3 귀곡자: 전국 시대 초(楚)나라 출신의 병법가로 알려진 은둔자. 『영파부지(寧波府志)』의 기록에 따르면, 이름은 왕후(王詡) 또는 왕허(王栩), 일명 '귀곡 선생(鬼谷先生)'. 『심이기(尋異記)』에 의하면, 상(商)-주(周) 시대에 노자(老子)를 따라 서쪽 유사(流沙) 지역을 탐방하고 주나라 말엽에 돌아와 한수(漢水) 강변 귀곡산에 거처하면서 제자 1백여 명을 두었는데, 그 중에 손빈(孫臏)과 같은 군사 전략가와 합종연횡술(合縱連橫術)로 유명한 외교가 소진(蘇秦)·장의(張儀)를 그의 문하에서 배출하였다고 알려진다.

벼루는 단계연(端溪硯)에 먹은 금연묵(金煙墨),

여기에 어울리는 붓 자루는 상호대필(霜毫大筆)이라네.

화주림(火珠林)에 곽박(郭璞)⁴의 대정신경(臺政新經)을 근엄하게 마주 펼쳤으니,

이것만으로도 육효팔괘(六爻八卦)에 정통하여,

천시지리를 알만하고, 귀신의 사정을 꿰뚫어 안다네.

떠받든 쟁반에는 자오선이 정확하게 배열되고,

가슴속에는 일월성신의 움직임이 말끔하게 자리 잡았으니,

진실로 미래의 일이며 과거의 일을 거울 속처럼 들여다보고,

어느 집이 흥성하고 뉘 집이 망할 것인지 귀신같이 알아맞힌다네.

흉조를 미리 알면 길한 방법도 정해지는 법,

죽음을 끊고 살아날 방도를 말해줄 수 있다.

말문을 열기만 하면 비바람같이 재빠르고,

붓끝을 적셔 쓰기만 하면 귀신도 놀라 자빠질 판.

문 앞에 간판을 내걸었으니, '신과 선생(神課先生)' 원수성(袁守誠)이라 적혀 있구나!

이 사람이 누구인가? 바로 당대 조정에 이름 높은 흠천감(欽天監) 대정(臺正) 벼슬에 올라 계신 원천강(袁天罡)⁵ 선생의 숙부 원수성 어른

---

4 곽박(267~324): 진(晉)나라 때의 시인이며 점술가. 저서에 『초사 주(楚辭註)』와 『산해경 주(山海經註)』가 유명하다.

5 원천강: 원수성에 대한 문헌 자료는 없으나, 그의 조카인 원천강은 성도(成都) 출신으로 당나라 초기의 방술가·과학자. 천문지리와 음양술수에 정통하여 수나라 말엽에 염관령(鹽官令)을 지냈으며, 상술(相術)에 뛰어난 안목을 지녀 측천무후(測天武后)가 젖먹이였을 때 그 관상을 보고 부귀영화의 극치에 이를 것이라고 예언하였다고 한다.

이시다. 생긴 모습이 남다르게 뛰어나고 풍채도 수려할 뿐만 아니라, 그 이름 석 자를 당나라 천하에 두루 떨쳤으며, 점괘로 치자면 도성 장안의 으뜸으로 손꼽히는 인물이다.

경하 용왕은 대문 안으로 들어서서, 신점(神占) 원수성 선생과 첫 대면의 인사를 나누었다.

인사치레를 끝내자, 원수성은 그를 윗자리에 모시고 동자를 시켜 차를 대접하면서, 찾아온 용건을 물었다.

"귀공께서는 무엇을 물으려고 오셨습니까?"

경하 용왕은 시침을 뚝 떼고 대답했다.

"날씨를 알아보고 싶어서 왔소이다. 요즘 날씨는 흐릴 것인지 맑을 것인지 도대체 종잡을 수가 없으니 말이외다."

그러자 원선생은 즉석에서 소맷자락을 걷으며 점괘 한 개를 뽑더니 이렇게 말해주었다.

"구름이 산마루에 자욱히 감돌고 안개가 나무 숲을 뒤덮었군요. 비가 내리기를 바라신다면 내일 아침에는 꼭 내릴 겁니다."

"내일이라? 그럼 몇 시에 내릴 것이며 또 강우량은 몇 자 몇 치나 되겠소?"

짓궂은 선비의 물음에 원선생은 거침없이 대답했다.

"내일 진시(辰時, 7시~9시)에 구름이 덮이고, 사시(巳時, 9시~11시)에는 천둥 번개가 치며, 오시(午時, 11시~13시)에 비가 내리기 시작하여, 미시(未時, 13시~15시)에 그칠 것입니다. 강우량은 도합 석 자 세 치에 마흔여덟 방울이 됩니다."

자신 있는 말투에, 경하 용왕은 어이가 없어 껄껄 웃었다.

"농담으로 말씀하시는 게 아니오. 만약 선생 말씀대로 내일 아침에 비가 내리되, 단정한 그 시각에 수량(水量)대로 내린다면, 내가 복채로 황금 오십 냥을 보내드리겠소. 허나, 비가 오지 않거나 때맞춰 내리지 않거나 강우량이 틀릴 경우에는, 내 분명히 말하지만 당신의 따귀를 후려칠 것이요, 간판도 때려부순 다음, 두 번 다시 백성을 현혹하지 못하도록 이 장안 도성 바깥으로 내쫓아버릴 거요!"

생면부지의 선비에게 으름장을 받고서도 원수성 선생은 흔쾌히 대꾸했다.

"그야 손님 마음대로 하시지요! 좋소이다, 내일 비가 내리거든 다시 만나뵙기로 합시다."

점쟁이와 헤어진 용왕은 그 길로 장안 성을 벗어나 부리나케 수정궁으로 돌아왔다.

"대왕님! 그 점쟁이를 만나보셨습니까?"

영접 나온 부하 수신들이 너도 나도 물었다.

"물론 만나보고말고! 그저 실없이 손님 비위를 맞춰서 주둥아리만 까놓는 영감이더군. 내가 언제 비가 올 것이냐고 물었더니, 내일 온다는 거야. 그래서 내일 몇 시에 얼마나 내릴 것이냐고 물었더니, 뭐라든가, 진시에 구름이 덮이고 사시에 천둥 벼락을 치다가, 오시에 비가 내리고 미시에 그친다는 게 아닌가! 또 강우량은 정확하게 석 자 세 치에 마흔여덟 방울이 된다는 거야. 나는 그 작자와 내기를 걸었지. 만약 그 작자 말대로 된다면 황금 오십 냥을 복채로 내놓겠지만, 조금이라도 틀리는 날에는 그놈의 따귀를 후려치고 간판을 때려부순 다음, 두 번 다시 장안 성내에서 백성들을 현혹시키지 못하도록 내쫓아버리기로 약속했단 말씀이야."

그 말을 듣고 용궁의 신하들이 모두 손뼉을 쳐가며 웃음보를 터뜨렸다.

"대왕님은 팔수(八水)의 하천을 다스리시는 도총관(都摠管)이시요, 비바람에 천둥 번개를 맡아 부리시는 위대한 용신이 아니옵니까. 비가 내리고 안 내리는 것은 대왕님만 아시는 일인데, 그자가 어떻게 그 따위 허튼 소리를 지껄일 수 있단 말입니까. 내일까지 기다려보나마나, 그 점쟁이는 내기에서 졌습니다. 아무렴, 지고말고요!"

이렇듯 용자 용손에, 준치 참모, 쏘가리 신하, 잉어 태재와 게 역사들이 그 일을 놓고 떠들썩하니 즐거워하고 있을 때였다. 갑자기 허공에서 누군가 외쳐 부르는 소리가 들려왔다.

"경하 용왕은 성지를 받들라!"

모두들 깜짝 놀라 고개를 들고 우러러보니, 금의역사(金衣力士) 하나가 옥황상제의 칙명을 손에 높이 들고 수정궁으로 내려오는 것이 아닌가!

늙은 용왕은 부랴부랴 옷매무새를 단정히 가다듬고 나가서, 향불을 사르고 공손히 성지를 받았다.

임무를 마친 금의역사는 즉시 공중으로 되돌아가고, 경하 용왕은 황급히 성지의 겉봉을 뜯고 읽어 내리기 시작했다.

옥황상제의 명령은 간단명료했다.

　　칙명으로 팔하의 도총관에게 명하노니, 우레를 몰고 번개를 대동하여,
　　내일 아침 우택(雨澤)을 베풀어, 장안 도성의 백성들을 두루 구제하라!

경하 용왕은 그만 혼비백산을 하도록 놀라고 말았다. 옥황상제의 명령서에 적힌 시각과 강우량이 점쟁이 원수성의 점괘와 털끝만큼도 어

굿나지 않았던 것이다. 이러니 용왕의 입에서 탄식이 절로 나올 수밖에……

"아아, 속세에 이처럼 신령한 인간이 있을 줄이야! 진실로 하늘과 땅의 이치를 꿰뚫어 아는 사람이로구나. 내가 졌다, 내가 졌어!……"

잠시 후 제정신으로 돌아온 경하 용왕이 수족들을 바라보며 탄식하니, 준치 참모가 냉큼 나서서 아뢰었다.

"대왕님, 너무 근심하지 마소서! 내기에서 그놈을 이기는 것쯤이야 무엇이 그리 어렵겠습니까? 신이 작은 꾀를 하나 내어 그놈의 입을 봉해버릴 것이니, 안심하십시오."

"무슨 꾀가 있단 말이냐?"

늙은 용왕이 귀가 솔깃해서 물었다.

"비를 내리시되 시각을 다소 어긋나게 하시고, 강우량도 몇 방울만 적게 하신다면, 그놈의 점괘가 틀리게 될 테고, 그럼 대왕님은 내기에서 이기는 것이 되지 않겠사옵니까? 그때 가서 그놈의 간판을 때려부수고 내쫓아버리기가 어려울 게 무엇이겠습니까?"

이래서 경하 용왕은 준치 참모의 말을 받아들이기로 작정하고 마음을 푹 놓았다.

다음날이 되자, 용왕은 바람을 다스리는 풍백(風伯), 천둥을 맡은 뇌공(雷公), 구름을 일으키는 운동(雲童), 번갯불을 때리는 전모(電母)를 소집하여 이끌고 곧바로 장안 도성 높은 하늘에 당도하였다. 그리고 사시가 될 때까지 기다렸다가 구름을 끼게 하고, 오시에는 천둥 벼락을, 미시에는 비를 내렸다가 신시(申時)에야 비를 그치게 했다. 아울러서 강우량은 석 자 마흔 방울, 이렇듯이 용왕은 일부러 비 내리는 시간을 한 시각씩 늦추게 하고 강우량도 세 치 여덟 방울을 적게 내렸던 것이다.

일이 끝나자, 그는 여러 장수들을 각자 부서로 돌려보낸 다음, 자신은 구름 위에서 내려와 전날처럼 백의 수사로 변신해 가지고 서문 거리 원수성의 집으로 찾아가, 다짜고짜 문패와 간판을 때려부수고 집안에 들어서서 붓이며 벼루 할 것 없이 닥치는 대로 낱낱이 깨뜨려버렸다.

그러나 점쟁이 원수성은 꼼짝달싹도 않고 천연덕스레 의자에 앉은 채, 이 왁살스러운 선비의 행패를 거들떠보지 않았다.

백의 선비는 문짝을 휘둘러가며 그에게 덤벼들면서 마구 욕설을 퍼부었다.

"이 엉터리 점쟁이 녀석아! 남의 길흉이 어떠니, 화복이 어떠니, 함부로 지껄이고 속여먹기나 하는 사기꾼 놈아! 그 따위 덜떨어진 수작으로 몇 사람이나 현혹시켜왔느냐? 오늘 비 내리는 시각도 강우량도 맞히지 못하는 주제에, 아직도 그렇게 점잖을 빼고 앉아 있기만 하면 그만이냐? 어디로든 냉큼 없어져라! 그래야만 내 네놈의 죽을죄를 용서해주겠다."

하지만 원수성은 여전히 손가락 하나 까딱 않고 털끝만큼도 두려워하는 기색을 보이지 않았다. 그는 허공만 우러른 채 차가운 미소를 띠었다.

"나는 아무것도 두렵지 않소! 죽을죄를 짓지 않았으니까. 걱정스러운 것은 오히려 당신 쪽이오. 당신이야말로 죽을죄를 지었으니까. 딴 사람은 속일 수 있는지 몰라도 내 눈 하나만큼은 속이지 못할 거요. 나는 당신이 누군지 잘 알고 있소. 당신은 선비가 아니라, 바로 팔하를 다스리는 경하 용왕이오. 당신은 옥황상제의 칙명을 어기고 비 내리는 시각을 바꿨을 뿐 아니라, 강우량도 틀리게 내렸소. 이는 분명 천조(天條)를 범한 행위요. 이제 당신은 '과룡대(剮龍臺)' 위에 끌려 올라 단칼에 목이 끊길 참수형을 면하기 어려울 거요. 그런 자가 오히려 나를 모욕하다니,

될 법이나 한 일이오?"

그 말을 듣자, 경하 용왕은 간담이 서늘해지고 살이 부들부들 떨려 올 뿐 아니라, 모골이 송연해졌다. 그는 당장 문짝을 내던지고 옷깃을 여민 다음, 그 자리에 털썩 꿇어 엎드렸다.

"선생, 질책하지 마시고 제발 용서해주시오! 앞서 한 얘기는 농담으로 그랬을 뿐이외다. 어쩌다 장난으로 한 짓이 정말이 되어 하늘의 법도까지 어겼으니, 장차 이 노릇을 어쩌면 좋으리까? 선생, 저를 살려주시오! 이 한 목숨 구해주지 않으시면, 저는 죽어도 선생을 놓아드리지 못하겠습니다!"

허나 원수성의 대답은 매정했다.

"내겐 당신을 살려줄 재간이 없소. 다만 한 가지, 당신이 죽었다가 환생할 길을 가르쳐줄 수는 있소."

"그럼, 그 방법이라도 가르쳐주시오! 제발……"

"당신은 내일 오시 삼각에 인조관(人曹官) 위징(魏徵)에게 끌려가 참수형을 받게 될 거요. 당신이 그 목숨을 건지고 싶거든, 이 나라의 금상 천자이신 태종 황제께 달려가서 통사정을 해보시는 수밖에 없소. 왜냐하면 위징은 옥황상제님이 임명하신 인간계(人間界)의 형관(刑官)이기는 하나, 역시 태종 황제 밑에서 승상 벼슬을 받고 일하는 신하요. 따라서 그 군주 되시는 금상 황제 폐하께 매달려 목숨을 살려달라고 빌어야만 무사할 수 있을 것이오."

경하 용왕은 원수성 앞에 엎드려 사례하고 눈물을 머금은 채 떠나갔다.

어느덧 해는 서산에 뉘엿뉘엿 떨어지고, 태음성(太陰星, 달)이 솟아올랐다. 늙은 용왕은 참담한 심정으로 동편에 떠오르는 달을 하염없이 바라보았다.

저녁노을에 안개 서려 보랏빛으로 물들이니,

둥지에 돌아오는 지친 까마귀 고단하고,

먼길 가는 나그네들 객점에 모여든다.

나루터 기러기 떼 모래밭에 곤히 잠자고, 은하수 나타나 시각을 재촉하는데,

외로운 마을의 등불 빛만 희미하게 비치는구나.

밤바람 결에 모락모락 피어오르는 향로의 연기,

맑은 도관이 어딘지 알려주고,

나비의 꿈[6] 속에 사람은 보이지 않네.

달빛은 꽃 그림자 따라 자리를 옮겨 난간에 드리우고,

별빛은 어지러워 각루(刻漏)에 물 새는 소리 바뀌는데,

어느덧 밤은 깊어 야반 삼경이 되는 줄도 모른다네.

경하 용왕은 수정궁으로 돌아가지 않고, 허공에서 자시가 되기만을 기다렸다. 이윽고 자시 무렵이 되자, 그는 구름 안개를 거두어들인 다음 곧바로 황궁 문턱에 이르렀다. 때마침 태종 황제는 꿈속에서 궁궐 문 밖으로 나와 달빛 아래 꽃 그늘 속을 산책하고 있었다.

용왕은 인간의 모습으로 변신해 가지고 태종 앞에 꿇어 엎드렸다.

"폐하! 저를 살려주소서! 폐하, 부디 제 목숨을 구해주소서!"

애절하게 부르짖는 소리에, 태종은 꿈속에서나마 측은한 생각이 들

---

6 나비의 꿈: 『장자(莊子)』 「제물론(齊物論)」에 나오는 이야기. 어느 날 꿈에 장주(莊周) 자신이 나비가 되었다. 훨훨 날아다녔으니 확실히 나비였다. 스스로 즐겁고 유쾌하여 자신이 장주인 줄 알아보지 못하였다. 조금 뒤에 문득 깨어서 사람이 되고 보니 여전히 장주 자신이었다. 과연 장주가 꿈속에 나비였는지 아니면 나비가 현재 꿈속에서 사람인 장주가 되어 있는 것인지 알 수 없다는 내용이다. 호접몽(蝴蝶夢).

었다.

"그대는 누구인고? 짐이 마땅히 그대를 구해주겠노라."

"폐하께서는 참된 용(眞龍)이시요, 저는 업보를 지닌 보잘것없는 용(業龍)이옵니다. 신은 하늘의 법도를 어겼으므로, 폐하의 어진 신하 인조관 위징에게 참수형을 받아야 할 몸이옵니다. 그래서 이렇듯 찾아뵙고 구해주시기를 간청하오니, 폐하께서는 부디 이 한 목숨을 살려주소서!"

"위징이 참수형을 집행한다면, 짐이 그대 목숨을 구해줄 수가 있을 것이다. 그러니 안심하고 떠나거라."

경하 용왕은 기뻐 어쩔 바를 모른 채 머리 조아려 사례하고 그 자리를 떠나갔다.

한편, 태종 황제는 꿈에서 깨어난 뒤에도 용왕에게 약속한 일을 또렷이 기억하고 마음속에 담아두었다.

이윽고 오경 삼각을 알리는 북소리가 울렸다. 태종은 조회를 열었다. 조례를 올리고자 모여든 문무 백관들이 그 양편에 줄지어 섰다.

실로 장엄하고도 숙연하기 이를 데 없는 조회 광경이었다.

향불의 연기는 봉황각을 뒤덮고, 향기로운 냄새는 용루에 감도는데,
빛살은 하느작하느작 붉은 병풍에 나부끼고,
구름은 비취색으로 흔들려 찬란하게 흐른다.
임금과 신하들이 마주 대하니 요순(堯舜)의 태평 시절처럼 어울리고,
예악의 위엄은 한(漢)·주(周) 양대(兩代)에 버금간다.

등롱을 들고 시립한 측근 신하에, 궁녀가 부채를 쌍쌍이 받들고 섰으니, 불빛에 다채롭게 번쩍이고,

공작새 병풍에 기린의 전각, 도처에 광채가 번뜩번뜩 감돈다.

만세를 외치는 백관들의 목소리, 오복을 축원하는 신하들의 목소리.

정숙하라는 의전용 채찍 소리 세 번 울리니,

옷매무새 가다듬고 면류관 앞에 절한다.

궁궐의 꽃무늬 찬란한데 하늘의 향기가 스며들고,

둔덕의 가녀린 버들가지 어악을 노래하네.

진주의 주렴에 비취 주렴이 황금 갈고리에 높이 걸리고,

용과 봉황을 수놓은 부채에 산하(山河)를 수놓은 부채하며,

폐하 타실 보련(寶輦)이 멈춰 대기한다.

문관들은 빼어나게 준수하고, 무관들은 원기가 왕성하다.

행차하실 복도는 위아래로 나뉘고, 붉은 섬돌에는 품계석(品階石)이 늘어섰다.

금장(金章)과 자수(紫綬)가 삼상(三象)을 타니,

천장지구(天長地久)에 만만추(萬萬秋)라네.

이윽고 문무 백관들이 하례식을 마치고 각자 반열에 나누어 늘어섰다. 태종 황제의 용봉(龍鳳) 같은 눈길이 반열의 선두부터 하나하나씩 살펴 내려갔다. 문관 중에는 방현령(房玄齡)[7]·두여회(杜如晦)·서세적

---

[7] 방현령(579~648): 이름이 교(喬), 자가 현령(玄齡)이다. 수나라 말엽 습성(隰城)을 지키는 장수였으나, 당나라 군이 관중(關中)에 진격하자 이세민에게 투항하여 그의 참모가 되었다. 이세민을 도와 전국 통일 전쟁을 성공적으로 끝내고 그를 황제의 자리에 앉혔으며, 중서령(中書令)·상서좌복야(尙書左僕射)의 중책을 맡았다. 장기간

(徐世勣)·허경종(許敬宗)·왕규(王珪)와 같은 현신들이 보이고, 무관 중에는 마삼보(馬三寶)·정교금(程咬金)·유홍기(劉洪紀)·호경덕(胡敬德)·진숙보(秦叔寶)⁸와 같은 맹장들이 보였다. 하나같이 뛰어난 의표와 위엄을 갖추고, 엄숙하면서도 단정한 자세로 늘어섰다. 그런데 꼭 한 사람, 승상 위징만이 눈에 띄지 않는다.

태종은 서세적을 전각 위로 불러 올렸다.

"짐이 어젯밤 이상한 꿈을 꾸었소. 꿈에 한 사람이 나타나서 짐의 앞으로 마주 오더니 큰절하여 뵙기를 청하고 나서, 자신은 경하 용왕인데 하늘의 법도를 어긴 죄로 인조관 위징의 손에 참수형을 당하기로 되어 있다면서, 과인더러 목숨을 살려달라고 애원하는 것이었소. 짐은 구해주겠노라고 약속을 했는데, 오늘 조회 반열에 위징 한 사람만이 보이지 않으니, 어쩌면 좋소?"

서세적이 아뢰었다.

"폐하, 그 꿈이 맞아떨어지려면, 승상 위징을 조정에 불러들이시되 시한이 지날 때까지 궁궐 문 밖으로 나가지 못하게 하옵소서. 그래서 오늘 하루만 무사히 넘기시면, 폐하의 꿈속에 나타났던 용왕의 목숨을 구해주시는 것이 되지 않겠습니까?"

그 말을 듣고 태종은 크게 기뻐하면서, 즉시 당가관(當駕官)에게 전

집정하면서 두여회·위징과 같은 동료 신하들과 함께 당태종의 중요한 보좌관이 되었다.

8 진숙보(?~638): 당나라 초기의 명장. 이름은 경(瓊). 지금의 산동성(山東省) 제남(濟南) 출신. 수나라 말엽 장군 내호아(來護兒)의 부하 병사로 고구려 침공 작전에 종군하였으나, 후에 장수타(張須陀) 군에서 전공을 세워 건절위(建節尉)로 승진하였다. 전국이 혼란기에 접어들자, 이밀·왕세충 군을 따른 끝에 마침내 당나라에 투항, 마군총관(馬軍摠管)이 되어 이세민과 함께 전국 통일 전쟁에서 유무주(劉武周)·송금강(宋金剛)·왕세충·두건덕·유흑달 군을 연속 격파하고 좌무위대장군(左武衛大將軍)에 올랐다. 평생 200여 차례의 전투에서 언제나 선봉장으로 출전하여 병사들과 앞서 싸운 맹장이다.

지를 내려 승상 위징을 입궐하라 명했다.

한편, 그 전날 밤 위징은 승상부에서 향불을 살라놓고 천문을 관찰하던 중, 어두운 하늘 위에서 난데없이 학의 울음소리가 들리더니 금빛 광채 한 가닥을 쏘아 내리는 것을 받았다. 천궁의 사자가 옥황상제의 성지를 전한 것으로 '오시 삼각을 기하여, 꿈속에서 경하 용왕의 목을 베라'는 내용이었다.

승상은 천은에 사례하고 목욕 재계를 한 다음, 부중에서 혜검(彗劍)의 칼날을 시험해보며 원기와 정신을 가다듬었다. 그런 일을 하느라고 조회에 참례하지 못했던 것이다.

그런데 아침이 되자 대궐에서 당가관이 황제의 칙명을 받들고 승상부에 이르렀다. 승상 위징은 송구스럽기도 하려니와 또 군명을 받고 지체할 수도 없어, 부랴부랴 의관을 가다듬고 대궐로 들어갔다.

태종은 아직도 조정에서 기다리고 있었다. 위징은 그 앞에 엎드려 무릎 꿇고 이마를 조아려 사죄하였다.

"입조하지 못한 죄를 청하나이다."

"아니오, 경에게는 죄가 없노라."

태종은 너그러이 대답하더니, 주렴을 걷어올리게 하고 아직도 해산하지 않은 문무 백관들을 모두 물러가게 한 다음, 승상 위징 한 사람만 남겨 금란전에 오르게 하였다. 이리하여 황제와 승상 두 사람은 편전(便殿)으로 자리를 옮겨 국사를 의논하였다.

때가 사시를 넘기고 오시 초가 되자, 태종은 짐짓 궁녀에게 명하여 큼지막한 바둑판을 내오게 하였다.

"짐은 경하고 바둑을 한 판 두고 싶은데, 어떤가?"

"황공하나이다."

이윽고 비빈들이 바둑판과 돌을 차려놓자, 두 사람은 한 수 한 수씩

돌을 놓아가며 대국을 벌이기 시작했다.

이른바 '가는 세월에 도낏자루 썩는 줄 모른다'는 『난가경(爛柯經)』
9의 흥미진진한 대결이 군신간에 벌어진 것이다.

> 바둑의 도는 근엄함을 소중히 여기는 법,
> 고수(高手)는 복판에 자리 잡고 하수(下手)는 변두리에 집착하며,
> 어중간한 솜씨는 모퉁이를 노리니, 이것이 바둑을 두는 이의 상식이라네.
> 그 옛날 바둑의 명수 혁추(奕秋)는 말하기를,
> "차라리 한 점을 빼앗기더라도 선수를 잃으면 안 된다.
> 왼쪽을 치면 오른쪽을 보고, 뒤를 공격하면 앞을 본다.
> 선수가 있으면 뒷수가 있는 법이요, 뒷수가 있으면 선수가 있는 법.
> 양생(兩生)을 끊기지 말아야 하되, 모두 다 살리려고 잇대어 나가지 말 것이다.
> 판이 너르다고 해서 너무 성글게 두면 안 되고,
> 조밀하다고 해서 너무 촉박해서도 안 된다.
> 한 점에 미련을 두어 살리려고 애쓰느니보다,
> 차라리 승리를 취하는 것이 더 나은 법이요,
> 무사안일하게 외길로 나가기보다는 차라리 굳혀놓고 스스로

---

9 『난가경』: 바둑에 대한 경전인 듯하나 그 출처는 알 수 없다. 난가(爛柯)란 말은 '도낏자루가 썩는다'란 뜻으로, 『술이기(述異記)』에 이런 고사가 전해 내린다. 진(晉)나라 때 왕질(王質)이란 사람이 산에 나무를 하러 갔는데, 동굴 속에서 우연히 동자 두 사람이 바둑을 두고 있는 것을 보았다. 구경을 하고 있으려니 동자 하나가 대추를 한 개 주어서 먹었는데, 그때부터 배가 고프지 않았다고 한다. 바둑 한 판이 다 끝났을 때 정신을 차리고 보니 곁에 놓아두었던 도낏자루가 다 썩어버리고, 집에 돌아왔을 때는 어느덧 1백 년의 세월이 지나, 아는 사람이 하나도 없었다고 한다.

취약점을 메우는 것이 나은 법이다.

상대방의 병력이 많고 아군이 적다면, 무엇보다 먼저 살아남기를 도모할 것이요, 아군이 많고 상대방이 적을 때는 모름지기 세를 확장하는 데 힘써야 한다.

이기기를 곧잘 하는 이는 다툼에 집착하지 않고,

전열을 잘 배치하는 이는 싸움에만 집착하지 않으며,

싸움을 잘하는 이는 패배를 두려워하지 않는다.

대개 바둑은 정공법으로 시작하되, 끝마무리 때에는 기병(奇兵)으로 궁극의 승리를 차지하는 법.

상대방이 무사안일을 도모하되 스스로 약점을 메울 때에는,

아군을 침범하여 끊으려는 의도가 숨겨져 있고,

작은 것을 버리고 구하지 않을 때에는 보다 더 큰 것을 노리는 의도가 숨겨져 있다.

손길 가는 대로 아무렇게나 두는 이는 무모한 사람이요,

깊이 생각하지 않고 응수하는 것은 패배를 자초하는 길이다."

『시경(詩經)』에 뭐라고 했던가?

'두려워하고 두려워하는 조심성이 계곡 끝에 임하듯 한다'[10] 하였다.

또 이런 시가 있다.

바둑판을 땅으로 삼고, 바둑돌을 하늘로 삼으니,

흑백의 안배가 온전히 음양 조화일세.

---

10 두려워하고 두려워하는 조심성······: 『시경』「소아·절남산(小雅·節南山)」편에서 인용한 것. 원문은 '惴惴小心, 如臨于谷'이다.

돌을 놓는 곳마다 오묘한 변화술수에 도통했으니,
그 옛날 도낏자루 썩혔다는 신선의 대국을 비웃어야 하리.

이렇듯 군신 둘이서 대국을 벌이다 보니 어느덧 오시 삼각, 한 판의 대결을 미처 다 끝내지 못하였을 때였다. 갑자기 위징이 바둑판 변두리에 스르르 엎드리더니 잠시 후에는 코를 드르렁드르렁 골아가며 깊은 잠에 빠져드는 것이 아닌가!

이것을 본 태종은 빙그레 미소를 지었다.

"경이 사직을 보필하고 천하 강산을 일으켜 세우느라 지쳐서 고단한 모양이구려. 그러니 저도 모르게 잠이 들었겠지."

그는 신하가 잠자는 대로 내버려두고 깨우지 않았다.

그런지 얼마 안 되어서였다. 위징은 저절로 잠에서 깨어나더니, 눈앞에 황제가 앉아 계신 것을 보고 깜짝 놀라 황급히 그 자리에 무릎 꿇고 엎드렸다.

"죽을죄를 지었나이다, 폐하! 죽을죄를 지었나이다! 방금 눈꺼풀이 자꾸만 내리 덮여, 무슨 짓을 하는지도 모르고 그만 잠이 들고 말았사옵니다. 폐하, 소신의 태만한 죄를 부디 용서하소서!"

"경은 어서 일어나오. 졸음이 오는 데야, 어찌 태만하다는 죄가 되겠소? 자아, 이 판을 쓸어내고, 새로 한 판을 다시 둡시다."

"황공하나이다!"

위징이 일어나 앉으면서 바둑돌 한 개를 집어 다시 두려 했을 때였다.

갑자기 궁궐 문 밖에서 떠들썩한 소리가 들리더니, 진숙보와 서무공(徐茂功)이 선지피가 뚝뚝 떨어지는 용의 머리를 하나 들고 들어와서 태종 앞에 내려놓고 이렇게 아뢰었다.

"폐하! 바닷물이 얕아지고 강물이 마르는 것을 본 적은 있었사오나, 이런 괴변은 들어본 적이 없었나이다!"

태종과 위징이 벌떡 일어났다.

"이것을 어디서 가져왔는가?"

진숙보와 서무공이 이구동성으로 대답했다.

"천보랑(千步廊) 남쪽 네 갈래 길에서였습니다. 갑자기 구름 속에서 이 용의 머리가 뚝 떨어져 내렸다 하온즉, 소신들이 폐하께 감히 아뢰지 않을 수 없어 이렇게 가져온 것이옵니다."

태종은 깜짝 놀라 위징을 돌아보고 물었다.

"이게 어찌 된 일이오?"

그러자 위징은 몸을 돌려 땅바닥에 무릎 꿇고 이마를 조아렸다.

"이 용의 머리는 소신이 방금 꿈속에서 벤 것입니다."

그 말을 들은 태종은 대경실색을 하고 말았다.

"아니, 이럴 수가 있나! 경은 잠든 사이에 손가락 하나 까딱하지도 않았고, 또 수중에 칼을 잡고 있지도 않았는데, 어떻게 이 용을 베어 죽일 수 있었단 말이오?"

태종이 다그쳐 물으니, 위징은 꿇어 엎드린 자세 그대로 경위를 아뢰었다.

"폐하, 사유는 이러하옵니다……"

신의 몸은 폐하 앞에 있었사오나, 꿈속에서는 폐하를 떠나 있었나이다.

육신은 폐하를 앞에 모시고 바둑을 두었사오나,

꿈속에서는 폐하의 곁을 떠나 상서로운 구름을 타고 위세를 떨쳤나이다.

이 용은 과룡대(剮龍臺) 위에 붙잡힌 채,
하늘의 장병들에게 결박당하여 있었사옵니다.
신은 이 용에게 말하였습니다.
'그대는 천조(天條)를 범하였으니 죽어 마땅하다.
이제 나는 하늘의 명을 받들어 그대의 남은 목숨을 베어 죽일 것이다.'
용은 살려달라고 애걸복걸하였으나,
신은 정신을 가다듬어 형을 집행할 채비를 갖추었사옵니다.
용은 살려달라고 애원하다가,
마침내 발톱을 오므리고 비늘을 거두어 죽음을 달게 받으려 하였사옵니다.
신은 정신을 차리고 옷깃을 가뜬히 여민 다음,
서릿발 같은 칼날을 번쩍 쳐들었사옵니다.
'철꺼덕' 하는 소리와 함께 단칼을 내려치니,
썽둥 잘린 용의 머리는 그대로 허공 아래 떨어졌나이다.

사연을 듣고 났을 때, 태종은 기쁘면서도 한편으로는 슬픔으로 착잡한 심경이 되었다. 기뻐한 까닭은, 위징처럼 훌륭한 신하를 곁에 두었다는 점이다. 조정에 이와 같은 호걸이 있는 바에야, 천하 강산이 안정되지 않는다고 근심 걱정할 필요가 어디 있겠는가? 슬퍼한 까닭은, 꿈속에서 경하 용왕의 목숨을 살려주겠노라고 언약했는데, 뜻밖에도 이런 지경으로 주살(誅殺)을 당하고 말았으니 일국의 황제로서 약속을 어긴 채 거짓말을 한 셈이 아니고 뭐란 말인가?

허나 이미 엎질러진 물이다. 태종은 가까스로 정신을 가다듬고 진숙보에게 전지를 내려 용의 머리를 장터 네거리에 높이 매달아놓게 한 다음, 장안 도성의 백성들에게 효유문(曉諭文)을 내려, 술렁대는 민심을 가라앉혔다. 그리고 승상 위징에게 후한 상을 내리는 한편, 변괴가 났다는 소식을 전해 듣고 입궐했던 신하들을 모두 흩어 돌아가도록 하였다.

그날 밤, 내궁으로 돌아와서도 태종은 마음이 편치 못하고 울적하기만 했다. 꿈속에서 울며 목숨을 구해달라고 애걸하던 용의 모습이 자꾸 떠올라 견딜 수가 없는 것이다. 또 누가 알랴. 약속을 어기고 살려주지 못하였으니, 그 후환이 없으리라고 장담할 수도 없는 노릇이었다. 이런저런 많은 생각에 잠겨 있으려니, 정신이 고달파지고 몸도 편치 않았다.

아니나 다를까, 이경 무렵쯤 되었을 때였다. 갑자기 궁궐 문 밖에서 느닷없이 울부짖는 소리가 들려왔다. 가뜩이나 마음이 산란해져서 잠을 못 이룬 채 뒤척거리던 태종은 더욱 놀랍고 두려워 몸이 떨렸다. 이윽고 비몽사몽간에 경하 용왕이 나타났다. 용왕은 손에 선지피가 뚝뚝 떨어지는 용의 머리를 들고 나타나서 고함을 지르기 시작했다.

"당태종! 내 목숨을 살려내라! 내 목숨을 돌려달란 말이다. 어젯밤에 네 입으로 나를 구해주겠노라고 철석같이 약속해놓고도, 어째서 날이 밝기가 무섭게 인조관을 보내어 내 목을 베었단 말이냐? 어서 썩 이리 나오지 못할까! 너하고 같이 염라대왕이 있는 유명계로 가서 시비곡직을 따져야겠다. 뭘 망설이고 있는 거야? 당태종! 이리 썩 나오란 말이다!"

경하 용왕은 태종을 부여잡고 고래고래 악을 써가며 좀처럼 놓아주지 않았다. 태종으로서는 할말이 없는 터라 입을 굳게 봉한 채, 전신에 식은땀만 줄줄 흘리고 있을 따름이었다.

이렇듯 둘이서 옥신각신 드잡이질을 벌이고 있을 때였다. 갑자기 동남방 하늘가에서 향기로운 구름에 휩싸인 여도사 한 명이 안개구름을 휘황찬란하게 나부끼면서 나타나더니, 손에 들고 있던 버드나무 가지를 한 차례 휘저었다. 그러자 머리 없는 용왕은 구슬프게 흐느끼면서 태종을 놓아주고 서북방 하늘로 사라져갔다.

태종은 모르고 있었으나, 그 여도사는 부처님의 법지를 받들고 경전을 가지러 갈 사람을 찾아 동녘 땅에 온 관세음보살이었는데, 때마침 장안 도성 토지신의 사당에 머물러 있다가, 한밤중에 귀신이 통곡하는 소리를 듣고 일부러 달려와 업룡을 물리치고 태종 황제를 구해냈던 것이다.

관음보살에게 쫓겨난 경하 용왕이 그 길로 음사 지옥을 찾아가 고소한 것은 두말할 나위도 없다.

한편, 악몽에서 깨어나고도 태종은 여전히 가위에 눌려 버럭버럭 고함을 지르기 시작했다.

"귀신이다! 귀신이야! 귀신이 왔다!"

황제 폐하가 악을 쓰는 바람에, 삼궁의 황후며 육원의 비빈들하며 당직을 서고 있던 측근 신하들이 모조리 놀라 자리를 박차고 일어났다. 그들은 전전긍긍, 송구스럽고 두려워 밤새도록 떨기만 할 뿐, 한잠도 눈을 붙이지 못했다.

어느덧 무서운 밤이 가고, 이튿날 오경 삼각이 되었다. 만조의 문무백관들은 조회에 참석하러 궁궐 문 밖에 모여, 이제나저제나 조회가 열릴 때를 기다리고 있었다. 그런데 날이 훤하게 밝았어도 태종은 조회에 나오지 않았다. 신하들은 놀랍고 두려운 나머지 어쩔 바를 모른 채 엉거주춤 서성거리고만 있었다. 이윽고 아침 해가 세 길이나 오른 뒤에야 성지를 받든 내관이 나와서 태종의 뜻을 전하였다.

"짐의 심기가 편안치 않으니, 문무 백관들은 오늘 조회를 생략하고 물러가라."

그로부터 대엿새가 훌쩍 지났다. 신하들은 근심 걱정에 휩싸여 모두들 궁궐 문을 밀고라도 들어가 태종을 뵈옵고 문안을 드리려 하였으나, 때마침 어의(御醫)를 입궐시켜 약을 쓴다는 태후(太后)의 분부가 내려왔다. 신하들은 궁궐 문 밖에 웅성웅성 몰려 서서 하회를 기다렸다. 얼마 안 있어 입궐했던 어의가 나왔다. 신하들이 무슨 병이냐고 물었더니, 어의는 뜻밖의 대답을 했다.

"금상 폐하께서는 기맥이 고르지 못하고 원기가 허하셔서 맥이 멈췄다가 다시 뛰고, 뛰었다가 또 멈추기를 거듭하고 계시는 중이오. 또 귀신을 보았다고 헛소리를 하고 계시는데, 오장육부에 생기가 전혀 없으신 것으로 보건대, 아무래도 폐하의 천수(天壽)는 이레 안에 다하지 않을까 싶소."

그야말로 마른하늘에 날벼락 같은 소식이라, 조정의 문무 백관들은 대경실색을 하고 말았다.

뭇 신하들이 송구스럽고 당황하여 어쩔 바를 모르고 있노라니, 내관 한 사람이 태종의 전지를 받들고 나왔다. 서무공과 호국공(護國公) 진숙보, 호경덕 세 사람을 지명하여 접견하겠다는 내용이었다. 삼공(三公)은 성지를 받들어 황급히 분궁(分宮) 누각 아래로 들어갔다.

세 원로 대신이 배례를 마치자, 태종은 얼굴빛을 가다듬고 안 떨어지는 입을 억지로 열어 이렇게 말했다.

"경들은 들으시오. 과인이 열아홉 젊은 나이에 군사를 이끌고 남정북벌, 천하의 전쟁터를 종횡무진으로 누비고 다니면서, 쉴새없이 침략하는 이민족을 막아내고 역신의 무리를 토벌해왔소. 몇 십 년이나 되는 그 고된 역정을 거쳐오는 동안, 과인은 단 한 번도 사악한 귀신 따위를 본 적이 없었는데, 요즈음에 와서는 어찌 된 영문인지 자꾸만 귀신이 보이는구려."

호경덕이 아뢴다.

"일국을 창업하시는 데 살인은 무수하게 많이 저지르게 되는 법입니다. 그런 마당에 귀신 따위를 두려워하셔서야 되겠습니까?"

"경은 내 말을 믿지 않는구려. 짐이 있는 이 침궁 문 밖에서 날만 어두워졌다 하면 벽돌을 집어던지고 기왓장을 덜거덕거리는 소리가 들리고 귀신과 유령들이 울부짖는 소리가 나서 도무지 견딜 수가 없을 지경이오. 밝은 대낮 같으면 차라리 괜찮겠는데, 밤만 되면 정말 참을 수가 없소."

태종은 한숨을 내리쉬었다. 그러자 진숙보가 아뢰었다.

"폐하! 너무 심려치 마옵소서. 오늘밤부터 소신과 울지경덕이 침궁 문 밖에서 파수를 서면서 지켜보겠나이다. 도대체 어떤 귀신이 농간을 부리는지 두고 보오리다."

"그럼 수고를 부탁하오."

태종이 허락을 내리니, 서무공은 사은례를 올리고 물러났.

그날 밤이 되자, 두 사람은 갑옷 투구에 무장을 단단히 갖추고 입궐하여 손과 손에 무쇠 도리깨와 큰 도끼 작은 도끼를 갈라 잡고 침궁 문 밖에서 파수를 서기 시작했다.

그 차림새가 얼마나 삼엄하고 위세당당한지, 이런 시구가 증명해주고 있다.

머리에 쓴 황금빛 투구가 번쩍번쩍, 몸에 걸친 갑옷은 용의 비늘일세.

심장 부위를 가리운 호심경(護心鏡)에는 상서로운 구름이 서리고, 사만대(獅蠻帶) 허리띠에는 오색 노을이 새롭다.

한 사람이 봉황의 눈초리로 하늘을 흘기면 별자리가 두려워 떨고,
한 사람이 고리눈을 부릅뜨면 달빛에 번갯불이 비친다.
본색이 영웅호걸에 원로 훈구대신(勳舊大臣)들이니,
천년에 보기 드문 호위(戶尉)요, 만고에 길이 남을 문신(門神)"
이라네.

두 장군이 문 곁에 우뚝 서서 지키는 동안 하룻밤이 지나고 날이 밝았으나, 요사스런 귀신의 장난질 따위는 털끝만큼도 보이지 않았다. 그날 밤 태종은 모처럼 아무 일 없이 단잠을 잘 수 있었다. 새벽녘이 되자, 그는 두 장군을 불러들여 후한 상을 내리고 그 노고를 치하했다.

"짐이 병을 얻은 이래 벌써 며칠 동안 잠을 이루지 못하였는데, 어젯밤은 두 분 장군의 위세에 힘입어 아주 편안하게 잤소. 경들도 피곤할 테니 물러가서 푹 쉬구려. 그리고 날이 어두워지거든 다시 한 번 입궐하여 호위를 서주오."

두 장군은 사은례를 드리고 물러 나왔다. 이렇듯 사나흘 동안 밤마다 지켜준 덕분에 태종은 날마다 편히 잠들 수 있었다.

---

11 문신: 중국의 문신은 민간에 가장 큰 영향을 끼치는 신령 가운데 하나이다. 집집마다 문기둥 좌우에 신상을 붙여놓아 흉악한 귀신을 쫓아내는 풍습은 적어도 2천 년의 역사를 지녔는데, 그 유래는 『산해경』에 이렇게 적혀 있다.
"창해(滄海) 한가운데 도삭산(度朔山)이 있고 그 산꼭대기에 거대한 복사나무가 있으며, 그 나뭇가지 사이에 온갖 귀신이 드나드는 귀문(鬼門)이 있다. 신도(神茶)와 욱루(郁壘)는 귀신들이 인간 세계에 해악을 끼친다는 소문을 듣고 찾아가서 갈대로 만든 밧줄로 귀신을 잡아 묶어 호랑이에게 먹였다."
이후 중국 사람들은 복사나무로 인형을 깎아 세우고 신도와 욱루의 초상화를 그려 문기둥에 붙여놓았다. 그러나 당나라 이후에는 신도·욱루의 자취가 점차 사라지고 그 대신에 맹장으로 명성을 떨친 진숙보와 울지공(尉遲恭)의 초상화로 대신하게 되었는데, 울지공은 곧 본문에 나오는 울지경덕 일명 호경덕이며, 그 후 이 두 사람이 문신으로 신격화되었던 것이다.

그러나 태종의 식욕은 하루가 다르게 감퇴되고, 병세 또한 무거워졌다. 그는 두 장군이 고생하는 것을 차마 보기가 안쓰러워, 또다시 전지를 내려 진숙보와 호경덕, 두여회, 방현령과 같은 원로 중신들을 침궁으로 불러들였다.

"요 사나흘째 과인은 비록 평안하게 지냈으나, 진장군과 호장군이 철야로 지키느라 수고가 너무 많았소. 그래서 짐은 그림 솜씨가 뛰어난 화가를 불러들여 두 분의 참 모습을 초상화로 그리게 하여 침궁 문에 붙여놓고 그 수고를 덜어볼까 하는데, 어떻게들 생각하시오?"

원로 중신들이 태종의 뜻에 따라 초상화를 썩 잘 그리는 화가 두 사람을 가려 뽑은 다음, 진숙보와 호경덕 두 장군이 완전 무장을 갖춘 모습을 그대로 묘사하게 하여 침궁 문설주에 붙여놓았다. 그랬더니 과연 그날 밤은 무사히 지낼 수 있었다.

이렇듯 사나흘이 지났는데, 이번에는 또 후문 쪽에서 우당탕퉁탕, 왈가닥 뚝닥, 벽돌을 내던지고 기왓장을 뒤흔드는 소리가 요란하게 들리기 시작했다. 새벽이 되자, 태종은 또다시 중신들을 불러들였다.

"며칠을 연이어 앞문 쪽에서는 아무런 괴변이 없어 다행이라 여겼더니, 간밤에는 뒷문 쪽에서 또 그 소리가 들려오는 바람에, 과인은 밤새도록 놀라서 죽을 뻔했소"

서무공이 앞으로 나와 아뢰었다.

"앞쪽 문의 불안은 호경덕과 진숙보가 지켜 막아주었사오니, 뒷문 쪽의 불안은 위징에게 호위하라 하심이 좋을까 하나이다."

태종은 그 말을 받아들여, 위징을 시켜 그날 밤 뒷문을 지키도록 명하였다. 분부를 받든 위징은 단단히 무장을 갖추고 용을 베었을 때 썼던 보검을 들고, 침궁 뒷문 앞에서 파수를 보기 시작하였다. 헌걸차고 의젓한 그 자세야말로 참된 영웅호걸의 모습이라 아니할 수 없었다.

고운 명주 푸른 이마 띠로 머리를 질끈 동이고,
비단 도포 자락에 옥대를 허리까지 늘어뜨렸다.
바람을 가득 안은 소맷자락에 서릿발이 흩날리고,
기세등등한 모습이 저 옛날 문신(門神) 신도(神茶)와 울루(郁壘)를 능가하는데,
두 발은 오화(烏靴)를 꾹 눌러 신고, 수중에는 예리한 칼날이 사납게 번뜩인다.
딱 부릅뜬 고리눈이 사면 팔방을 둘러보니, 어느 요사스런 귀신이 범접을 하랴?

하룻밤을 고스란히 밝혔는데도, 귀신 유령은 나타나지 않았다. 이렇듯 앞문 뒷문이 무사하게 되었으나, 태종의 병세는 점차 위중해졌다.

어느 날, 태후는 또다시 전지를 내려 원로 중신들을 모아놓고, 국상(國喪)을 치를 채비와 뒷일을 상의했다. 태종 역시 서무공을 불러들여 국가 대사를 부탁하였다. 삼국 시대 촉한(蜀漢)의 군주 유비(劉備)가 승상 제갈량(諸葛亮)에게 어린 아들을 떠맡긴 고사를 본받으려는 뜻이었다.

유언을 마친 태종은 목욕 재계하고 옷을 갈아입은 다음, 세상을 떠날 때가 오기만을 조용히 기다렸다.

이때 곁에 있던 위징이 앞으로 선뜻 나서더니, 곤룡포(袞龍袍) 자락을 부여잡고 이렇게 아뢰었다.

"폐하, 안심하소서! 폐하께서 오래도록 수명을 누리실 수 있는 방법이 신에게 한 가지 있사옵니다."

그러나 태종은 귀담아들으려 하지 않았다.

"병세가 이미 고황(膏肓)¹²에 들어 목숨이 경각에 달렸는데, 무슨 수로 보전할 수 있단 말인가?"

"신이 편지 한 통을 폐하께 올리겠으니, 운명하셔서 저승에 가시거든 풍도판관(酆都判官) 최각(崔珏)에게 건네주소서."

"최각이라니, 그게 누구요?"

태종은 뜨악하게 물었다.

"최각은 바로 태상황(太上皇)¹³ 폐하를 어전에서 섬기던 신하였습니다. 처음에는 자주령(玆州令)의 벼슬을 받았다가, 나중에 예부시랑(禮部侍郞)으로 승진한 인물이온데, 살아생전에 소신과 팔배지례(八拜之禮)를 나누고 의형제를 맺은 사이로 무척 절친하게 사귀었습니다. 지금은 세상을 떠나 죽은 몸으로, 저승에서 인간의 생사 문적(生死文籍)을 다스리는 풍도판관의 자리에 있사온데, 꿈속에서 늘 소신과 만나고 있사옵니다. 이번에 가셔서 이 서찰을 그에게 건네주시면, 미약하나마 소신과의 정리를 생각해서라도 반드시 폐하를 석방하여 돌아오시게 해드릴 것입니다. 소신이 장담하건대, 그 사람은 무슨 일이 있더라도 어김없이 혼백을 이승으로 돌려보내고, 폐하의 용안을 환생시켜 이 도성으로 돌아오시게 할 것입니다."

그 말을 듣고 태종은 위징이 올리는 서찰을 받아 품속에 간직하더니, 마침내 조용히 눈을 감고 세상을 떠났다.

---

12 고황: 신체 부위에서 고(膏)는 심장의 아랫부분, 황(肓)은 가슴과 배 사이에 있는 얇은 막, 곧 횡격막(橫膈膜)이다. 동양 의학에서는 횡격막의 윗부분, 심장의 아랫부분에 병이 들면 침술을 쓰지 못하고 약효가 미치지 못하여 불치의 병으로 단정하였다.

13 태상황: 곧 당(唐)의 개국 시조 이연(李淵, 566~635). 수나라 때 당국공(唐國公)의 작위를 세습한 귀족 출신으로, 서북 변방의 태원유수(太原留守)를 지내다가, 양제(煬帝)의 폭정으로 전국에서 폭동과 반란이 일어난 틈에 군사를 일으켜 수나라를 전복시키고 당나라를 세웠으며, 재위 9년 만에 황제의 자리를 차남 이세민에게 물려주고 태상황이라 일컬었다.

금상 황제가 운명하자, 삼궁 육원의 황후 비빈들과 황자(皇子) 황손(皇孫) 제왕(諸王)들, 그리고 측근 신하와 문무 백관들이 일제히 대성통곡을 하며 애도하고, 태종의 시신을 모신 영구를 백호전(白虎殿)에 안치한 얘기는 그만두기로 한다.

과연 당태종의 혼백이 어떻게 이승으로 돌아오게 될 것인지, 다음 회에서 풀어보기로 하자.

■ 서유기—총 목차

제1권 제1회~제10회

옮긴이 머리말

제1회 신령한 돌 뿌리를 잉태하니 수렴동 근원이 드러나고, 돌 원숭이는 심령을 닦아 큰 도를 깨치다 · 31

제2회 스승의 참된 묘리를 철저히 깨치고 근본에 돌아가, 마도(魔道)를 끊고 마침내 원신(元神)을 이룩하다 · 63

제3회 사해 바다 용왕들과 산천이 두 손 모아 굴복하고, 저승의 생사부에서 원숭이 족속의 이름을 모조리 지우다 · 94

제4회 필마온의 벼슬이 어찌 그 욕심에 흡족하랴, 이름은 제천대성에 올랐어도 마음은 편치 못하다 · 125

제5회 제천대성이 반도대회를 어지럽히고 금단을 훔쳐 먹으니, 제신(諸神)들이 천궁을 뒤엎어놓은 요괴를 사로잡다 · 155

제6회 반도연에 오신 관음보살 난장판이 벌어진 연유를 묻고, 소성(小聖) 이랑진군, 위세 떨쳐 손대성을 굴복시키다 · 185

제7회 제천대성은 팔괘로 속에서 도망쳐 나오고, 여래는 오행산 밑에 심원(心猿)을 가두다 · 215

제8회 부처님은 경전을 지어 극락 세계에 전하고, 관음보살 법지를 받들어 장안성 가는 길에 오르다 · 243

제9회 진광예(陳光蕊)는 부임 도중에 횡액을 당하고, 그 아들 강류승(江流僧)은 아비의 원수를 갚고 근본을 되찾다 · 276

제10회 어리석은 경하 용왕 치졸한 계략으로 천조(天曹)를 어기고, 승상 위징은 서찰을 보내어 저승의 관리에게 청탁을 하다 · 308

제2권 제11회~제20회

제11회 저승 세계를 두루 유람하던 태종의 혼백이 돌아오고, 염라대왕에게 호박을 바치러 죽어간 유전(劉全)은 새로운 배필을 얻다 · 17

제12회 태종이 정성으로 수륙대회 베풀어 불도를 선양하니, 관세음보살이 현성(顯聖)하여 금선 장로를 깨우치다 · 53

제13회 호랑이 굴에 빠진 삼장 법사, 태백금성이 액운을 풀어주고, 쌍차령에서 유백흠이 삼장 법사 가는 길을 만류하다 · 98

제14회 심성을 가라앉힌 원숭이 정도(正道)에 귀의하니, 마음을 가리던 육적(六賊)도 흔적 없이 스러지다 · 127

제15회 신령들은 사반산에서 남모르게 삼장을 보호하고, 응수간의 용마는 소원 이뤄 재갈을 물리다 · 164

제16회 관음선원의 승려들 보배를 탐내어 음모를 꾸미고, 흑풍산의 요괴가 그 틈에 금란가사를 도둑질하다 · 196

제17회 손행자는 흑풍산에서 일대 소동을 일으키고, 관음보살은 흑곰의 요괴 굴복시켜 거두다 · 231

제18회 당나라 스님은 관음선원의 재난에서 벗어나고, 손대성은 고로장(高老莊)에서 요마를 없애러 나서다 · 270

제19회 운잔동에서 오공은 팔계를 굴복시켜 받아들이고, 삼장 법사는 부도산에서 『심경(心經)』을 받다 · 295

제20회 황풍령(黃風嶺)에서 당나라 스님은 재난에 봉착하고, 저팔계는 산허리에서 사형과 첫 공로를 앞다투다 · 327

제3권 제21회~제30회

제21회 호법 가람은 술법으로 집 지어 손대성을 묶게 하고, 수미산의 영길보살(靈吉菩薩)은 황풍괴를 제압하다 · 17

제22회 저팔계는 유사하(流沙河)에서 일대 격전을 벌이고, 목차 행자는 법지를 받들어 사오정을 거두어들이다 · 47

제23회 삼장은 부귀영화, 여색의 시련에 본분을 잊지 않고, 네 분의 성신(聖神)은 일행의 선심(禪心)을 시험해보다 · 77

제24회 만수산의 진원 대선은 옛 친구 삼장을 머물게 하고, 손행자는 오장관에서 인삼과(人蔘果)를 훔쳐먹다 · 111

제25회 진원 대선은 경을 가지러 가는 스님을 뒤쫓아 잡고, 손행자는 오장관을 뒤엎어 난장판으로 만들다 · 142

제26회 손오공은 인삼과 처방을 구하러 삼도(三島)를 헤매고, 관세음보살은 감로(甘露)의 샘물로 나무를 살려내다 · 175

제27회 시마(屍魔)는 당나라 삼장을 세 차례나 농락하고, 성승(聖僧)은 미후왕의 처사를 미워하여 쫓아내다 · 207

제28회 화과산의 요괴들이 다시 모여 세력을 규합하고, 삼장 일행은 흑송림(黑松林)에서 마귀와 부닥치다 · 239

제29회 강류승은 재난에서 벗어나 보상국으로 달아나고, 저팔계는 사오정을 희생시켜 숲속으로 뺑소니치다 · 269

제30회 사악한 마도(魔道)는 정법(正法)을 침범하고, 심성을 지닌 백마는 원숭이 임금을 그리워하다 · 297

제4권 제31회~제40회

제31회 저팔계는 의리를 내세워 미후왕을 격분시키고, 손행자는 지혜로써 요괴의 항복을 받아내다 · 17

제32회 평정산에서 일치 공조(日値功曹)는 소식을 전해주고, 미련한 저팔계는 연화동(蓮花洞)에서 봉변을 당하다 · 56

제33회 외도(外道)는 진성(眞性)을 미혹하고, 원신(元神)은 본심(本心)을 도와주다 · 92

제34회 마왕은 교묘한 계략으로 원숭이 임금을 곤경에 빠뜨리고, 제천대성은 사기 쳐서 상대편의 보배를 가로채 달아나다 · 128

제35회 외도(外道)는 위세 부려 올바른 심성을 업신여기고, 심원(心猿)은 보배 얻어 사악한 마귀를 굴복시키다 · 162

제36회 영악한 원숭이는 고집스런 승려들을 굴복시키고, 좌도 방문을 깨뜨려 견성명월(見性明月)에 잠기다 · 193

제37회 임금은 귀신이 되어 한밤중에 당 삼장을 만나뵙고, 손오공은 입제화로 변신하여 젊은 태자를 유인하다 · 226

제38회 젊은 태자는 모친에게 물어 정(正)과 사(邪)를 알아내고, 두 제자는 우물 용왕을 만나보고 진위(眞僞)를 가려내다 · 263

제39회 천상에서 한 알의 단사(丹砂)를 얻어 내려오고, 죽은 지 3년 만에 임금은 이승에 다시 살아나다 · 296

제40회 어린것에게 농락당하여 선심(禪心)이 흐트러지니, 세 형제는 각오를 새롭게 다지고 분발 노력하다 · 331

제5권 제41회~제50회

제41회 손행자는 삼매진화(三昧眞火)에 참패를 당하고, 저팔계는 구원을 청하려다 마왕에게 사로잡히다 · 17

제42회 제천대성은 정성을 다하여 남해 관음을 찾아뵙고, 관세음보살은 자비를 베풀어 홍해아를 잡아 묶다 · 52

제43회 흑수하(黑水河)의 요얼(妖孼)이 당나라 스님을 잡아가고, 서해 용왕의 마앙 태자는 타룡(鼉龍)을 사로잡아 돌아가다 · 88

제44회 삼장 일행이 강제 노역을 하는 승려들과 마주치고, 심성 바른 손행자, 요망한 도사의 정체를 간파하다 · 124

제45회 손대성은 삼청관 도사들에게 이름을 남겨두고, 원숭이 임금은 차지국 왕 앞에서 법력을 과시하다 · 159

제46회 외도(外道)가 강한 술법으로 농간 부려 정법(正法)을 업신여기니, 심원(心猿)은 성스러운 법력으로 사악한 도사들을 파멸시키다 · 193

제47회 성승(聖僧)의 밤길이 통천하(通天河) 강물에 가로막히고, 손행자와 저팔계는 자비심을 베풀어 동남동녀를 구하다 · 229

제48회 마귀가 찬 바람으로 농간 부리니 폭설이 나부끼는데, 스님은 서방 부처 뵈올 마음에 층층 얼음길 내딛다 · 263

제49회 삼장 법사 재난을 만나 통천하 수택(水宅)에 잠기고, 구고구난(救苦救難) 관음보살 어람(魚籃)을 드러내다 · 296

제50회 성정(性情)이 흐트러짐은 탐욕(貪慾)에서 비롯되며, 심신(心神)이 동요를 일으키니 마두(魔頭)와 만나다 · 331

제6권 제51회~제60회

제51회 심원(心猿)이 온갖 계책을 다 썼으나 모두가 헛수고요, 수공(水攻) 화공(火攻)으로도 마귀를 제압하지 못하다 · 17

제52회 손오공은 금두동에 들어가 한바탕 뒤집어엎고, 석가여래는 마왕의 주인을 넌지시 일러주다 · 52

제53회 삼장은 자모하(子母河) 강물을 잘못 마셔 잉태하고, 사화상은 낙태천의 샘물 떠다가 태기(胎氣)를 풀다 · 85

제54회 서쪽으로 들어선 삼장 법사는 여인국에 봉착하고, 심원(心猿)은 계략을 세워 여난(女難)에서 벗어나다 · 121

제55회 색마는 음탕한 수단으로 당나라 삼장 법사를 농락하고, 삼장은 성정(性情)을 지켜 원양(元陽)을 깨뜨리지 않다 · 153

제56회 손행자는 미쳐 날뛰어 산적떼를 때려죽이고, 삼장 법사는 미혹에 빠져 심원(心猿)을 추방하다 · 188

제57회 진짜 손행자는 낙가산의 관음보살에게 하소연하고, 가짜 원숭이 임금은 수렴동에서 또 가짜를 찍어내다 · 223

제58회 마음이 둘로 갈리니 건곤(乾坤)을 크게 어지럽히고, 한 몸으로는 참된 적멸(寂滅)을 수행하기 어렵다 · 252

제59회 당나라 삼장은 화염산(火燄山)에 이르러 길이 막히고, 손행자는 속임수를 써서 파초선을 처음 빼앗다 · 282

제60회 우마왕(牛魔王)은 싸우다 말고 잔치판에 달려가고, 손행자는 두번째로 사기 쳐서 파초선을 손에 넣다 · 316

제7권 제61회~제70회

제61회 저팔계가 힘을 도와 우마왕을 패배시키고, 손행자는 세번째로 파초선을 손에 넣다 · 17

제62회 육신의 때를 벗기고 마음 씻어 보탑을 깨끗이 쓸어내고, 요마를 결박지어 주인에게 돌리니 이것이 수신(修身)이다 · 54

제63회 손행자와 저팔계가 두 괴물을 앞세워 용궁을 뒤엎으니, 이랑현성 일행이 도와 요괴들을 없애고 보배를 되찾다 · 85

제64회 형극령(荊棘嶺) 8백 리 길에 저오능이 애를 쓰고, 목선암(木仙庵)에서 삼장 법사는 시(詩)를 논하다 · 118

제65회 사악한 요마는 가짜 소뇌음사(小雷音寺)를 세워놓고, 스승과 제자 네 사람은 모두 큰 횡액(橫厄)에 걸려들다 · 157

제66회 제신(諸神)들은 잇따라 독수(毒手)에 떨어지고, 미륵보살(彌勒菩薩)은 요마(妖魔)를 결박하다 · 191

제67회 타라장(駝羅莊)을 구원하니 선성(禪性)이 평온해지고, 더러운 장애물에서 벗어나니 도심(道心)이 맑아지다 · 224

제68회 당나라 스님은 주자국(朱紫國)에서 전생(前生)을 논하고, 손행자는 삼절굉(三折肱)의 진맥 수법으로 의술을 베풀다 · 257

제69회 심보 고약한 원숭이는 한밤중에 약을 몰래 만들고, 국왕은 연회석상에서 사악한 요마 얘기를 털어놓다 · 290

제70회 요마의 보배는 연기, 모래, 불을 뿜어내고, 손오공은 계략을 써서 자금령(紫金鈴)을 훔쳐내다 · 323

제8권 제71회~제80회

제71회 손행자는 거짓 이름으로 늑대 괴물을 굴복시키고, 관세음보살이 현성하여 마왕을 제압하다 · 17

제72회 반사동(盤絲洞) 일곱 요정이 근본을 미혹시키니, 탁구천(濯垢泉) 샘터에서 저팔계가 체통을 잃다 · 55

제73회 원한에 사무친 요괴들은 극독으로 해를 끼치고, 손행자는 요행으로 마귀의 금빛 광채를 깨뜨리다 · 93

제74회 태백장경(太白長庚)은 마귀 두목의 사나움을 귀띔해주고, 손행자는 변화술법을 베풀어 사타동(獅駝洞)에 잠입하다 · 132

제75회 심원(心猿)은 음양 이기병(陰陽二氣甁)에 구멍을 뚫고, 마왕은 뉘우쳐서 대도(大道)의 진(眞)으로 돌아가다 · 167

제76회 손행자는 뱃속에서 늙은 마귀의 심성을 돌이켜놓고, 저팔계와 더불어 요괴를 항복시켜 정체를 드러내게 하다 · 206

제77회 마귀 떼는 삼장 일행의 본성(本性)을 업신여기고, 손행자는 홀몸으로 석가여래의 진신(眞身)을 뵙다 · 243

제78회 손행자는 비구국 아이들을 불쌍히 여겨 신령을 보내주고, 삼장은 금란전에서 요마를 알아보고 함께 도덕을 따지다 · 281

제79회 청화동(淸華洞)을 찾아서 요괴를 잡으려다 남극수성(南極壽星)을 만나고, 조정에 들어가 군주를 올바로 각성시키고 어린것들의 목숨을 살려내다 · 314

제80회 아리따운 색녀는 원양(元陽)을 기르고자 배필을 구하려 하고, 손행자는 스승을 보호하려 사악한 요물의 정체를 간파하다 · 345

제9권 제81회~제90회

제81회 진해 선림사에서 손행자는 요괴의 정체를 알아보고, 세 형제는 흑송림(黑松林)에서 스승을 찾아 헤매다 · 17

제82회 아리따운 요녀는 삼장에게서 양기를 얻으려 하고, 당나라 스님의 원신(元神)은 끝내 도(道)를 지키다 · 55

제83회 손행자는 여괴(女怪)의 근본 내력을 알아내고, 아리따운 색녀(姹女)는 드디어 본성으로 돌아가다 · 92

제84회 가지(伽持)는 멸하기 어려우니 큰 깨우침을 원만히 이루고, 삭발당한 멸법국왕, 승려의 몸이 되어 본연으로 돌아가다 · 126

제85회 앙큼한 손행자는 저팔계를 시샘하여 골탕먹이고, 마왕은 계략 써서 당나라 스님을 손아귀에 넣다 · 159

제86회 저팔계는 위력으로 도와 괴물을 굴복시키고, 제천대성은 법력을 베풀어 요괴를 섬멸하다 · 194

제87회 하늘을 모독한 죄로 봉선군(鳳仙郡)에 가뭄이 들고, 손대성은 착한 행실 권유하여 단비를 내리게 하다 · 230

제88회 선승(禪僧)은 옥화현(玉華縣)에 이르러 법회를 베풀고, 손행자와 저팔계, 사화상은 첫 문하 제자를 받아들이다 · 261

제89회 황사(黃獅) 요괴는 훔쳐 온 병기 놓고 축하연을 베풀고, 손행자와 저팔계, 사화상은 계략으로 표두산을 뒤엎다 · 292

제90회 스승은 죽절산의 사자 소굴로, 사자 요괴들은 옥화성으로 각각 붙잡혀 가고, 도(道)를 훔치려다 선(禪)에 얽매인 구령원성은 끝내 주인에게 굴복하다 · 319

제10권 제91회~제100회

제91회 금평부(金平府)에서 정월 대보름 연등 행사를 구경하고, 당나라 스님은 현영동(玄英洞)에서 신분을 털어놓다 · 17

제92회 세 형제 스님이 청룡산에서 한바탕 크게 싸우고, 네 별자리는 코뿔소 요괴들을 포위하여 사로잡다 · 48

제93회 급고원(給孤園) 옛터에서 인과(因果)를 담론하고, 천축국 임금을 뵙는 자리에서 배필감을 만나다 · 79

제94회 네 스님은 어화원(御花園)에서 잔치를 즐기는데, 한 마리 요괴는 헛된 정욕을 품고 홀로 기뻐하다 · 108

제95회 거짓 몸으로 참된 형체와 합치려다 옥토끼는 사로잡히고, 진음(眞陰)은 바른길로 돌아가 영원(靈元)과 다시 만나다 · 139

제96회 구원외(寇員外)는 고승을 받아들여 환대하나, 당나라 스님은 부귀영화를 탐내지 아니하다 · 169

제97회 손행자는 은혜 갚으려 악독한 도적들과 마주치고, 신령으로 꿈에 나타나 저승의 원혼을 구원해주다 · 197

제98회 속된 심성이 길들여지니 비로소 껍질에서 벗어나고, 공을 이루고 수행을 채우니 진여(眞如)를 뵙게 되다 · 235

제99회 구구(九九)의 수효를 다 채우니 마겁(魔劫)이 멸하고, 삼삼(三三)의 수행을 마치니 도는 근본으로 돌아가다 · 269

제100회 삼장 법사는 곧바로 동녘 땅에 돌아오고, 다섯 성자는 마침내 진여(眞如)를 이루다 · 294

작품 해설 · 329

부록 · 483

■ 기획의 말

'대산세계문학총서'를 펴내며

근대 문학 100년을 넘어 새로운 세기가 펼쳐지고 있지만, 이 땅의 '세계 문학'은 아직 너무도 초라하다. 몇몇 의미있었던 시도에도 불구하고, 전체적으로는 나태하고 편협한 지적 풍토와 빈곤한 번역 소개 여건 및 출판 역량으로 인해, 늘 읽어온 '간판' 작품들이 쓸데없이 중간되거나 천박한 '상업주의적' 작품들만이 신간되는 등, 세계 문학의 수용이 답보 상태에 머물러 있었음을 부인하기 힘들다. 분명한 자각과 사명감이 절실한 단계에 이른 것이다.

세계 문학의 수용 문제는, 그 올바른 이해와 향유 없이, 다시 말해 세계 문학과의 참다운 교류 없이 한국 문학의 세계 시민화가 불가능하다는 의미에서, 보다 근본적으로, 우리의 문화적 시야 및 터전의 확대와 그 질적 성숙에 관련되어 있다. 요컨대 이것은, 후미에 갇힌 우리의 좁은 인식론적 전망의 틀을 깨고 세계 전체를 통찰하는 눈으로 진정한 '문화적 이종 교배'의 토양을 가꾸는 작업이며, 그럼으로써 인간 그 자체를 더 깊게 탐색하기 위해 '미로의 실타래'를 풀며 존재의 심연으로 침잠하는 작업이라 할 수 있다.

우리의 현실을 둘러볼 때, 그 실천을 위한 인문학적 토대는 어느 정도 갖추어진 듯이 보인다. 다양한 언어권의 다양한 영역에서 문학 전공자들이 고루 등장하여 굳은 전통이나 헛된 유행에 기대지 않고 나름의 가치있는 작가와 작품을 파고들고 있으며, 독자들 또한 진부한 도식을 벗어나 풍요로운 문학적 체험을 원하고 있다. 새롭게 변화한 한국어의 질감 속에서 그 체험이 이루어지기를 바라는 요청 역시 크다. 그러므로 필요한 것은 어쩌면 물적 토대뿐일지도 모른다는 판단이 우리를 안타깝게 해왔다.

 이러한 시점에서, 대산문화재단의 과감한 지원 사업과 문학과지성사의 신뢰성 높은 출판을 통해 그 현실화의 첫발을 내딛게 된 것은 우리 문화계의 큰 즐거움이 아닐 수 없다. 오늘의 문학적 지성에 주어진 이 과제가 충실한 결실을 맺을 수 있도록, 우리는 모든 성실을 기울일 것이다.

'대산세계문학총서' 기획위원회